VALENTIN MUSSO

UNE VRAIE FAMILLE

roman

ÉDITIONS DU SEUIL
25, bd Romain-Rolland, Paris XIVᵉ

ISBN 978-2-02-123772-6

www.seuil.com

Prologue

À 10 h 18, il franchit le porche d'entrée et pénétra dans la cour d'honneur de l'université.

Si les touristes désireux d'admirer la chapelle et les vieux bâtiments en pierre de taille se faisaient refouler à longueur de journée par le vigile, lui était passé sans encombre. Avec son jean, ses sneakers, ses lunettes à monture écaille de tortue et son sac à dos, il n'était qu'un étudiant parmi d'autres. Invisible.

Un nuage se déchira, le soleil vint frapper la cour d'une lumière vive, presque surnaturelle. Il y vit un signe d'encouragement.

Il suivit du regard deux pigeons qui finirent par se poser sur le parvis, à quelques mètres de lui. Ils lui apparurent comme deux anges descendus du ciel pour célébrer sa mission.

Plusieurs étudiants étaient assis sur les marches, en bordure de la galerie. Leurs silhouettes se découpaient devant ces étranges peintures murales qu'il avait eu si souvent l'occasion d'observer. Elles représentaient des hommes à cheval avançant bravement sous les étendards, au son des fifres et des tambours. Un cortège en liesse les suivait. Il était seul, mais il traversa la cour aussi fièrement que ces chevaliers. Pas d'épée ni de bouclier à la main. Il avait mieux que ça.

Une ou deux têtes lui étaient familières. Sans doute avait-il été assis un jour à côté de ces garçons dans un amphithéâtre. Peut-être leur avait-il déjà parlé, peut-être aurait-il pu devenir ami avec eux.

Qu'importe... Ils n'étaient plus aujourd'hui que des êtres noyés dans un parfait anonymat.

Il entra par la façade nord et se retrouva dans le grand vestibule à arcades, orné de statues des grands hommes du passé. Le cadre était solennel, grandiose, à la hauteur de l'acte qu'il allait accomplir.

Dans son sac à dos, ni livres ni mémoire de recherche. Seulement un pistolet semi-automatique dix-sept coups. Six cents grammes. Canon et culasse en acier. Poignée en polymère. Une arme qu'il n'avait jamais utilisée que sur des cibles dans les stands de tir.

Il resta immobile, planté au centre du hall. Quelques personnes passèrent devant lui en le dévisageant. Il ne leur prêta aucune attention. Des images s'animèrent dans sa tête. Il se représentait les visages suffisants des psychiatres médiatiques qui défileraient le lendemain sur toutes les chaînes nationales pour débiter des discours définitifs censés expliquer son geste.

Les battements de son cœur s'accélérèrent mais il n'éprouvait pas de panique. Il se sentait bien, au contraire, les sens aiguisés par l'excitation.

Il s'engagea dans le couloir qui longeait la bibliothèque. C'est là que son instinct lui disait d'aller. Il lui suffisait d'écouter la voix... De suivre les instructions.

À 10 h 40, quelqu'un hurla. Ce fut un cri étrange, asexué, qui ne traduisait rien d'autre qu'un effroi hébété. Une plainte incongrue qui déchira la quiétude habituelle du lieu.

Des têtes se levèrent. Des yeux cherchèrent l'auteur du hurlement plus que ce qui l'avait provoqué. Il y eut un moment de flottement, de ceux où l'on ne sait pas bien à quoi se raccrocher... Comme si ce cri d'alerte pouvait augurer du pire ou n'être en définitive qu'un simple canular.

L'individu tenait son arme à bout de bras, vers un point invisible. Il avait reculé la culasse pour engager la première balle dans la chambre. Les autres suivraient toutes seules. L'intérêt d'un semi-automatique...

Son regard amorça un panoramique et s'arrêta sur sa première cible. Il l'ignorait, mais sa victime s'appelait Maxence. Inscrit en licence de lettres, deux ans d'avance, très doué quoique enclin au dilettantisme, enfin, pour ce qu'en disaient ses parents…

Pas de chance, coup du sort, on pensera ce qu'on voudra, Maxence n'aurait pas dû se trouver là. Il avait fêté son dix-huitième anniversaire la veille, avec des amis, jusque tard dans la nuit. Dans un monde idéal, il aurait dû être encore au lit, dans le studio en mansarde qu'il louait près du canal Saint-Martin, lové dans les bras de sa copine, une chouette fille, vraiment. Oh, elle l'avait bien supplié de rester au pieu avec elle, lui promettant même un marathon torride sous la couette une fois qu'ils auraient complètement dessaoulé, mais les partiels approchaient et il avait déjà manqué trop de cours. « Je dois y aller. » Cette fois, il était décidé à réagir. À 18 ans, il faut bien prendre quelques bonnes résolutions. TD de littérature comparée. « Modernité du genre romanesque. Entre fiction et critique. » Un truc dans ce genre… Il ne se souvenait plus très bien… Il n'avait pas encore l'esprit assez clair. S'il avait su…

Maxence n'eut pas le temps de comprendre ce qui lui arrivait.

Qu'est-ce qu'il fout, ce mec ?

Il n'esquissa pas le moindre geste de défense mais fixa au contraire son agresseur d'un regard vitreux que quelques heures de mauvais sommeil n'avaient pas réussi à effacer.

Dans la caisse de résonance que formait le couloir voûté, la détonation retentit à vous en vriller les tympans.

Maxence ne souffrit pas, contrairement aux autres après lui. Ce fut à peu près la seule veine qu'il eut ce jour-là. La première balle tirée par le 9 mm fit exploser l'os frontal – dans la foulée, l'os pariétal éclata en mille morceaux, « effet de blast », dirait le légiste – avant de tout dévaster dans le cerveau. Un vrai carnage.

Il y eut un mouvement de panique.

Quelque chose de bêtement désordonné.

On pourrait penser que, lorsqu'un dingue se tient devant vous un pistolet à la main, tout le monde autour a la présence d'esprit de fuir pour se mettre à l'abri. Ça, c'est la théorie, mais dans la pratique… La plupart s'échappèrent vers le vestibule ou s'engouffrèrent dans le large escalier qui menait aux départements de lettres et d'histoire. Eux s'en sortirent.

Avec le chargement automatique des balles, il aurait facilement pu dézinguer encore deux ou trois types dans le couloir. Il préféra compter intérieurement les visages apeurés que croisaient ses yeux, comme on effeuille une marguerite.

Je t'aime, un peu, beaucoup, à la folie, passionnément, pas du tout.

Pan !

Deuxième cible.

Petite, mignonne, cheveux en chignon, lunettes à grosse monture, robe en tweed à carreaux un peu démodée. Comme Maxence, elle n'avait pas bougé d'un iota. Pas de nuit blanche pourtant. Pas un milligramme d'alcool dans le sang. Une étudiante modèle, qui n'avait pas loupé un cours depuis la rentrée. Elle était demeurée pétrifiée, tout simplement. Il y avait quelque chose de pathétique dans son regard : on aurait dit qu'elle avait renoncé d'avance, que toute tentative de fuite lui avait paru inutile, qu'elle s'offrait au tueur en victime consentante. Il y a des gens comme ça…

Deux balles tirées à moins de trois mètres lui perforèrent la poitrine au niveau de l'hémithorax antérieur droit. Elle fut projetée en arrière. Son corps s'écrasa sur le marbre luisant dans un bruit sourd.

Déclarée en état de mort encéphalique quarante-huit heures après son arrivée à l'hôpital. Une semaine de coma. Les médecins ne feraient pas de miracle.

Plus personne dans le couloir. Encore sous l'effet des décharges d'adrénaline, l'individu se mit à gravir lentement l'escalier. Quelque chose montait en lui comme une lame. Le sentiment d'une toute-puissance démiurgique. Le pouvoir de tuer ou d'épargner. Une jouissance qui était pourtant loin d'avoir atteint son paroxysme.

Dans la galerie à l'étage, il ne croisa qu'un garçon de son âge. Caricature du petit-bourgeois des beaux quartiers. Visage suffisant, chino à la mode, cardigan Melindagloss, belle écharpe couleur rouille… D'où sortait-il ? Comment avait-il pu rester sourd aux cris de panique ? Pourquoi n'avait-il pas emboîté le pas de ceux qui s'enfuyaient ?

Son assurance, il la perdit vite pourtant. Quand il comprit que ce type en face de lui n'avait pas un jouet entre les mains, il tourna les talons et se mit à courir comme un dératé en patinant sur le parquet lustré.

Sa fuite avait un côté comique et son agresseur ne put s'empêcher de sourire en pressant la détente.

Trois balles cette fois, tirées dans le dos. Il ne voulait pas le louper, celui-là. L'étudiant s'affala au sol dans un mouvement grand-guignolesque, bras en croix, fauché comme un lièvre qui bondit dans un pré.

Il éprouva cependant moins d'ivresse. Il avait tiré de façon mécanique, comme s'il se contentait d'accomplir un simple devoir, de jouer son rôle. Ses artères pulsaient moins vite. Plus de tremblement au bout des doigts. Déjà son plaisir commençait à s'émousser. Il devait passer à la vitesse supérieure, ne plus faire dans la dentelle. D'autant que le temps risquait de lui manquer.

Il dépassa le corps de sa troisième victime sans un regard. En remontant le couloir, il s'assura que sa parka contenait bien les chargeurs. Deux. Plus les quatre autres, qu'il extirpa de son sac pour les fourrer dans ses poches encore vides. Plus d'une centaine de balles en tout…

Au bout du couloir, il s'arrêta devant le grand amphithéâtre sur sa gauche. Sa montre indiquait 10 h 48. Son organisation était parfaite. Le cours magistral d'histoire… Sans doute le plus fréquenté de la journée.

Il percevait clairement à travers la porte à hublot un brouhaha inquiet ponctué de petits sanglots de peur, de déplacements précipités et hâtifs dans les gradins.

Il était attendu.

Une bonne âme avait-elle eu le courage de venir donner l'alerte ? À moins que les cris venant du rez-de-chaussée n'aient suffi.

Il n'approcha pas son visage de la vitre pour scruter l'intérieur. Il devait agir d'instinct, être capable de s'adapter à toutes les situations.

Il entra. Calmement. Sans gestes précipités.

Les battants se balancèrent quelques secondes derrière lui.

Un témoin resté dans le couloir aurait pu entendre, à peine assourdis par la porte fermée, les hurlements d'horreur qui accompagnèrent les rafales de coups de feu.

Jusqu'à épuisement des balles.

Jusqu'à ce que le tumulte retombe pour faire place à des râles et des pleurs qui formaient une étrange musique envoûtante.

Encore quelques secondes et une ultime détonation, séparée de celles qui avaient précédé, se fit entendre. Une négligeable réplique après un séisme majeur.

La dernière balle que le tueur, enfin repu de son carnage, tirerait aujourd'hui.

Dans sa propre bouche.

PREMIÈRE PARTIE

François

Ne demeure pas auprès de ce qui te ressemble. Rien n'est plus dangereux pour toi que ta famille, que ta chambre, que ton passé.

André Gide, *Les Nourritures terrestres*

1

Lorsqu'il le vit pour la première fois sur le bord de la route, à la sortie de Quimperlé, François écoutait des lieder de Schubert. Les poèmes de Mayrhofer… Mathilde les trouvait trop déprimants, si bien qu'il ne mettait le CD que quand il était seul dans sa voiture. C'était pourtant elle qui lui avait offert ce disque pour Noël, deux ans plus tôt.

Tandis qu'il conduisait, l'inconnu passa fugacement dans son champ de vision : un jeune homme de grande taille, fluet, debout derrière une pancarte faite d'un simple morceau de carton que François n'eut pas le temps de lire.

Un auto-stoppeur ? Un touriste ? Il n'en avait pas vraiment l'air. On aurait dit qu'il faisait partie du décor, aussi figé qu'un panneau indicateur. Vaguement intrigué, François jeta un coup d'œil dans le rétroviseur, où la silhouette réapparut un instant avant de s'évanouir dans le virage. La scène ne dura que quelques secondes et il ne devait plus y repenser durant le trajet.

D'ailleurs, il ne penserait à rien de précis. Il se laisserait bercer par la voix de la mezzo-soprano en cherchant, comme à chaque nouvelle écoute, à décrypter un ou deux vers supplémentaires. Il avait fait de l'allemand au lycée. Pas assez néanmoins pour saisir toutes les subtilités de cette langue. Le poème parlait d'une étoile solitaire dans le ciel. L'étoile fidèle de l'amour qui se désolait en silence. C'était à peu près tout ce qu'il comprenait.

En remontant l'allée de sa propriété, un quart d'heure plus tard, François fut frappé par son aspect. L'hiver avait été si pluvieux et maussade qu'avec les premiers rayons de soleil cet environnement familier lui apparaissait sous un jour nouveau : les haies avaient recouvré leur liberté, des herbes folles envahissaient la pelouse qui avait crû en prairie et les arbres réclamaient leur taille annuelle, qui se faisait désirer.

Les quelques menus travaux de jardinage qu'il avait entrepris les dernières semaines n'avaient pas eu d'effets visibles. Il n'avait pas oublié les yeux effarés que Mathilde avait levés au ciel quand il avait exhumé ses outils de la remise. Depuis, elle le taraudait pour qu'il ne fasse pas d'efforts inutiles et qu'ils prennent enfin un jardinier.

Un jardinier… Il se contentait d'acquiescer mais ne revenait jamais sur le sujet. S'ils avaient choisi d'acheter cette longère et ses quatre mille mètres carrés de terrain, ce n'était certainement pas pour regarder un parfait inconnu cultiver leur potager ou tailler les haies à leur place. Et puis, qu'aurait-il fait de ses journées ? Il n'avait aucune envie de les passer enfermé dans la bibliothèque à lire ou à travailler.

Quand ils avaient décidé d'acquérir un bien en Bretagne, la présence d'un vaste jardin était le seul critère sur lequel ils n'auraient pu faire de concessions. La Bretagne… une seconde patrie pour eux. Il ne comptait plus les étés qu'ils avaient passés dans des chambres d'hôtel ou dans des maisons louées à la semaine, de Saint-Malo à la Côte de Granit rose, ou de Quimper à Quiberon. Mathilde aurait aimé habiter une de ces maisons à façade blanche donnant sur l'Aven – après une vie entière à Paris, elle avait besoin de « voir de l'eau » –, mais le hasard les avait conduits ailleurs.

À la fin des années 2000, lors d'une incursion à l'intérieur des terres, sur la route menant aux Montagnes Noires, ils avaient remarqué une pancarte « À VENDRE » accrochée à un arbre à l'entrée d'un chemin vicinal. L'intuition, la curiosité… Ils ne savaient pas ce qui les avait poussés à le remonter. Ils cherchaient déjà à l'époque une résidence dans la région, mais ils n'auraient pas pensé l'acheter si loin de la mer. Derrière une barrière de bois vermoulue, ils avaient vu la vieille longère délabrée émerger lentement entre les arbres. Les murs de pierre du pays, les volets bleus délavés par les ans, le toit biscornu… le tout noyé dans un paradis de verdure. « C'est là », avait-il pensé. François avait eu l'impression d'être un enfant qui vient de découvrir au fond d'un bois la cabane de ses rêves. Ils n'avaient prononcé aucune parole. Le simple regard qu'ils avaient échangé remplaçait n'importe quel discours.

L'après-midi même, ils poussaient la porte de l'agence immobilière indiquée sur le panneau. La propriété était en vente depuis longtemps. Tout était à refaire et la plupart des visiteurs s'étaient découragés à cause des travaux à entreprendre. Le prix était négociable. La première visite avait suffi à les convaincre. Les travaux avaient duré plus d'un an. Régulièrement, ils regagnaient le lieu-dit de Keran pour en suivre les avancées : la bâtisse délabrée s'était peu à peu transformée en une maison du terroir qui n'aurait pas démérité sur une carte postale. Cette maison de vacances, ils avaient toujours pensé s'y retirer pour leur retraite. Ils ne savaient pas que cela arriverait plus tôt que prévu.

Lorsqu'il se gara, Mathilde était sur le pas de la porte, une tasse à la main – sans doute l'une des étranges décoctions qu'elle confectionnait à partir des plantes du jardin.

– Tout s'est bien passé ?

L'intonation ne trompait pas. Mathilde arborait un air insouciant, mais François était certain qu'elle l'attendait là depuis un bon moment, guettant la voiture qui surgirait au bout de l'allée et ferait taire ses inquiétudes. Depuis son accident, elle le couvait comme un enfant et leur vie isolée à la campagne n'avait pas arrangé les choses.

Son « accident »… Un AVC rapidement pris en charge qui l'avait obligé à quitter Paris pour passer quelques mois de convalescence dans sa résidence secondaire. Telle était du moins la version bien rodée qu'ils servaient aux gens du coin pour justifier leur présence prolongée et inhabituelle près de Quimperlé. Les Vasseur n'avaient ni famille ni véritables amis dans la région, simplement des connaissances. Aussi pouvaient-ils bien se permettre une entorse à la vérité.

En théorie – François Vasseur n'en doutait pas –, la vérité est toujours préférable au mensonge. Mais elle a l'inconvénient de vous exposer plus que nécessaire au regard de quasi-inconnus. Que craignait-il le plus ? De susciter une curiosité morbide ? De lire dans l'œil de ses interlocuteurs une pitié dérangeante ? De devoir expliquer en quelques phrases une expérience traumatisante, comme l'on souhaiterait trente fois la bonne année à ses collègues de travail ? Son mensonge était calculé : il y avait peu de risque que quiconque établisse un lien entre la convalescence d'un honorable professeur d'université et un événement qui avait plongé la France dans la psychose huit mois plus tôt.

– Il y avait du monde en ville ?

– Un peu plus que d'habitude.

– Le temps, sans doute… Les gens profitent du soleil.

– Sans doute, oui.

Ils entrèrent. Comme d'habitude, le salon était parfaitement rangé. Pas un papier ni même un magazine traînant sur la table ou le canapé. Sur le linteau de la cheminée, François remarqua un bouquet de tulipes roses, les premières de la saison, que Mathilde avait dû cueillir en son absence. Elle avait toujours aimé les fleurs. Sa roseraie à l'arrière de la maison ne manquait d'ailleurs pas d'impressionner leurs rares visiteurs.

– Le déjeuner sera prêt dans une demi-heure.

Mathilde tenait à ce qu'ils passent à table à heure fixe. Elle avait trouvé dans ce rituel des repères rassurants.

– Tu cherches quelque chose ? demanda-t-elle en le voyant fureter près du canapé.

– Tu n'aurais pas vu cet article que je lisais hier soir ?

Mathilde ouvrit le volet du secrétaire à dos-d'âne près de l'entrée.

– Je l'ai rangé là.

Elle jeta un coup d'œil rapide au manuscrit.

– « Le rôle de la numismatique romaine à la fin de l'époque tétrarchique ». Ça a l'air alléchant.

– Si tu savais…

Depuis sa retraite temporaire mais forcée, François croulait sous les travaux que ses estimés confrères du département d'histoire avaient la bonté de lui faire parvenir. Il n'était pas dupe : un parfum de compassion accompagnait ces courriers – une manière de lui faire comprendre qu'on ne l'oubliait pas et qu'il ne faisait aucun doute qu'il retrouverait très vite sa chaire à l'université. Alors François faisait semblant. Il feuilletait, annotait, amendait, rédigeait quelques remarques suffisamment pertinentes pour qu'on l'imagine sur la voie de la guérison. Il était tellement plus simple de se conformer à l'image qu'on attendait de lui.

– Je crois que je vais aller un moment dehors pour lire.

– Très bien. Je viendrai te chercher quand ce sera prêt.

François s'installa sur une chaise longue dans le jardin détrempé. Le ciel était parfaitement dégagé, l'air frais mais revigorant. Il ne se souvenait même plus de la dernière fois où il avait pu s'allonger dehors au soleil.

En marge du document, entre deux bâillements, il prit quelques notes au crayon avant de piquer du nez. Il sentait les rayons d'hiver le réchauffer tandis qu'une brise à peine perceptible caressait ses cheveux. Il somnola moins de dix minutes avant d'entendre un pas sur l'allée de gravier.

– Pour vous.

François ouvrit les yeux.

Il se tenait face à lui et faisait écran aux rayons du soleil : Le Bris, leur plus proche voisin. Un homme de petite taille, le corps noueux malgré ses 70 ans bien tassés, le visage buriné fendu par un nez droit et étroit qui saillait comme le rostre d'un navire. Il portait une combinaison de travail à glissière élimée et trop grande pour lui, salie en plusieurs endroits. À l'évidence, il venait directement des champs.

François essaya de refaire rapidement surface. Le Bris lui tendait une lettre qu'il serrait fermement entre ses doigts jaunis.

– Encore une erreur du facteur ?

– Encore...

Il prit l'enveloppe. Une facture de téléphone. « François Vasseur ». Son nom y était parfaitement imprimé, tout comme son adresse. Il ne se passait pas quinze jours sans que leur courrier ne s'égare dans la boîte aux lettres de leur voisin. Certes, une erreur humaine était possible, mais François soupçonnait le facteur de se faciliter la tâche en ne poussant pas jusqu'à leur maison, qui se trouvait au bout d'un chemin cabossé.

Dès qu'il prit appui sur l'accoudoir du fauteuil pour se lever, Le Bris secoua la tête en levant une main :

– Bougez pas. J'ai pas le temps de rester. Faut que j'retourne aider le *pennhêr*.

François s'agaçait régulièrement des mots de breton dont il parsemait ses phrases. Le *pennhêr*... son fils unique.

– Vous ne voulez pas prendre un verre ? Mathilde prépare le déjeuner et...

L'autre le coupa un peu sèchement :

– Pas cette fois.

– Merci, en tout cas. Il ne fallait pas vous embêter. Vous n'aviez qu'à appeler, nous serions passés...

– Je n'aime pas trop le téléphone. J'ai préféré marcher.

La ferme de Le Bris ne devait pas se trouver à plus de cinq cents mètres à vol d'oiseau. L'agriculteur n'avait qu'à traverser un champ pour se rendre à pied dans leur propriété.

– Désolé pour le dérangement.

– Pas votre faute... J'y vais.

Au lieu de partir, Le Bris demeura immobile, observant François de son regard bleu perçant qui le mit un peu mal à l'aise. Objectivement, malgré ses airs renfrognés, Le Bris lui avait toujours rendu service et il n'avait jamais eu à se plaindre de son voisinage. Pourtant, il était rarement serein en sa présence. Il s'était toujours imaginé que cet homme de la terre, ce paysan de plus de quinze ans son aîné qui continuait à travailler à la ferme, regardait l'« intellectuel » qu'il était avec un certain mépris.

Comme il ne bougeait toujours pas, François sortit le premier poncif qui lui passait par la tête :

– Une belle journée en tout cas ! J'en profitais pour prendre un peu l'air…

Pourquoi avait-il l'impression de s'excuser de jouir de son propre jardin ? Le Bris leva les yeux en ajustant sa casquette.

– Ma mère disait toujours : « Attendez la nuit pour dire que le jour a été beau. »

Sur cet adage, il leva la main, tourna les talons et s'éloigna en ajoutant :

– Prenez soin de vous.

François vérifia ses messages sur l'ordinateur. Entre une promesse de diminution d'impôts et une offre pour un téléphone mobile, un mail attira immédiatement son attention. Il remarqua que Mathilde ne l'avait pas ouvert alors même que tous les autres étaient marqués comme « lus ». Il cliqua sur le nom de l'expéditeur. S'afficha sur l'écran un ensemble de messages échangés sur plus de trois mois. Il parcourut le dernier en diagonale, sans s'attarder sur les formules qu'il connaissait déjà par cœur. Il n'alla pas au bout de sa lecture et ferma la messagerie.

– Qu'est-ce qu'il voulait ?

Mathilde était en train de mettre le couvert sur la table de la cuisine. Elle avait toujours eu le fâcheux défaut de juger les gens au premier coup d'œil. Aucun acte ni aucune parole ne semblait ensuite pouvoir contrebalancer l'impression générale que lui avait faite une personne. Elle n'aimait pas beaucoup Le Bris et s'accommodait mal de ses trop longs silences et de ses manières renfrognées.

– Un problème de courrier.

– Ça devient une habitude ! Combien de fois ce mois-ci ?

– Deux fois, je crois. Trois avec aujourd'hui.

– Et dire que le facteur a eu le culot de venir nous proposer ses calendriers à Noël…

Il ouvrit le placard où étaient rangés les verres.

– J'irai à la poste demain pour essayer de régler le problème. C'est vrai que ça devient énervant à la fin.

Il avait prononcé cette phrase avec conviction, alors qu'il se moquait comme de l'an 40 de cette histoire de courrier.

– Tu ne l'as pas invité à entrer ?

– Tu sais bien comment il est : aussitôt arrivé, aussitôt parti.

– Je me demande pourquoi il prend la peine de venir te donner le courrier en mains propres si ce n'est même pas pour discuter un moment.

– Ça lui donne l'occasion de voir du monde. Coincé toute la journée avec son fils et sa belle-fille…

– J'aurais plutôt tendance à les plaindre eux !

Si Le Bris continuait de travailler, il avait passé les rênes de l'exploitation à son fils : quinze hectares de terres céréalières, des activités agro-touristiques, deux gîtes. Leur voisin était l'archétype de l'agriculteur à la tête d'une petite fortune foncière qui vivait néanmoins de façon chiche – « rustre », aurait dit Mathilde –, une force de la nature que le travail pourrait maintenir en vie pendant encore vingt ans. Travaillez, prenez de la peine… Pour rien au monde son fils ou lui n'auraient vendu leur exploitation pour aller couler des jours paisibles au soleil.

François s'approcha de Mathilde et lui enserra la taille pendant qu'elle posait sur la table une salade de farfalle et de poulet au vinaigre balsamique. Il passa sa tête par-dessus son épaule.

– Ça a l'air délicieux.

– Merci.

Il aurait voulu s'attarder un moment, mais Mathilde lui tapota l'avant-bras pour se dégager de son étreinte. François n'insista pas et alla s'asseoir.

Il garda les yeux sur son assiette, incapable de penser à autre chose qu'au mail qu'il avait lu quelques minutes plus tôt. Il était si simple de repousser la conversation à plus tard – combien de fois l'avait-il déjà fait ces dernières semaines par manque de courage ? –, de se réfugier dans un bavardage qui ne prête pas à conséquence.

– Tu as lu les messages sur l'ordinateur ? demanda-t-il avec un détachement qui sonnait faux.

Les mots étaient sortis malgré lui, comme si son inconscient venait de prendre le contrôle de sa bouche. Mathilde leva vers lui un regard neutre, dénué de toute surprise ou de réprobation. Elle n'interrompit même pas ce qu'elle était en train de faire.

– Non.

Ce fut un « Non » minimaliste, à peine consenti, presque chuchoté.

– Pourquoi cette question ?

François sentit la honte sourdre en lui. Il regretta aussitôt d'avoir mis le sujet sur la table.

– Pour rien. Tous ces messages publicitaires…

Il ne sut comment terminer sa phrase.

– J'espère que tu as faim, demanda-t-elle d'un air guilleret.

François hocha la tête sans ajouter un mot. Il déplia sa serviette sur ses genoux d'un geste machinal.

Il devait demeurer silencieux durant presque tout le repas.

*

Le lendemain, il bruinait de nouveau et François ne put s'empêcher de repenser au proverbe de Le Bris. À quelques heures près…

La route était glissante, la visibilité réduite et, en ville, il roula au pas jusqu'au parking de la poste. Lorsqu'il sortit de la voiture, une pluie drue s'abattit sur lui. Béquille à la main, il voulut se hâter vers l'agence, mais une terrible douleur se réveilla dans sa jambe.

À l'intérieur, l'atmosphère était moite. Il flottait une odeur de vêtements humides. Un seul guichet était ouvert. François resta près de vingt minutes dans la file à pester contre la horde de retraités qui avaient choisi comme lui l'heure d'ouverture pour venir affranchir leur courrier, poster leurs colis ou retirer des mandats. Ah, combien étaient pathétiques leurs gestes économes, ralentis jusqu'à la caricature, leurs tentatives risibles pour gagner quelques places dans la queue, ou leurs questions superfétatoires destinées à allonger une conversation factice que l'employé derrière son guichet essayait en vain d'abréger !

Depuis qu'il faisait un peu partie de leur monde, alors qu'il ne leur avait jamais prêté d'attention particulière, François les observait avec une tristesse mêlée de crainte, tentant de se persuader qu'il n'était pas comme eux, refusant l'image qu'ils lui tendaient comme dans un miroir. Bien sûr, il n'avait que 58 ans, sa carrière universitaire était loin d'être finie. Il pouvait, s'il le voulait, demeurer encore une dizaine d'années dans le « giron de l'*alma mater* », comme il le disait avec ironie. Mais – et sur ce point les médecins n'avaient jamais cherché à le bercer d'illusions – ses blessures l'avaient définitivement diminué physiquement et il ne serait jamais plus le même homme.

Parmi ses éminents confrères, il en connaissait une flopée qui, une fois la retraite arrivée, continuaient de hanter les couloirs de l'université, naviguant de bureau en bureau, répondant présents à tous les pots, ou qui, au bénéfice d'un éméritat, quémandaient la direction d'un séminaire ou leur participation à des jurys de thèse. Ils suscitaient en général chez lui une pitié attendrie et agacée. Ils lui faisaient l'effet de naufragés qui s'accrochent à un radeau de fortune sur lequel les rescapés refusent de les laisser monter. Il n'avait pas envie de finir par leur ressembler.

Que son courrier puisse systématiquement arriver dans la boîte aux lettres de son voisin n'arracha à l'employée qu'un soufflement agacé. François aurait pu mettre des mots sur sa bouche silencieuse : « Ce sont des choses qui arrivent ! La Terre ne va pas s'arrêter de tourner pour si peu ! » Elle inscrivit son adresse et sa réclamation sur une feuille volante dont il supposa qu'elle finirait dans la corbeille dès qu'il serait sorti. Quelques mois auparavant, il aurait certainement fait un esclandre pour qu'elle enregistre sa réclamation sur un formulaire en bonne et due forme. Mais, découragé, il se contenta de battre en retraite.

Dehors, la pluie avait cessé. François fit quelques courses que Mathilde lui avait notées sur un papier. Comme il n'avait pas envie de rentrer, il flâna un moment aux abords de l'église Sainte-Croix, puis longea le quai Brizeux. Sous le ciel fuligineux, la Laïta avait pris une teinte déprimante. Les façades se reflétaient en taches sombres sur l'eau que quelques gouttes égarées venaient parfois troubler. Le fleuve libérait une odeur puissante mais indéfinissable, qui collait aux narines.

Son regard dériva au fil de l'eau. Des souvenirs l'assaillirent. Des images muettes qui se superposèrent à la surface opaque.

Les toiles marouflées et les gradins boisés de l'amphithéâtre.

Les corps affolés qui se croisaient dans un ballet anarchique.

Les visages déformés par la peur, les bouches béantes desquelles ne sortait plus aucun cri.

Sa chemise blanche, sa main, sa montre couvertes d'un sang dont il n'était pas vraiment sûr qu'il soit le sien.

François sentit ses jambes flageoler. Un bourdonnement sourd inonda ses oreilles. La tête lui tourna et il dut s'accouder au parapet pour ne pas perdre l'équilibre.

Puis l'étourdissement le quitta, comme happé par les eaux du fleuve, entraîné au loin dans le courant régulier, non sans laisser en lui un malaise diffus qu'il avait souvent éprouvé les derniers mois. Une impression de manque, de vide, qui arrivait sans crier gare.

Il demeura cinq bonnes minutes immobile, le corps penché sur le garde-fou. C'est d'un pas lourd qu'il rejoignit ensuite le parking.

*

Dès qu'il atteignit la sortie de la ville, de grosses gouttes rapprochées se mirent à marteler le pare-brise. Il était à peine 11 heures et le ciel diffusait pourtant une lumière crépusculaire.

Le jeune homme était posté au même endroit que la veille mais portait, pour se protéger, une cape de pluie ruisselante d'eau qui le recouvrait jusqu'aux genoux. François eut le réflexe de ralentir à son approche pour déchiffrer l'inscription sur la pancarte à travers la vitre embuée :

HOMME À TOUT FAIRE
TRAVAUX, BRICOLAGES…

Le tout en lettres majuscules maladroites, presque enfantines. C'était la première fois qu'il lisait une pancarte aussi saugrenue. Qui pourrait bien faire appel aux services d'un énergumène planté au bord d'une route ?

Il chercha à distinguer son visage, mais celui-ci demeurait en partie dissimulé sous sa capuche bleu nuit. Lorsque François détourna les yeux pour regarder la route devant lui, la voiture brutalement se mit à cahoter, comme une vieille carriole secouée par des ornières. Un bruit alarmant envahit l'habitacle et il sentit que la Laguna ne répondait plus que mollement à la pédale d'accélération.

Un pneu crevé… Ça ne pouvait être que ça.

– Pas par ce temps. Pas aujourd'hui !

Il roula encore une dizaine de mètres pour aller se ranger sur le bas-côté, au milieu d'une petite parcelle de terre battue. Pour son malheur, la pluie avait redoublé de violence.

Il enclencha aussitôt les feux de détresse, remonta le col de son manteau et attrapa son parapluie, dont les baleines s'étaient coincées sous le siège à côté du sien. Ayant renoncé à prendre sa béquille, il fit prudemment le tour du véhicule sous des trombes d'eau. Il ne s'était pas trompé : le pneu avant droit était tellement à plat que la jante touchait pratiquement le sol.

– Bon sang ! lâcha-t-il en écrasant sa chaussure sur la gomme flasque enfoncée dans la boue.

L'inconnu était à une trentaine de mètres de lui et semblait le fixer. À aucun moment il ne chercha à quitter son poste pour se mettre à l'abri. Il demeura au contraire aussi impassible qu'une sentinelle en haut de sa tour de ronde.

François évita de l'observer trop longuement. Il sortit du coffre son gilet jaune et le triangle de signalisation, qu'il alla placer sur le bord de la route un peu en amont. Puis, les pieds trempés, il regagna le véhicule en clopinant et farfouilla dans la boîte à gants pour retrouver la brochure du dépanneur. « Assistance rapide – 24 h sur 24 – 7 j sur 7. »

Il prit son portable mais, au moment où ses doigts commençaient à composer le numéro, il s'arrêta net. Un brusque sursaut d'orgueil – il n'aurait pu dire autrement. Bien sûr, il lui suffisait de rester bien au chaud en attendant le dépanneur, sans se compliquer inutilement la vie. Mais l'épisode de la poste l'avait déprimé. Il n'était pas encore grabataire… il était tout de même capable de changer un pneu tout seul. En pestant, il remit la brochure à sa place et ressortit de la voiture.

Sous la pluie cinglante, il se débattit cinq bonnes minutes avec le mode d'emploi pour récupérer la roue de secours. Dévisser l'anneau blanc, détendre le ressort, desserrer le crochet métallique… Que tout cela était compliqué… Alors qu'il commençait à perdre patience, la roue finit par se décrocher du câble qui la retenait sous le coffre et alla s'écraser sur le sol boueux en provoquant des éclaboussures sur son pantalon.

Le manche de son parapluie coincé au creux de l'épaule, il chercha ensuite à placer le cric dans l'encoche à l'arrière du pneu avant, mais la douleur qui irradia jusqu'à sa hanche l'empêcha de continuer.

– Vous voulez de l'aide ?

François leva les yeux en sursautant. Il ne l'avait ni vu ni entendu approcher.

Sa cape de pluie ruisselante lui donnait des allures de randonneur parti chercher des champignons au fond d'un bois. De sa capuche émergeait un visage pâle et fin dont la régularité n'était brisée que par un nez légèrement busqué.

Il était jeune, certes, mais moins que François ne l'avait cru. 22, 23 ans peut-être.

– Vous voulez de l'aide ? répéta-t-il en tendant son long bras vers la roue.

Pris au dépourvu, François finit par acquiescer d'un signe de tête.

Par ces quelques mots, il venait de faire irruption dans sa vie.

2

– … devriez enclencher une vitesse.

Agenouillé devant la roue qui pendait à une quinzaine de centimètres du sol, l'inconnu l'observait en contre-plongée.

– Pour pas que la roue tourne !… cria-t-il afin de couvrir le bruit de la pluie.

François opina de la tête et contourna la voiture pour suivre ses instructions. Il avait proposé son parapluie au jeune homme mais celui-ci avait refusé d'un geste têtu. Comme il trouvait déplacé d'attendre à l'abri dans la Laguna, il était resté à ses côtés durant toute l'opération.

Passé l'instant de surprise, il n'avait pas osé décliner sa proposition malgré sa défiance naturelle. Il était certain que l'inconnu ne l'avait pas quitté des yeux depuis qu'il s'était garé et estimait s'être assez couvert de ridicule en pataugeant dans la boue pour déloger la roue du coffre. Sans lui…

François le vit examiner attentivement le pneu crevé.

– Regardez, la gomme est toute déchirée. Je sais pas ce que vous vous êtes pris, mais vous vous l'êtes bien pris…

– Effectivement.

Rien de plus banal sans doute que de changer un pneu. Debout à moins d'un mètre du jeune homme, François l'observait pourtant avec une sorte de fascination : il ressentait le même sentiment d'infériorité qu'en présence de Le Bris, cette impression d'humilité que suscitent en vous ceux qui savent travailler de leurs mains.

Ironie du sort, la pluie cessa dès qu'il eut replacé la roue crevée dans le coffre.

– C'est fait.

Il avait prononcé ces quelques mots d'une voix neutre, sans forfanterie ni conscience du service rendu qui attend sa récompense.

Que faire à présent ? Simplement le remercier ? Le payer ? François aurait préféré qu'il lui annonce un tarif ou qu'il dise : « Heureux de vous avoir rendu service ! » Mais il restait muet, les bras ballants, et, comme il n'avait à l'évidence aucune intention de mettre un terme à sa gêne grandissante, François sortit son portefeuille. Il avait malheureusement utilisé presque tout son liquide pour faire les courses et il ne lui restait que deux billets de 5 euros. Une bagatelle par rapport à ce que lui aurait coûté le service de dépannage…

– Tenez, c'est pour vous.

L'inconnu observa les billets à l'effigie de la princesse Europe avec une sorte de dégoût. Son visage était toujours emprisonné dans sa capuche et, quoiqu'il soit face à lui, François ne pouvait toujours pas voir la couleur de ses cheveux. Il eut en revanche le temps d'observer ses yeux noirs de jais, surmontés de longs cils presque féminins.

– J'en veux pas.

Était-il froissé parce que son aide était désintéressée ou parce qu'il lui proposait une somme ridicule ? Dans tous les cas, François avait manqué de tact.

– « Homme à tout faire »… C'est bien ce qui est écrit sur votre pancarte ? Tout travail mérite salaire.

Il ouvrit des yeux ronds comme des billes – à croire qu'il entendait ce proverbe pour la première fois de sa vie. Il sembla hésiter, détourna brièvement le regard, puis saisit les billets avec un empressement qui tranchait avec son refus initial.

Il ne le remercia pas.

– Comment vous appelez-vous ?

François n'avait jamais été particulièrement sociable. Il avait même plutôt pour habitude de chercher à abréger les conversations avec de parfaits inconnus. Mais ce garçon l'intriguait.

– Ludovic, marmonna-t-il.

– Eh bien, merci, Ludovic. Vous êtes de la région ?

– Nan, pas vraiment.

– Ça ne doit pas être facile pour vous, surtout par ce temps. Les clients doivent être rares.

– … me débrouille.

Il parlait en avalant les mots. Impossible de ne pas sentir que cet échange le mettait mal à l'aise et qu'il mourait d'envie de l'écourter. François fit pourtant durer un peu son supplice :

– Je vous ai vu hier en passant. Vous restez toute la journée au même endroit ?

– Quand je travaille pas, oui.

Il tourna rapidement le regard à droite puis à gauche, tel un oiseau apeuré qui garde son nid.

– Faut que je vous laisse.

Son corps semblait avoir anticipé ses paroles. Déjà il tournait le dos et s'éloignait pour rejoindre son poste. C'est à peine si François l'entendit grommeler, comme s'il s'adressait à un compagnon imaginaire et sans que sa remarque ne paraisse lui être vraiment destinée :

– … j'étais vous, je vérifierais la pression des pneus…

*

– Et tu dis que tu l'avais déjà vu hier au même endroit ?

Mathilde avait mis le manteau de François à sécher sur le dossier d'une chaise près du radiateur du salon. Il faisait chaud, trop chaud pour qui venait du dehors.

– Exactement. Une sacrée chance qu'il ait été là !

– Tu ne t'es pas méfié ?

– Pourquoi est-ce que je me serais méfié ? J'ai crevé, il m'a aidé, voilà tout.

Mathilde soupira sans lui répondre, mais son silence était éloquent.

– Tu n'aurais pas dû sortir par ce temps, reprit-elle.

– Il pleuvait trois gouttes quand je suis parti.

François chercha à détourner la conversation :

– Il faudra passer au garage pour faire changer les pneus. Je me suis simplement arrêté à une station-service pour vérifier la pression.

– Et à la poste, comment ça s'est passé ?

– J'ai fait le nécessaire…

Il préféra rester vague et ne pas mentionner le fait que tout le monde se moquait de leurs problèmes de courrier.

Mathilde traversa la pièce jusqu'au secrétaire puis lui tendit une enveloppe à bulles.

– Au moins, ce matin, le courrier est arrivé à bon port. Ça doit être ton livre.

Son livre ?… Il lui fallut voir le logo de l'éditeur sur le recto pour se souvenir de sa participation à un ouvrage de préparation à l'agrégation d'histoire. « Sous la direction de François Vasseur », annonçait la couverture.

À une époque pas si lointaine, il se serait empressé de relire son article pour traquer les coquilles ou se lamenter sur des formulations trop absconses. Il se contenta ce jour-là de feuilleter distraitement le volume. La mise en pages était approximative, les caractères trop petits, les reproductions médiocres. Tout avait été fait pour réduire les coûts d'impression. Guère étonnant étant donné le maigre public que pouvait toucher ce genre de titre.

– Il te plaît ?

Il hocha la tête sans enthousiasme.

– Ça aurait pu être pire.

Mathilde était habituée à son insatisfaction foncière et, même si elle ne lui en faisait jamais le reproche, il était certain que son perfectionnisme avait fini par lui apparaître comme une tare.

– Au fait, je suis retournée dans l'annexe tout à l'heure : la tache a encore grossi.

Il corna la page de son article pour le relire plus tard, à tête reposée.

– Depuis hier ?

– Je crois que la fuite est plus importante qu'on ne pensait.

Lorsqu'ils avaient entrepris les travaux de rénovation, les Vasseur avaient vu trop grand. Le corps principal de la bâtisse approchait les deux cents mètres carrés. La longère comprenait quatre chambres, deux salles de bains, une bibliothèque, une buanderie, une belle cave voûtée où François entreposait son vin – à quoi il fallait ajouter une ancienne soue qui servait à Mathilde d'atelier, ainsi qu'une annexe d'environ cinquante mètres carrés, contiguë à l'atelier, dont ils avaient voulu faire un appartement entièrement indépendant. Mais ils avaient abandonné en cours de route, persuadés que cet appartement ne remplirait jamais le rôle qu'ils lui avaient assigné.

– Tant qu'à être trempé, je vais y aller maintenant.

– C'est vraiment si pressé ? demanda Mathilde avec réprobation.

– Je préfère constater les dégâts par moi-même.

*

Dehors, la pluie avait creusé sur le gravier de petites étendues d'eau qui formaient un paysage miniature. François longea la façade de la maison pour se protéger sous la gouttière.

L'annexe, où régnait un froid glacial, sentait encore le plâtre et la colle. On aurait cru que les ouvriers y avaient travaillé la veille. Quelques vieux outils traînaient au sol. Des pots de peinture qui n'avaient jamais servi étaient stockés contre le mur de ce qui aurait dû être une cuisine ouverte.

François venait rarement dans l'annexe, et il y venait toujours seul, profitant le plus souvent d'une absence de Mathilde. Cet appartement inachevé, laissé à l'abandon, ils y avaient pensé comme à un cocon douillet prêt à accueillir leur fille et sa petite famille pour les vacances d'été ou lors de week-ends improvisés. Dans le jardin, avec leurs petits-enfants, ils seraient restés des heures à jouer au cricket, au badminton ou à un de ces jeux dont les gosses ne se lassent pas. Ils se seraient baladés sur les sentiers des Roches du Diable, auraient passé de belles après-midi sur la plage des Grands Sables.

« Ah, Camille, ma petite Camille… »

François avait fait de cet appartement une toile vierge sur laquelle il fixait des moments heureux passés avec sa fille. Certains jours, il se surprenait à imaginer l'appartement fini, jonché de jouets d'enfant, ou se faisait décorateur d'intérieur en songeant aux couleurs qui auraient plu à sa Camille. D'autres fois, au contraire, il restait assis sur une chaise, immobile, à tenter de comprendre ce qui n'avait pas fonctionné entre eux.

« L'historien, disait souvent François à ses étudiants, doit toujours chercher à distinguer les causes apparentes d'un événement de ses causes réelles. L'attentat de Sarajevo déclencha la Première Guerre mondiale mais il n'en fut pas la cause profonde. » Il était persuadé qu'il en allait de même dans nos vies personnelles.

Quand les choses avaient-elles commencé à mal tourner avec Camille ?

Dès son enfance ? Ne l'avaient-ils pas trop choyée, protégée, étouffée comme seul un enfant unique peut l'être, sans prendre conscience que cet amour inconditionnel devait se révéler la pire de leurs qualités ?

À l'adolescence, lorsque, à cause de fréquentations qu'ils jugeaient déplacées ou de projets irréalistes – Camille voulait devenir danseuse professionnelle mais n'en avait ni le physique ni le niveau –, ils lui avaient tenu la bride et l'avaient forcée à intégrer une classe préparatoire qui l'avait rendue malheureuse comme les pierres ?

Ou plus tard, quand elle avait quitté le nid familial pour s'installer à Londres et que ses trop longs silences les avaient exclus de sa vie ?

À quoi bon se voiler la face ? Il savait très bien ce qui les avait séparés. Il s'efforçait pourtant de ne pas y penser, par peur de se laisser ronger par des reproches qui désormais n'avaient plus aucun sens – une quelconque dispute avec Mathilde si longtemps après les faits lui paraissait inconcevable. Et il s'en voulait de ne pas parvenir à les chasser complètement, de rester prisonnier de pensées cruelles et mesquines qui avaient fini par attaquer son propre caractère.

Deux ans plus tôt, à la mort de son grand-père – le père de Mathilde, dont elle avait été très proche –, Camille avait fait l'aller-retour pour assister à l'enterrement. Tout de noir vêtue, le visage ravagé par la douleur, elle avait longuement serré ses parents dans ses bras, mais François n'avait vu dans ses embrassades mécaniques qu'un rituel imposé par l'occasion. Assis au premier rang dans l'église entre Mathilde et elle, il avait passé la cérémonie à ruminer une seule question : « Ma fille pleurerait-elle autant si c'était moi qui gisais dans ce cercueil ? »

Après l'enterrement, il avait été vaguement question qu'ils passent quelques jours à Londres pour la voir, mais les choses ne s'étaient jamais faites et le fossé qui les séparait avait continué de se creuser.

François emprunta l'escalier dépourvu de main courante qui conduisait à l'étage en mansarde. Mathilde avait vu juste. L'auréole s'était encore étendue sur le pan de mur incliné. La surface était parsemée de petites boursouflures au bout desquelles perlaient des gouttes d'eau. Il lui sembla même distinguer une légère fissure de part et d'autre de la tache. Avec le vent et la pluie, les tuiles avaient certainement bougé.

Sans s'en apercevoir, il avait marché sur une flaque qui stagnait sur le sol mal ragréé. Une flaque qui n'existait pas quelques jours avant. Faute de mieux, il prit un bac à peinture qui traînait et le plaça pile sous l'auréole. Il vit deux gouttes restées en équilibre sur le plafond s'écraser au fond du bac.

Il ne s'attarda pas dans l'annexe. Il referma la porte de l'appartement à clé, comme pour y celer ses pensées intimes, et s'enfonça sous la pluie.

L'après-midi fut sans surprise.

Ils la passèrent dans le salon, Mathilde à vérifier les comptes de sa galerie et à tenir à jour sa comptabilité, lui à terminer sa lecture et à écrire à son confrère une lettre enthousiaste qui flatterait son ego.

En réalité, assis derrière son bureau, les yeux perdus dans le vague, il ne cessa de penser à Camille.

3

Le mercredi était le jour de sa séance hebdomadaire chez la kinésithérapeute. À cause de l'incident de la veille, Mathilde n'avait pas voulu le laisser partir seul et il n'avait pas insisté.

Son rendez-vous était à 9 h 30 : séance d'une demi-heure, de quoi leur laisser le temps de passer dans la matinée chez le garagiste pour faire changer les deux pneus avant.

Quand ils arrivèrent à l'entrée de Quimperlé, François chercha du regard l'inconnu de l'autre côté de la route, mais il n'y avait personne. Sans doute était-ce trop tôt. À moins qu'il n'ait changé d'endroit ou définitivement renoncé à faire le pied de grue pour attendre d'hypothétiques clients. Sans trop de raison, il en éprouva une légère déception. Mathilde remarqua son coup d'œil à la dérobée mais ne souffla mot.

Le cabinet de sa kiné donnait sur la grosse tour carrée de Notre-Dame de l'Assomption. Il était allé à son premier rendez-vous à reculons. Durant les cinquante-huit premières années de sa vie, il avait été miraculeusement épargné par la nature. Pas la moindre fracture, pas la moindre hospitalisation… Il n'avait même pas souvenir d'avoir bénéficié d'une seule journée d'arrêt maladie au long de sa carrière. Puis, des mois durant, comme s'il avait été soudain sommé de payer son dû, il avait enchaîné les visites à l'hôpital, les consultations post-opératoires, les scanners, les IRM, les prises de sang… Les séances de rééducation lui étaient apparues comme un nouvel affront fait à son intégrité physique, un nouveau signe de sa déchéance.

Très vite, pourtant, Laurence – elle avait dès le début tenu à ce qu'il l'appelle par son prénom, même si elle-même lui donnait du « monsieur Vasseur » – avait réussi à le mettre à l'aise. Il pensait toujours à elle avec tendresse. C'était une jeune femme d'une trentaine d'années au beau visage fin, porteur d'une sorte de pureté naïve, qu'on aurait cru sortie d'une toile préraphaélite : « une Béatrice des temps moderne », songeait-il en la regardant. Elle avait la voix aussi douce que ses gestes et avait su, comme un oiseleur attrape ses proies à la pipée, l'amadouer et apprivoiser son corps affaibli.

Au cours des séances, ils parlaient de tout et de rien, avec une légèreté et un détachement qui le réconfortaient. Chez le coiffeur ou le dentiste, François redoutait ces conversations artificielles qui vous poussent à combler les silences par pure politesse. Elle savait évidemment tout du malheur qui l'avait frappé. Il aurait d'ailleurs été bien en peine de dissimuler les cicatrices sur son corps : une première sur sa cuisse gauche – la balle était passée à deux doigts de l'artère fémorale –, une autre à l'extrémité du muscle oblique externe.

Laurence était mariée à un lieutenant de gendarmerie de la brigade de Quimperlé. Il l'avait croisé un jour dans la salle d'attente : un grand gars au physique imposant, épaules larges, cou massif, devant facilement tutoyer les cent kilos. À ce qu'il pouvait en juger, ils formaient un couple heureux, mais il soupçonnait Laurence de ne pas arriver à avoir d'enfant. D'où cette idée lui était-elle venue ? Sans doute du fait que toutes les conversations entre eux finissaient par tourner autour de la maternité ou de l'éducation.

François prenait plaisir à lui parler de Camille. Il enchaînait les anecdotes sur son enfance, présentait sous un jour comique et badin sa révolte adolescente, tentait de dissimuler sous le vernis de la bienveillance paternelle leurs relations houleuses.

– Nous allons commencer par les exercices habituels, monsieur Vasseur.

Il était allongé sur la table de massage. S'armant de courage, il souleva sa jambe gauche en la tendant au maximum tandis que Laurence appuyait dessus pour la faire travailler. S'il avait appris au cours des séances à dompter sa douleur, il avait toujours autant de mal à s'empêcher de grimacer.

– Je vous trouve un air soucieux aujourd'hui. Vous allez bien ?

Il essaya de se décontracter.

– Ma jambe va mieux. Avec tous les cachets que le médecin m'a prescrits, j'ai l'impression d'être un cheval qu'on gave de stéroïdes avant une course truquée.

Le sourire de Laurence dévoila une belle rangée de dents blanches.

– Votre jambe, c'est une chose. Mais vous ?

– Oh, je gamberge bien un peu. Je finis par trouver le temps long. Mathilde et moi commençons à ressembler à deux ermites…

– Essayez maintenant de ramener votre jambe vers votre corps en la pliant. Vous avez pensé à ce que je vous ai dit ?

Insidieusement, Laurence essayait de le convaincre de consulter un psychologue de façon régulière. Mais il avait déjà goûté aux cellules d'urgence médico-psychologique et n'avait pas envie de réitérer l'expérience – à quoi ces séances avaient-elles pu lui servir à part lui apprendre qu'il appartenait aux « victimes primaires » présentant des symptômes de « stress aigu post-traumatique » ? Passer devant la commission de la médecine du travail qui prolongeait invariablement son arrêt maladie constituait déjà une épreuve suffisante.

Il tapota son crâne du bout de l'index.

– Je n'ai pas tellement envie qu'un inconnu mette son nez là-dedans. On sait comment ça commence, on ne sait pas comment ça finit. Vous savez ce que Jung disait de la psychanalyse ?

Elle leva les sourcils en secouant la tête.

– « Elle s'arrête quand le patient est ruiné. »

– Vous ne croyez pas que vous exagérez un peu ? Je ne vous parle pas de passer votre vie sur le canapé du docteur Freud. Simplement de suivre une thérapie. Je peux vous conseiller quelqu'un.

– J'y réfléchirai…

Elle fit une mine volontairement boudeuse.

– Je n'en crois pas un mot. J'ai l'impression d'une fin de non-recevoir. Attention : je pourrais vous faire très mal si je le voulais.

Elle appuya un peu plus fortement ses mains sur sa jambe.

– Je n'en doute pas. Derrière ce si beau visage se dissimule peut-être une âme sadique… Que disait Freud d'ailleurs à propos du sadisme ?

– Allons, monsieur Vasseur, un peu de tenue, je vous prie !

– C'est vous qui avez commencé… J'ai l'air d'un vieux bonhomme acariâtre, comme ça, mais j'ai encore de la ressource.

– Vous n'êtes ni vieux ni acariâtre. Ne soyez pas si négatif.

Laurence s'écarta de la table de massage et chassa de son front une mèche rebelle.

– Levez-vous à présent. Vous allez essayer de plier les jambes en descendant le plus bas possible.

– Par pitié, pas ça ! J'ai souffert le martyre la dernière fois.

Il se redressa péniblement.

– Je sais, mais c'est indispensable si vous voulez retrouver un corps d'athlète.

Il se mit en position verticale, comme un gymnaste s'apprêtant à exécuter un ensemble de figures acrobatiques sur un tapis de sol, puis plia les genoux lentement. Son corps passa immédiatement en mode défense et un frisson de douleur parcourut sa jambe gauche avant de gagner tous ses membres.

– Voilà, c'est très bien. Plus bas… encore plus bas… Vous devez arriver à toucher le sol de vos mains.

Il essaya de faire abstraction de son corps et d'envisager l'exercice comme une simple routine.

– Et votre femme, comment vit-elle tout ça ?

Laurence avait croisé Mathilde lors de leurs premiers rendez-vous. Par la suite, elle n'avait jamais manqué de louer sa beauté et sa distinction.

– De nous deux, Mathilde est la plus forte. C'est une femme que l'adversité n'effraie pas.

Laurence recentrait toujours la conversation sur lui ou sur ses proches au cours de leurs séances – sans doute une façon de détourner son attention pour lui faire oublier ses efforts.

– Son travail ne lui manque pas trop ?

– Peut-être, mais elle ne se plaint pas. Elle a la chance d'avoir une excellente associée qui fait tourner la galerie. Je lui ai bien proposé de passer deux ou trois jours par semaine à Paris, mais elle refuse de me laisser seul ici. Je ne sais pas de quoi elle a peur. Qu'est-ce qui pourrait bien m'arriver ?

– Elle vous aime, elle s'inquiète pour vous, c'est naturel. Elle aussi a été une victime, indirecte, du malheur qui vous a touché.

« Victime secondaire », se moqua François intérieurement en se rappelant la nomenclature déprimante des psychologues de la cellule d'urgence.

– La chose positive dans toute cette histoire, c'est qu'elle s'est remise à peindre.

– Je croyais qu'elle ne faisait que vendre les tableaux des autres.

– Elle peignait autrefois, mais ça remonte à si longtemps…

– Et qu'est-ce qu'elle peint ?

– Oh, vous allez trouver ça ridicule… Des fleurs.

– Pourquoi je trouverais ça ridicule ?

– Parce que les gens qui peignent des fleurs produisent en général des croûtes innommables. Mais les œuvres de Mathilde sont très belles et originales. Elle peint nos rosiers à l'arrière de la maison. Elle en fait des tableaux presque abstraits.

Il se remit à grand-peine en position verticale.

– Il faut que je fasse une pause. C'est trop douloureux.

Il s'apprêtait à argumenter davantage, car Laurence avait l'habitude de le pousser dans ses retranchements, mais elle se contenta de hocher la tête.

– On va s'arrêter là. Vous avez bien travaillé aujourd'hui. Il vaut mieux ne pas brûler les étapes.

Il se rhabilla lentement pendant que Laurence vérifiait leur prochain rendez-vous. Au moment de la quitter, il éprouva pour elle un puissant élan de sympathie. Ces derniers mois, il avait croisé beaucoup de professionnels qui l'avaient traité comme un simple cas, avec une froideur scientifique ne laissant guère de place à la moindre empathie. Laurence, elle, savait l'écouter et accordait autant d'importance aux blessures de l'âme qu'à celles du corps.

– Vous savez, je vais vraiment réfléchir à votre proposition.

Un sourire se dessina sur ses lèvres. Elle paraissait touchée.

– Vous me faites plaisir, monsieur Vasseur, vraiment plaisir.

Il sourit à son tour en songeant que, pour faire plaisir aux autres, il suffisait parfois d'un petit mensonge.

4

Pendant la séance de kiné de son mari, Mathilde avait contacté le garagiste. Il était débordé et ne pourrait s'occuper de leur voiture qu'en début d'après-midi. Plutôt que de faire des allers-retours inutiles, ils décidèrent de passer la matinée en ville et de déjeuner au restaurant. Ils en profitèrent pour faire un tour au marché sous les halles et se promener le long des quais.

C'est là que François le revit.

On pourrait invoquer le hasard ou le destin, mais le fait est que Quimperlé est une de ces villes à taille humaine où vous prenez vite l'habitude de croiser toutes sortes de connaissances dès que vous y faites trois pas.

Il reconnut immédiatement sa grande silhouette maladroite. Ludovic était accoudé au parapet, tourné vers la Laïta, à peu près à l'endroit où lui-même avait eu son vertige. Il ne portait plus sa cape de pluie mais une veste militaire avachie. Une volute de fumée de cigarette s'élevait au-dessus de lui.

François secoua légèrement l'avant-bras de Mathilde et fit un signe dans sa direction.

– C'est lui.

– Qui ça, « lui » ?

Son regard chercha dans le vide.

– Ludovic, le jeune homme qui m'a aidé hier.

Elle le remarqua enfin.

– Il a un prénom maintenant ?

– Je ne te l'avais pas dit ?

– Non. Ou alors je perds la mémoire.

– Attends-moi ici un moment.

– François ! Qu'est-ce que tu... ?

– Fais-moi confiance.

Il quitta Mathilde pour accomplir à pas lents la vingtaine de mètres qui le séparaient de Ludovic, sans aucune idée précise de ce qu'il allait lui dire.

– Vous me reconnaissez ?

Le jeune homme tourna la tête et ôta la cigarette de ses lèvres, sur lesquelles apparut un sourire fugitif. Ses cheveux blond cendré étaient presque coupés ras – François les aurait imaginés plus longs et en désordre. Il ne s'était pas rasé depuis la veille mais sa barbe était si claire qu'elle ne formait sur le bas de son visage qu'une sorte de duvet juvénile.

– L'homme au pneu crevé.

– Je vous ai vu de loin et... je voulais vous saluer.

François eut l'impression qu'il inclinait légèrement la tête, mais cela pouvait tout aussi bien être un petit tic incontrôlable. Il savait qu'il ne fallait pas compter sur lui pour faire la conversation. Alors, aussi maladroitement que la veille, il sortit son portefeuille.

– J'aimerais vous... indemniser, mieux que je ne l'ai fait hier.

Il regretta ses paroles dès qu'il les eut prononcées. « Vous indemniser »... Pouvait-on choisir expression pire que celle-là ?

– Vous m'avez déjà payé. J'ai rendu service, c'est tout.

François rangea son portefeuille pour ne pas le froisser davantage.

– Écoutez, il se trouve que j'ai eu des petits problèmes de santé ces derniers temps et que je ne peux plus m'occuper de mon jardin comme avant.

– Voulez m'engager, c'est ça ?

Toujours ce même ton neutre, un peu trop direct, qui ne manifestait aucun enthousiasme particulier.

– Si vous étiez libre pour quelques travaux de jardinage, vous me rendriez service. Rien de bien compliqué : la pelouse a besoin d'être tondue, les haies ne seraient pas contre un bon toilettage…

Quelque chose dans son regard changea. Sans doute préférait-il « parler affaires » que subir l'affreux paternalisme auquel François s'était laissé entraîner.

– Demain.

François fronça les sourcils, pas certain d'avoir bien compris.

– Vous êtes prêt à commencer demain ?

Ludovic leva les yeux vers le ciel pommelé et pointa son index en l'air.

– Deux jours de beau temps… c'est ce qu'a dit la météo. Il faut en profiter pour les travaux en extérieur.

– Marché conclu, alors.

François lui tendit la main. Ludovic l'observa de façon dubitative avant de lui tendre la sienne. Sa poignée était molle, mal assurée, mais sa paume et ses doigts étaient rêches comme du bois.

– Je vais vous indiquer où j'habite.

François utilisa une carte de visite professionnelle pour écrire au verso l'adresse de la longère.

– Ce n'est pas très loin d'ici, une quinzaine de kilomètres. Vous avez de quoi vous déplacer, je présume ?

– Ne vous en faites pas pour ça.

– Vous avez mon numéro, au cas où… La maison est un peu perdue, mais elle n'est pas si difficile à trouver que ça, et pour le matériel j'ai tout ce qu'il faut. Je possède même des tas d'outils dont je ne me suis jamais servi.

Le jeune homme regarda le carton en plissant les yeux, comme s'il avait du mal à déchiffrer l'écriture. François s'en agaça, car il avait fait l'effort d'écrire lisiblement.

– Je commence tôt.

– Venez à l'heure qui vous arrange. Nous ne sommes pas des lève-tard.

Il refit un signe minimaliste de la tête, rangea le carton dans sa veste puis se tourna vers le fleuve.

*

– Vous vous êtes raconté vos vies ?

Le regard de Mathilde traduisait une certaine inquiétude. François la sentit sur la défensive.

– Ludovic viendra demain à la maison pour s'occuper du jardin.

Elle se décomposa.

– Quoi ? Tu l'as engagé ? Tu aurais quand même pu me demander mon avis !

– Il m'a rendu service, je lui rends la pareille.

Mathilde lui agrippa le bras.

– François, on ne le connaît pas. Qu'est-ce qui t'a pris ? Je ne veux pas d'un inconnu chez moi !

– Ce n'est plus un inconnu. Il a l'air très bien, tu verras. Et puis, c'est toi qui voulais que je fasse appel à un jardinier.

Elle demeura bouche bée, à l'évidence peu amusée par ses arguments.

– Un jardinier « professionnel » ! Je parlais de quelqu'un dont c'est le métier. Pas du premier factotum croisé au bord d'un chemin !

Il ne put s'empêcher de rire.

– Tu trouves ça drôle ?

– Excuse-moi. C'est ce mot, « factotum », qui me fait rire.

– C'est ce qu'il prétend être, non ?

– Oui, mais je ne suis pas sûr qu'il sache ce que ça veut dire. Je crois que c'est quelqu'un de simple.

– Simple d'esprit, tu veux dire ? Nous voilà vernis !

Discrètement, François coula un regard dans la direction de Ludovic. Il n'avait pas bougé. Sa silhouette se fondait dans le décor gris et terne des façades de la rive opposée.

– Non, seulement simple. C'est en tout cas l'impression qu'il m'a faite.

5

Ludovic avait certes prévenu qu'il commencerait tôt, mais François n'aurait jamais imaginé le voir débarquer chez eux avant 8 heures du matin.

François Vasseur avait toujours eu l'habitude de se lever aux aurores. Lorsqu'il travaillait encore, après un petit déjeuner frugal il s'enfermait une bonne heure dans son bureau pour corriger des articles ou préparer des cours. Mathilde n'était pas plus que lui du genre à faire la grasse matinée. Elle aimait prendre son petit déjeuner dehors, dans le IIIe arrondissement, pour être tôt à sa galerie et gérer les affaires courantes avant l'ouverture. Ils n'avaient pas trouvé utile de changer leurs habitudes depuis.

Ils ne l'entendirent pas arriver. Ils étaient attablés dans la cuisine quand Mathilde sursauta :

– Il y a quelqu'un dehors !

François était dos à la fenêtre. Délaissant son magazine, il se leva rapidement pour venir se poster devant la vitre.

– Mais non, il n'y a personne.

– Je te dis que j'ai vu passer une ombre.

– Attends ici, je vais voir.

Il n'y avait pas âme qui vive sur le seuil de la maison, mais, en faisant quelques pas au-dehors, François fut étonné de voir Ludovic devant l'atelier de Mathilde. Vêtu de la même veste négligée que la veille, il se tenait le visage collé à la porte-fenêtre, les mains en œillères pour voir au travers et se protéger de la lumière matinale.

– Ludovic ?

Celui-ci tourna la tête dans sa direction sans chercher à se donner une contenance, comme s'il trouvait parfaitement naturel d'entrer chez les gens sans s'annoncer et d'espionner à travers les vitres. François avait certes décroché la chaîne à l'entrée de la propriété lors de sa balade matinale, mais il n'appréciait guère que le jeune homme n'ait pas prévenu de son arrivée par un coup de téléphone.

Ludovic s'approcha de lui sans se presser. Son visage serein indiquait clairement qu'il ne cherchait pas à dissiper un quelconque malentendu.

– Vous auriez dû sonner, dit François avec irritation.

Sa formulation ne lui semblait pas ambiguë, mais Ludovic la prit avec indifférence, en haussant légèrement les épaules, comme si on venait de lui dire : « Oh, vous auriez dû sonner, je serais venu vous faire bon accueil… »

– Nous ne vous avons pas entendu. Vous n'êtes tout de même pas venu à pied de la ville ?

– La camionnette, là-bas.

Cette façon de faire l'économie des verbes semblait être chez lui une marque de fabrique. François aperçut, garé au bout de l'allée de gravier, un vieux fourgon Citroën blanc cabossé – un véhicule un peu anachronique pour un garçon de son âge. Il était incroyable que le bruit du moteur ait pu leur échapper.

Quand il se retourna vers Ludovic, celui-ci était en train de caresser du bout des doigts les pierres de granit apparentes de la façade.

– Vous avez une belle maison… une très belle maison.

Il avait prononcé cette phrase lentement, avec une sorte de convoitise que François trouva déplacée.

– Merci, répondit-il de manière sèche. Entrez, je vais vous présenter à ma femme.

Les réticences qu'avait clairement manifestées Mathilde auraient pu lui faire craindre le pire quant à cette première rencontre.

Quelques minutes avant l'arrivée de Ludovic, elle s'inquiétait encore : il était évident qu'il travaillait au noir et n'avait pas d'assurance… que se passerait-il s'il lui arrivait un accident dans la propriété ? Mais Mathilde – et c'étaient sans doute là les seules reliques d'une éducation bourgeoise de province qui place les apparences au-dessus de tout – était une hôtesse irréprochable. Elle lui faisait penser à ces Grecs de l'Antiquité qui voyaient dans l'hospitalité un impératif divin et accueillaient un étranger demandant l'asile avec les égards qu'ils auraient eus pour un roi.

Quand Ludovic entra dans la cuisine, elle n'afficha aucune surprise – elle n'avait rien dû perdre de leur échange – et s'approcha avec un sourire de façade. Ludovic promena son regard sur la pièce, comme s'il évaluait tous les objets qui s'y trouvaient.

– Bonjour, madame.

Il s'était appliqué pour prononcer ces deux mots : les articuler semblait tant lui coûter que François n'aurait pas été étonné qu'il entreprenne aussi un baisemain.

– J'espère que je ne vous dérange pas. C'est M. Vasseur qui m'a dit de venir tôt.

François n'aima pas la façon approximative qu'il avait de présenter les choses, pas plus que le regard cauteleux qu'il lui lança – un regard qui laissait penser qu'il cherchait à se dédouaner de sa propre attitude.

– Mais vous ne nous dérangez absolument pas. Vous connaissez le proverbe : « Le monde appartient à ceux qui se lèvent tôt. »

François le savait, Mathilde n'avait proféré cette banalité que pour se mettre à son niveau.

– Voulez-vous une tasse de café ?

Ludovic se tourna à nouveau vers François, pour obtenir sa bénédiction cette fois.

– Je ne dis pas non.

Il ne quitta pas Mathilde des yeux tandis qu'elle s'affairait devant la cafetière italienne. Il la regardait comme un petit garçon qui attend son chocolat chaud.

– Par quoi voulez-vous commencer, Ludovic ? Ce n'est pas le travail qui manque dehors.

– La haie, madame. L'herbe est encore trop mouillée, ça n'est pas pratique avec la tondeuse.

– La haie. Excellente idée. Elle ne ressemble plus à rien. Tenez.

Elle déposa devant lui une petite tasse en porcelaine bleue d'un service qu'ils avaient acheté chez un antiquaire lors de leur installation. Un service hors de prix qui aurait eu davantage sa place dans une vitrine de collectionneur que sur une table de cuisine. Ludovic observa longuement la tasse, la faisant tourner délicatement sur sa soucoupe, conscient qu'il tenait entre ses doigts un objet relativement précieux, puis il but le breuvage à petites gorgées.

– C'est bon, murmura-t-il pour lui-même.

Comme il semblait absorbé par la dégustation de son café, François entreprit de faire la conversation pour combler le silence : « J'espère que le beau temps tiendra toute la journée » ou « Je trouve qu'il fait nettement plus frais qu'hier ».

Mais Ludovic ne l'écoutait pas. Pas plus que Mathilde, qui scrutait le garçon avec perplexité.

Un quart d'heure plus tard, une fois la question des tarifs réglée – effectivement, il ne voulait être payé qu'en liquide –, Ludovic était à l'œuvre. François le laissa seul : sa présence lui serait sans doute aussi irritante que si lui-même avait senti quelqu'un lire par-dessus son épaule.

Il travailla quatre heures durant, quasiment sans interruption. Toute la matinée, Mathilde lorgna à travers la vitre du salon pour le surveiller. Une revue à peine ouverte… Un peu de rangement… Toutes les tâches qu'elle entreprenait pour mieux les interrompre semblaient des occasions pour venir se poster à la fenêtre. À trois reprises, elle fit mine de se rendre à son atelier pour pouvoir l'observer plus à son aise. À la quatrième, François voulut mettre un terme à son manège :

– Tu ne vas pas encore aller l'espionner !

– « L'espionner » ? J'allais simplement lui proposer un rafraîchissement.

Elle tenait un plateau en bois joliment ciselé sur lequel étaient posés un verre d'eau gazeuse garni d'une tranche de citron et une assiette de biscuits. Un raffinement excessif qui donnait l'impression qu'elle s'apprêtait à recevoir d'insignes invités au salon.

– Laisse, je m'en occupe. Il n'a pas besoin de tout ça.

François ne prit que le verre d'eau gazeuse. Il avait critiqué Mathilde mais, une fois dehors, il profita de l'occasion pour s'attarder un peu.

Il avait rarement vu quelqu'un travailler de façon aussi consciencieuse et efficace. Ce n'était pas tant sa rapidité qui l'étonnait que son organisation extrême – Ludovic semblait aussi à l'aise un outil entre les mains qu'il était gauche le reste du temps. Il avait posé des cordeaux pour définir la hauteur et le gabarit de la haie. À l'aide du taille-haie thermique, il l'avait dégrossie pour revenir à l'ancienne coupe et avait parfait son ouvrage à la cisaille.

En une matinée, il avait intégralement taillé la haie et allumé un grand feu dans un coin du jardin pour y brûler l'amas de feuilles et de branches. François ne devait jamais oublier le visage de Mathilde lorsqu'elle vit le travail achevé – elle paraissait aussi admirative devant les troènes qu'un visiteur devant les bosquets de Villandry ou les charmilles de Versailles. Cette haie était particulièrement difficile à domestiquer, car elle épousait la sinuosité de l'allée. Chaque fois que François s'y était frotté, il s'était désolé des bosses et des trous qui subsistaient. La perfection du travail qu'il avait sous les yeux faisait ressortir son propre amateurisme.

– Ça vous va comme ça ?

Mathilde s'approcha de Ludovic et posa une main sur son avant-bras – le premier geste qui ne relevait pas du simple respect des convenances.

– C'est... parfait !

– Beau travail, fit François avec moins d'effusions.

Ludovic enleva ses gants sales et se tint immobile devant eux, les poings sur les hanches. Leurs compliments semblaient glisser sur lui sans l'atteindre.

– Je peux repasser pour la tondeuse… Cette après-midi, si vous voulez.

– Vous êtes sûr ?

– Tant qu'il fait beau.

Mathilde jeta un regard furtif à François, avant de s'adresser à nouveau à Ludovic :

– C'est-à-dire que… nous comptions sortir cette après-midi.

Il ne cilla pas.

– Je n'ai pas besoin de vous. Je resterai dans le jardin.

Le visage de Mathilde se tendit. La remarque de Ludovic semblait avoir annihilé tous les efforts qu'il avait déployés pour lui faire bonne impression. François imaginait aisément la panique qui l'avait saisie à imaginer un quasi-inconnu chez elle en son absence.

Elle avait pris rendez-vous chez son coiffeur et ils devaient récupérer une petite commode qu'ils avaient confiée à un restaurateur de meubles anciens. Difficile à présent de faire marche arrière.

François voulut dissiper la gêne qui s'était installée, sans doute avec trop d'empressement :

– Eh bien, Ludovic se débrouillera. Il nous a déjà montré un bel aperçu de son talent.

Mathilde secoua légèrement la tête, comme pour chasser des pensées négatives, et sourit.

– Oui, il se débrouillera… Cette après-midi, c'est très bien ainsi…

François craignit qu'un long silence ne s'installe, mais elle reprit rapidement contenance :

– Ludovic, que diriez-vous de déjeuner avec nous ? Ça nous ferait vraiment plaisir…

6

François ne fut pas surpris par l'invitation de Mathilde. Quand une situation lui déplaisait ou lui échappait, elle faisait mine de l'accepter pour mieux en tirer avantage. Il savait qu'clle n'avait proposé ce déjeuner que pour en apprendre plus sur Ludovic et, tel un analyste comportemental, chercher à dresser son « profil psychologique ».

Ludovic s'installa à la même place que le matin. Ils ne déjeunaient jamais dans la salle à manger, car la cuisine était une pièce spacieuse et très agréable.

Il se tenait sur sa chaise, le menton baissé, les mains enfouies entre ses genoux, comme pour se réchauffer. Quand Mathilde lui eut servi sa salade de poulet au miel, il se jeta dessus sans les attendre.

Il mangeait vite, sans beaucoup de tenue, mais dans un parfait silence – le même silence qui l'avait accompagné lorsqu'il avait approché François la première fois, sur le bord de la route.

Il avait déjà bien entamé son assiette quand Mathilde débuta son interrogatoire :

– D'où venez-vous, Ludovic ?

– Mathilde… Notre invité n'a peut-être pas envie de parler de lui !

La remarque de François n'avait que l'apparence de l'indignation. Il jouait plutôt un petit jeu avec Mathilde pour adoucir ses questions.

– Du Nord, madame.

– D'où exactement ?

– De Lille.

Mathilde sourit et prit un air exagérément enthousiaste.

– Ah, la Grand-Place ! Une merveille. C'est comme ça que vous l'appelez, non ?

Ludovic secoua la tête.

– Chez nous, on disait la « place de la Braderie ».

– Tiens donc… François et moi sommes allés deux fois à la Braderie de Lille. Tu te souviens ?

– Bien sûr. Nous devrions y retourner un jour, ça fait si longtemps…

Il s'apprêtait à servir du vin à Ludovic, mais celui-ci s'empressa de poser une main sur son verre :

– Je ne bois pas de vin, j'aime que la bière.

François s'arrêta net.

– Quel dommage ! Nous n'avons pas de bière. Voulez-vous autre chose ? Un jus de fruits, par exemple ?

– Je préfère de l'eau alors.

Mathilde prit la carafe et remplit lentement son verre.

– Et qu'est-ce que vous faites si loin de chez vous ?

Ludovic haussa les épaules.

– J'aime bien voyager, bouger… être libre, quoi.

– Et vous n'avez jamais eu de vrai métier ?

Il fronça les sourcils intensément, comme si on lui parlait une langue étrangère, si bien que Mathilde tenta de se reprendre :

– Je veux dire… Dieu sait que vous avez fait du bon travail ce matin, mais ça ne doit pas être évident de vivre de petits boulots à droite et à gauche.

– J'ai pas de diplômes mais j'ai de l'expérience…

On aurait dit qu'il s'apprêtait à dérouler son CV devant eux, mais il n'acheva pas sa phrase.

– Rien ne vaut l'expérience. Ce n'est pas en faisant l'ENA ou Polytechnique qu'on apprendra à tailler une haie !

La plaisanterie de François n'arracha pas de sourire à Ludovic. Il fut d'autant plus gêné qu'il avait commencé à rire bêtement de son trait d'humour. Mathilde s'amusa de son embarras tandis que le jeune homme sautait du coq à l'âne :

– Ma mère aimait bien cuisiner, mais c'était jamais aussi bon que vous.

– Oh, merci, mais je suis capable de faire beaucoup mieux que ce déjeuner. J'ai préparé ça en vitesse, vous savez. Voulez-vous que je vous resserve ?

Il hocha la tête en émettant un petit bruit de satisfaction.

– Et que font vos parents ?

Ludovic enfourna une grosse bouchée de salade et de poulet.

– Mon père était ouvrier, mais il ne travaille plus.

Il se tapota la poitrine.

– Invalidité… Les poumons. Ma mère continue à faire des ménages, de temps en temps.

– Vous les voyez souvent ?

– Non. Je m'entends pas avec eux.

– Comme c'est dommage ! Votre mère doit être si fière de vous.

François regarda Mathilde d'un air sévère. Sa phrase lui paraissait si incongrue qu'il craignait que Ludovic ne pense qu'elle se moquait de lui. Mais il semblait à peine l'avoir entendue.

– Et vous, vous avez une fille, pas vrai ?

Les Vasseur se regardèrent, interdits. François aurait été incapable de proférer la moindre parole, mais Mathilde prit les devants :

– Oui, elle s'appelle Camille.

– Vous la voyez pas souvent.

Sa question avait l'intonation d'une affirmation. Comme s'il s'agissait d'un simple constat. Comme si ces quelques minutes passées en leur compagnie lui avaient suffi à les percer à jour.

– Pourquoi dites-vous cela ?

On sentait de l'agacement dans la voix de Mathilde. Ludovic tourna la tête vers la porte qui donnait sur le salon :

– À cause de toutes ces photos à côté. Quand on a autant de photos de quelqu'un, c'est qu'on le voit pas souvent.

Mathilde adopta un air détaché :

– Camille habite à Londres, elle travaille à l'ambassade de France. Elle est très occupée, mais elle doit venir nous voir très bientôt. N'est-ce pas, François ?

Il se sentit pris au piège du mensonge dans lequel on est entraîné malgré soi et dont on ne peut se dépêtrer.

– Absolument.

Ludovic ne répondit rien, trop occupé à fouiller les poches de sa veste restée sur le dossier de sa chaise.

– Ça vous dérange si je fume ?

Il tenait déjà sa cigarette et son briquet en main. Mathilde détestait le tabac et n'autorisait personne à fumer à l'intérieur de son appartement parisien pas plus que dans la longère. Mais, après quelques secondes d'hésitation, elle fit à Ludovic son plus beau sourire.

– Vous êtes notre invité, faites comme chez vous… Je vais vous chercher un cendrier.

*

Tandis que Mathilde finissait de se préparer dans sa chambre, Ludovic sortait déjà la tondeuse de la remise pour y remettre de l'essence. François se tenait devant l'annexe et le héla d'un signe de la main :

– Ludovic, venez, s'il vous plaît ! J'aimerais vous montrer quelque chose.

Il referma le bidon d'essence et, sans se presser, se dirigea vers l'appartement. François eut du mal à gravir la dizaine de marches et Ludovic le remarqua :

– Vous boitez beaucoup.

– Ce n'est rien. Les petits ennuis de santé dont je vous ai parlé…

– Qu'est-ce qui vous est arrivé ?

François estima son mensonge habituel peu approprié. Ludovic savait-il seulement ce qu'était un AVC ?

– Ne vous préoccupez pas de ça. Venez.

Il avança jusqu'au fond de la pièce mansardée.

– Vous voyez, cette grosse tache d'humidité, là ?

Le mur en pente ne suintait plus mais le bac en dessous était à moitié plein d'eau. Ludovic examina de près la surface boursouflée et leva les yeux au plafond.

– Les tuiles, là-haut, elles ont dû bouger.

François hocha la tête.

– C'est bien ce que je pensais.

– Il faudrait monter sur le toit pour voir, dit Ludovic en passant une main dans ses cheveux ras. J'ai vu que vous aviez des tuiles en ardoise dans la remise, ça peut facilement se réparer.

Au moment des travaux, ils avaient conservé par précaution des tuiles et des carreaux qui n'avaient pas servi.

– Oh, rien ne presse. Je voulais simplement avoir votre avis.

– Vous êtes en pleins travaux ?

François eut un sourire gêné.

– Pas vraiment. On les a abandonnés il y a un certain temps… La maison est déjà bien assez grande pour nous.

Ludovic hocha la tête, l'air absent, tandis que François s'engageait dans l'escalier.

– Vous qui êtes grand, faites attention de ne pas vous cogner en descendant : la trémie est un peu étroite.

Mais, au lieu de le suivre, le jeune homme s'attarda un moment à l'étage.

*

Pendant le trajet, les Vasseur ne parlèrent pas de Ludovic. François savait pourtant qu'il habitait les pensées de Mathilde. Cela devint parfaitement clair lorsque, en sortant de chez le coiffeur, elle lui proposa de rentrer et de changer leurs plans. Après tout, rien ne pressait pour la commode, ils auraient tout le loisir de la récupérer une autre fois. Rien ne disait d'ailleurs qu'elle était prête.

– Mais si, rétorqua François. Je t'ai déjà dit que j'avais eu le restaurateur hier au téléphone.

Il était 16 h 30 quand, n'y tenant plus, Mathilde regarda ostensiblement sa montre :

– On devrait se dépêcher. Je préférerais que nous soyons là quand il partira. Ce serait tout de même plus poli.

C'est une pelouse parfaitement tondue qui se déroula devant eux lorsqu'ils franchirent le portail de la propriété. Le terrain, dont la perspective n'était plus coupée par les herbes folles, semblait avoir doublé de surface.

Mathilde marmonna une phrase que François ne comprit pas.

– Tu as dit quelque chose ?

Son front était appuyé contre la vitre du véhicule.

– Je disais : « Ce garçon est une perle rare. » Je m'étais trompée à son sujet.

Sorti de la voiture, François se dirigea vers la remise : Ludovic ne s'était pas contenté de rentrer la tondeuse, il avait aussi mis de l'ordre dans le matériel et les outils qui encombraient l'entrée, de sorte qu'on pouvait à nouveau aisément garer un véhicule à l'intérieur.

Mathilde, elle, marchait au milieu de la pelouse. François la vit s'accroupir et passer lentement une main entre les brins d'herbe. Elle donnait l'impression d'être ailleurs.

François arracha une feuille collée à la va-vite sur la porte d'entrée par du scotch d'emballage :

je revien demain pour le toi

7

Dans le scénario le plus probable – mais, ce scénario-là, les Vasseur n'eurent pas le temps de l'envisager –, Ludovic aurait taillé la haie, tondu le gazon, puis il aurait disparu à jamais de leur existence. Plus tard, peut-être se seraient-ils souvenus de lui au détour d'une conversation : « Tu te rappelles ce garçon un peu étrange qui s'était occupé du jardin ? Comment s'appelait-il déjà ? »

Mais François lui avait fait visiter l'appartement. S'agissait-il d'un simple malentendu ou n'avait-il pas été assez clair avec lui ? Il n'avait montré la tache à Ludovic que pour recueillir son avis, jamais il n'avait été question qu'il revienne pour réparer la toiture.

Il lui avait fallu expliquer à Mathilde le mot laissé sur leur porte. Il s'était perdu en propos confus. Oui, ils avaient vaguement convenu qu'il pourrait venir jeter un coup d'œil quand il en aurait le temps. Peut-être lui avait-il dit de venir le lendemain, il ne se souvenait plus trop. François préféra encore assumer la responsabilité de la situation plutôt que d'inquiéter Mathilde inutilement en lui laissant croire que Ludovic s'était invité chez eux sans leur consentement.

Les Vasseur formaient un duo comique alors que, dès 7 h 30, ils l'attendaient silencieusement dans la cuisine devant une énième tasse de café. Ni Mathilde ni François ne doutaient qu'il viendrait aussi tôt que la veille. Cette fois, guettant son arrivée, ils entendirent parfaitement le véhicule se garer dans l'allée.

– Il est là.

Le ton qu'avait employé Mathilde était à mi-chemin de la crainte et de l'excitation. D'une certaine manière, François était exactement dans le même état d'esprit qu'elle.

– J'y vais.

Il se leva de sa chaise avec promptitude pour l'accueillir et éviter qu'il ne furète à nouveau autour de la maison ou ne lorgne à travers les vitres.

Ludovic portait exactement les mêmes habits que la veille. Sa barbe, qui n'avait pourtant poussé que de façon imperceptible, seyait mal à son visage juvénile et lui donnait un aspect négligé. Il remonta l'allée d'un pas nonchalant.

– Toujours à l'heure, fit-il avec un certain contentement dans la voix.

– C'est ce que je vois.

François voulut lui tendre la main puis se ravisa. Ludovic ne semblait guère apprécier les gestes conventionnels, il s'en était aperçu le jour où il l'avait croisé près de la Laïta.

Ludovic n'attendit pas qu'on l'invite à entrer. François se trouvait dans l'embrasure de la porte et il lui passa devant sans vergogne, en le frôlant, sans même prendre la peine de s'essuyer les pieds sur le paillasson. Il se dirigea ensuite droit vers la cuisine. François lui emboîta le pas avec le désagréable sentiment de s'être fait déposséder de son rôle d'hôte.

– Bonjour, madame Vasseur.

Ce qui n'avait été pour François qu'une impression la veille se confirma clairement : Ludovic ne s'adressait pas à Mathilde de la même manière qu'à lui. Sa voix se faisait plus doucereuse, ses manières plus enjôleuses : on aurait dit qu'il cherchait en permanence à lui prouver quelque chose.

– Bonjour, Ludovic. Comment allez-vous ce matin ?

– Bien.

Ludovic alla directement s'asseoir à sa place, comme s'il y avait son couvert mis à demeure. Il enfouit ses mains entre ses genoux et, le dos collé au dossier de la chaise, fixa les Vasseur en souriant.

Mathilde lança à François un regard effrayé qui semblait dire : « Mais… tu as vu ses manières ! Fais donc quelque chose ! »

Au lieu de quoi, après un silence embarrassé, François lui proposa un café.

*

– Faites attention, Ludovic !

Mathilde levait les yeux vers le faîte de la longère, une main en visière, l'autre posée sur sa joue – un geste d'inquiétude qui semblait augurer un futur drame.

Tel un funambule, Ludovic se tenait en équilibre sur la toiture. Il était passé par le vasistas de l'appartement et avait installé une simple échelle pour pouvoir progresser sur le toit sans risquer de tomber ou de casser les tuiles en ardoise. Il leur fit un petit signe rassurant de la main. À en juger par l'endroit où il se trouvait, l'eau s'était infiltrée bien en amont de la tache d'humidité.

– Nous n'aurions pas dû le laisser monter. Tondre le gazon, c'est une chose, mais là ! Imagine s'il se blesse…

– Il va très bien s'en sortir, tu verras.

Ludovic ne resta pas plus de cinq minutes sur le toit. Il disparut par le vasistas et vint rejoindre les Vasseur en bas.

– Vous nous avez fait une de ces frayeurs !

La réaction théâtrale de Mathilde agaça François. C'était à croire qu'il s'était baladé sur le toit d'un immeuble de cinq étages.

– Alors, qu'est-ce que vous en pensez ?

Le jeune homme s'essuya négligemment les mains sur son pantalon de treillis.

– C'est ce que je disais : deux ou trois tuiles ont bougé. Une est bien amochée… Un coup de grêle ou le vent…

– Qu'est-ce qu'il faut faire ?

– C'est trois fois rien. Je peux les changer, taper dans la pile de tuiles qui vous reste.

– Est-ce qu'il vous faut un matériel particulier ?

– Vous avez un marteau de couvreur ?

François ne voyait que vaguement à quoi pouvait ressembler un tel outil.

– Non.

– Une pince multiprise alors ?

– Vous devriez trouver ça dans la remise.

– Je vais voir.

Mathilde attendit que Ludovic se soit suffisamment éloigné :

– Tu es sûr qu'il sait ce qu'il fait ? Il n'est pas couvreur, que je sache ! Il vaudrait peut-être mieux voir avec un professionnel…

François l'apaisa d'un geste de la main.

– Tu as déjà dit ça avant-hier pour le jardin. Tu ferais mieux de rentrer, sinon tu vas passer ton temps à te ronger les sangs. Je vais rester avec lui, ne t'en fais pas.

*

L'opération ne dura pas plus de vingt minutes. Perché sur un tabouret, la tête dépassant du vasistas, François observa attentivement Ludovic : il fit pivoter les crochets de retenue, retira les trois tuiles abîmées, puis fit quelques allers-retours pour tailler au marteau les ardoises neuves à la bonne taille. Quand il eut fini, il ramena à grand-peine l'échelle dans l'appartement.

– Je ne sais pas comment vous remercier, vous avez vraiment des mains en or.

Comme la veille, Ludovic ignora le compliment et se mit à frotter du bout des doigts les boursouflures suintantes à la surface du mur.

– Pour la tache, on peut rien faire. Il faut attendre que ça sèche avant de repeindre.

Il se tut ensuite et promena lentement les yeux sur l'étage. François le vit secouer la tête dans ce qui ressemblait à un signe de désapprobation.

– Qu'y a-t-il ?

– C'est dommage, cet appartement…

– Oui ?

– Le plus gros a été fait. Ça pourrait être un super endroit.

– Peut-être un jour…

Ludovic agita le menton pour désigner l'auréole :

– Plus vous attendrez, plus vous risquez d'avoir des problèmes de ce genre.

François ne fut pas surpris par ce qui suivit. Il aurait dû couper court à cette conversation et commencer à redescendre tranquillement l'escalier. Mais il s'attarda, suffisamment pour laisser à Ludovic le temps de continuer sur sa lancée :

– Si vous voulez, je pourrais m'en charger.

– Que voulez-vous dire exactement ?

– Finir l'appartement, poser tous les branchements, m'occuper de la plomberie, des sols et des murs… Je peux vous faire quelque chose de propre, à votre goût.

D'une réparation sur le toit qui avait demandé vingt minutes de travail ils étaient en train de passer à l'aménagement d'un appartement de cinquante mètres carrés. Ludovic regardait François de biais, dans l'attente d'une réaction.

Durant les quelques secondes qui suivirent, le visage de Camille apparut à François. Il lui revenait comme une barque cogne inlassablement le ponton auquel elle est attachée. « Ton appartement », pensa-t-il si fort qu'il lui sembla que ses lèvres avaient prononcé ces deux mots malgré lui.

– Écoutez, Ludovic, votre proposition est très tentante, mais il faudrait d'abord que j'en parle à Mathilde. Vous comprenez, nous n'avions pas prévu de nous lancer dans des travaux et…

– C'est vous qui voyez, le coupa Ludovic d'un ton sec.

Et, sans rien ajouter, il lui tourna le dos pour se diriger vers l'escalier.

Les prévenances dont François avait usé lui revenaient en pleine figure. Il était choqué par la réaction de Ludovic mais n'éprouvait pourtant aucune colère. Il ressentait même un sentiment de culpabilité, comme un père qui vient de gronder son enfant regrette aussitôt de s'être laissé emporter.

Lorsqu'il le rejoignit dans le jardin, Ludovic avait allumé une cigarette et grattait du pied le gravier comme un cheval nerveux. Quand il vit François, il rentra la tête dans les épaules et mit les mains dans ses poches, en signe de défense.

– Attendez-moi là un moment. Je vais aller parler à Mathilde.

En entrant dans la maison, François fut submergé par des sentiments étranges et contradictoires. Qu'était-il en train de faire ? Pourquoi se laissait-il aussi facilement influencer par ce garçon ? Même au moment de franchir la porte de la cuisine, il n'avait pas la moindre idée de ce qu'il s'apprêtait à dire.

– Alors ?

François s'approcha de la table. Mathilde y avait empilé tout un tas d'assiettes et s'affairait à mettre de l'ordre dans les placards.

– Il a fini. Aussi efficace qu'hier. La toiture est comme neuve.

– Il est parti ?

Le visage de Mathilde était impénétrable.

– Non, bien sûr que non. Il est dans le jardin, il attend…

François était incapable de deviner si sa réponse avait créé en elle du soulagement ou de la déception. Mathilde posa son torchon sur le dossier d'une chaise et le regarda d'un air intrigué.

– Il attend quoi ?

Il s'assit en face d'elle, croisa ses mains sur le bord de la table, puis prit quelques secondes pour répondre :

– J'ai discuté un moment avec Ludovic. Il faut que je te parle d'une idée que nous avons eue…

8

Mètre ruban à la main, Ludovic passa l'après-midi à prendre des mesures et à noter sur son petit calepin toutes les idées qui lui venaient.

Autant il avait accompli ses tâches précédentes d'une façon certes consciencieuse mais purement mécanique, autant cette nouvelle entreprise le plongeait dans une agitation puérile. François se souviendrait longtemps de sa silhouette longiligne penchée sur la table du salon, de sa main griffonnant nerveusement la liste des fournitures dont il aurait besoin et des explications techniques un peu absconses qu'il leur donnait à l'aide de grands gestes désordonnés.

Lui jusque-là si taciturne n'arrêtait plus de parler. Si la disposition des pièces et l'agencement général de l'appartement avaient été décidés depuis longtemps, il voulait déjà avoir leur avis sur mille détails auxquels ils n'avaient jamais pensé : le type de main courante pour l'escalier, le revêtement des sols, la disposition du bar dans la cuisine, la hauteur du carrelage ou des spots dans la salle de bains…

– Il faut penser à tout, dit-il en examinant les plans de l'appartement qu'ils avaient exhumés d'une chemise en carton.

Même Mathilde, qui avait des idées très précises en matière de décoration, semblait un peu perdue. Elle n'eut qu'une exigence : que l'une des deux chambres soit peinte en lilas ou en parme, ses teintes préférées. Tout allait vite, trop vite, mais après tout il en avait été de même pour la longère : ils l'avaient visitée par simple curiosité et quelques heures plus tard ils étaient prêts à l'acheter.

Lorsque François eut la longue liste entre les mains – parsemée d'un nombre incalculable de fautes d'orthographe, Ludovic écrivant à l'évidence les mots de façon phonétique –, il aurait pu prendre peur, mais il se sentait gagné par un enthousiasme contagieux qu'ils alimentaient chacun leur tour, pour des motifs différents.

Il ne fut pas question de la durée des travaux. Ludovic préférait continuer à être payé au tarif horaire dont ils étaient convenus – une broutille comparé à ceux des différents corps de métier auxquels ils étaient habitués.

– Comme ça, si vous n'êtes pas contents, vous pourrez tout arrêter, leur dit-il en riant.

C'était la première fois que les Vasseur le voyaient rire.

Le lendemain, ils passèrent la matinée dans les enseignes de bricolage. Ludovic savait parfaitement quels achats effectuer et naviguait avec une facilité déconcertante dans les allées labyrinthiques des magasins. Mathilde et François constatèrent qu'il était très préoccupé par les prix, comme si c'était lui qui, au bout du compte, payait la facture. Il comparait chaque marque en s'attachant parfois à des différences de l'ordre de quelques centimes. « Inutile de dépenser des sous pour rien, cette colle fera très bien l'affaire. »

Ils n'achetèrent ce jour-là que des fournitures peu encombrantes que Ludovic énumérait puis barrait progressivement de sa liste : des écrous, des bagues et des potences, une scie trépan, des boîtiers d'encastrement…

Sur le parking, Ludovic prit de l'élan, sauta sur la grille inférieure du Caddie et roula à vive allure sur une dizaine de mètres en poussant un cri d'Indien. Les Vasseur se regardèrent en souriant.

Les travaux débutèrent l'après-midi même. Ludovic voulait commencer par la salle de bains, car c'était selon lui la pièce qui lui donnerait le plus de fil à retordre. La douche et le lavabo étaient stockés dans un coin de l'appartement mais n'avaient jamais été installés. Il s'occupa d'abord de brancher les gaines et les tubes en PER – c'est lui, bien sûr, qui apprit ce terme à François.

Ils avaient décidé de le laisser travailler seul, sans l'interrompre à tout bout de champ. Vers 16 heures, alors qu'ils ne l'avaient vu sortir qu'une fois pour fumer une cigarette devant la maison, François monta le rejoindre à l'étage. Ludovic était accroupi, en train d'ajuster la cabine de douche dans un angle de la salle de bains.

– Vous voulez un coup de main ?

– Non, je me débrouille. Et puis avec votre jambe…

La pièce avait déjà bien changé. Les canalisations d'eau n'étaient plus apparentes et il avait encastré dans la cloison les différents boîtiers.

– Vous voudriez faire une pause et venir boire quelque chose avec nous ?

Sans relever la tête, Ludovic désigna du doigt la bouteille d'eau que lui avait donnée Mathilde :

– J'ai ce qui faut. Je préfère continuer.

– Vous êtes sûr que vous n'avez besoin de rien ?

Cette fois, il ne répondit pas. Il était tellement plongé dans son travail que François supposa qu'il ne l'avait même pas entendu.

*

Vers 18 heures, alors que François faisait du rangement sur son bureau et que Mathilde lisait dans le salon, ils entendirent le fourgon démarrer. François se hâta jusqu'à la fenêtre et eut à peine le temps d'apercevoir le véhicule disparaître dans le jour déclinant.

Il ne fallut pas une minute à Mathilde pour le rejoindre dans le bureau :

– Où est-ce qu'il est allé ?

François laissa retomber le rideau et leva les mains en signe d'incompréhension.

– Je n’en ai aucune idée. Il lui manquait peut-être quelque chose…

Elle regarda sa montre avec perplexité et fit une moue soucieuse.

– Il est plus de 6 heures. Il n’a pas pu retourner au magasin !

– Il avait peut-être d’autres choses à faire.

– Et il serait parti comme ça, sans même nous dire au revoir ?

– Que veux-tu que je te dise ? Il n’a pas de comptes à nous rendre…

Ils l’attendirent pourtant. Les minutes puis les heures passèrent.

Ils ne le revirent pas de la soirée.

9

Le lendemain, à la même heure que les deux jours précédents, Ludovic sirotait son café dans la cuisine. Il se ménageait de petites pauses et faisait pivoter rapidement la tasse de porcelaine bleue sur la soucoupe. Mathilde observait sa tasse comme si elle était devenue le centre de gravité de la pièce, craignant que Ludovic ne l'ébrèche à force de la manipuler.

Les Vasseur ne lui firent aucune remarque sur son comportement étrange de la veille. Au contraire, Mathilde le complimenta sur le travail déjà effectué. Il la remercia poliment mais se montra à nouveau taciturne.

Il n'était pas encore 8 h 15 quand il se remit au travail. Ludovic expliqua qu'il aurait sans doute besoin de faire des achats dans la journée. François lui donna donc un chèque daté et signé en lui demandant de bien garder les factures. « Pour mes comptes », ajouta-t-il aussitôt afin qu'il n'imagine pas qu'il se méfiait de lui.

Ils n'aperçurent plus ensuite Ludovic que lors de ses pauses-cigarette. Mathilde, elle, passa la plus grande partie de la matinée dans son atelier, où elle entama la première toile de ce qui se révélerait une longue série. On y voyait la silhouette grise et maladroite d'un homme sur un fond bleu de Sienne – un tableau toujours à mi-chemin entre le figuratif et l'abstrait, mais à mille lieues de ce qu'elle faisait autrefois.

Mathilde laissait François regarder ses œuvres même lorsqu'elles n'étaient pas achevées. Il n'était qu'un profane en la matière, mais elle était avide de ses conseils. Avoir consacré sa vie à juger le travail des autres avait développé chez elle une exigence parfois sévère. Elle connaissait ses limites et détestait se complaire dans l'amateurisme.

– Qu'est-ce que tu en penses ?

Il s'approcha du chevalet pour observer les détails : le bleu de Sienne qui lui avait semblé uniforme de prime abord était en réalité constitué d'une infinité de nuances et le personnage central n'était que juxtaposition de petits traits gris qui s'entremêlaient comme les fils d'une pelote de laine.

– C'est beau. Très beau.

– Tu ne dis pas ça pour me faire plaisir ?

– Est-ce que je t'ai déjà menti ?

– Oui, au début. Quoi que je fasse, tu me sortais toujours les mêmes compliments.

– Ça, c'était au début. Est-ce que je n'ai pas été objectif sur tes fleurs ?

Mathilde sourit.

– C'est vrai. « De belles toiles impressionnistes… peintes avec plus d'un siècle de retard. »

– Tu vois.

François agita un doigt en l'air comme s'il repassait le contour de la silhouette.

– Cette toile est… comment dire ?… troublante.

– Troublante ?

– Oui, elle crée une sorte de malaise. On n'arrive pas à savoir si cet homme est de face ou de dos.

– C'est fait exprès.

– Je me doute bien.

François passa un doigt sur ses lèvres, hésitant à aller plus loin.

– Et puis, cette silhouette…

– Oui ?

– Eh bien… je ne sais pas, on dirait Ludovic.

Mathilde haussa les épaules comme s'il venait de proférer une parfaite ineptie :

– Quelle idée ! Où es-tu allé chercher ça ?

– C'est l'impression que j'ai eue. Qui sait ? Il t'inspire peut-être inconsciemment ?

*

À midi, Ludovic ne voulut pas déjeuner avec eux, il préférait avancer dans les travaux. Mathilde lui prépara un volumineux sandwich au poulet accompagné d'une part de tarte et d'une bouteille de bière – elle en avait acheté plusieurs packs pour lui faire plaisir.

Il travailla le reste de la journée sans interruption.

En fin d'après-midi, alors que le jour commençait à tomber, il disparut à nouveau sans venir les saluer.

*

Le lundi, il se remit à pleuvoir. François entendit les premières gouttes marteler le toit vers 5 heures du matin. Quand ils se levèrent, c'était une pluie dense et continue qui s'abattait sur la propriété. Le ciel était uniformément gris et les deux jours de beau temps ne semblaient plus qu'un lointain souvenir.

Il était 8 heures lorsque Mathilde commença à se résigner :

– Avec ce temps, il ne viendra peut-être pas aujourd'hui.

François ricana doucement.

– Je doute que la pluie soit un problème pour lui. Si tu l'avais vu, trempé jusqu'aux os, le jour où il m'a aidé sur la route…

– Au moins, nous le payons à l'heure.

Sa remarque avait été prononcée sur le ton de la dérision, mais François vit dans cette ironie une manière de cacher sa déception.

Ludovic finit par arriver à 9 heures. La pluie s'était intensifiée et les quinze mètres qui séparaient le fourgon de la maison furent suffisants pour le mouiller de la tête aux pieds. Il n'avait pas sa cape de pluie mais portait encore sa veste militaire, peu adaptée à ce tout début du mois de février.

– Dépêchez-vous d'entrer, vous allez attraper la mort !

Mathilde lui apporta une serviette et, sitôt dans la maison, il frictionna énergiquement ses cheveux ras perlés de gouttes en poussant un soupir.

– J'ai eu un problème avec le démarreur.

– Tu vois, Mathilde, rien à voir avec la pluie !

– Installez-vous dans la cuisine, je vais vous servir votre café.

François prit l'invitation de Mathilde comme une façon d'anticiper son attitude sans gêne.

Assis à sa place, bien adossé à la chaise, Ludovic commença à se frotter les mains pour se réchauffer.

– Où est ma tasse ?

Les Vasseur se tournèrent vers lui comme un seul homme. Il y avait dans son regard une panique si incongrue qu'elle aurait pu prêter à rire. Mathilde l'avait servi dans une grosse tasse en grès, moins fragile et surtout moins précieuse que celle en porcelaine. Un choix que François n'avait pas remarqué mais qui était à l'évidence calculé de sa part.

– La tasse ? répéta Mathilde avec ingénuité. Quelle tasse ?

Ludovic baissa les yeux vers la tasse en grès avec une sorte de dégoût. François vit ses doigts coincés dans l'anse trembler, tandis que son visage prenait une teinte pourpre, comme si l'on venait de le vexer par une remarque déplacée.

– Ma tasse bleue, avec les oiseaux dessus…

Sa voix était devenue chevrotante, presque implorante.

– Oh, je n'ai pas fait attention.

François sentait sa langue le démanger. Il passait vraiment les bornes. À quoi rimait toute cette comédie ?

– Vous préférez l'autre ? ajouta Mathilde avec une douceur affectée.

Les traits de Ludovic se détendirent aussitôt.

– Si ça ne vous dérange pas.

– Bien sûr que non ! Celle-là ou une autre...

Mathilde ouvrit un placard et coula un discret regard dans la direction de François. Lorsqu'elle le vit prêt à sortir de ses gonds, elle passa rapidement un doigt sur sa bouche pour qu'il n'intervienne pas.

10

Les trois jours suivants, il n'arrêta pas de pleuvoir. Une pluie battante qui n'avait rien à voir avec le crachin breton auquel les Vasseur s'étaient accoutumés. Ils eurent quelques craintes pour la toiture, mais l'intervention de Ludovic était venue à bout de l'infiltration.

Malgré le temps maussade, François devait garder de ces jours réglés comme du papier à musique des souvenirs heureux. Ils s'habituaient lentement à la présence du jeune homme : ils le voyaient peu mais ses apparitions rythmaient leurs journées et, même s'ils n'osaient pas se l'avouer, brisaient leur solitude.

Les Vasseur se posaient peu de questions à propos de Ludovic. Que savaient-ils de lui ? Presque rien à part les maigres informations qu'il avait bien voulu donner lors de leur premier déjeuner. Même Mathilde avait renoncé à l'interroger : il était évident que sa tentative s'était retournée contre elle lorsque la conversation était tombée sur Camille. François la soupçonnait de ne plus vouloir tenter le diable. C'est tout juste s'ils apprirent qu'il louait une chambre meublée en ville. Mais personne ne s'attarda sur le sujet.

Lorsqu'ils lisaient les journaux et tombaient sur un article relatant les malheurs de personnes victimes d'aigrefins ou piégées par des arnaques grossières, ils ricanaient de la crédulité des gens et de leur manque de discernement. Mais qu'un garçon inculte dont ils ignoraient tout – jusqu'au nom de famille – passe ses journées chez eux ne semblait plus les déranger.

Durant cette période, Mathilde travailla beaucoup dans son atelier. Elle exécuta deux autres toiles qui ne semblaient que des variations de la première. Toujours la même silhouette énigmatique errant sur des fonds pastel, toujours la même impression de malaise qui saisissait François lorsqu'il la regardait. Toujours aussi cette certitude grandissante que Ludovic lui avait inspiré ces tableaux.

Le jeune homme sortait un peu plus souvent de l'appartement. Il lui arrivait de rester avec Mathilde à boire une bière dans la cuisine tandis qu'elle préparait le thé. À plusieurs reprises, au milieu de conversations dont ne lui parvenaient que des bribes, François les entendit rire aux éclats, et il se sentit un peu exclu de leur étrange duo.

Aussi, même s'il n'aimait pas être dérangé lorsqu'il travaillait, il fut heureux que Ludovic vienne lui tenir compagnie dans la bibliothèque. François remarqua qu'il était fasciné par les rangées de livres qui tapissaient tout le mur derrière son bureau. Il aimait caresser les nerfs et les mors des reliures d'un geste si délicat qu'on aurait dit qu'il craignait de les abîmer.

– Vous les avez tous lus ?

– Pardon ?

Ludovic tira au hasard un exemplaire.

– Les livres, vous les avez tous lus ?

– Oui, je crois. Certains plusieurs fois. Mais vous savez, c'est un peu mon métier.

– Je n'ai jamais lu de bouquins. Enfin, à part ceux qu'on m'obligeait à lire à l'école.

– Il n'est jamais trop tard pour s'y mettre.

Ludovic eut l'air de prendre sa réponse comme une simple plaisanterie.

– Qu'est-ce que vous faites exactement ?

– Je suis professeur à l'université.

– Ça, je sais. Mais vous enseignez quoi ?

– L'histoire… médiévale, pour être tout à fait précis.

François se demanda si cette précision était bien nécessaire, doutant qu'il connaisse cet adjectif.

– Je n'ai pas retenu grand-chose des cours d'histoire, fit Ludovic, un peu triste. À part quelques trucs sur Louis XIV.

Son visage s'illumina soudain.

– On l'appelait le Roi-Soleil, pas vrai ?

Il avait prononcé ce surnom avec emphase, comme un aboyeur annonce à haute voix les nom et qualité des invités. Dans bien d'autres situations, cette remarque aurait amusé François, mais Ludovic semblait si fier qu'il s'en serait voulu de se moquer de lui.

– Tout à fait.

Ludovic se gratta la tempe en fronçant les sourcils.

– Et ce musicien… comment s'appelait-il déjà ? Celui qui s'était planté un bâton dans le pied en dirigeant son orchestre ?

– Jean-Baptiste Lully ?

Il fit bruyamment claquer son majeur contre son pouce.

– Lully, c'est ça ! La prof de musique nous avait raconté sa mort. Voilà un truc que je n'oublierai jamais… Quelle horreur ! On avait dû lui couper la jambe… Vous imaginez ?

François s'apprêtait à lui dire qu'il était au contraire mort de la gangrène pour avoir refusé l'amputation, mais il se ravisa, désireux de ne pas réduire à néant ses rares connaissances.

Ludovic replaça le volume qu'il avait en main et s'assura qu'il était parfaitement aligné.

– Si le cœur vous en dit, vous pourrez prendre un livre à l'occasion.

François regretta aussitôt sa proposition. Sa bibliothèque ne contenait pour ainsi dire que des éditions rares ou des exemplaires auxquels il tenait. Il n'avait d'ailleurs pas pour habitude de prêter ses livres.

Ludovic promena son regard sur les rangées et, après un instant de réflexion, répondit à son grand soulagement :

– Oh, non merci… je ne saurais pas quoi choisir.

*

Un autre jour, François lui montra sa collection d'objets anciens dans une grande armoire du bureau : deniers carolingiens, épingles d'ornement, reliquaires… Il commença à se lancer dans des explications détaillées, mais Ludovic ne paraissait guère impressionné ni passionné : il l'écouta poliment quelques minutes, jusqu'à ce que son attention soit attirée par un objet situé sur la tablette inférieure.

– Et ça, à quoi ça servait ?

François fut un peu déçu d'en arriver aussi vite à la pièce la plus surprenante de sa collection. Mais puisque la patience de Ludovic semblait limitée…

– Oh, celui-là ! Si vous saviez comme Mathilde m'en a voulu que je ramène cet objet à la maison. Je ne l'ai pas acheté, c'est mon ancien directeur de thèse qui me l'a offert, il y a bien longtemps. C'est la « bride de la mégère ».

– La quoi ?

François était certain que cette expression l'intriguerait.

– Une mégère est une femme qui parle trop, une mauvaise langue… Au Moyen Âge, le mot était quasiment synonyme de « sorcière ».

– Et une bride, c'est ce qu'on met aux chevaux, non ?

– Tout à fait. Pour être clair, il s'agit d'une muselière, un instrument de torture.

À ce mot, le visage du jeune homme changea. Il était à présent captivé. François prit la bride et la plaça dans la lumière.

– Ce sont les Anglais qui ont inventé cette horreur, sans doute au XVIe siècle. On enserrait la tête de la femme dans ce cercle de métal. La bride se rabattait et s'attachait à l'arrière. Il était absolument impossible de la retirer toute seule.

– C'est tout ? fit Ludovic avec déception.

– Oh, non, ce n'est pas terminé. Vous voyez la lame de fer, là ?… Elle était aiguisée et introduite dans la bouche de la victime. Si elle bougeait la langue pour parler, eh bien… je vous laisse imaginer ce qui se passait…

– Et ils se servaient vraiment de ce truc ?

– Même si je ne peux pas assurer qu'aucune femme n'ait eu à subir ce châtiment, je crois qu'il fut très rarement utilisé. C'était avant tout un objet symbolique qui transformait la femme en animal dompté pour mieux l'humilier. On trouve d'ailleurs dans le théâtre de Shakespeare des allusions…

Ludovic l'interrompit :

– Je peux ?

– Euh… bien sûr…

Il prit la muselière et la fit tourner entre ses doigts comme un globe terrestre.

– La lame est évidemment émoussée, j'évite de l'aiguiser chaque matin !

Ludovic l'écoutait à peine. Il passa lentement son index sur le tranchant puis le leva en l'air, tel un élève qui demanderait l'autorisation de prendre la parole :

– Tiens, ça coupe encore un peu…

François fut stupéfait de voir qu'un sillon rougeâtre traversait la pulpe de son doigt et qu'une goutte de sang commençait à perler.

– Faites attention ! N'allez pas vous infecter avec cette vieillerie !

Sans cacher son mécontentement, il lui retira abruptement la muselière des mains pour la ranger dans l'armoire. Il n'en revenait pas. Comment s'était-il débrouillé pour se couper ? C'était à croire qu'il l'avait fait exprès.

Lorsqu'il se retourna, l'expression du jeune homme le frappa. Sur ses lèvres, un sourire à peine perceptible. Qui semblait refléter une fascination malsaine…

*

Le jeudi, à 11 heures du matin, la camionnette rouge de Le Bris se gara devant la longère. François sortit, un parapluie à la main, même s'il ne tombait plus que quelques gouttes esseulées.

– Bonjour, la compagnie.

– Nous attendions justement notre courrier…

François ne s'était permis ce trait d'humour que parce que son voisin semblait d'humeur joyeuse.

– Oh, j'ai beaucoup mieux pour vous aujourd'hui.

Le Bris ouvrit le coffre de sa camionnette et en sortit une grande cagette remplie de pommes de terre, de carottes et de choux terreux. Il n'était pas rare qu'il leur porte des légumes de saison. En échange – car il n'aimait pas profiter des largesses de son voisin sans rendre la pareille –, François lui offrait des bouteilles de vin ou Mathilde des fleurs du jardin.

– Vous nous gâtez.

– Oh… c'est trois fois rien.

Les mains encombrées par son parapluie, François fit un geste pour prendre la cagette, mais Le Bris secoua la tête :

– Laissez, je la porte. Avec votre jambe…

Bien sûr, Le Bris avait remarqué depuis longtemps sa claudication ; toutefois, François percevait dans sa voix comme une pointe d'ironie lorsqu'il y faisait allusion : « Votre histoire d'AVC… Allons ! Vous ne trompez personne ! »

– Venez à l'intérieur. Vous avez bien cinq minutes aujourd'hui ?

Quand Le Bris s'arrêtait assez longtemps chez eux pour prendre un apéritif, Mathilde lui servait toujours un verre de chouchen bien frais. François trouvait que proposer un alcool typiquement breton à quelqu'un du cru pouvait passer pour de la flagornerie, mais elle n'en démordait pas.

– Qu'est-ce que vous pensez de ce temps ?

Le Bris tourna la tête vers la fenêtre de la cuisine.

– Vous voulez que je vous dise ?… J'ai pas vu autant de pluie depuis au moins dix ans. Si ça continue, la Laïta va déborder à nouveau.

– Vous avez connu beaucoup de crues dans la région ?

– Oh, ça... La dernière fois, elle est montée de plus de cinq mètres. Tout était inondé, la ville entière avait les pieds dans l'eau. Des semaines à racler la bouillasse...

Mathilde trempa ses lèvres dans le demi-centimètre d'alcool qu'elle s'était servi.

– On ne peut rien faire contre la montée des eaux ?

– Ils ont fait des travaux, en veux-tu en voilà : des barrières anti-inondations, des curages... À chaque fois on vous dit que c'est la dernière. Mais des crues, on en a toujours eu et on en aura toujours. Quand on vit au bord de l'eau, il faut vivre avec, ou alors on déménage.

François se souvint d'un article qu'il avait lu dans une gazette du coin.

– Je crois qu'ils veulent installer un ralentisseur de crue en amont...

– Certains vous disent que le problème est en amont, d'autres en aval à cause des grandes marées... Personne n'est d'accord sur rien.

Le Bris but cul sec le reste de son verre de chouchen.

– Je vous ressers ?

– Non merci. « Maître de sa soif... maître de sa santé ! »

Resté debout, il fit quelques pas dans la cuisine et s'approcha de la fenêtre.

– Dites, la camionnette, dehors...

Mathilde fronça les sourcils.

– Oui ?

– Vous faites des travaux en ce moment ?

– Nous aménageons l'appartement à côté. C'est un jeune homme qui s'occupe de tout.

Le Bris remua la tête, l'air embarrassé.

– Ah !... C'est que cette camionnette, je l'ai vue stationner plusieurs nuits dans le coin. Une fois, elle est restée en bordure d'un de mes champs.

– Toute la nuit ?

– Oui. Ça m'a paru étrange, j'ai failli le signaler aux gendarmes.

Mathilde haussa la voix, sans doute plus qu'elle ne l'aurait voulu :

– Aux gendarmes ? Oh non, ne faites pas ça ! Ludovic est un jeune homme très bien. Il ne faut pas lui créer de problèmes…

Le Bris resta un instant décontenancé. À ce moment précis, même si cette hypothèse pouvait paraître absurde, François eut l'impression que leur voisin n'avait apporté ces légumes que pour les questionner. Tout se remarquait dans un coin aussi perdu. Avait-il vu le fourgon de Ludovic entrer dans leur propriété ? Avait-il voulu en savoir plus sur sa présence ?

– Très bien, répondit Le Bris avec une gêne inhabituelle chez lui. Si vous le connaissez…

Leur voisin parti, François nota en revenant dans la cuisine le teint étonnamment pâle de Mathilde. On aurait cru qu'elle venait d'apprendre une terrible nouvelle.

– Tout va bien ?

Elle leva vers lui des yeux éteints.

– Je crois que Ludovic nous a menti.

– Menti ?

Elle hocha lentement la tête.

– Il n'a pas de chambre en ville. Je crois que, la nuit, il dort dans son fourgon…

11

Il ne fallut que cinq jours à Ludovic pour venir à bout de la salle de bains, à l'exception des peintures, qu'il se réservait pour la fin.

Que dire de son travail sinon qu'il était parfait ? Même Mathilde, dont les avis tranchés pouvaient être parfois cruels, fut incapable d'y déceler le moindre défaut. Le carrelage, les joints, la plomberie… tout avait été exécuté avec un soin minutieux.

Au terme de cette première étape, Mathilde invita Ludovic à dîner et il accepta sans se faire prier. Cette proposition avait été longuement mûrie dans son esprit et elle ne cessa de parler de ce repas comme si elle s'apprêtait à recevoir vingt convives. Elle avait acheté chez son boucher un filet mignon qu'elle voulait accompagner de pommes de terre en papillote. Pour le dessert, elle prépara une tarte au citron meringuée.

Elle soigna la décoration de sa table. Elle mit sa plus belle nappe, sortit un service en barbotine hérité de sa grand-mère – François en trouvait le décor floral affreusement démodé – et disposa des chandeliers en argent surmontés de longues bougies couleur ivoire.

– Tu ne crois pas que tu en fais un peu trop ? Il ne me semble pas vraiment sensible à ce genre de raffinement…

– J'aime que tout soit parfait quand nous recevons.

Même si Ludovic ne buvait rien d'autre que de la bière, François descendit à la cave pour choisir une bonne bouteille et chambrer le vin quelques heures. Au moment des travaux, il avait voulu qu'elle soit restaurée avec autant de soin que le reste de la longère. Trois jours avaient été nécessaires pour la vider de toutes les immondices qui s'y étaient accumulées. Ils avaient conservé le sol en terre battue mais nettoyé les pierres et installé de gros fûts décoratifs récupérés dans l'annexe. Seule extravagance, François avait fait installer une grille chinée en fer forgé dans un renfoncement de cinq ou six mètres carrés où il stockait ses meilleurs crus.

En matière de vin, François se considérait comme un simple amateur, mais un amateur éclairé : il achetait chaque année le guide des meilleurs crus de France, pouvait passer des heures chez son caviste à se faire expliquer la différence entre deux cépages et classait ses bouteilles par appellations et par millésimes.

Debout devant les casiers, il hésita entre un madiran et un saint-joseph. La première bouteille, un cru exceptionnel, lui parut excessive pour l'occasion et il opta pour la seconde.

Lorsque tout fut prêt, ils attendirent l'arrivée de Ludovic. Mathilde avait les yeux rivés sur l'horloge du salon, craignant peut-être qu'il n'ait changé d'avis.

Quelle ne fut pas leur surprise quand, au lieu de le voir débarquer avec son éternel pantalon de treillis et sa veste militaire, il apparut à 20 heures, rasé de frais, parfumé, en chemise blanche et pantalon sombre, un bouquet de fleurs entre les mains.

– Quelle élégance, Ludovic ! s'exclama Mathilde en recevant ses fleurs.

Pour la première fois, elle l'embrassa.

Le repas fut détendu. Ludovic mangeait avec appétit et Mathilde ne cessait de lui resservir du filet nappé de sauce à la moutarde « façon grand-mère ». Ils parlèrent longuement de l'avancée des travaux : Ludovic avait terminé l'installation des radiateurs et il voulait s'atteler à la pose de la moquette dans les chambres.

Quand ils eurent fini de dîner, après avoir repris deux fois de la tarte au citron, le jeune homme s'attarda, un peu trop au goût de

François. Vers 23 heures, à coups de regards insistants à sa montre, il laissa entendre qu'il valait mieux ne pas se coucher trop tard.

Dehors, la pluie ne s'était pas calmée. Elle tombait en trombe sur le jardin et l'on entendait l'écoulement continu de l'eau dans les gouttières.

Mathilde demeura à la fenêtre deux ou trois minutes après que le fourgon fut parti.

– Cette pluie ne s'arrêtera donc jamais…

Puis, après un court silence :

– Il n'aurait pas dû reprendre la route, c'est bien trop dangereux.

François peinait à reboucher la bouteille de vin restée sur la table – un cru délicieux, il avait bien fait de choisir le saint-joseph.

– Tu aurais peut-être voulu qu'il dorme ici…

Elle se retourna, le visage parfaitement sérieux.

– Et pourquoi pas ? Cela vaut mieux que de risquer de se tuer en voiture.

– Allons, n'exagérons rien…

Mathilde s'approcha à pas lents de la table.

– François, j'ai pensé à quelque chose.

Il leva les yeux, un peu gêné.

– Pourquoi ce ton grave tout à coup ?

– Ludovic… je suis maintenant certaine qu'il n'a pas d'endroit où dormir. Tu imagines ? Passer ses nuits dans une camionnette par ce temps ?

– Nous ne sommes sûrs de rien. Ce n'est pas parce que Le Bris a vu une ou deux fois son fourgon…

– Tu sais très bien qu'il dort dehors ! Il n'a aucune chambre en ville.

– C'est possible, mais que veux-tu y faire ? Nous l'avons engagé pour des travaux, les choses s'arrêtent là.

Mathilde se mordilla la lèvre inférieure.

– Je me disais… L'appartement à côté est déjà bien avancé. La salle de bains fonctionne, il y a le chauffage…

François la coupa net en secouant la tête :

– Il ne s'installera pas ici ! C'est bien à ça que tu penses ?

Mathilde tira une chaise à elle et lui fit signe de s'asseoir :

– Écoute-moi. Je sais que, au début, j'avais quelques réticences au sujet de Ludovic…

– « Quelques réticences » ? s'insurgea François. Tu ne voulais même pas le laisser tondre une haie, et maintenant tu voudrais qu'il habite chez nous !

– Tu as raison. Ça peut paraître soudain et quelque peu excessif, mais rendons-nous à l'évidence. Il passe déjà la journée entière ici : il arrive à 8 heures du matin pour repartir le soir. Ce garçon a l'air si seul, loin de sa famille…

François trouva la ficelle un peu grosse et pourtant, à ses lèvres légèrement tremblantes, il vit qu'elle était tout à fait sincère. Il n'aimait pas interpréter abusivement les propos de Mathilde, mais sa dernière phrase lui paraissait signifier : « Nous sommes si seuls, si loin de Camille. »

– S'il s'installe ici, tu sais ce que ça impliquera ? Nous n'aurons plus d'intimité.

Mathilde leva les bras dans un geste trop démonstratif.

– Quelle intimité ? Que faisons-nous de nos journées que Ludovic nous empêcherait de faire ? Allons, sois sérieux…

François croisa les doigts et fit jouer ses pouces en restant silencieux quelques secondes. Ses pensées s'embrouillaient. Il songeait à Camille. Cet appartement avait été pensé, conçu, aménagé pour elle, et voilà qu'ils s'apprêtaient à y faire habiter un quasi-étranger ! Comment ne pas voir dans la proposition de Mathilde un simple palliatif ? Qu'espéraient-ils ? Rompre leur solitude et vivre par procuration une relation parentale avec un garçon qu'ils connaissaient à peine ?

– Mathilde, je ne voudrais pas que…

– Que quoi ?

– Cet appartement… Je ne veux pas que Ludovic s'y installe. C'est celui de Camille.

Le visage de Mathilde blêmit. Le prénom prononcé à voix haute était tombé tel un couperet.

– Pourquoi mêles-tu Camille à cette histoire ? C'est de Ludovic qu'il est question. Il n'a pas d'endroit où dormir et la maison est trois fois trop grande pour nous.

Sa voix, plus haut perchée, ne traduisait aucune colère, simplement une émotion incontrôlée.

– Ce garçon ne gêne personne, continua-t-elle de façon précipitée. Pourquoi cherche-t-on à lui créer des problèmes ?

– De quoi est-ce que tu parles ?

– De Le Bris ! C'est un fouineur, je ne l'ai jamais aimé. Il voulait appeler les gendarmes, tu te rends compte ? Tout ça parce que Ludovic a osé garer sa camionnette en bordure de sa propriété… Cet homme est malfaisant. Si on arrachait un épi dans un de ses champs, il serait capable de porter plainte ! Tu es donc aveugle ?

Mathilde était hors d'elle. Elle s'était quasiment mise à crier. François demeura cloué sur place jusqu'à ce qu'il voie des larmes perler au bord de ses paupières. Il se leva de sa chaise.

– Calme-toi, voyons ! Qu'est-ce qui t'arrive ?

Mathilde enfouit son visage au creux de ses mains et se mit à pleurer pour de bon.

– Oh, François… Nous ne serons donc jamais en paix ?

Il s'approcha d'elle et la prit dans ses bras. Il sentait à présent son corps agité de soubresauts, accompagnés d'étranges spasmes, comme si elle venait d'accomplir un effort physique soutenu. Il déposa un baiser sur ses cheveux, qui dégageaient un parfum fruité. Il avait toujours aimé cette odeur. Dans la vitre dégoulinante de pluie, rendue opaque par l'obscurité du jardin, il vit leur propre reflet et s'accrocha un instant à cette image.

– Tu n'as pas envie qu'il parte, n'est-ce pas ?

Elle leva vers lui des yeux rougis.

– Tu en as envie, toi ? demanda-t-elle en hoquetant.

– Je ne sais pas… Probablement pas.

12

Les Vasseur connaissaient Ludovic depuis seulement deux semaines lorsqu'il s'installa chez eux.

L'étage était désormais parfaitement habitable. Ils y aménagèrent le lit d'une des chambres de la longère, une commode et même la petite télévision de leur cuisine qu'ils n'allumaient jamais. On donna à Ludovic un trousseau de clés – celles de l'appartement mais aussi de l'atelier de Mathilde, où il s'était mis à entreposer quelques outils qui l'encombraient.

Les premiers jours, rien ne changea. Il descendait les rejoindre pour le petit déjeuner – Mathilde prenait soin de lui servir son café dans la tasse en porcelaine –, puis se mettait au travail, invariablement à la même heure. Il se rendait parfois dans la journée dans les magasins de bricolage : François lui donnait des chèques, une fois même sa Carte Bleue, plus rarement du liquide.

Vers 16 heures, il débarquait dans la cuisine pour boire sa bière, sauf une fois où Mathilde réussit à lui faire avaler une tasse de thé qu'il but en grimaçant. Le soir, il disparaissait vers 18 ou 19 heures et ne rentrait que tard dans la nuit, à une heure où les Vasseur dormaient déjà.

Le temps ne s'améliora pas. À l'exception de rares accalmies, la pluie continuait son staccato monotone. La maison était bien isolée, mais l'humidité s'infiltrait partout. Il ne faisait pas vraiment froid.

On se sentait pourtant transi jusqu'aux os dès que la pluie venait vous fouetter les jambes et trempait vos chaussures. On ne pouvait plus faire le moindre pas dans le jardin, recouvert de flaques où se décomposaient les feuilles des arbres arrachées par le vent.

Assez vite, François eut l'impression que les travaux avançaient à un rythme moins soutenu. Chaque jour, Ludovic parlait de la pose du parquet au rez-de-chaussée ou de l'installation du bar dans la cuisine ouverte, mais on ne voyait rien venir. Désormais, il semblait prendre son temps. Quand il le rejoignait à l'appartement, François le trouvait parfois désœuvré ou occupé à des broutilles.

Un jour, à midi, alors que Mathilde lui portait son traditionnel sandwich et sa bouteille de bière, Ludovic la regarda avec un désarroi qu'elle perçut aussitôt.

– Qu'y a-t-il, Ludovic ? Vous n'aimez plus mes sandwichs ?

Elle avait posé la question sur le ton de la dérision.

– Oh non, madame Vasseur. Ils sont excellents, vous le savez bien. C'est que…

Il s'interrompit, attendant qu'on l'encourage.

– Allons, ne faites pas de manières !

– C'est que… j'aurais bien aimé déjeuner avec vous pour une fois. Avec ce temps, c'est un peu déprimant de rester tout seul ici.

– Vous auriez dû le dire plus tôt ! François et moi n'osions plus vous le proposer, nous avions peur de vous embêter…

Dès lors, Ludovic prit l'habitude de déjeuner avec eux dans la cuisine. François remarqua que Mathilde préparait des menus plus élaborés et passait plus de temps aux fourneaux pour le satisfaire. Il mangeait toujours avec un appétit vorace, reprenant au moins deux fois du même plat alors même que Mathilde lui servait de généreuses portions.

Après le repas, il traînait un peu dans la maison, surtout les jours où la pluie tombait drue et où le ciel gris et bas n'incitait pas à se remettre au travail.

*

Perchée sur le garde-corps extérieur de la fenêtre, la tourterelle à collier noir les épiait depuis un bon moment à travers la vitre bulleuse du cabinet. François l'observait du coin de l'œil, allongé sur la table de massage, tandis que Laurence effectuait des pressions glissées sur sa cuisse. Alerté par un bruit de klaxon dans la rue, l'oiseau disparut en un éclair dans un grand battement d'ailes.

Par extraordinaire, il n'était pas tombé une seule goutte de la journée, mais le ciel n'avait pas quitté sa teinte d'ardoise. En longeant les quais, Mathilde et lui avaient constaté que la Laïta, grossie par les eaux tumultueuses de l'Ellé, était montée de plus d'un mètre depuis la dernière fois qu'ils s'étaient rendus en ville.

– Je ne veux pas me mêler de ce qui ne me regarde pas, mais je trouve que vous n'êtes pas très prudents.

François quitta la vitre du regard et nota l'air soucieux de Laurence.

– Que voulez-vous dire ?

– Eh bien, votre maison est relativement isolée et vous connaissez à peine ce jeune homme…

– Ludovic, précisa François.

– Oui, Ludovic. Vous le connaissez à peine et il s'installe chez vous… Avouez que c'est étrange.

À la minute où il avait commencé à parler des travaux dans l'appartement, François avait regretté d'être entré dans le détail et d'avoir raconté les circonstances de sa rencontre avec Ludovic – lui-même concédait volontiers que, vue de l'extérieur, cette histoire pouvait sembler un brin précipitée. Mais Laurence savait le faire parler. Il songea à son mari gendarme : elle aurait été parfaite dans le rôle du gentil flic qui vous apporte un café et une cigarette pour vous tirer les vers du nez.

– Non, les choses ne se sont pas vraiment passées comme ça. Il n'a pas cherché à s'immiscer. C'est nous qui lui avons proposé de dormir dans l'appartement pour qu'il ne perde pas de temps en allers-retours inutiles.

– À moins qu'il ne vous ait manipulés en vous suggérant de lui faire cette proposition…

– « Manipulés » ? Je vous assure, l'idée venait bien de nous. Ludovic est très discret, on le remarque à peine. Dès que les travaux seront finis, il s'en ira. Les choses ont été très claires entre nous.

François se félicita d'avoir omis de dire que Ludovic dormait sans doute auparavant dans son fourgon.

– Mon mari m'a raconté que, rien que cette année, ils ont eu à traiter une bonne dizaine de vols par ruse en bande organisée : de faux gendarmes ou de faux plombiers qui s'introduisent chez les gens pour les tromper. Je connais une dame, une ancienne patiente, qui s'est fait dérober plus de 3 000 euros comme ça. Toutes ses économies envolées ! Ces gens-là sont très forts : ils vous mettent en confiance et vous ne voyez rien de leur petit manège.

François s'agaça du tableau apocalyptique qu'elle dressait. Il se sentait surtout blessé qu'on puisse le prendre pour une vieille personne vulnérable qui se laisse tromper par le premier venu.

– Oh, mais Ludovic n'a rien d'un aigrefin ! Il s'y connaît vraiment en plomberie… Si vous voyiez la manière dont il a arrangé l'appartement ! Il s'y connaît en tout, d'ailleurs.

Laurence se contenta d'un hochement de tête peu convaincant.

– Restez tout de même sur vos gardes, monsieur Vasseur. On ne sait jamais.

– S'il l'avait voulu, Ludovic aurait pu depuis longtemps vider la maison de tous les objets précieux ou nous séquestrer pour obtenir le code de nos cartes bancaires…

Au lieu de rire de sa plaisanterie, Laurence le regarda d'un air effaré. Honteux, François baissa les yeux en prenant conscience de l'énormité qu'il venait de proférer.

13

– François, réveille-toi !

Il sentit une main le secouer et ouvrit brusquement les yeux. L'obscurité était tout juste brisée par la lumière verdâtre du radio-réveil qui lui permettait de distinguer le visage de Mathilde penché au-dessus de lui.

– Qu'est-ce qui se passe ?

– J'ai entendu du bruit en bas.

François bâilla et jeta un coup d'œil au radio-réveil : 2 h 15. Il tendit l'oreille mais ne perçut rien d'autre que le mugissement du vent et la pluie qui tombait en rafales sur les tuiles. Il alluma la lampe sur la table de chevet. La lumière, quoique tamisée, l'obligea à plisser les yeux.

– Tu as dû rêver…

– Je te dis que j'ai entendu des bruits étranges.

Mathilde était accoudée dans le lit, le buste dressé, comme un animal aux aguets. François sentit dans sa voix une inquiétude bien réelle : elle avait le sommeil plus léger que le sien mais elle n'était pas du genre à se réveiller à cause de quelques bruits nocturnes.

Il se leva à contrecœur. Le sol était glacé et un frisson lui remonta le long des jambes. Il mit ses pantoufles laissées au pied du lit, puis enfila sa robe de chambre qui traînait sur la chaise en rotin.

– Bon, reste ici, je vais voir.

Par simple précaution, il referma la porte derrière lui et descendit l'escalier en s'appuyant sur la main courante. Ils avaient pour habitude de fermer tous les volets de la maison et le rez-de-chaussée n'était éclairé que par un petit fenestron renforcé d'une grille dc fer forgé. Quelques marches craquèrent sous ses pieds. Avec l'humidité ou le changement de température, il arrivait que le bois des meubles et des planchers gonfle et se contracte, émettant alors des bruits inquiétants qui résonnaient jusque dans leur chambre. Ce n'était peut-être que ça…

Arrivé sur la dernière marche, les paupières encore lourdes, il retint sa respiration et prêta l'oreille. Au bout de quelques secondes, il perçut nettement un bruit métallique à l'autre bout de la maison, puis ce qui ressemblait à des pas.

Une présence…

Il y avait quelqu'un. Un cambrioleur ? François sentit les battements de son cœur s'accélérer.

Il descendit la dernière marche et avança en silence jusqu'au salon. À l'extrémité de la pièce, dans la pénombre, il vit immédiatement le rai de lumière sous la porte de la cuisine. C'est lui qui, comme tous les soirs, était monté le dernier, mais il était certain d'avoir tout éteint. Ou du moins, presque certain…

Il pensa à son portable qu'il laissait à recharger sur la commode de la chambre. Bon sang ! Pourquoi ne l'avait-il pas pris ? Mais de toute façon, s'il devait se retrouver face à un voleur, il s'imaginait mal avoir le temps de composer le moindre numéro.

Restait le bureau. Il pensa aller s'y enfermer pour appeler la gendarmerie depuis son fixe.

Il pouvait aussi remonter et se barricader dans la chambre avec Mathilde.

Oui, il pouvait… Mais la curiosité était la plus forte – à moins que ce ne soit la peur du ridicule : pour quel sombre idiot passerait-il s'il avait simplement oublié d'éteindre l'interrupteur la veille ?

François s'approcha de la cheminée et, à tâtons, attrapa le tisonnier. Il se sentait prêt à l'utiliser comme une arme s'il le fallait.

Il traversa le salon à pas feutrés. Il percevait bien quelques bruits espacés à travers la porte de la cuisine, mais cela pouvait tout aussi bien être le ronronnement du frigo. Il n'était plus sûr de rien.

Le sang pulsait à ses tempes. Un courant glacé lui parcourut le corps.

Il serra de sa main droite le métal froid du tisonnier et posa l'autre sur la poignée. Puis, comptant jusqu'à trois dans sa tête pour se donner du courage, il ouvrit brusquement la porte, espérant profiter de l'effet de surprise.

François fut sidéré par la scène qui s'offrit à lui.

Ludovic, en simple débardeur, était attablé devant une assiette de poulet froid, un reste de salade et une bière décapsulée.

– Vous m'avez fait une de ces peurs !

Ludovic, lui, ne paraissait pas surpris. Il le regardait avec un calme déstabilisant. Une tranquillité si parfaite que François n'arrivait pas à relâcher les muscles de son corps. Il restait aux aguets, comme si l'heure tardive et la fatigue l'empêchaient d'évaluer correctement la situation et d'être sûr qu'il ne courait plus aucun danger.

– Mais bon sang… qu'est-ce que vous faites ?

Ludovic finit de mastiquer ce qu'il avait en bouche avant de passer une main sur ses lèvres grasses.

– J'avais faim.

Les pensées de François s'emmêlèrent. Portes et fenêtres étaient parfaitement closes, et Ludovic n'avait pas les clés de la maison, de cela il était certain. Et en vertu de quoi se permettait-il de faire irruption chez eux au beau milieu de la nuit pour dévaliser leur frigo ?

– Comment êtes-vous entré ?

Ludovic but une gorgée de bière et émit un gargouillis étrange, comme s'il se rinçait la bouche après s'être lavé les dents.

– Eh bien, j'ai les clés de l'atelier de Mme Vasseur.

L'atelier ? François mit quelques secondes à comprendre. Bien sûr… il était relié à la longère par une petite pièce sans réelle utilité

– le « placard à balais », comme ils l'appelaient entre eux – et les serrures des portes intérieures étaient les mêmes que celle de l'atelier.

– Ce n'est pas moi qui vous ai réveillé, j'espère ?

« Nos réactions tiennent parfois à peu de chose. » Voilà ce que se dirait François quand il aurait rejoint son lit, en revivant mentalement cet épisode. Sans cette remarque naïve, absurde, qui semblait révéler chez Ludovic une forme d'innocence quasi enfantine, il l'aurait sans doute jeté dehors *manu militari*, comme un vaurien. Mais, déstabilisé, il s'entendit lui dire, comme dans une réplique de théâtre qu'il se serait contenté de réciter sans en être l'auteur :

– Vous devriez dormir. Il est plus de 2 heures du matin !

Ludovic se gratta les cheveux avec insistance.

– Je n'ai pas sommeil. Toute cette pluie m'empêche de dormir.

François fixa une grosse tache de poulet sur son débardeur, au niveau de la poitrine. Ludovic s'en aperçut et se mit à rire.

– J'ai mangé comme un cochon.

François sentit un fourmillement dans sa main droite. Ce n'est qu'à ce moment-là qu'il se rendit compte que, durant tout leur échange, il avait gardé le tisonnier fermement serré.

– Je retourne me coucher. Ne faites pas de bruit en partant…

Il ne lui tourna pas le dos et sortit de la cuisine en reculant.

– Monsieur Vasseur ?

– Oui ?

Le visage de Ludovic était devenu grave.

– Je voulais vous dire… Je suis content de vivre ici avec vous. Vous êtes une vraie famille pour moi.

*

– Qu'est-ce que c'était ?

François referma la porte derrière lui. Mathilde ne s'était pas levée, ou peut-être s'était-elle hâtée de retourner dans le lit après être restée à l'attendre anxieusement sur le seuil de la chambre.

– Rien. J'avais laissé le fenestron entrouvert, les portes ont dû claquer.

– Mais… je t'ai entendu parler !

– Je me parlais à moi-même. Je me suis cogné contre la table de la salle à manger. Allez, rendors-toi. Il est tard.

François enleva sa robe de chambre, éteignit la lampe et se glissa dans le lit. Il passa plus d'une demi-heure immobile, allongé sur le dos, à l'affût du moindre bruit.

Ce n'est que vers 3 heures qu'il entendit Ludovic repasser par l'atelier et quitter la maison.

Lorsqu'il eut la certitude que Mathilde dormait, François redescendit. Il verrouilla la porte de séparation en prenant bien soin de laisser la clé dans la serrure.

14

François se réveilla bien avant le lever du soleil et se rendit dans la cuisine, pour s'assurer que son visiteur du soir n'avait vraiment laissé aucune trace de son passage.

À son grand étonnement, tout était dans un état irréprochable : assiette, verre et couverts avaient été nettoyés et rangés, et il ne trouva pas la moindre miette au sol ou sur la table. La cuisine lui faisait l'effet d'une scène de crime nettoyée de fond en comble par un assassin avant l'arrivée de la police scientifique.

Le soulagement fugace qu'il éprouva laissa pourtant vite place à un malaise qui ne devait pas le quitter de la journée : si Mathilde ne s'était pas réveillée à cause des bruits, il était évident qu'il n'aurait jamais rien su du passage de Ludovic. Était-ce la première fois qu'il pénétrait dans la maison pendant leur sommeil ou leur absence ? À quelles autres actions étranges avait-il pu se livrer à leur insu ? Dans la lumière bleutée de la cuisine, François se figura Ludovic déambulant dans les pièces, ouvrant leurs tiroirs, fouillant leurs affaires, violant leur intimité.

Il tenta d'éloigner ces pensées déplaisantes de son esprit. Quand il eut à nouveau vérifié que tout était en ordre, il remonta se coucher sans pouvoir trouver le sommeil. Il passa plus d'une heure à se tourner et se retourner, et à ressasser l'épisode de la veille.

À ses oreilles résonnèrent longtemps les paroles de Laurence : « Restez sur vos gardes, monsieur Vasseur. On ne sait jamais… »

Il garda pour lui sa rencontre nocturne avec Ludovic.

*

L'eau frétillait dans la cafetière italienne. Une délicieuse odeur emplissait la cuisine.

– Mais où est-elle passée ?

Du coin de l'œil, depuis deux bonnes minutes, François regardait Mathilde fureter dans les placards. Elle les avait ouverts l'un après l'autre, se hissant sur la pointe des pieds pour en examiner le contenu, et s'apprêtait à recommencer son inspection en sens inverse.

– De quoi parles-tu ?

– Il manque une tasse au service en porcelaine bleue.

– Tu en es sûre ?

– Certaine. Je les range toujours au même endroit. Nous avons huit tasses en tout, il n'y en a plus que sept. Trois sur la table et quatre dans le placard.

L'eau bouillait. Mathilde s'approcha de la cuisinière pour éteindre le gaz. François promena un regard distrait autour de lui, sur la table, sur le plan de travail, comme si la tasse, trop en évidence, avait pu leur échapper.

– Tu as regardé dans le lave-vaisselle ?

Mathilde haussa les épaules.

– Tu sais bien que je ne mets jamais de porcelaine au lave-vaisselle.

– C'est vrai. On l'a peut-être laissée dans le salon quand on a pris le café hier…

– J'ai déjà vérifié. Nous n'utilisons jamais plus de trois tasses : la tienne, la mienne et celle de…

Mathilde s'arrêta net et François vit aussitôt que quelque chose avait changé dans son visage. Ses traits s'étaient figés dans une expression songeuse, presque douloureuse. Ce nom qui était resté au bord de ses lèvres, comme un fruit pas assez mûr pour être cueilli, fit envisager à François cette tasse disparue sous un nouvel angle. La tasse bleue... Comment n'avait-il pas fait le lien plus tôt ?

Il se revit la nuit précédente, debout dans la cuisine éclairée par la seule lumière de la suspension, le tisonnier à la main, abasourdi par la scène qui se déroulait devant ses yeux. Ludovic... Encore et toujours.

Le regard de Mathilde resta dans le vague. Trois ou quatre secondes tout au plus qui suffirent à créer une gêne palpable.

– Et... ?

Mathilde secoua légèrement la tête. Elle venait enfin de comprendre. Que cette tasse ne se trouvait plus dans la maison. Que quelqu'un l'avait volée, tout simplement.

Elle eut un rire forcé.

– Oh, ce n'est qu'une tasse, après tout... On finira bien par la retrouver.

*

À partir de ce jour, les travaux dans l'annexe reprirent à un rythme plus soutenu. Ludovic œuvra sans relâche. Avait-il pris conscience de son attitude inconvenante et cherchait-il à se racheter ? Rien n'était moins sûr. François ne nota aucun changement perceptible dans son attitude. Ils ne firent pas allusion à sa visite nocturne, ni naturellement à la tasse bleue « égarée ».

À quelques détails près, l'étage était achevé et la cuisine ouverte du rez-de-chaussée prenait forme. Un matin qu'il passait par l'annexe, François eut pour la première fois conscience que les travaux toucheraient bientôt à leur fin. Ludovic finirait par partir... Leur étrange cohabitation s'achèverait comme elle avait commencé... Brutalement.

Une boule se forma dans sa gorge et il dut dissimuler son trouble en quittant précipitamment l'appartement. Qu'éprouvait-il vraiment ? Des regrets ? Ou du soulagement ? Il aurait été bien en peine de le dire.

Deux jours durant, François souffrit le martyre à cause de sa jambe. Il avait voulu réduire la dose d'antalgique qu'il prenait quotidiennement, persuadé qu'il était désormais capable de dompter la douleur par sa seule volonté.

Il passa de longues heures allongé sur son lit ou sur la bergère de son bureau, dans la position la moins insupportable possible.

Un matin, au terme d'une nuit chaotique, la douleur le réveilla. Fulgurante. Remontant dans son corps comme une vrille. Sa jambe tout entière lui semblait prise dans un étau. Il dut prendre sur lui pour ne pas crier et réveiller Mathilde.

Les dents serrées, le front en sueur, il peina à atteindre la salle de bains, où il se rua sur ses médicaments.

Il resta plus d'un quart d'heure au sol, le dos collé contre la baignoire à se contorsionner, jusqu'à ce que la douleur se décide enfin à le lâcher.

*

Le mercredi suivant, peu avant midi, François remontait l'allée boueuse de la propriété pour aller chercher son courrier. La pluie coupait le ciel d'ardoise de fines hachures et, la tête rentrée dans son parapluie, il avançait en regardant le sol pour éviter les flaques devant lui.

– Monsieur Vasseur !

Il releva la tête juste à temps pour ne pas heurter Ludovic, qui se tenait au milieu du chemin dans sa cape de pluie bleu nuit. Étrangement, il n'avait pas mis sa capuche. L'eau ruisselait sur ses cheveux ras et dégoulinait le long de son visage. Mathilde lui avait prêté un parapluie, mais il ne l'avait jamais utilisé.

– Ludovic ! Je ne vous avais pas vu.

François remarqua que ses Pataugas, tout comme le bas de son pantalon, étaient recouverts d'une épaisse couche de boue, au point que ses pieds ne semblaient plus faire qu'un avec le sol détrempé. Où diable était-il allé pour se mettre dans un état pareil ?

Se voyant observé, Ludovic baissa les yeux vers ses chaussures, puis haussa les sourcils dans une expression comique.

– Que faites-vous dehors par ce temps ? Vous ne vous protégez même pas la tête !

Ludovic prit un air contrit et tira sur les ficelles de sa capuche restée dans son dos.

– J'avais envie de marcher un peu… Et vous ?

– Je sortais simplement prendre le courrier.

Ludovic se tourna et pointa un doigt en direction de la chaîne qui marquait l'entrée de la propriété.

– J'ai vu le facteur passer il y a une dizaine de minutes. Il avait une lettre pour vous.

François acquiesça légèrement.

– Très bien. Vous déjeunez avec nous aujourd'hui ?

Sa question était de pure forme et n'avait d'autre but que d'abréger leur échange. Il n'avait aucune envie de traîner dehors par ce temps.

– Bien sûr.

– Alors, à tout à l'heure.

François le regarda remonter l'allée. Son corps maladroit semblait trembloter sous le voile de pluie qui le recouvrait. Plus que jamais, il eut la certitude que la silhouette des toiles de Mathilde ne pouvait être que celle de Ludovic.

Il récupéra son courrier – une facture, un tract publicitaire et une grande enveloppe blanche – puis se hâta de regagner la longère. Assis à la table du salon, il remarqua que le rabat de l'enveloppe était étrangement froissé et gondolé, alors même qu'elle n'avait pas pris la pluie. Elle s'ouvrit toute seule, sans qu'il ait à forcer. La colle était totalement sèche… Comme si l'enveloppe avait déjà été ouverte, puis négligemment refermée.

« Il avait une lettre pour vous… »

Comment Ludovic avait-il eu le temps de détailler le courrier laissé par le facteur ?

François sortit les feuillets réunis par un trombone. Sous une forme officielle, les documents reprenaient l'essentiel des différents mails qu'il avait reçus les dernières semaines. Il en parcourut rapidement le contenu, sans parvenir à se concentrer.

Ses yeux étaient accaparés par deux grosses gouttes d'eau qui avaient imbibé le bas du document.

Une trace…

Une preuve que son courrier avait été ouvert.

*

François recevait si peu d'appels sur le fixe de son bureau qu'il sursauta à la sonnerie stridente du téléphone. Il referma le document qu'il était en train d'examiner, ôta ses lunettes de lecture et regarda l'écran sur lequel défilait le nom de son correspondant : *Librairie Aperto Libro – Quimperlé.*

Une librairie ancienne spécialisée dans les manuscrits et les éditions originales que François avait assidument fréquentée à une époque. Il y avait acheté un nombre non négligeable de monographies historiques et de romans du XVIIIe et du XIXe siècle. Ce n'était pas la première fois que le libraire l'appelait chez lui pour l'informer de ses nouvelles acquisitions.

Quoique peu d'humeur à discuter bibliophilie, François décrocha, autant par courtoisie que pour s'éviter d'avoir à rappeler le libraire plus tard s'il laissait un message.

Les deux hommes échangèrent quelques banalités. François fit l'effort de se montrer aimable. Oui, sa femme se portait bien. Effectivement, ses visites à la librairie s'étaient faites plus rares, il avait été très occupé ces derniers temps. Ne voulant pas faire traîner la conversation, François essaya d'aiguiller le libraire vers la raison de son appel.

– J'ai un peu hésité avant de décrocher mon téléphone…

La voix à l'autre bout du fil était hésitante, presque gênée.

– Que voulez-vous dire ?

– Eh bien, j'ai reçu ce matin la visite d'une personne qui voulait me vendre un livre.

François soupira discrètement.

– Un livre qui pourrait m'intéresser ?

Il perçut un léger toussotement.

– Pas vraiment, monsieur Vasseur. Il s'agissait d'un jeune homme qui voulait me proposer un livre. Je l'ai tout de suite reconnu…

– Le jeune homme ?

– Oh non ! Lui, c'était la première fois que je le voyais. Je vous parle du livre : une édition originale de *Madame Bovary* en papier courant. Deux volumes in-8 réunis en un, dans une jolie reliure en basane veinée noisette…

Le regard de François se troubla. Les paroles du libraire ne lui parvenaient plus qu'en écho, comme amenuisées par le voyage qu'avaient accompli les ondes sonores à travers le fil du téléphone.

– Ce jeune homme avait une allure étrange, il semblait très mal à l'aise en entrant dans la librairie. Alors, vous comprenez, je me suis méfié… Imaginez ma surprise quand il a extirpé d'un vulgaire sac en plastique une édition aussi rare.

Le combiné coincé entre son oreille et son épaule, François fit pivoter son fauteuil vers la bibliothèque. Tous ses livres, sans exception, étaient classés par genres, siècles et ordre alphabétique, si bien qu'il ne lui fallait jamais plus de quelques secondes pour retrouver un volume. Ses yeux coururent jusqu'à la troisième étagère, consacrée à la littérature française.

Quatrième rangée.

Lettre F.

Deux ou trois exemplaires reposaient légèrement de biais et soulignaient l'absence d'un livre. François se releva légèrement de son fauteuil et plissa les yeux. Il chercha le dos à quatre nerfs sertis de pointillés et ornés de caissons dorés mais ne le trouva pas.

– J'ai pris le temps de l'examiner et je l'ai reconnue à la reliure, mais aussi aux petites rousseurs sur la page de garde… Je suis certain qu'il s'agissait de l'exemplaire que vous m'avez acheté il y a deux ans.

L'esprit de François fonctionnait au ralenti. Ses pensées nageaient dans un marais trouble.

Ludovic… Il était parti très tôt de la longère et avait été absent toute la matinée.

Était-il venu dans le bureau peu auparavant ? La veille, en début d'après-midi… Ils avaient passé une dizaine de minutes à discuter.

Y était-il resté seul à un moment ou à un autre ? François se souvenait que Mathilde l'avait appelé depuis le salon et qu'il s'était absenté, laissant Ludovic sans surveillance. Trente secondes… Une minute tout au plus. Peu de temps, certes, mais assez pour…

– Afin de confirmer mes soupçons, je lui ai demandé combien il en voulait, reprit la voix au bout du fil. Naturellement, il a été incapable de me proposer le moindre prix. En fait, il n'avait aucune idée de la valeur de ce qu'il tenait entre les mains. Si je lui en avais proposé 50 euros, je pense qu'il aurait accepté sans rechigner… J'ai fini par lui dire que je n'étais pas intéressé et il est reparti sans un mot, aussi embarrassé que quand il était entré. Je voulais vous avertir… savoir si on ne vous avait rien dérobé…

François sentit son cœur s'emballer. Il percevait la respiration du libraire dans le combiné. Un silence se fit. Interminable.

Il se tourna une nouvelle fois et jeta un coup d'œil rapide à la bibliothèque, se persuadant que, par la seule force de son esprit, le volume pourrait se matérialiser et reprendre sa place au milieu de la rangée.

François se força à sourire, comme si le libraire avait été devant lui dans la pièce et avait épié ses réactions. Une contenance qui lui permit de retrouver un ton calme et naturel :

– Je vous remercie de votre appel, c'est très aimable de votre part. Mais il doit s'agir d'une coïncidence.

– Une coïncidence ?

François tira au hasard un volume de la bibliothèque et se mit à le feuilleter. Suffisamment fort pour que le bruit des pages qu'il tournait soit perceptible au téléphone.

– Oui. Je suis en ce moment même dans mon bureau et je tiens en main l'exemplaire que je vous ai acheté. 1857… c'est bien ça. « Michel Lévy Frères, Rue Vivienne, Paris. » Avec la dédicace fautive « à Senart ».

François s'étonna de ses propres capacités d'improvisation. Son interlocuteur resta coi quelques secondes, le temps que son professionnalisme reprenne le pas sur sa surprise.

– « Senart », fit-il lentement en écho, avec un « t » au lieu d'un « d ». La caractéristique la plus notable de l'édition originale…

– Tout à fait, conclut François. Un exemplaire dans un état remarquable. Vous m'aviez d'ailleurs fait un très bon prix. Laissez-moi vous en remercier à nouveau.

François sentit une vague de honte monter en lui. La honte de se livrer à un mensonge aussi misérable. De tromper un homme honnête qui ne lui voulait que du bien.

– Rassurez-vous, on ne m'a rien volé. Même édition, même reliure… C'est à peine croyable. La vie est parfois pleine de situations improbables.

– Improbables, oui…

– Pas trop de regrets ? Vous auriez pu faire une sacrée affaire avec ce jeune homme.

François craignit d'en avoir trop fait. Son ton était devenu frivole, excessivement enjoué.

– Oh non, monsieur Vasseur, je ne regrette rien. J'ai près de trente ans d'expérience dans ce métier et je suis certain d'une chose : il n'a pas acquis ce livre de manière honnête.

15

À vitesse maximale, les essuie-glaces vibraient sur le pare-brise. Les lames de caoutchouc n'arrivaient plus à évacuer les trombes d'eau qui s'abattaient sur le véhicule. On n'y voyait pas à plus de dix mètres et François roulait au ralenti depuis qu'ils avaient quitté la propriété.

En contrebas, émergeant de temps à autre entre les arbres qui bordaient la route, l'Isole avait pris des allures de torrent furieux. La rivière charriait d'énormes branches et même des troncs qu'elle avait arrachés à la berge dans sa course folle.

Mathilde secouait la tête en jetant des regards apeurés autour d'elle :

– François, fais demi-tour ! Tu vois bien que c'est de la folie de prendre la voiture par ce temps !

– Ne t'inquiète pas, je fais très attention.

La veille au soir, ils avaient appris que le Finistère était placé en vigilance rouge. Des phénomènes d'intensité exceptionnelle étaient prévus. Ils n'avaient presque pas fermé l'œil de la nuit à cause du tonnerre et de la pluie qui avait inlassablement martelé le toit de la longère.

Au petit matin, la pluie avait certes perdu de son intensité, mais la chaîne régionale indiquait que plusieurs communes avaient été inondées. Mathilde avait essayé de dissuader son mari de se rendre en ville, mais il n'aurait manqué pour rien au monde sa séance de rééducation avec Laurence.

« Tu ne changeras donc jamais, tu es têtu comme une mule », s'était-elle désespérée en guettant le ciel à travers le rideau de pluie de la vitre.

Ludovic s'était levé plus tard qu'à l'ordinaire. Ils étaient encore en train de se quereller quand il avait surgi dans la cuisine, l'air éteint. Il avait prêté peu d'intérêt à leur échange. Les Vasseur, de leur côté, ne semblaient plus gênés d'être surpris dans une conversation personnelle.

Mathilde, passablement énervée, lui avait servi une tasse de café.

« Nous devons sortir, Ludovic, mais inutile de vous presser. Tenez, je vous donne les clés de la maison. François ne veut rien entendre ! »

Les clés... François était resté abasourdi, observant sur la table le trousseau qui avait soudain accaparé toute son attention. Son cerveau était paralysé. Il devait pourtant faire quelque chose. Empêcher Ludovic de rester seul dans la maison. Trouver une excuse, n'importe laquelle, pour renoncer à prendre la voiture. Mais après la comédie qu'il avait faite, difficile de revenir sur sa décision sans éveiller les soupçons...

À supposer même que Ludovic n'ait pas été présent dans la pièce, qu'aurait-il pu dire ? Sa visite nocturne... le courrier ouvert... le vol dans la bibliothèque... Il avait tout caché à Mathilde. Il s'était efforcé de dissimuler ses forfaits comme s'il en avait été lui-même l'auteur. Un complice, voilà ce qu'il était. Par son silence entêté, il avait encouragé Ludovic à se comporter de la sorte. Lui passant tout comme à un gosse mal élevé auquel on n'ose plus s'opposer de peur qu'il ne fasse une colère en public.

Quelle force irrationnelle le poussait à agir ainsi ? Comment pouvait-il se laisser aller, sans la moindre résistance, sur une pente aussi dangereuse ? Il avait suffi à Ludovic de moins de trente secondes pour dérober un ouvrage rare dans la bibliothèque. Que serait-il capable de faire si on le laissait seul toute une matinée ?

« On devrait y aller, s'était-il pourtant contenté de dire. Ne nous mettons pas en retard. »

Le trajet jusqu'à Quimperlé leur avait pris deux fois plus de temps qu'à l'ordinaire. À l'entrée de la ville s'était formée une longue file de véhicules à l'arrêt. La pluie s'était calmée mais le pare-brise était à présent embué, noyant le décor autour d'eux dans une brume irréelle.

– Qu'est-ce qui se passe ?

Mathilde haussa les épaules.

– Tu vois bien ce qui se passe : les gens font demi-tour. L'accès à la ville est bloqué, c'est évident.

Ils patientèrent sans un mot. Craignant d'être en retard à son rendez-vous, François ne cessait de jeter des regards furtifs à sa montre. Il pensait aussi à Ludovic. Que faisait-il à ce même moment ? Dans quelle pièce de la maison se trouvait-il ? Quel mauvais coup préparait-il dans leur dos ?

Les voitures devant eux avançaient au pas et finissaient toutes par rebrousser chemin. Enfin ils aperçurent les barrières de sécurité qui interdisaient l'accès à la ville et les agents en gilet jaune qui faisaient de grands gestes pour obliger les automobilistes à manœuvrer sur place.

Arrivé au bout de la file, François descendit sa vitre. Quelques gouttes s'écrasèrent sur son visage et l'obligèrent à plisser les yeux.

– Bonjour. Je sais que tout le monde doit avoir une bonne excuse pour…

L'agent ne lui laissa pas le loisir de poursuivre sa phrase :

– Désolé, monsieur, mais personne ne passe. La rivière a débordé cette nuit, la ville est sous l'eau… Il faut que vous fassiez demi-tour.

François se tourna vers Mathilde.

– Rentrons, je t'en prie. Je t'avais dit que ce n'était pas raisonnable.

Il soupira, fit un petit geste de la main pour remercier l'agent et enclencha la première.

*

À leur arrivée, Ludovic s'était déjà mis au travail. Les Vasseur entendaient la ponceuse électrique dans l'annexe. La porte de la maison était ouverte. Il s'était contenté de laisser les clés sur la table du salon.

Mathilde alluma une chaîne d'information continue. Après une coupure publicitaire, le journaliste évoqua les crues qui avaient touché la région et les grandes marées prévues dans la journée.

Des images datant du matin même défilèrent sur l'écran. On y voyait le fleuve déchaîné s'engouffrer sous les ponts et recouvrir le quai Surcouf. Les maisons et les commerces de la basse ville étaient touchés. Seuls quelques panneaux indicateurs marquaient encore la limite entre les berges et le fleuve. Au dernier pointage, la Laïta avait atteint les cinq mètres, près de deux au-dessus de son niveau de débordement. Des barrages dérisoires avaient été installés dans l'urgence pour freiner la montée des eaux dans les immeubles. Des Quimperlois désemparés et épuisés par une nuit sans sommeil montaient leurs affaires les plus précieuses dans les étages. Les Zodiac des pompiers progressaient péniblement à contre-courant pour évacuer les habitants des maisons les plus menacées.

– Pauvres gens, murmura Mathilde.

Debout derrière le canapé, François se sentit soudain stupide d'avoir voulu se rendre à son rendez-vous alors que la ville était sous l'eau. Mais ses pensées ne s'attardèrent pas longtemps sur le reportage. De l'autre côté de l'atelier, le vacarme des travaux avait repris. Le bruit d'une perceuse, à ce qu'il put en juger. Et, aussitôt, François se rappela.

Son bureau… Il ne l'avait pas fermé à clé avant de partir. Il n'en avait pas eu le temps. Comme Mathilde était hypnotisée par l'écran de télévision, il en profita pour s'éclipser.

La première chose qu'il fit fut de s'installer dans son fauteuil et de vérifier qu'on n'avait pas touché aux affaires sur sa table de travail en acajou. Tout était intact. Il se lança ensuite dans un inventaire minutieux de chacun des tiroirs. Rien ne semblait avoir été dérangé… ni volé.

Enfin il se tourna vers la bibliothèque et observa attentivement les rangées de livres, les unes après les autres. Il promena un doigt sur les reliures, traquant le moindre écart inhabituel entre les ouvrages.

Arrivé au rayonnage de la littérature française, il faillit se sentir mal et dut s'accouder au dossier de son fauteuil.

G. Flaubert. *Madame Bovary*. Paris 1857.

Le livre volé avait retrouvé sa place.

16

François regarda le fourgon blanc disparaître derrière la haie. Le ciel était gris de nuages mais il ne pleuvait plus.

Il s'était donné dix minutes avant d'agir. Dix minutes pour s'assurer que Ludovic ne rebrousserait pas chemin. Au cas où il aurait oublié quelque chose…

Il patienta avec agacement dans le salon, tournant en rond tel un prisonnier dans la cour de promenade. Lorsque le délai fut enfin écoulé à sa montre, il sortit.

La porte d'entrée de l'annexe était fermée et il dut utiliser le double qu'il avait pris par précaution. Mathilde rangeait du linge à l'étage. Elle était si méthodique qu'il était sûr d'avoir le champ libre un bon moment.

Quand il entra, il fut assailli par la puissante odeur de peinture qui émanait des murs. Il referma la porte derrière lui avec une certaine anxiété. Son cœur battait la chamade. Il était encore chez lui, bien sûr, mais il se sentait aussi coupable que s'il avait pénétré dans la maison de son voisin.

C'était la première fois qu'il se retrouvait seul dans l'appartement depuis le début des travaux. Plus de bruit, plus d'agitation… Un silence dérangeant pesait sur la pièce.

Il y avait eu tant de changements que François en éprouva un malaise diffus. Comme si on lui avait arraché une partie de lui-même. Comme si on avait profané son jardin secret.

Il essaya de repousser cette désagréable impression et lança un coup d'œil à travers la fenêtre du rez-de-chaussée pour se rassurer. Il devait agir vite.

Dans sa hâte, il avait oublié sa béquille dans le salon et monta difficilement l'escalier en s'appuyant sur la rambarde que Ludovic avait installée peu auparavant.

Quoique spartiate, la chambre qu'il avait choisie était dans un désordre indescriptible. Draps, couette et oreillers gisaient au sol. Des vêtements douteux étaient répandus dans la pièce. Deux verres et une assiette sale traînaient sur la table de chevet.

Ludovic avait peu d'affaires. Un grand sac de sport dans lequel s'entassaient pêle-mêle ses vêtements propres – Mathilde avait pris l'habitude de lui faire sa lessive – et un sac à dos qu'il emportait parfois avec lui.

François hésitait, immobile dans l'encadrement de la porte. Il pouvait encore faire marche arrière. Repartir comme il était venu…

Que cherchait-il vraiment ? Des indices ? Des éléments concrets qui lui permettraient d'en savoir plus sur cet étrange inconnu qui avait élu domicile chez eux ? Juste une petite fouille, une fouille rapide dont personne ne saurait jamais rien…

François pesta mais finit par entrer dans la chambre, se frayant un chemin parmi les habits qui recouvraient la moquette. Avec un brin de culpabilité, il inspecta rapidement le sac de sport. Comme il le pensait, il ne contenait que du linge propre.

Il se rabattit alors sur le sac à dos. Il n'éprouva pas vraiment d'étonnement lorsqu'il vit la tasse bleue en porcelaine ornée d'aigrettes et de pampres ondoyants. Il la prit délicatement entre ses doigts et l'examina de près. Elle était intacte et il en fut dépité. S'envolait ainsi la seule hypothèse qui aurait plaidé en faveur de Ludovic : qu'il ait ébréché par mégarde la tasse et préféré la faire disparaître plutôt que d'avouer la vérité à Mathilde.

Un vol. Il s'agissait ni plus ni moins d'un vol. Comme pour le livre… Et pour quels autres objets dont ils n'avaient pas encore remarqué la disparition ?

François se demanda s'il devait poursuivre. N'avait-il pas trouvé la preuve qu'il recherchait ? Oui, c'était bien Ludovic qui avait volé la tasse. Mais en avait-il jamais douté ? À quoi bon aller plus loin ?

Il hésita mais, mû par une curiosité incontrôlable, il continua sa fouille.

Sa main tomba sur le petit carnet noir de Ludovic, celui qu'il utilisait quand il travaillait ou achetait du matériel. François le feuilleta attentivement mais il n'y trouva que des griffonnages abscons, des mesures et des listes de fournitures. Parfois aussi de petits croquis ou des dessins puérils. Sur une page, il crut reconnaître la longère, avec sa façade de pierre et son toit en ardoise. Sur une autre, des dessins maladroits de massifs de fleurs… peut-être ceux du jardin. Enfin, coincée entre les dernières pages du carnet, la carte de visite qu'il lui avait donnée le jour de leur deuxième rencontre près de la Laïta.

François poursuivit. Au fond du sac se trouvait une enveloppe de papier kraft, épaisse au toucher. À l'intérieur, une liasse de billets. Sans doute la totalité de l'argent que Ludovic avait gagné en travaillant chez eux. Comment pouvait-il prendre le risque de garder autant de liquide avec lui ? François prit aussitôt conscience de l'absurdité de sa question : Ludovic était le seul voleur dans cette maison, la seule menace qui pesait sur elle.

Il regarda sa montre. Près de dix minutes déjà. Mieux valait ne pas traîner. Quelle excuse pourrait-il bien imaginer si Ludovic ou Mathilde le surprenaient dans l'appartement ? Difficile de faire croire qu'il avait justement choisi ce moment pour aller voir l'avancement des travaux…

Il s'apprêtait à remettre les affaires dans le sac lorsqu'il remarqua une petite poche intérieure à fermeture Éclair.

Il l'ouvrit par acquit de conscience, par peur de négliger le plus petit détail.

Elle contenait seulement une carte d'identité au plastique abîmé et aux bords cornés.

Le sac ne renfermait pas de portefeuille. Ludovic l'avait emporté. Pourquoi alors n'avoir pas gardé avec lui sa pièce d'identité ?

On reconnaissait parfaitement Ludovic sur la photo, bien qu'il ait les cheveux longs et paraisse plus émacié qu'en réalité. Tête droite, visage tourné vers l'objectif, expression neutre… Les parfaits critères d'une photo administrative qui ôtent toute singularité et vie au modèle. Seule la noirceur troublante du regard était fidèle au garçon qu'il côtoyait chaque jour.

Quand la photo avait-elle été prise ? Assez récemment… Un an ou deux plus tôt au maximum…

François inspira profondément. Il éprouvait une de ces affreuses intuitions qui vous tenaillent parfois de l'intérieur.

Ses yeux glissèrent imperceptiblement de la photo vers les informations imprimées sur la partie droite de la carte.

Il lut alors :

Nom : LEFEBVRE
Prénom(s) : BRYAN
Sexe : M Né(e) le : 13.06.1994
à : DOUAI
Taille : 1,88 m

17

Un simple nom tapé sur le moteur de recherche.

« Bryan Lefebvre. »

François se tenait le corps tendu sur sa chaise, les yeux rivés à l'écran, perdu dans ses pensées. Son doigt était suspendu au-dessus de la touche « Entrée » du clavier. Comment Ludovic, ou plutôt Bryan, avait-il pu les tromper à ce point ? À côté de ce mensonge – même si toute hiérarchie des actes de Ludovic était dérisoire –, les vols de la tasse et du livre lui paraissaient soudain peu de chose.

Il avait quitté la chambre totalement désemparé. Arrivé sur le seuil de l'appartement, il aurait aimé se retrouver nez à nez avec Ludovic pour le confondre et lui demander des comptes, comme si sa découverte inattendue justifiait à elle seule son intrusion.

Pourquoi une telle dissimulation ? Que cherchait-il à cacher ? Était-ce une lubie de sa part ? Un jeu ? Cela était peu probable…

Il regarda par-dessus l'ordinateur et aperçut Mathilde qui s'affairait dans la cuisine. Il aurait préféré être seul mais il n'avait plus la patience d'attendre. Son doigt retomba sèchement sur la touche.

« Environ 2 810 résultats (0,25 secondes). »

Il soupira. Une vraie jungle…

Les premiers liens conduisaient vers des pages Facebook ou LinkedIn. François ne s'était jamais fait à ces réseaux sociaux – pour lui le comble de l'exhibition et de l'impudeur. Il ne comprenait pas comment des gens pouvaient volontairement étaler leurs moindres faits et gestes, qui ne passionnaient personne d'autre qu'eux. Tout juste avait-il une page professionnelle rarement mise à jour sur le site de l'université. Répondre à un simple mail – « courriel », persistait-il à dire – constituait pour lui une épreuve, ce qu'il évitait de crier sur les toits par peur de paraître dépassé.

Il cliqua sur le premier lien.

Une liste d'une vingtaine d'homonymes s'afficha sur l'écran. Le nom était plus courant qu'il ne l'aurait cru.

« A étudié à… »

« A travaillé à… »

« Habite à… »

Il passa en revue chaque profil, mais aucune photo – lorsqu'il y en avait une – ne correspondait.

– François ! Tu pourras mettre le couvert ?

Il lorgna à nouveau vers la cuisine. Mathilde lui tournait le dos et se désintéressait heureusement de lui.

– J'arrive. Je vérifie juste quelque chose sur l'ordinateur…

Une idée… Il devait trouver un moyen d'affiner sa recherche. Il repensa alors à la carte d'identité.

Douai. Ludovic – malgré tous ses efforts, il n'arrivait pas à l'appeler autrement – était né à Douai, dans le Nord.

Il modifia la recherche.

« Bryan Lefebvre Douai. »

« 239 résultats. »

Sans conviction, François fit défiler la page. Combien de temps lui faudrait-il pour explorer tous ces liens ? Cette recherche n'avait aucun sens…

Il était prêt à se décourager et à fermer le navigateur lorsqu'il s'aperçut qu'un seul résultat correspondait vraiment à sa recherche. Dans toutes les autres occurrences, le mot « douai », barré, n'avait pas été pris en compte.

Il sentit ses doigts trembler sur la souris.

Un seul résultat…

« Mis en cause dans un viol en réunion, un suspect… »

François glissa à nouveau un regard vers Mathilde, puis se décida à appuyer sur le lien.

Un article de *La Voix du Nord*.

Rubrique « Faits divers ».

Daté du 12 novembre de l'année précédente.

Mis en cause dans un viol en réunion, un suspect de 20 ans vient d'être remis en liberté en raison d'une erreur de procédure. L'avocat de la victime parle d'une erreur « scandaleuse »

Un vice de procédure a conduit mardi à la libération d'un suspect après quatre semaines de détention. La chambre de l'instruction a laissé passer la date avant laquelle elle devait se prononcer sur une demande de remise en liberté présentée par les avocats de Bryan L. Dans son arrêt, la chambre a statué avec vingt-quatre heures de retard au regard du Code de procédure pénale. Le suspect, âgé de 20 ans, est donc ressorti libre, sans contrôle judiciaire. Il comparaîtra libre à un éventuel procès, a expliqué son avocat.

L'affaire

Bryan L. a été mis en examen et écroué le 14 octobre dernier. La justice s'intéresse au total à quatre individus dans l'enquête sur le viol collectif présumé d'une adolescente à Douai. La jeune fille de 17 ans, habitante d'Arras, aurait été violée à la suite d'une fête donnée chez l'une de ses amies. Elle aurait été entraînée dans une zone industrielle abandonnée. Des relevés ADN ont permis de confondre deux personnes. Les deux autres, dont le suspect remis en liberté, ont été mises en cause à la suite du témoignage de la victime.

Bryan L., décrit par son avocate comme un jeune homme bien intégré et n'ayant jamais eu affaire à la justice, conteste depuis le début les accusations, même s'il a reconnu sa présence sur les lieux au moment de l'agression. Lors de l'audience devant la chambre de l'instruction, l'avocate de Bryan L. a plaidé le doute et l'absence de preuves. « Aucune trace ADN de mon client n'a été retrouvée et les témoignages de la victime et des autres prévenus comportent de nombreuses zones d'ombre qui n'ont pas été encore éclaircies. »

« Il peut disparaître à tout moment »

La famille, bouleversée, ne comprend pas l'erreur de procédure. « Une telle erreur est inadmissible. Nous sommes face à une affaire d'une extrême gravité. Nous craignons que cette personne ne profite de la situation pour disparaître et échapper au procès », a indiqué l'avocat de la victime. Interrogé sur les raisons de cette défaillance, le parquet général s'est refusé à tout commentaire.

François demeura plusieurs secondes inerte, le visage figé devant l'écran.

Comment avait-il été dirigé vers cette page ? L'article ne mentionnait à aucun moment le nom de famille de l'individu. Une simple initiale, rien d'autre. Qui pouvait correspondre à des milliers de personnes…

Il sélectionna dans la barre des tâches « Rechercher dans la page ». Il tapa « Lefebvre ».

« Introuvable. »

Il se sentit soudain délesté d'un poids et s'en voulut de s'être montré aussi suspicieux. Un lien fantaisiste, remonté sans raison particulière en tête du moteur de recherche, avait suffi à lui faire entrevoir le pire.

Cela ne l'empêcha pourtant pas de revenir vers la page précédente, d'examiner à nouveau le lien et de sélectionner la fonction « En cache » sur l'adresse internet : une astuce que lui avait apprise l'un de ses étudiants un jour qu'il cherchait à retrouver un article en apparence indisponible.

Le nom de famille apparut immédiatement en surbrillance en haut de l'écran.

François arrêta de respirer. Il déroula la page et trouva l'occurrence dans un commentaire de lecteur au pied de l'article :

Je le connais. Il s'apelle Bryan Lefebvre. Il été avec moi au collège. Je suis sur qu'il a rien fait, il a jamais eu de probleme avec personne. C'est quoi ce coup monté ?

Les fautes d'orthographe lui rappelèrent aussitôt celles du mot que Ludovic avait laissé sur la porte après avoir tondu le jardin. Un camarade de classe guère plus doué que lui…

Le commentaire, qui mentionnait l'identité du suspect, avait dû être rapidement supprimé par le modérateur du site, mais il était toujours visible en cache. La mémoire inaltérable d'Internet… Rien ne disparaissait jamais. La moindre photo, le moindre commentaire posté pouvaient vous poursuivre toute votre vie.

François voulait s'accrocher désespérément à l'idée qu'il puisse encore s'agir d'une simple coïncidence. D'accord, le suspect portait le même nom que Ludovic mais…

– Monsieur Vasseur…

Il sursauta, les sens en alerte.

Ludovic. Derrière lui.

Dans le moment de panique qui s'empara de lui, François eut tout juste le temps de fermer le navigateur – un geste qui tenait du réflexe, que son cerveau n'avait pas eu besoin d'ordonner.

Ludovic était debout, à moins d'un mètre de lui – pantalon et sweat maculés de taches, cheveux mouchetés de peinture blanche. Depuis combien de temps était-il là ? Quelques secondes ? Une minute ? Ou plus ?

– Je ne vous ai pas entendu entrer, bredouilla François.

Comment l'aurait-il pu, absorbé qu'il était par la lecture de l'article ? Sans compter que Ludovic ne prenait même plus la peine de frapper lorsqu'il venait déjeuner. Mathilde le lui avait expressément signifié : « Pas de manières entre nous… »

À n'en pas douter, il était suffisamment près de l'ordinateur pour avoir pu lire par-dessus son épaule. Peut-être pas l'article, non… mais le commentaire qui mentionnait son nom.

Comme pour se justifier, Ludovic chercha du regard la pendule du salon :

– Il est 12 h 30… Mme Vasseur n'aime pas qu'on soit en retard.

François tenta de maîtriser les battements de son cœur. Il adopta un air détaché et, l'espace de deux ou trois secondes, scruta le visage de Ludovic. Ses traits, plutôt détendus, ne trahissaient aucune émotion particulière. Son teint n'était ni plus pâle ni plus rouge qu'à l'ordinaire. Dans son regard insistant, François aurait pu au mieux déceler une pointe de défi, quelque chose comme une légère insolence.

Capitulant dans cet étrange duel silencieux, il baissa les yeux le premier :

– Eh bien, passons à table…

Sans s'attarder, Ludovic se dirigea vers la cuisine. Mais François ne le suivit pas. Il se sentait étourdi… la même sensation que celle qu'il avait éprouvée en quittant la chambre de Ludovic. Il était presque sûr que le jeune homme n'avait rien vu, mais il n'en aurait pas mis sa main à couper. Qui était ce garçon qu'il avait lui-même fait entrer dans sa demeure ? Quelle menace représentait-il désormais pour eux ?

Comme il se levait lentement de sa chaise, il entendit Mathilde s'exclamer :

– Ah, Ludovic ! Vous au moins, vous ne traînez pas. Voilà deux fois que j'appelle François et il n'a même pas mis le couvert !

Il perçut son petit rire cristallin, un rire amusé qui résonna au plus profond de son être et l'irrita. Autant que l'échange complice qui devait suivre.

– Je vais le faire, si vous voulez. Ça ne me dérange pas.

– Merci. Vous êtes un ange, Ludovic…

*

Cette nuit-là, François rêva de la fusillade.

D'habitude, le décor, les protagonistes ou le déroulement du drame changeaient tellement que ses cauchemars lui apparaissaient ensuite comme les pièces d'un puzzle géant qui demandait à être reconstitué. Il n'en conservait d'ailleurs que de vagues réminiscences. Les éléments de la scène semblaient toujours avoir été morcelés, mélangés, éparpillés de rêve en rêve, comme si son cerveau, entravé par son inconscient, était incapable de la rejouer de manière réaliste. Mais pour la première fois il en garda à son réveil un souvenir étonnamment vivace.

L'amphithéâtre dans lequel il se trouvait était plus grand que dans la réalité. Les gradins s'étalaient devant lui à perte de vue et finissaient par se fondre dans une brume opaque.

Pas le moindre étudiant dans la salle.

Il avait beau scruter les rangées les unes après les autres, il était désespérément seul, debout sur l'estrade encadrée de rideaux grenat qui tombaient en plis lourds jusqu'au sol. Le silence était parfois interrompu par un bourdonnement sourd qui vibrait à ses oreilles. Il se sentait perdu, déstabilisé, dans cet environnement pourtant familier.

Qu'était-il censé faire ? Débiter son cours magistral devant une salle vide ? Poussé par une force obscure, il essaya de parler, mais ses lèvres étaient incapables de former un seul mot intelligible.

Une honte paralysante monta en lui. Bien que seul, il avait l'impression que pesait sur lui une multitude de regards inquisiteurs qui pouvaient lire jusqu'au tréfonds de son âme.

Il leva les yeux au plafond, cherchant une échappatoire à cette situation embarrassante. Il s'aperçut alors qu'au-dessus de sa tête s'étendait une gigantesque verrière métallique traversée par une lumière atone – une verrière qui avait perdu toute rigidité et ondulait lentement comme un étang troublé par le jeu du ricochet.

Lorsqu'il regarda de nouveau l'amphithéâtre, une silhouette était apparue au premier rang.

Il plissa les yeux.

Camille. Sa fille.

Elle était habillée en écolière – un de ces uniformes bleu océan à cravate et écusson caractéristiques des élèves ou des étudiants anglais – et se tenait les bras sagement croisés sur la table de travail. Il n'aurait pu lui donner d'âge précis. Son visage était celui de la Camille adulte – cheveux attachés en chignon, discret rouge à lèvres rose pâle –, mais ses manières paraissaient celles d'une enfant.

Camille… Une émotion intense l'étreignit. Il aurait voulu lui parler, l'appeler, mais sa bouche demeurait muette. Elle le fixait d'un regard vide et creux de statue. Elle finit par se retourner, sans raison à ce qu'il crut d'abord, puis pointa un doigt vers le fond des gradins.

Il ne vit rien d'autre que la brume qui planait en nappes épaisses. Ensuite, un couinement se fit entendre, aussi désagréable que le crissement d'une craie sur un tableau noir.

Une porte invisible venait de s'ouvrir quelque part.

Il fallut attendre un long moment avant qu'une ombre se matérialise et émerge du brouillard. Une silhouette sans visage se mit à descendre la travée.

Ses jambes se mouvaient de façon régulière mais François n'avait pas l'impression qu'elle avançât d'un pouce. Elle semblait marcher sur un escalator qui allait à contre-courant ou faire partie d'un paradoxe visuel que son esprit était incapable d'appréhender.

Quand il chercha Camille du regard, celle-ci avait disparu. La première rangée était à nouveau vide.

François poussa un cri terrible qui resta prisonnier dans sa gorge.

Durant ce bref moment d'inattention, l'individu était arrivé comme par magie au bas des marches. Son visage était lisse : un masque de peau, qui avait uniformément recouvert ses yeux, son nez et sa bouche, empêchait toute identification.

Quelque chose pourtant, dans l'allure, dans la démarche, lui était familier.

Il connaissait cet homme.

Ce n'est que lorsque celui-ci fut à deux ou trois mètres de lui, au pied de l'estrade, que François remarqua qu'il tenait une arme dans sa main.

L'inconnu fit un pas en avant et la leva dans sa direction. D'instinct, François chercha à se mettre à couvert derrière son bureau, mais ses pieds étaient englués dans le sol, comme dévorés par des sables mouvants.

Il ne pouvait plus bouger.

Il n'était plus qu'une proie.

Au moment où son agresseur appuya sur la détente, ses traits se matérialisèrent enfin. Et, une fraction de seconde, avant que François ne se réveille, l'individu prit l'apparence de Ludovic.

18

Il les trouva à l'arrière de la maison et les observa de loin.

Le petit chemin qui serpentait entre la pelouse et les massifs de fleurs n'était plus qu'un bourbier informe qui se fondait dans le reste du jardin. La pluie avait tout ravagé sur son passage : des trous boueux alternaient avec des mottes de terre hérissées, comme si le sol avait été retourné durant la nuit par un tracteur.

François regretta de ne pas avoir mis ses bottes. Dès les premiers pas, ses chaussures s'enfoncèrent mollement dans la fange et sa béquille, devenue glissante à cause du sol détrempé, ne lui fut plus d'aucune utilité.

L'index pointé vers les rosiers qui s'étaient avachis sous le poids des pluies torrentielles des dernières vingt-quatre heures, Mathilde prenait appui sur l'avant-bras de Ludovic : à la distance où il était – trop grande pour pouvoir analyser de façon claire leur attitude, mais suffisamment rapprochée pour que son esprit gamberge un peu –, ils donnaient l'impression d'une intimité dérangeante.

Il progressa à son rythme sur ce qui restait de chemin, en prenant soin de poser les pieds sur les îlots de terre molle, mais sans renoncer à leur jeter des coups d'œil à la dérobée.

Lorsqu'il le vit s'approcher, ou *parce qu'*il le vit s'approcher – tout relevait à présent d'une subjectivité absolue –, Ludovic s'éloigna vers le fond du jardin, peut-être pour évaluer plus avant les dégâts occasionnés par la pluie, en saluant Mathilde d'un petit geste de la main. Elle le salua à son tour avant de se retourner.

– De quoi parliez-vous ?

Il regretta aussitôt sa question, qui trahissait trop clairement son état d'esprit. On aurait cru un mari jaloux qui questionne sa femme dans un mauvais vaudeville.

– Regarde-moi ce gâchis ! Je ne suis pas sûre que les rosiers s'en remettront.

Elle se tenait devant sa variété préférée – Souvenir du Dr Jamain –, à laquelle elle vouait une sorte de culte et dont elle soignait les fleurs lie-de-vin teintées de reflets pourpres comme on l'aurait fait d'un animal domestique.

– Le fait est…

Elle remarqua l'état de ses chaussures, sans amusement ni contrariété, mais ne fit aucune remarque.

– Je n'ai pas pensé à mettre mes bottes, reconnut-il, confus.

À une vingtaine de mètres, Ludovic s'était arrêté devant les inflorescences d'hortensias et ramassait quelques fleurs blanches que la pluie avait mises à terre.

– J'ai retrouvé la tasse bleue.

Un bref instant de silence. Mathilde n'eut pour seule réaction qu'un battement accéléré des paupières.

– Ah. Et où était-elle ?

Quelques semaines auparavant, elle aurait été capable de retourner la maison de fond en comble pour remettre la main sur cette tasse. Or François savait qu'elle n'avait rien fait pour la retrouver.

– Je suis allé dans la chambre de Ludovic hier…

Il sut que sa phrase était maladroite, que son explication le plaçait d'emblée dans la position de celui qui a quelque chose à se reprocher.

Mathilde fronça les sourcils et s'écarta de lui dans un mouvement de défiance :

– Comment ça ? Ne me dis pas que tu as fouillé ses affaires !

– Je n'ai rien fouillé du tout, reprit-il d'un ton outré, je suis juste passé dans l'annexe pour voir les travaux.

– Et… ?

– Elle était dans sa chambre…

Après ses dénégations, il crut bon de ne pas préciser qu'il l'avait trouvée soigneusement cachée dans son sac. Le regard de Mathilde changea, mais pas dans le sens qu'il espérait. Le voile d'inquiétude qui était passé dans ses yeux se dissipa.

– Eh bien, tout s'explique, alors… Ludovic a dû emporter sa tasse de café et il l'aura oubliée dans l'appartement pendant qu'il travaillait. Je me suis inquiétée pour rien.

François se sentit pris de court. Il s'était lui-même enferré en omettant une partie des faits et il eut l'impression très nette que Mathilde avait décelé son mensonge pour le retourner contre lui. Pas question pour autant de capituler et de se résoudre à une explication aussi arrangeante :

– Je crois qu'il voulait la garder…

Elle haussa les épaules dans un geste de mépris.

– Où es-tu allé chercher une idée pareille ? Qu'entends-tu d'ailleurs exactement par « garder » ? Est-ce que tu lui avais dit que nous la cherchions ?

– Non…

– Et tu l'accuses de vol ? Tout cela est de notre faute, nous aurions dû lui demander s'il n'avait pas cette satanée tasse. Si tu veux vraiment savoir, je me fiche complètement de ce service. Je me rends compte que je ne l'ai jamais aimé. On ne va pas en faire toute une histoire ! Si Ludovic veut la garder en souvenir, ça ne me dérange absolument pas.

Comment pouvait-elle réagir de la sorte ? Avec autant de calme et d'indifférence ? François avait longuement hésité à lui parler, et voilà que ses révélations faisaient long feu et le plaçaient dans la position du paranoïaque, voire de l'affabulateur.

Le vol du livre… Il ne s'agissait pas d'une broutille comme la tasse à café. Mathilde pourrait-elle prétendre qu'il avait emprunté une édition originale à 3 000 euros juste pour découvrir un classique de la littérature française ? Et que l'épisode que lui avait relaté son libraire relevait d'une pure coïncidence ? Sauf que le livre était à présent à sa place dans la bibliothèque et semblait ne l'avoir jamais quitté… Bien sûr, elle n'oserait pas prétendre qu'il mentait, mais comment se justifierait-il d'avoir gardé le silence sur cette disparition ? Tout comme sur l'intrusion de Ludovic, la nuit, dans leur domicile ?

– Mathilde…

Il devait aller droit au but et cesser de tergiverser.

– Je sais que, sans moi, Ludovic ne vivrait pas dans cette maison. Peut-être ai-je été trop confiant ou naïf en le chargeant de tous ces travaux…

Mathilde ne chercha plus à dissimuler son agacement :

– Tu ne vas pas revenir là-dessus ! Nous avons pris cette décision ensemble et personne n'a eu à s'en plaindre, que je sache. Ludovic fait de l'excellent travail et il est d'une discrétion absolue.

Une « discrétion absolue » ? À cet instant, François aurait aimé que Mathilde le voie, ne serait-ce qu'une seconde, avachi à la table de la cuisine, la bouche grasse de poulet, vidant bouteille sur bouteille sans la moindre vergogne. Mais elle se tourna vers les rosiers, comme si cette conversation n'avait déjà plus aucun intérêt pour elle.

Ne voulant pas s'avouer vaincu, François tenta une nouvelle approche. Il inspira profondément et baissa légèrement la voix :

– Le garçon qui vit sous notre toit ne s'appelle pas Ludovic…

Comme elle demeurait silencieuse, il poursuivit, non sans s'être assuré que le jeune homme ne s'était pas rapproché d'eux entre-temps :

– Quand j'ai trouvé la tasse, je suis tombé par hasard sur la carte d'identité de Ludovic. La photo dessus était bien la sienne, pas de doute… Mais il s'appelle en réalité Bryan Lefebvre. Il est né en 1994 à Douai. Sur ce point, il ne nous a pas vraiment menti, il vient bien du Nord.

Durant une infime seconde, François crut que cette révélation dessillerait enfin les yeux de Mathilde. Mais son impression s'évanouit aussitôt. Il n'y eut ni silence embarrassé ni regard gêné de sa part.

– Tu as donc fouillé ses affaires !

Bien décidé à ne plus se laisser faire, François s'emporta :

– Quand j'ai vu la tasse, j'ai été... déstabilisé. J'ai voulu en savoir davantage sur lui. Bon sang ! Cet endroit nous appartient ! Il ne paie aucun loyer, nous sommes encore ici chez nous !

Le regard de Mathilde descendit jusqu'à la béquille qu'il tenait en main.

– Dis-moi, François, que racontes-tu aux gens d'ici pour expliquer que tu aies besoin d'une béquille pour marcher ? N'est-ce pas toi qui as inventé cette histoire d'AVC ?

Il secoua la tête avec stupeur.

– Quel rapport avec ce dont je te parle ?

– Il n'est pourtant pas difficile à comprendre ! Suivant les circonstances, nous sommes tous amenés à mentir à un moment ou à un autre de notre existence. Et nous ne mentons pas forcément pour tromper l'autre ou dissimuler des actions honteuses... Chacun peut avoir de bonnes raisons...

François était atterré.

– Mathilde, il nous ment depuis le premier jour. Tu trouves normal qu'il cherche à cacher sa véritable identité alors que nous avions toute confiance en lui ?

– Mais qu'est-ce que cela change qu'il s'appelle Ludovic, Bryan ou Tarpempion ? Il n'aime sans doute pas son prénom. Ce n'est pas un crime, tout de même ! Les jeunes ont parfois des lubies. Il est en froid avec sa famille : c'est peut-être pour lui une manière de nier ses origines...

François n'en croyait pas ses oreilles. Voilà qu'elle justifiait ses dissimulations par des explications sociologisantes.

Il observait sa femme et, sans doute pour la première fois de leur longue vie commune, il eut le sentiment d'avoir en face de lui une étrangère. Mathilde n'avait jamais manqué de tempérament et les disputes entre eux n'étaient pas rares, mais ces disputes semblaient toujours suivre un chemin balisé : il arrivait plus ou moins à prévoir ses réactions, à anticiper ses élans de colère. Les choses en cet instant étaient différentes. Mathilde était en train de lui échapper...

– Rentrons, dit-il en essayant de garder son calme. Je voudrais te montrer quelque chose.

*

Installée devant l'ordinateur du salon, Mathilde commença à lire la page « Faits divers » de *La Voix du Nord*.

Ayant effacé l'historique par précaution – il arrivait quelquefois à Ludovic d'utiliser leur connexion internet et il craignait trop de s'être fait surprendre la veille –, François avait dû se remettre en quête de l'article. Le moteur de recherche s'était montré capricieux et il lui avait fallu cinq bonnes minutes pour retomber dessus. À son grand désarroi, la page en cache n'était plus accessible et le commentaire mentionnant le nom complet « Bryan Lefebvre » semblait avoir totalement disparu dans les méandres de la Toile. Il ne désespérait pas de le retrouver plus tard mais Mathilde commençait à s'impatienter.

François étudia attentivement son visage pour guetter ses moindres réactions. Le titre de l'article ne créa en elle aucune inquiétude notable et il la soupçonna de se contenter de survoler la page.

Quand elle eut fini, elle tourna vers lui un visage si inexpressif qu'il préféra parler le premier :

– Je sais que ce doit être un choc pour toi – comme ça l'a été pour moi, d'ailleurs –, mais tout concorde. Le « Bryan L. » de l'article n'est autre que Ludovic : un de ses camarades de classe l'avait formellement identifié dans les commentaires des lecteurs – je te promets de le retrouver très vite. Il a été libéré à la suite d'une erreur de procédure et en a profité pour disparaître par peur d'être lourdement condamné. Il nous a dit lui-même qu'il ne s'entendait pas avec sa famille, il n'avait donc rien à perdre. Depuis, il vit de petits boulots et va de région en région en cherchant à rester le plus discret possible. D'où la nécessité pour lui de ne pas nous donner son vrai nom…

François s'était préparé à toutes les réactions de Mathilde, mais le grand éclat de rire dans lequel elle partit le laissa pantois.

– Est-ce que tu deviens fou ?

Elle jeta un coup d'œil dédaigneux à l'ordinateur.

– Je n'arrive pas à croire que tu sois allé faire ces recherches ridicules ! Cet article ne prouve absolument rien. C'est tout ce que tu as trouvé : un prénom banal et une initiale ?

L'assurance de François était en train de s'effriter. Cet article était l'élément le plus accablant de sa démonstration.

– Mais ouvre les yeux ! Il y a aussi la ville, Douai, et l'âge : « 20 ans », dit l'article. D'après sa carte d'identité, Ludovic est né en 1994. Combien de probabilités y a-t-il pour que… ?

– C'est à mourir de rire ! Est-ce que tu veux que je m'amuse à taper « François V. » sur Internet ? Sur quoi est-ce que je tomberai ? Un tueur en série ? À moins que je ne doive en conclure que tu as été roi de France dans une vie antérieure ?

Elle se leva.

– J'ai assez perdu de temps avec ces histoires ! Si tu n'as pas l'esprit tranquille, tu n'as qu'à aller voir Ludovic et lui expliquer à quel manège tu te livres dans son dos. Pourquoi ne pas engager un détective pour qu'il enquête sur son passé, tant que tu y es ? Je ne sais pas ce que Ludovic t'a fait, mais à l'évidence tu lui en veux. Comme tu l'as si bien rappelé, c'est toi qui l'as engagé pour qu'il travaille chez nous. Si cela te pose désormais problème, tu n'as qu'à t'en prendre à toi-même !

François se sentit soudain plongé dans une affreuse solitude. Mathilde l'abandonnait, c'était aussi simple que ça. Sa réaction ne le blessait pas seulement, elle l'humiliait.

– Tu me déçois, François.

Ce furent les derniers mots qu'elle prononça avant de s'éloigner.

Désormais seul face à ses doutes, François s'assit sur la chaise devant l'écran. Il ne trouva pas le courage de relire l'article et de remuer le couteau dans la plaie. Un instant, il fut tenté d'éteindre l'ordinateur.

Finalement, il ouvrit le moteur de recherche et se mit en tête de poursuivre ses investigations.

19

À compter de ce jour, François commença à faire semblant. À jouer un rôle.

Il ne fit plus part de ses soupçons à Mathilde, évita de parler de Ludovic en termes négatifs, faisant comme si tout allait pour le mieux dans le meilleur des mondes. Étrangement, Mathilde ne parut pas s'étonner de ce changement brutal. Peut-être pensait-elle qu'il était enfin revenu à la raison et que ses doutes n'étaient dus qu'à leur isolement ou à quelque accès de paranoïa. Il ne fut plus question du « vol » de la tasse, pas plus que de la fausse identité de leur protégé. La parenthèse avait été définitivement refermée.

Du moins en apparence.

Ses recherches sur Internet ne menèrent à rien. En opérant quelques croisements, il tomba sur d'autres pages consacrées au fait divers mais il n'en tira pas d'information supplémentaire. Aucun article plus récent n'évoquait le procès ou une hypothétique fuite du suspect. L'affaire continuait pourtant de l'obséder et, comme dans toutes les obsessions, François traversait des phases. Certaines nuits, il se réveillait en sueur, encore imprégné de ses cauchemars, persuadé que le jeune homme qui dormait à quelques mètres d'eux était un être malfaisant qui cherchait à tromper leur vigilance et avait un plan dont il n'avait aperçu que les prémices. À d'autres moments au contraire, comme répéter un mot finit par lui enlever tout sens, il se trouvait pitoyable d'échafauder autant d'hypothèses grotesques. Mathilde était dans le vrai. Tous ces éléments disparates relevaient du hasard. Ludovic n'était peut-être pas un saint, mais il prêtait des intentions bien trop machiavéliques à ce garçon qui lui était d'abord apparu comme quelqu'un de « simple ».

Perdait-il la tête ? Faisait-il partie de ces gens qui passent leur temps à chercher partout le chiffre du diable ou s'imaginent que le moindre de leur rêve constitue une expérience prémonitoire ? Qui interprètent tout à travers le prisme de leur obsession ?

Il savait que, de toute manière, rien de ce qu'il pourrait dire à Mathilde n'arriverait à la convaincre.

Leur petite vie bien réglée suivait son cours. Toujours disponible, passé maître dans l'art de se rendre indispensable, Ludovic travaillait à l'appartement ou dans le jardin, qui avait sérieusement souffert des intempéries, se chargeait sans jamais se plaindre de tâches et de corvées ingrates au-delà de ce qu'on lui demandait, allait et venait dans la maison au gré de ses humeurs.

Mathilde était détendue, sereine, par moments radieuse, et François recevait ce bonheur trop ostensible comme un affront, certain que Ludovic seul en était la cause. Il l'avait à peine remarqué auparavant, mais quelque chose avait changé dans son physique et sa manière d'être. Mathilde était une très belle femme – à l'aube de la cinquantaine, elle était encore capable de faire se retourner bon nombre d'hommes dans la rue –, mais il lui semblait maintenant que les quelques semaines de présence de Ludovic l'avaient fait rajeunir. Ne se montrait-elle pas plus coquette, plus attentive dans le choix de ses tenues même pour rester à la maison, légèrement plus maquillée qu'à l'ordinaire, plus alerte et plus vive dans sa démarche ?

Ce regain de jouvence était d'autant plus flagrant que, par un jeu déprimant de vases communicants, François avait au contraire l'impression d'avoir vieilli. Même s'il le gardait pour lui, sa jambe continuait de le faire souffrir et les séances de rééducation semblaient avoir atteint leur limite. Il se déplaçait toujours avec difficulté, peinait dans les escaliers et s'essoufflait anormalement au bout de quelques minutes de marche. Quand il passait par hasard devant un miroir, à l'instar de la marâtre de Blanche-Neige se désolant de ne plus être la plus belle femme du royaume, il était choqué de l'image qu'il y trouvait : son visage n'avait pas particulièrement changé mais son allure générale n'avait plus la moindre tenue ni élégance. Son corps s'était inexorablement tassé et trahissait un laisser-aller qui l'incommodait. Ses épaules larges, qui avaient fait de lui un homme robuste, constituaient désormais un poids trop lourd pour son corps amoindri.

Ne supportant plus sa béquille, il la remisa plusieurs fois dans le placard de l'entrée avant que la douleur et le handicap ne l'obligent à la récupérer.

Ils prirent l'habitude de sortir tous les trois. Souvent pour déjeuner en ville ou sur les bords de l'Aven dans des restaurants d'un certain standing que les Vasseur appréciaient.

Si ces sorties étaient un fardeau pour François, elles lui permirent au moins d'observer Ludovic sous un jour nouveau et de déceler en lui une étonnante capacité d'adaptation à un milieu qui n'était pas le sien. Ludovic n'était pas accoutumé à fréquenter ce type d'établissements, pourtant, passé la gêne fugitive qu'il éprouva au contact d'un luxe intimidant et nouveau, il avait l'air de se sentir aussi à l'aise qu'un poisson dans l'eau : il adoptait une tenue irréprochable à table, se servait correctement des multiples couverts mis à sa disposition, n'hésitait jamais entre un verre à eau et un verre à vin et finit même par regarder le maître d'hôtel s'affairer près de lui avec un détachement presque blasé. En apparence, il n'avait plus rien du jeune homme maladroit et renfermé qu'il avait rencontré des semaines auparavant au bord du fleuve.

Un midi, il avait été convenu que Ludovic les rejoindrait directement dans un restaurant de Ploërmel. François craignait qu'il ne trouve pas l'adresse et il était persuadé qu'ils seraient les premiers.

– Vasseur… fit la réceptionniste en feuilletant son livre de réservations. Oui, vous êtes en terrasse. Votre fils est déjà arrivé, il vous attend en salle.

Plus agacé qu'amusé, il voulut couper court au quiproquo :

– Non, ce n'est pas notre…

Mais Mathilde ne lui laissa pas le temps de finir sa phrase :

– Très bien, je vous remercie. Tu vois, François, il est plus dégourdi que tu ne le pensais !

Il en resta stupéfait. « Votre fils… » Il ne sut jamais s'il s'agissait d'une simple méprise ou si Ludovic avait sciemment induit l'hôtesse en erreur.

Ils allèrent une fois au cinéma. Ludovic voulait voir un film d'anticipation sur une invasion extraterrestre. François ne fréquentait guère que la Filmothèque du quartier Latin mais, par crainte de le laisser sortir seul avec Mathilde, il manifesta un goût soudain pour la science-fiction, citant Wells, Barjavel et Bradbury avec une éloquence pompeuse destinée à mettre Ludovic mal à l'aise. À son grand dam, quoique un peu perdu par ses explications, celui-ci tira son épingle du jeu et étonna Mathilde en parlant longuement de *La Guerre des mondes*, dont il avoua néanmoins n'avoir vu que l'adaptation de Spielberg.

Dans la salle de cinéma, François manœuvra pour s'asseoir entre Mathilde et Ludovic, et ainsi les séparer. Mais, quelques minutes avant le début de la projection, tandis que sur l'écran défilaient bandes-annonces et publicités, le jeune homme se leva pour acheter du pop-corn et prit soin à son retour de regagner la salle par l'allée opposée afin de changer de place et de se retrouver à la droite de Mathilde. Il leur proposa du pop-corn. Mathilde picora dans le paquet tandis que François déclinait d'un geste sec. Dans la lumière blanche reflétée par l'écran perlé, il vit clairement son visage satisfait et fier du bon tour qu'il venait de jouer.

Le film était un navet sans nom. François piqua du nez à plusieurs reprises tandis qu'une horde d'aliens ressemblant à des pieuvres géantes anéantissaient la planète bleue et se repaissaient de sang. Le pensum dura près de deux heures. François ne put s'empêcher de pousser un soupir de libération lorsque le générique mit fin à cet épuisant carnage. Les extraterrestres ne l'avaient pas épargné.

Sur le chemin du retour, alors que Ludovic se montrait intarissable sur le film, Mathilde eut la charité de louer la perfection des effets spéciaux et la réussite des scènes d'action – mais y avait-il eu dans ce film autre chose que des scènes d'action ?

Maugréant intérieurement, François prétendit avoir passé un bon moment pour ne pas briser l'euphorie générale.

*

« Vous êtes une vraie famille pour moi. »

Un soir qu'ils étaient réunis dans le salon autour de la table basse et que crépitait dans la cheminée un feu allumé par Ludovic, cette expression lui était revenue en mémoire. Oui, un visiteur de passage qui les aurait observés aurait sans doute vu dans leur trio une famille idéale.

Une apparence qui se donnait pour une réalité… Un simulacre dont François semblait le seul à avoir conscience.

Lorsqu'ils étaient ensemble, quelle que soit la situation, il avait l'impression de se regarder de loin, avec un œil extérieur, comme ces victimes de mort imminente qui se voient allongées sur une table d'opération, sorties de leur enveloppe charnelle, ou avec la froide objectivité de l'entomologiste qui observe les mœurs des insectes.

À dire vrai, il n'y avait guère de moments où François n'était pas aux aguets. Chaque matin et chaque soir, toujours avec discrétion, il vérifiait que la porte de communication entre la longère et l'atelier était bien verrouillée. Précaution pourtant bien inutile : Ludovic aurait-il frappé à la porte à 2 heures du matin en prétendant mourir de faim que Mathilde aurait été capable de le plaindre et de lui préparer à manger.

Si Ludovic travaillait dans le jardin ou prenait sa camionnette, il l'épiait sans but véritable à travers une fenêtre, pour la seule satisfaction de le garder le plus longtemps possible dans son champ de vision.

Dans la journée, il le laissait parfois seul dans la bibliothèque, qu'il ne fermait plus à clé, espérant secrètement qu'il déroberait un livre ou un objet précieux : loin de se contenter de collecter des preuves, il cherchait à le pousser à la faute avec une rouerie dont il n'avait même plus honte.

Il lui arrivait aussi de laisser traîner de l'argent liquide, des billets posés bien en évidence sur son bureau ou sur une commode – habituée à son obsession de l'ordre et du rangement, Mathilde lui fit même une remarque à ce sujet. Mais Ludovic n'y touchait jamais. Soupçonnait-il un piège, un traquenard destiné à le faire tomber ? Ou avait-il compris de lui-même qu'il n'avait aucun intérêt à mordre la main qui le nourrissait ? François finit par se lasser de ses ruses grossières.

*

Le deuxième jeudi du mois de mars, il se rendit seul en ville pour sa séance de rééducation. En raison des déviations, l'accès au centre demeurait compliqué, mais François parvint à se garer à deux pas du cabinet.

Quimperlé se remettait lentement des inondations. Si la Laïta assagie avait regagné son lit, les dégâts qu'elle laissait derrière elle étaient considérables. Nombre d'habitants de la ville basse n'avaient pas été relogés. Les bords des quais étaient désolés, les sols gorgés d'eau et les caves inondées. Les barrières anti-crue à l'armature d'aluminium rappelaient quant à elles la proximité du danger. En marchant jusqu'à l'immeuble de la kiné, François croisa des employés de la voirie qui paraient au plus pressé et quelques habitants qui évacuaient de leur maison des affaires irrécupérables.

Voir Laurence lui fit du bien. Il avait l'impression que sa joie de vivre et sa jeunesse déteignaient un peu sur lui à chacun de ses rendez-vous.

Il la trouva ce jour-là particulièrement radieuse – un éclat dans les yeux, un air épanoui qui ne quittait pas son visage et dont il chercha à deviner la raison durant toute la séance.

À l'inverse, elle remarqua son air fatigué et s'en inquiéta. Il lui assura que tout allait bien malgré ses douleurs chroniques à la jambe. Établit-elle un rapport de cause à effet – François n'aurait pu le dire –, mais elle ne fut pas longue à orienter la conversation sur Ludovic.

– Ce garçon dont vous m'avez parlé… est-ce qu'il vit toujours chez vous ?

François conserva un visage avenant, sans laisser paraître aucun trouble.

– Toujours.

– Vos travaux ne sont pas encore finis ?

– Pas tout à fait, mais ça ne saurait tarder.

En réalité, il s'était totalement désintéressé des travaux et n'avait aucune idée de leur avancement. Lorsque Mathilde en parlait, il ne l'écoutait que d'une oreille et il évitait autant que possible de se rendre dans l'appartement. François espérait que Laurence s'en tiendrait là et qu'elle changerait de sujet au plus vite.

– Quand est-il prévu qu'il parte ?

Il leva légèrement les mains pour montrer que rien n'était encore décidé.

– Mathilde s'est entichée de lui, alors… je ne sais pas s'il s'en ira aussi facilement.

Il avait accompagné sa phrase d'un rire discret, voulant donner l'impression d'une simple boutade, mais il était évident que sa réponse était plus inquiète qu'il ne l'avait souhaité. Sur les lèvres de Laurence se dessina d'ailleurs un rictus embarrassé.

– Je ne veux pas vous embêter avec ça, monsieur Vasseur, mais vous êtes sûr qu'il ne vous pose aucun problème ? Vous savez que vous pouvez avoir confiance en moi. Mon mari est lieutenant de gendarmerie et…

Elle n'acheva pas sa phrase. Peut-être par peur de le brusquer. Peut-être parce que évoquer le métier de son mari lui était apparu excessif et déplacé.

L'hésitation de François fut beaucoup trop brève pour que Laurence puisse la déceler. Pourtant, durant cette fraction de seconde, il fut tenté d'en dire davantage, de glisser une allusion susceptible de lui envoyer un discret signal.

Mais le visage de Mathilde se matérialisa devant ses yeux. Il avait encore en tête le souvenir de son expression outrée lorsque leur voisin avait voulu appeler la gendarmerie à cause du fourgon mal garé en bordure de ses champs. S'il parlait à Laurence, il était certain que Mathilde ne le lui pardonnerait jamais. Ses insinuations sur Ludovic avaient déjà fait trop de ravages et il ne voulait pas aggraver la situation.

– Quel problème pourrait-il bien nous poser ? répondit-il calmement. Il est de bonne compagnie, nous sommes heureux de l'héberger…

Laurence n'insista pas. La conversation bifurqua sur les inondations. Son mari ayant été aux premières loges, elle lui parla en détail des évacuations et du désarroi des habitants et des commerçants. Elle-même avait eu la chance de ne fermer son cabinet que deux jours.

À la fin de la séance, alors qu'il s'apprêtait à partir, Laurence se tint devant lui les bras ballants, l'air soudain intimidé :

– Monsieur Vasseur…

– Oui ?

Elle semblait hésiter. Une légère teinte incarnate apparut sur ses joues.

– Même si cela peut paraître un peu prématuré, je voulais partager la nouvelle avec vous…

Il fronça les sourcils. Son regard glissa jusqu'à son ventre, juste avant qu'elle ne confirme son intuition :

– Je vais avoir un bébé.

François sourit et en oublia aussitôt tous ses problèmes.

– Oh, Laurence, je suis si heureux pour vous !

Elle évita de croiser son regard, comme si son aveu pouvait avoir quoi que ce soit d'inconvenant.

– Je ne devrais pas en parler si tôt. Je ne suis enceinte que de deux mois et on ne sait jamais ce qui peut arriver…

– Allons, ne parlez pas de malheur ! Tout se passera bien, vous verrez.

À en croire les craintes qu'elle exprimait, François se dit qu'il avait vu juste : il avait toujours soupçonné Laurence de ne pas arriver à avoir d'enfant. Avait-elle subi des expériences malheureuses par le passé ? Fait une fausse couche ? Suivi un traitement hormonal ?

Il se rappela fugacement le jour où Mathilde lui avait annoncé qu'elle était enceinte de Camille. Ils étaient assis à la terrasse d'un café à Saint-Germain-des-Prés, au début du printemps : les mots précis qu'elle avait utilisés lui étaient sortis de la tête, mais la nouvelle avait fait à François l'effet d'une douche froide. À l'époque, ils ne cherchaient pas à avoir d'enfant, du moins était-ce vrai pour lui. Il était plongé jusqu'au cou dans ses recherches en vue de l'obtention de son doctorat d'État et n'envisageait nullement de voir sa vie bouleversée par l'arrivée d'un nouveau-né. Devenir père ne lui avait jamais traversé l'esprit et il n'entendait pas voir sa liberté entravée par des contraintes matérielles aussi pesantes.

Il en avait voulu à Mathilde, avait remâché sans cesse le même scénario : elle lui avait tendu un piège, elle le plaçait dos au mur et l'obligeait à se réjouir d'un événement qu'il n'avait ni décidé ni souhaité. Au-delà du simple désir d'enfant, qui n'avait somme toute rien d'exceptionnel pour une femme, il avait soupçonné dans cette grossesse une sorte de revanche. Mathilde avait enchaîné les emplois dans le milieu de l'art sans jamais se fixer ni trouver sa place. Avoir un enfant constituait peut-être pour elle une réussite que ne lui apportait pas sa vie professionnelle chaotique. D'autant que lui-même passait la sienne à travailler et s'épanouissait dans sa carrière universitaire.

Il lui avait fallu plusieurs semaines pour digérer la nouvelle, mais la naissance de sa fille avait tout changé. Lui qui regardait avec exaspération les enfants des autres, ne supportait ni leurs cris ni leurs jeux, s'éloignait inexorablement de ses amis quand ils devenaient parents, était tombé en pâmoison devant cette petite créature de trois kilos. Si les premiers mois avaient été particulièrement difficiles, il avait réussi à trouver un nouvel équilibre, travaillant davantage le soir lorsque leur fille dormait et renonçant à la plupart de ses passions.

Ils n'avaient pas forcément décidé que Camille demeurerait fille unique, mais la vie en avait décidé ainsi. Elle avait à peine 3 ans lorsque Mathilde avait ouvert sa galerie. Elle travaillait quinze heures par jour, six jours sur sept. Lui-même était accaparé par la faculté. La fin de ses recherches, son poste de maître de conférences, ses publications… Quand il avait obtenu sa chaire et que la galerie était devenue rentable, aucun des deux n'avait eu le courage de revivre l'expérience.

Leur relation avec Camille aurait-elle été différente si elle avait eu un frère ou une sœur ? Ce que l'on racontait sur les enfants uniques avait-il un fondement ? Surprotégés, craignant sans cesse d'être remis en question, écrasés par un amour trop grand pour leurs maigres épaules ? François préférait éviter de se poser la question.

– Peu de gens le savent pour le moment, reprit Laurence, mais je vous apprécie beaucoup, monsieur Vasseur, et je voulais que vous soyez au courant.

Il fut réellement ému par sa confiance et l'attachement qu'elle lui portait. L'attitude distante de Mathilde… son aveuglement… cette relation faite de méfiance et de non-dits avec Ludovic… Il se sentait terriblement seul dans sa propre maison. Mis à l'écart.

– Merci. Vous verrez, Laurence, devenir parent est la source des plus grandes joies…

Dans bien d'autres circonstances, François aurait eu honte de sortir une phrase aussi mièvre et banale. Mais, l'esprit accaparé par l'image de Camille, il la prononça en toute sincérité. Non sans ajouter en pensée : « Et des plus grandes peines… »

20

Le lendemain, François reçut un mail de la maison d'édition qui avait publié son article dans cet ouvrage collectif qu'il n'avait même pas eu la curiosité de relire. On lui proposait une nouvelle contribution sur « la justice seigneuriale au Moyen Âge ».

Trente mille signes. À rendre d'ici six semaines.

Il accepta. Sans vraiment réfléchir. Pour rompre son désœuvrement. Pour que Ludovic cesse enfin d'accaparer ses pensées.

Mathilde vit d'un bon œil qu'il se lance dans ce projet et elle l'encouragea avec une ferveur qui le réconforta. Mais ce bref rayon de soleil fut vite obscurci par les nuages de la défiance. Et si elle s'accommodait de la situation pour avoir le champ libre ? Pour cultiver plus librement sa relation complice avec Ludovic ?

Il se mit pourtant à travailler sans relâche et s'enferma dans son bureau quatre ou cinq heures par jour, ce qu'il n'avait plus fait depuis qu'ils vivaient en Bretagne. Il aurait pu se contenter de remanier quelques cours rabâchés qu'il gardait dans ses archives, mais il préféra tout reprendre de zéro et se plonger dans une abondante documentation.

Il retrouva des habitudes qui lui semblaient appartenir à une vie antérieure. Il écrivait à la main, avec de l'encre pâle, sur de grandes feuilles de papier A3 qui lui permettaient de corriger et d'annoter son texte en toute liberté.

Le plaisir de l'écriture lui revint rapidement. Peu pressé par le temps, il s'amusa à rédiger plusieurs versions de son article : l'une succincte et neutre qui correspondait aux attentes de l'éditeur, l'autre plus subjective, dénuée de toute contrainte et remplie d'envolées lyriques un peu risibles. Il déambulait dans le bureau et lisait ses textes à voix haute pour un mystérieux interlocuteur qui, installé sur la bergère, aurait pu lui faire part de ses impressions et lui porter la contradiction.

Il acheva son article en dix jours. En le tapant à l'ordinateur, il s'aperçut qu'il avait allègrement dépassé les cinquante mille signes et il passa quelques jours supplémentaires à le raccourcir et à le peaufiner. Il en profita pour prendre des notes sur d'autres sujets auxquels il s'attellerait peut-être un jour.

Quand il sortait de son bureau, il se sentait en général éreinté mais apaisé. Il goûtait de nouveau à la satisfaction du travail accompli, à l'excitation née des tâches intellectuelles.

Une lente métamorphose s'opérait en lui.

Une fenêtre s'ouvrait à l'horizon.

François devait admettre qu'il n'avait pas réellement envisagé de retrouver sa chaire à l'université. Après l'épreuve qu'il avait traversée, les commissions de la médecine du travail se montraient peu regardantes. Le stress post-traumatique et le sérieux handicap qu'il traînerait à jamais lui auraient facilement permis d'attendre sagement l'âge de la retraite. Mais pour la première fois, même si cette idée ne faisait qu'effleurer son esprit, il entrevoyait la possibilité de reprendre le cours de sa vie.

Oui, ils pourraient quitter leur retraite déprimante. Mathilde retournerait à sa galerie. Lui à ses étudiants et à ses recherches restées en suspens… Ils repartiraient d'un nouveau pied, en essayant d'oublier le passé.

Et Ludovic sortirait de leur existence. À jamais.

Il envisagea plus d'une fois d'en parler à Mathilde. Le matin, avant que Ludovic ne débarque dans la cuisine, ou le soir, quand ils se retrouvaient enfin seuls… Il devait briser leur routine, échapper à ces noirs souvenirs dont il avait fait son unique pitance. Un avenir était encore possible pour eux.

Mais, chaque fois, sa résolution s'étiolait, son courage s'envolait. « Demain, se disait-il, demain je lui parlerai. »

*

Dans la solitude de son bureau, il se mit à penser à Camille différemment. Sa récente conversation avec Laurence n'y était sans doute pas pour rien. Il exhuma de l'étagère un album de famille, le seul à sa connaissance qu'ils aient laissé dans la longère. Ils n'avaient d'ailleurs jamais été de grands adeptes de la photo et les souvenirs de l'enfance de sa fille devaient tenir dans deux ou trois albums tout au plus.

Par la suite, François prit l'habitude de le feuilleter chaque jour, ne s'attachant plus désormais qu'aux épisodes heureux dont ces photos étaient le témoignage, comme si sa mémoire demeurait prisonnière d'une bulle circonscrite dans le temps.

Les images exhumées du passé reprenaient vie sous ses yeux.

Camille, 3 ans, en train de faire des châteaux et de creuser le sable avec une pelle rouge. Peut-être la plage de Val-André. Ou plutôt les Sables-d'Or, à en croire la rangée de pins qui émergeait sur un cliché en arrière-plan.

Vingt ans déjà… Il n'arrivait pas à le croire.

Camille apprenant à faire du vélo, la tête recouverte d'un casque trop grand pour elle. Ses yeux étaient rougis mais une expression têtue, presque butée, se lisait sur son visage. L'appareil l'avait sans doute immortalisée après une vilaine chute. François imagina qu'elle s'était aussitôt remise en selle pour prendre sa revanche. C'était tout elle. Combative. Rebelle. Jamais prête à renoncer aux défis qu'elle s'était lancés. Il se souvenait même qu'elle s'était un jour abîmé une incisive après une chute mémorable.

Toujours elle, un ou deux ans plus tard, dans leur appartement parisien. Vêtue d'un tablier, elle barbouillait une toile de formes multicolores, la joue et les mains couvertes de peinture, tout près de Mathilde qui lui apprenait à tenir correctement son pinceau.

Sur les rares photos où il apparaissait, François se trouvait étonnamment mince et jeune. Il portait en ce temps-là la barbe et des lunettes qu'il jugeait affreusement démodées. C'était bien lui pourtant… ou plutôt, un autre lui-même, un *alter ego* qui avait disparu depuis longtemps et dont l'image lui était encore plus cruelle que celle des miroirs qu'il fuyait.

Quand avait-il passé la frontière ? À quel moment était-il devenu l'homme qu'il était désormais ? Sa transformation s'était-elle faite de manière imperceptible, dans un mouvement lent et continu ? À moins que tout n'ait basculé dix mois plus tôt dans cet amphithéâtre où le destin avait frappé ? Brutalement, sans transition, comme les feuilles d'un arbre qu'on ne prend plus la peine de regarder virent un beau matin au roux et vous font prendre conscience que l'été a fait place à l'automne.

Avant de quitter son bureau, François prenait toujours soin de remettre l'album à sa place, de peur que Mathilde ne tombe incidemment dessus. Un soir, pourtant, il l'oublia sur la bergère. Il l'avait laissé ouvert bien en évidence à une page consacrée aux 8 ans de Camille. Elle avait reçu ce jour-là un kit complet du parfait magicien : une boîte à double fond, un chapeau, une baguette, des foulards et des balles…

Il se demanda si cet oubli n'était pas un acte manqué. S'il n'avait pas secrètement espéré que Mathilde l'entrevoie en entrant dans la bibliothèque. Pour la provoquer. Pour la brusquer.

Depuis que Ludovic vivait chez eux, ils n'avaient plus jamais parlé de Camille, pas même évoqué son nom. Pas plus qu'ils n'avaient reparlé de la fusillade.

Un silence écrasant s'était installé entre eux.

Il décida dès lors de laisser l'album à demeure sur son bureau, toujours ouvert à la même page.

*

Un dimanche où il s'était réveillé plus tôt que Mathilde, en regardant fortuitement le calendrier épinglé au mur de la cuisine il s'aperçut que tous les samedis du mois de mars avaient été marqués d'une croix bleue.

Son verre de jus d'orange à la main, il se demanda à quoi pouvaient bien correspondre ces dates. Cette bizarrerie finit par l'agacer, comme un pépin coincé entre deux dents. Il décrocha le calendrier et rabattit le feuillet pour revenir au mois précédent.

Mathilde avait commencé à griffonner des croix à partir du samedi 7 février. Que s'était-il passé de particulier ce jour-là ? François remonta mentalement les dernières semaines.

Samedi 7 février… Le jour où… le jour où Ludovic avait emménagé dans l'annexe. François parvenait à peine à y croire. Le jeune homme vivait chez eux depuis déjà six semaines…

Mais ce qu'il avait encore plus de mal à digérer, c'est que Mathilde ait méthodiquement compté les jours depuis son installation. Et qu'elle ait fêté, chaque semaine à sa manière, cet étrange anniversaire.

*

Combien de temps cette situation était-elle censée durer ? François serait-il éternellement prisonnier de cette vie à trois ? Il se résigna pourtant. Il continua chaque matin de revêtir son masque, feignant la bonne humeur, jouant avec application et conviction le rôle qu'on lui avait assigné.

Les jours passèrent. Monotones et lénifiants. Jusqu'à cette après-midi de la fin du mois de mars où Mathilde entra dans la maison.

Il était installé sur le canapé du salon et relisait une ultime fois son article avant de l'envoyer à son éditeur. Il était satisfait de lui.

Sans doute pourrait-il encore faire quelques infimes modifications… mais non… mieux valait s'en tenir là.

Il ne sut pas vraiment ce qui lui fit lever les yeux vers elle. Peut-être le silence inhabituel qui accompagna son entrée. Peut-être son pas qui sonnait différemment sur les carreaux de terre cuite. Ou une prémonition…

Le visage de Mathilde était blême. Ses yeux flottaient dans le vague et il douta même qu'elle ait remarqué sa présence dans la pièce.

– Qu'est-ce qui se passe ?

Elle cessa de déambuler et secoua la tête en l'entendant. Puis elle lui jeta un regard qui l'ébranla.

– Il part, murmura-t-elle.

L'esprit encore accaparé par son article, François fronça les sourcils :

– Comment ça, « il part » ?

– Ludovic… Il s'en va. Il nous quitte.

François posa ses feuilles dactylographiées et son stylo sur la table basse. Incrédule, il se répéta plusieurs fois la phrase mentalement.

« Il s'en va. Il nous quitte. »

– C'est ce qu'il a dit ?

– Je suis allée le voir… Il était en train de travailler… Il m'a dit : « Encore un ou deux jours et j'aurai tout fini. Après, je vous laisserai tranquilles. Je m'en irai. »

François n'éprouva pas de sentiment de libération. La pièce parut se mettre à tourner autour de lui. Au fond de son cerveau, une voix mystérieuse lui murmurait que les choses ne pouvaient pas être aussi simples.

21

Un lourd silence enveloppait la longère.

François avait mis plusieurs minutes à réaliser l'ampleur de la nouvelle. Mathilde était assise à côté de lui sur le canapé, le visage toujours pâle et fermé, accusant le coup. Les détails qu'elle avait donnés de leur conversation ne laissaient pas place au doute. Ludovic avait été clair. Il s'en allait. Il était tout à fait sérieux.

Les dernières semaines, leur vie tout entière avait tourné autour de lui. François n'arrivait pas à imaginer qu'il puisse partir aussi simplement qu'il était venu. Il aurait aimé rompre ce silence pesant, mais les mots lui manquaient.

– Il faut que tu fasses quelque chose, finit par dire Mathilde en posant une main sur son genou.

Les contacts physiques étaient devenus si rares entre eux qu'il eut presque un mouvement de recul et tritura ses lunettes de lecture pour se donner une contenance.

– Que veux-tu que je fasse ? Les travaux sont presque finis. Ludovic n'a plus aucune raison de rester ici. Tout était clair depuis le début…

Mathilde retira sa main brusquement, comme si elle trouvait aberrant qu'il puisse accepter la chose sans rechigner.

– Mais… il nous rend tant de services ! Nous avons besoin de lui. Nous pourrions juste l'employer quelques heures par semaine. Cela ne l'empêcherait pas de travailler ailleurs en même temps.

François secoua la tête avec embarras, mais elle revint à la charge :

– Et qui s'occupera du jardin à présent ? Certainement pas toi, avec ta jambe…

– Eh bien, ce n'est pas sorcier : nous engagerons un jardinier !

Il trouva l'ironie de leur conversation amère. Les rôles étaient inversés. N'était-ce pas elle qui, il n'y avait pas si longtemps, ne voulait que d'un « professionnel » pour s'occuper de la propriété ?

Malgré son accablement, elle dut prendre conscience de ses propres incohérences, car elle ne lui opposa aucun argument.

– Tu dois lui parler, François.

– Pour lui dire quoi ?

– Ce que je lui ai déjà dit, mais avec tes mots à toi. Tu es tellement persuasif quand tu veux…

Il ne prit pas sa remarque comme un compliment. L'adjectif « persuasif » sonnait à ses oreilles comme « manipulateur ». François pouvait être certes très habile avec les mots, mais Ludovic lui échappait comme du sable entre les doigts. Sans compter qu'il n'avait aucune envie de le faire changer d'avis.

– Tu pourrais lui expliquer que rien ne presse, que nous n'avons jamais eu l'intention de le mettre à la porte dès que les travaux seraient finis. Il s'imagine sans doute que nous voulons nous débarrasser de lui. Tout ceci n'est peut-être qu'un énorme malentendu.

François sentit les battements de son cœur s'accélérer. Et si Mathilde avait raison ? S'il ne s'agissait en réalité que d'une énorme méprise ? Tout ce qui touchait à Ludovic prenait de telles proportions qu'elle avait très bien pu interpréter ses propos de manière excessive. À moins qu'il n'ait simplement parlé sur le ton de la plaisanterie…

– Mathilde, il nous a prévenus dès le premier jour. Il aime voyager et se sentir libre. Tu te souviens, c'est lui qui nous l'a dit. Il vit ici depuis déjà presque deux mois. Ce garçon n'a qu'une vingtaine d'années et…

Il hésita.

– Et nous ne sommes pas ses parents, que je sache.

Mathilde serra les genoux comme une enfant vexée. Il comprit qu'il était allé trop loin. Avait-il besoin de se montrer aussi direct ? De lui reprocher de façon explicite les soins maternels dont elle l'avait entouré ?

Il devait dire les choses franchement. Ludovic n'était pas un vague fils de substitution. Ils n'avaient qu'une fille, Camille, dont Mathilde semblait avoir nié jusqu'à l'existence, mais dont la place n'était pas à prendre. Ludovic ne serait jamais qu'un inconnu pour eux. Un garçon au passé trouble et au comportement imprévisible. Un danger peut-être, même si elle s'obstinait à ne pas le voir.

– Tu ne vas donc rien faire ? demanda-t-elle d'une voix éraillée.

Que risquait-il à présent ? Avoir une conversation avec Ludovic lui permettrait au moins de s'assurer qu'il n'y avait pas de malentendu. Et qu'il ne n'était pas en train de préparer un mauvais coup…

– D'accord, puisque tu le veux, j'irai lui parler. Mais je ne te promets rien. Il est assez grand pour décider tout seul ce qu'il veut faire…

*

Ludovic était agenouillé dans un coin de la pièce et assenait de vigoureux coups de marteau sur les plinthes en bois pour les fixer au bas du lambris.

– Tout va bien ?

Il se retourna et, malgré le froid régnant dans l'appartement, il essuya quelques gouttes de sueur qui perlaient du bandana noué autour de son front.

– Je fais un de ces boucans avec ce marteau ! Alors, est-ce que ça vous plaît ?

François promena distraitement son regard sur les plinthes blanches fraîchement posées.

– C'est parfait, comme d'habitude.

Il n'y avait pas une once d'ironie dans sa voix. Tout ce que faisait Ludovic était parfait. Ce garçon était incroyablement doué de ses mains.

– Alors comme ça les travaux touchent à leur fin ?

Ludovic posa son marteau et se releva avec une agilité qui rendit François envieux.

– Oui, j'ai presque fini. Il reste ce petit bout de mur à peindre, quelques joints à terminer, des poutres à vernir… des détails, quoi. Ça fait un bel endroit, vous ne trouvez pas ?

François acquiesça.

– Et ensuite ? Mathilde m'a dit que vous aviez l'intention de nous quitter…

Chose rare chez lui, Ludovic parut incommodé. Il passa une main dans ses cheveux et retira son bandana.

– J'aurais dû vous en parler avant mais… j'ai la bougeotte, monsieur Vasseur. Je ne tiens plus en place. J'ai été très heureux de faire ces travaux mais il est temps que je m'en aille.

– Vous n'avez pas à vous justifier…

Du bout du pied, Ludovic tapota une plinthe, comme si elle n'avait pas été correctement alignée.

– Oh, j'ai bien vu que Mme Vasseur était déçue. Vous avez fait tant de choses pour moi. Je ne pourrai jamais vous remercier pour tout ça.

Même si cela lui coûtait de l'admettre, François le trouva en cet instant totalement inoffensif : il avait l'air sincère, désolé d'avoir pu faire de la peine à Mathilde. Aussi se crut-il moralement obligé d'accomplir ce qu'il avait promis à sa femme.

– Vous savez, rien ne vous force à partir dès que les travaux seront finis. Vous pouvez rester encore un peu, le temps de vous retourner… Cet appartement est libre.

Ludovic s'appuya contre le mur immaculé.

– Merci, mais j'ai pris ma décision. On est bien jeudi aujourd'hui ?

– Euh, oui.

– J'aimerais partir lundi. Trois jours… ça suffira largement pour finir tout ça.

– Si vous le dites… Où avez-vous l'intention d'aller ?

Ludovic eut un rire malicieux.

– Je n'en ai aucune idée pour le moment. On verra bien. Est-ce que c'est vraiment la destination qui compte ?

François ressentit un pincement au cœur, sans pouvoir en identifier l'origine. Peut-être le remords d'avoir jugé ce garçon si durement, le sentiment d'avoir été injuste envers lui, la conscience soudaine de s'être comporté de manière mesquine.

Peut-être aussi parce que, à ce moment-là, il aurait aimé échanger sa place avec celle de ce jeune homme. Ne plus avoir de contraintes. Goûter à son insouciance naïve. Savoir que l'on a encore la vie devant soi, même si celle-ci ne vous mène vers aucun endroit précis.

*

Le vendredi, de toute la journée, Mathilde ne se départit pas de son air triste et soucieux. François ne pouvait chasser l'impression déplaisante qu'elle lui en voulait de ne pas avoir réussi à retenir Ludovic. Pire, qu'elle reportait sur lui la responsabilité de son départ.

Il tenta de se rassurer comme il le pouvait. Ce n'était qu'une mauvaise passe. Mathilde finirait bien par accepter sa décision et se faire une raison.

Ne voulant pas supporter les reproches silencieux de sa femme, il préféra s'enfermer dans son bureau. Il travailla peu, l'esprit perturbé par ce retournement de situation, par cet épilogue trop beau pour être vrai.

Mathilde se coucha à peine le repas fini, prétextant une migraine. François traîna jusqu'à une heure avancée de la nuit.

Le lendemain, contre toute attente, elle semblait une autre femme. La nuit l'avait métamorphosée. Quand François entra dans la cuisine, elle avait déjà préparé un copieux petit déjeuner et chantonnait en préparant le café.

– Tout va bien ? demanda-t-il prudemment.

Elle tourna la tête par-dessus son épaule et lui sourit.

– J'ai bien dormi, je me sens en pleine forme.

– Tant mieux, dit-il en s'asseyant.

– Cette maison sent le renfermé. J'ai décidé de faire un grand ménage de printemps aujourd'hui…

Elle n'avait pas parlé dans le vide. Sa journée s'apparenta à un véritable marathon. Elle lustra les meubles, nettoya tapis et luminaires, cira les parquets, enchaîna plusieurs lessives, rangea leurs affaires d'hiver devenues trop encombrantes…

À travers la porte entrouverte du bureau, François l'entendit s'activer jusqu'en fin d'après-midi. Un moyen sans doute de s'assommer de travail, de ne plus penser au départ imminent de Ludovic.

Le dimanche matin, elle partit très tôt pour faire des courses en ville. Elle entendait réserver à Ludovic une « soirée inoubliable » et préparer un repas de fête.

– J'ai envie de lui faire plaisir…

L'après-midi, comme s'il en était le propriétaire et eux des acheteurs potentiels, Ludovic leur fit une visite guidée de l'appartement enfin achevé. Il commentait tout avec fierté et enthousiasme, s'attardait sur des détails que personne n'avait remarqués, retraçait les étapes de la rénovation qui l'avaient le plus découragé. À la fin, François lui régla sa dernière semaine de travail et ajouta même à la somme quelques billets supplémentaires.

Mathilde s'était surpassée. Elle avait cuisiné le plat préféré de Ludovic, du hachis parmentier, mais avec de la viande de sanglier flambée au cognac, une variante qu'elle n'avait jamais expérimentée.

Ludovic avait fait à nouveau des efforts vestimentaires – il portait son pantalon sombre et sa chemise blanche – mais, cette fois, il n'avait pas apporté de bouquet de fleurs.

Avant le dîner, Mathilde voulut faire une photo avec un Polaroid que des amis de François lui avaient offert pour l'un de ses anniversaires.

– C'est bizarre comme ces appareils reviennent à la mode, commenta Ludovic en triturant le boîtier.

Ils ne l'avaient jamais utilisé et leur invité s'occupa de placer l'appareil sur la table basse et de régler le minuteur. En gloussant, il fit de rapides allers-retours entre la table et le canapé, ce qui leur valut un fou rire. Après deux ou trois tentatives pour ajuster le cadrage, leurs visages étaient lentement apparus sur le papier de tirage. François remarqua sur les photos le visage fermé de Mathilde qu'un petit sourire venait à peine adoucir.

Au début du repas, il leva son verre de vin bien haut et on l'imita :

– À votre santé, Ludovic. Je vous souhaite le meilleur pour votre avenir.

– Merci.

– Savez-vous pourquoi l'on trinquait au Moyen Âge ?

Ludovic trempa ses lèvres dans son verre de bière.

– Pas la moindre idée…

Même si Mathilde connaissait par cœur son histoire, il prenait toujours plaisir à la raconter.

– Eh bien, les empoisonnements étaient tellement fréquents entre seigneurs qu'on avait pris l'habitude de verser une petite quantité de son verre dans celui de son voisin, pour être sûr qu'il n'avait pas de mauvaises intentions. Celui qui ne trinquait pas était aussitôt soupçonné…

– Vous m'avez appris un truc, dit Ludovic en riant.

– Comme vous êtes à la bière et nous au vin, nous nous contenterons d'entrechoquer nos verres…

Durant tout le dîner, Mathilde eut l'air absente. François dut faire la conversation. Il consentit volontiers à cet effort et sortit même quelques anecdotes grivoises sur ses collègues de l'université qui amusèrent beaucoup Ludovic. François le considéra avec moins de sévérité. Il avait du mal à se dire qu'il lui parlait sans doute pour la dernière fois et n'arrivait pas à envisager concrètement le moment où il s'en irait.

Ludovic but beaucoup ce soir-là. Dès qu'une bouteille de bière était vide, Mathilde lui en apportait une nouvelle. Au dessert, François remarqua qu'il était éméché. Son attention se relâchait. Son élocution était devenue incertaine et ses remarques sans grand rapport avec les sujets dont ils discutaient.

À peine eut-il avalé une bouchée du saint-honoré qu'il posa sa serviette sur un coin de la table et se leva.

– Je suis… désolé, mais je crois que… je ne me sens pas très bien.

François regretta d'avoir laissé Mathilde lui servir autant d'alcool. Il n'avait pas à prendre la route, mais son comportement le mettait mal à l'aise.

– Excusez-moi… je vais aller… aux toilettes.

Il fit quelques pas chancelants, donna brièvement l'impression qu'il avait retrouvé son équilibre, puis s'effondra d'un coup sous le regard affolé de François. Dans sa chute, sa tête heurta les carreaux de terre cuite et le choc résonna douloureusement dans la pièce.

– Ludovic !

François se leva avec une célérité dont il ne se serait plus cru capable. Il envoya valser à terre les couverts qu'il tenait en main et renversa sa chaise au passage.

Sa panique était telle qu'il en oublia la douleur qui explosait dans sa jambe. Il se précipita vers le jeune homme et s'agenouilla à ses côtés. Son corps, étendu sur le côté, était inerte et dégageait une odeur désagréable. François mit quelques secondes à voir que son pantalon était maculé d'une large tache d'urine.

– Mathilde, appelle les secours !

Elle n'avait pas quitté la table. Pour tout dire, elle n'avait pas bougé d'un iota, comme si rien de ce qui venait de se dérouler ne la surprenait vraiment.

François se rendit compte qu'elle pleurait, mais son visage n'exprimait pas d'inquiétude. Non, c'était autre chose. Un sentiment qu'il fut sur le moment incapable d'analyser.

– Mathilde, répéta-t-il, qu'est-ce que… ?

L'espace d'un éclair, il repensa à l'anecdote qu'il avait racontée au début du repas. Quelques gouttes de vin versées dans le verre de son voisin de table…

Son regard tomba alors sur les bouteilles de bière qui s'alignaient devant l'assiette de Ludovic.

Il se rappela l'empressement qu'elle avait mis à le servir. Les bouteilles qui arrivaient toutes décapsulées…

Et, soudain, tout fut clair pour lui.

– Oh, François… dit Mathilde, les pommettes couvertes de larmes. C'était au-dessus de mes forces. Je ne pouvais pas le laisser partir…

DEUXIÈME PARTIE

Bryan

> N'oubliez jamais que l'autre a aussi peur que vous.
>
> Roland Barthes

1

Huuuuummm...
Désoooolé... suis désoooooolé...
Crooiis que... me sens paaaas bien...
Huuuuummm...

*

Ce n'était pas de la douleur.

Ou si c'en était, cela portait un autre nom dans ce monde.

Ici, d'ailleurs, rien ne semblait avoir de nom.

Ce n'était pas comme dans un rêve. Pas de repères auxquels se raccrocher. Pas d'éléments concrets ni tangibles.

Non, il n'avait pas mal. Son corps peut-être, mais pas lui. Pas encore, du moins.

Il se sentait poussé par une marée houleuse qui gonflait sous l'effet d'une attraction invisible.

L'impression de flotter. De ne plus sentir la densité de son enveloppe charnelle. Une impression tellement étrangère qu'il ne savait pas si elle était agréable ou déplaisante.

Une lumière ensuite.

Et des couleurs qui rayonnaient à partir d'un point mouvant. Insaisissable.

Des nébuleuses qui se dilataient et se contractaient sans cesse.

Le tout dans un univers où le temps n'avait aucune importance.

Après, un noir d'encre.

*

Au loin, quelque part, une voix.

Une voix de femme qu'il connaissait, même si « connaître » ne voulait plus dire grand-chose pour lui.

Et une autre encore.

D'homme…

Une voix paniquée, qui semblait provenir de plusieurs endroits à la fois, répercutée par des parois invisibles.

Elles se mêlaient, se chevauchaient, s'interrompaient, ne formant qu'un ballet chaotique, un charabia incompréhensible…

Les inflexions sonores se mirent à épouser lentement le mouvement de la vague qui le portait.

Jusqu'à se fondre avec elle.

Jusqu'à ce que le son ne soit plus son, mais simple remuement. Un mouvement qui le berçait.

Le silence à nouveau.

*

Ses doigts grattèrent quelque chose d'humide et de froid.

Le sol. Pas de parquet ni de carrelage.

Un sol nu. De la terre compacte et dure. Mais il n'était pas à l'extérieur. Ce qui lui restait de conscience en était presque certain. Le silence tout autour était reclus, étouffé, contenu dans un espace clos.

Il ouvrit une paupière, mais la lumière qui remonta en vrille dans son cerveau la lui fit refermer aussitôt.

Un rideau épais retomba devant lui.

Une obscurité oppressante.

Il entendit une respiration sifflante et saccadée, et finit par comprendre que c'était la sienne. Il renifla plus intensément. C'était encore ce qui lui demandait le moins d'effort.

Un souffle frais pénétra ses fosses nasales, porteur d'une odeur légèrement aigre qu'il avait déjà sentie, dont ses neurones avaient gardé la trace.

C'est alors que la douleur l'assaillit.

Brutalement, sans prévenir.

Sa tête était prise dans un cercle de métal – il ne voyait pas d'autre image –, comme si sa boîte crânienne était comprimée au point de réveiller en même temps toutes les terminaisons nerveuses de son cerveau.

Huuuuummm…

Un simple grognement.

Il ne cria pas. Il n'en était pas encore capable.

Un sifflement faible mais continu traversa ses oreilles.

Ses yeux se gorgèrent de larmes de souffrance et il fut obligé d'ouvrir les paupières.

Il s'attendait à ce que la lumière finisse de le terrasser, mais elle était en réalité à peine perceptible et la douleur reflua un peu. Un peu seulement.

Il fit un effort pour lever son visage. Un filet de bave attaché à ses lèvres se rompit et alla se coller à son menton.

Son crâne bouillait toujours mais quelqu'un avait eu la sagesse de baisser la puissance du feu.

Des larmes tombèrent de ses yeux.

Sa vision devint un peu plus nette.

Des formes géométriques.

Des petits rectangles réguliers.

La toile d'un matelas.

Mon matelas, pensa-t-il – et ce fut la première idée vraiment claire qui imprima son esprit.

Celui de sa chambre… enfin, de celle qu'il avait là-bas, quelque part, mais il ne savait plus très bien où.

Le seul problème, c'était qu'il n'était pas dans une chambre.

Il parvint à s'accouder mais ne reconnut pas l'endroit.

Trop sombre, trop étrange…

Bryan, qu'est-ce qui t'arrive ?

Retrouver son identité lui apporta un réconfort fugace, avant que la peur se mette vraiment à le gagner.

Il ne se souvenait de rien… ou alors, confusément.

Des bribes remontaient à la surface, encore trop emmêlées pour que son cerveau ramolli puisse les analyser.

La douleur était désormais tout entière localisée au-dessus de son front. Une barre pesante.

Ses yeux le piquaient et il dut ciller à plusieurs reprises pour les désembuer.

Il avait sommeil. Terriblement sommeil. Il émergeait à peine des limbes et voilà que son corps et son esprit semblaient déjà vouloir les rejoindre. Pourquoi luttait-il ? Mieux valait se laisser aller… Pour échapper à la douleur… Pour fuir cet endroit angoissant…

Il tourna la tête vers la droite et ce simple mouvement lui envoya une décharge dans la nuque.

La lumière venait de ce côté. Indirecte et tamisée.

Le temps que ses yeux s'habituent à ce changement d'intensité, il distingua des traits horizontaux qui occupaient presque tout son champ de vision.

– Je suis contente que vous soyez de nouveau parmi nous.

La voix… Elle était assourdie, comme atténuée par un mur d'ouate.

Il avala sa salive, ce qui eut pour effet de faire taire le sifflement.

Des barreaux… Les traits parallèles qu'il avait sous les yeux n'étaient rien d'autre que des barreaux noirs qui émergeaient à peine d'un fond gris et terne.

Et, derrière ces barreaux, il la vit.

Elle était parfaitement immobile. Sans doute était-elle déjà là depuis un bon moment, mais il n'avait pas décelé sa présence.

– Madame Vasseur…

Il n'avait pas hésité sur son nom même si, d'une certaine manière, il aurait été incapable de dire qui était vraiment cette personne.

Sa bouche était pâteuse. Une énorme larve avait remplacé sa langue.

– Qu'est-ce que… ?

Il n'était pas certain que ses lèvres aient bougé.

– Chut… Vous avez trop bu hier soir, vous êtes tombé. Mais rassurez-vous, vous n'avez rien de grave. Juste une petite blessure à la tête. Je vous ai soigné.

Elle parlait trop vite. Son cerveau n'arrivait pas à traiter la somme d'informations qui lui parvenait.

Trop bu ? Blessure ?

Il porta ses doigts à ses cheveux et sentit la bande de tissu qui entourait sa tête.

– Ne faites pas d'efforts… Tout ira bien. Vous êtes en sécurité ici.

Cette irrépressible envie de dormir, de sombrer à nouveau dans les ténèbres…

La douleur qui pesait sur ses yeux…

Il aurait voulu lutter, pourtant. Rester éveillé le plus longtemps possible. Comprendre ce qui lui arrivait.

– Je voulais être là lorsque vous vous réveilleriez, pour ne pas que vous preniez peur. Mais vous avez besoin de vous reposer. Nous pourrons parler, plus tard.

Ne pas dormir… Comprendre ce qui m'arrive… je dois compr…

Sa tête s'affaissa sur le matelas.

Ses yeux se refermèrent comme les pétales d'une fleur à la nuit tombée.

À moitié effacée par le noir d'encre qui le recouvrait, une dernière phrase parvint à sa conscience :

– Nous allons bien nous occuper de vous…

2

Lorsqu'il se réveilla pour de bon (des minutes ou des heures plus tard), quelque chose avait changé. Ou plutôt disparu.

La douleur…

Sur son échelle de Richter personnelle, elle était passée de la secousse dévastatrice au microséisme. En temps normal, il aurait peut-être vraiment eu mal, mais par rapport à ce qu'il avait enduré, ce n'était plus qu'une gêne, un mal de crâne ordinaire qui peut vous surprendre au réveil après une nuit trop courte.

Bryan se sentait frigorifié, transpercé jusqu'aux os.

Aiguisé par le froid, son esprit ne fut pas long à redevenir clair et les souvenirs resurgirent avec une limpidité effrayante : les Vasseur, la maison, le dîner, les bouteilles de bière qu'il avait enchaînées, la salle à manger qui s'était mise à vaciller, le sol qui tanguait sous ses pieds…

Et la panique alors s'empara de tout son être.

Il était allongé sur un matelas, les pieds recouverts d'une couverture en laine. C'était bien celui de sa chambre : il reconnut sans erreur possible le motif du piquetage dessus. Tout comme il reconnut la cave autour de lui, plongée dans la pénombre.

Les néons du plafond n'étaient pas allumés et il se demanda d'où provenait la faible clarté qui lui permettait de distinguer son environnement.

Il se trouvait dans un espace de deux mètres sur trois qui correspondait à ce renfoncement où M. Vasseur stockait ses bouteilles de vin. Sauf qu'il n'y avait plus la moindre bouteille. Seulement le mur de pierre nu recouvert de toiles d'araignées, où une forme un peu plus sombre marquait encore l'emplacement des casiers.

Près du matelas, une bouteille d'eau. La marque qu'on trouvait toujours sur la table pendant les repas.

Et, pas loin de la bouteille, un seau bleu.

Il passa sur son front une main agitée de tremblements incontrôlables.

C'est quoi ce bordel ?

Même s'il n'en avait aucune envie, il se tourna pour affronter la grille. Elle était fermée. Verrouillée ou le battant avait-il simplement été poussé ?

Quelle question !

La seule fois où il était descendu dans cette cave, ces barreaux l'avaient intrigué. Il avait trouvé bizarre de mettre une grille aussi volumineuse pour protéger quelques bouteilles de vin…

D'instinct ou peut-être de peur, il se recroquevilla sur le matelas, genoux et coudes repliés.

Moumousse.

Il pensa à Moumousse, son chat.

Un flash…

Qui sembla d'abord n'avoir aucun sens.

Un souvenir qui remontait à l'époque de son enfance, alors qu'il venait d'avoir 7 ans.

L'animal ne se nourrissait plus depuis plusieurs jours et se comportait bizarrement, fuyant leur compagnie et se cachant au fond des placards. Personne chez lui n'aurait eu l'idée de l'amener chez le vétérinaire. Trop cher. Pas le temps. Ce n'était qu'un chat, après tout…

Un matin, Moumousse s'était échappé de leur appartement en rez-de-chaussée et avait creusé un trou dans la parcelle de terrain parsemée d'herbe jaunie qui servait de jardin, derrière le local à poubelles.

Pour être seul. Pour pouvoir mourir en paix.

Il l'avait retrouvé trois jours plus tard, à l'odeur. Tout le monde avait pensé que les poubelles puaient plus que d'habitude. Mais c'était le corps de l'animal qui commençait à se décomposer. Bryan était maintenant dans la même position que la sienne, ramassé sur lui-même, en boule…

À ce souvenir, son corps se raidit. Il ne pouvait pas rester dans cette position. C'était celle du renoncement, de la résignation…

Il se leva avec difficulté et mit quelques secondes à trouver son équilibre. Il porta la main à sa tête et, par réflexe, arracha la bande de tissu qui l'entourait. « Juste une petite blessure à la tête. Je vous ai soigné. »

La gaze était dure comme une crêpe oubliée dans une poêle et couverte d'une tache sombre qu'il supposa être du sang.

Son sang.

Il remarqua qu'il ne portait plus les mêmes habits. Son pantalon et son unique chemise blanche avaient été remplacés par un vieux jean et un T-shirt à l'effigie de Linkin Park. Ses chaussures avaient disparu. Il était en chaussettes. Il renifla son T-shirt, qui sentait le propre, et reconnut la douce odeur de lessive qu'utilisait Mme Vasseur.

Il était sûr de ne pas s'être changé. Quelqu'un l'avait donc fait à sa place…

Une démangeaison… Il glissa une main dans son jean et s'aperçut qu'il ne portait même pas de caleçon. Un souffle glacé traversa son bas-ventre. Un sentiment de honte remplaça sa peur. On avait dû le mettre complètement à poil avant de lui enfiler ces nouveaux vêtements.

Il mit plusieurs secondes à oser s'avancer vers la grille. Sa main resta d'abord simplement posée sur la poignée. Un instant suspendu où le meilleur comme le pire peuvent encore arriver…

Ne te fais pas trop d'idées !

Il l'activa sans succès, recommença, puis l'agita frénétiquement à en faire trembler les barreaux.

Il se frotta les yeux et tenta de se calmer. D'ordonner les questions qui se bousculaient en lui.

Qu'est-ce que je fous là ?

Pourquoi je suis enfermé ?

Pourquoi je ne suis pas dans ma chambre ?

Tout compte fait, il n'était pas certain de vouloir en connaître les réponses.

La trouille lui donna une irrépressible envie d'uriner.

Il se dépêcha vers le seau bleu. La honte l'envahit à nouveau mais il n'avait pas vraiment le choix.

Il ouvrit sa braguette. Son sexe avait rapetissé, sous l'effet du froid ou de la peur. Peut-être les deux. Le jet d'urine éclaboussa le fond du récipient avant de former une mousse blanchâtre en surface.

Quand il eut fini, il écarta le seau dans un coin pour ne plus l'avoir sous les yeux.

Il revint vers la grille et se mit à appeler, presque timidement au début. Comme si les choses n'étaient pas aussi graves qu'elles le paraissaient, avec l'espoir ténu qu'une explication viendrait mettre fin à cette situation complètement dingue.

Puis il donna de la voix.

Ses cris brisèrent le silence froid de la cave.

Il ne s'écoula que quelques secondes avant que la porte à l'étage ne s'ouvre.

Bryan se souvenait du couinement de la porte mal huilée. La fois où il était descendu choisir une bouteille de vin, il s'était dit qu'il la graisserait dès qu'il aurait un moment. Et puis il n'y avait plus pensé…

Un faisceau de lumière éclaira le bas de l'escalier. Il distingua plus nettement les casiers d'empilage, les deux larges tonneaux à l'autre bout de la pièce et les bacs ajourés stockés sous le limon.

Un bruit de pas régulier…

Une silhouette au bas des marches, à moitié dissimulée par une étagère.

– Madame Vasseur, c'est vous ?

Il s'attendait à ce que les néons s'allument mais rien n'arriva. Son cœur resta suspendu au silence trop long qui s'installa. Puis elle s'avança et il la reconnut.

– Bonjour, Ludovic.

Cette fois, elle était bien réelle. Ce n'était plus l'ombre qui lui était apparue en rêve… Mais ce n'était pas un rêve, il s'était bien réveillé une première fois.

– Comment allez-vous ? Pas trop mal à la tête ? Je vous ai apporté des cachets contre la douleur…

Sa voix était calme et cette tranquillité totalement déplacée ne le rassura pas du tout.

– Pourquoi est-ce que je suis ici ?

Elle s'approcha de la grille, mais les traits de son visage se devinaient à peine sous la faiblesse de l'éclairage derrière elle.

– Vous ne devez pas avoir peur. Les choses peuvent paraître… un peu incongrues.

Il supposa que ce mot signifiait « étrange ». Ça oui, elles pouvaient ! Il appuya à nouveau sur la poignée, moins pour essayer d'ouvrir la porte que pour accompagner ses paroles d'un geste explicite :

– Pourquoi est-ce que c'est fermé ?

Il fut surpris par la naïveté de son propre ton.

– Vous ne resterez pas longtemps ici, je vous le promets. Tout ceci est… temporaire.

Il agrippa les barreaux des deux mains et sentit son corps agité d'un tremblement.

– Vous me faites peur. Qu'est-ce qui s'est passé ?

Il savait très bien ce qui s'était passé. Du moins, il pouvait l'imaginer. On l'avait drogué, désapé, puis descendu dans la cave. On avait même pris la peine de déplacer le matelas de sa chambre jusqu'ici. Mais pourquoi ?

– Vous vous êtes senti mal après le repas avant-hier et…

– Avant-hier ?

– Vous avez beaucoup dormi, vous aviez besoin de repos.

Il n'arrivait pas à croire qu'il ait pu rester inconscient plus de vingt-quatre heures. En réalité, même si ses repères temporels étaient sacrément brouillés, il s'imaginait être seulement au petit matin.

– Vous avez fait un malaise. Nous vous avons installé ici pour…

Elle s'interrompit, fit un pas en avant et posa ses doigts sur la grille.

– … pour éviter que vous ne vous blessiez pendant votre sommeil.

Qu'est-ce qu'elle raconte ?

Pourquoi l'enfermer dans une cave parce qu'il avait fait un malaise ? Il avait l'impression d'être un type qui se retrouve par erreur dans un hôpital psychiatrique. Ne lui manquait plus que la camisole de force…

– Je suis prisonnier, c'est ça ?

« Prisonnier »… Ce mot qui était sorti naturellement de sa bouche lui paraissait bizarre. Pourtant, il n'avait rien trouvé d'autre à dire. Il aurait dû hurler, la couvrir d'injures, mais la trouille le paralysait encore.

– Allons, ne dites pas de bêtises ! fit-elle en retirant ses doigts d'un geste brusque.

Il reconnut l'intonation qu'elle prenait parfois pour lui faire des remontrances amicales. Quand il demandait une permission superflue… qu'il s'excusait pour une bricole…

Cette phrase familière agit sur lui comme un déclencheur : il comprit immédiatement qu'elle ne répondrait pas à ses questions. Parce qu'il n'y avait rien à y répondre. Rien de sensé en tout cas.

Bien sûr qu'il était prisonnier ! Comment appeler sinon le fait d'être retenu quelque part contre son gré ?

– Tenez, vous devriez prendre ces cachets.

Elle lui tendit deux petites pilules blanches qu'il regarda à peine.

– Où est M. Vasseur ?

Bryan avait posé la question sans réfléchir, juste pour tenter de se raccrocher à un semblant de normalité.

Il vit une grimace se former sur son visage.

– Ne vous préoccupez pas de lui pour le moment.

– Est-ce qu'il est d'accord avec… ?

Il se retourna vers le renfoncement – sa « cellule », pensa-t-il pour la première fois – et agita vaguement la main en l'air.

– … avec ça ?

Le visage de la femme en face de lui se ferma comme une huître.

– Tout ceci est de votre faute, Ludovic !

Bryan sursauta. Elle avait haussé la voix. Il vit son corps se raidir, ses poings se resserrer et se plaquer le long de ses cuisses. Pendant un bref instant, il se sentit même coupable de la mettre dans cet état.

– Votre empressement à vouloir nous quitter ! Qu'est-ce qui vous a pris ? Vous nous annoncez votre départ du jour au lendemain, et nous devrions faire comme si rien ne s'était passé. Comme si nous n'avions été pour vous que des clients comme les autres ! Vous m'avez déçue… Après tout ce que nous avons fait pour vous… Ce n'est pas une manière de se comporter, non… Vous manquez… d'éducation !

On aurait dit un simple monologue. Elle ne le regardait plus vraiment. Ses poings se relâchèrent et elle repoussa derrière son oreille une mèche de cheveux. Son excitation retombée, elle retrouva un ton à peu près normal :

– Excusez-moi, Ludovic, je ne devrais pas me mettre en colère. Votre réaction est compréhensible. Vous vous retrouvez seul ici, dans cet endroit hostile… J'aurais tellement aimé que les choses se passent différemment. Mais tout va s'arranger, vous verrez.

Une goutte de sueur fendit son front. À partir de là, comme si quelqu'un venait d'enclencher un bouton « sens inverse » dans sa cervelle, Bryan se mit à tout détester chez cette femme : son ton policé, ses formules proprettes, son air bien comme il faut en toute circonstance. Le plus effrayant, en définitive, c'était qu'elle n'avait pas vraiment changé. Mis à part son bref élan de colère, c'était bien la même femme qu'il côtoyait chaque jour depuis deux mois. Sauf qu'il y avait à présent ces putains de barreaux entre eux…

À tout prendre, il aurait encore préféré qu'elle se mette vraiment en rogne, pour qu'il sache à quoi s'en tenir. Mais elle était là devant lui, lisse, sans aspérités… Une vraie paroi de granit à laquelle il était impossible de s'accrocher.

– Je vais vous laisser, Ludovic. Vous devez rester un peu seul pour vous habituer à cette situation. Vous avez de l'eau, je vous apporterai à manger plus tard.

Non, elle ne pouvait pas en rester là ! L'abandonner sans avoir répondu à aucune de ses questions !

– Attendez !

Elle ne se retourna vers lui que lorsqu'elle eut posé un pied sur la première marche.

– Qu'y a-t-il ?

Il comprit qu'il n'aurait droit qu'à une seule requête.

– Allumez au moins la lumière, s'il vous plaît. Les néons… Je n'aime pas rester dans le noir.

Son visage, bizarrement scindé en deux par la lumière blafarde du rez-de-chaussée, était dénué d'expression.

– On réfléchit mieux dans le noir, Ludovic.

Elle disparut de son champ de vision.

Il n'entendait plus que son pas résonner dans l'escalier. Un pas si sonore qu'il aurait été capable de compter le nombre de marches.

Le grincement plus perceptible de l'avant-dernière marche… Le couinement…

Et la porte se referma.

Durant une bonne minute, le temps que ses yeux s'habituent à nouveau à l'absence de lumière, ce fut le noir absolu.

Il n'y eut plus que le bruit de sa respiration précipitée et le grincement de ses ongles sur les barreaux de fer.

Ensuite, il commença à hurler.

À s'en briser la voix.

Même s'il avait la certitude que cela ne servait strictement à rien.

3

Bryan s'effondra sur le matelas et se mit à pleurer sans aucune retenue.

Des larmes d'incompréhension. De peur. De solitude…

La fatigue et le découragement avaient eu raison de lui. D'avoir hurlé comme un fou lui avait redonné mal à la tête et il se jeta sur les pilules que l'autre folle avait laissées à même le sol.

Crier ne servait à rien. Personne ne pourrait l'entendre, à part ceux qui le retenaient enfermé ici.

Car après tout, et voilà bien une chose à laquelle bizarrement il n'avait pas prêté attention, les Vasseur ne recevaient aucune visite.

Il essaya de se souvenir… Depuis qu'il était là, qui avait franchi l'entrée de la propriété ? Leur voisin… comment s'appelait-il déjà ? Un nom qu'il avait sur le bout de la langue…

Bryan avait aperçu un jour sa camionnette rouge garée devant la maison. Après sa visite, Mme Ne-dites-pas-de-bêtises avait eu l'air toute chamboulée, mais il n'avait pas su pourquoi.

Les Vasseur parlaient de ce voisin quelquefois. Jamais en mal, même s'ils semblaient quand même se méfier un peu de lui. Les choses n'étaient pas très claires…

Qui d'autre ?

Le facteur. Il se contentait de déposer le courrier dans la boîte aux lettres. Il l'avait vu une fois sous la pluie en train de patauger devant l'entrée. Il n'avait jamais sonné, n'avait jamais apporté aucun colis.

Ils n'avaient pas de femme de ménage. Mme Vasseur s'occupait de tout dans la maison. Voilà un truc qui l'avait surpris. Ils avaient de l'argent, plus qu'ils ne pouvaient en dépenser à deux, et ils ne prenaient même pas de boniche pour les aider dans cette grande baraque.

Pas de jardinier non plus… Spontanément, il ricana – au moins, il en était encore capable. Nom de Dieu, c'était lui le jardinier ! C'était bien pour ça qu'il avait été engagé au départ, avant qu'il ne veuille se lancer dans ces foutus travaux qui lui valaient d'être ici aujourd'hui…

Donc, crier ne servait à rien.

La maison était totalement isolée. Il se rappelait qu'il avait eu un mal fou à la trouver la première fois. Perdue au bout d'un chemin mal entretenu et plein d'ornières. Totalement invisible depuis la route – enfin, depuis le cul-de-sac que personne n'empruntait.

Je dois me calmer… Me calmer et réfléchir de manière rationnelle. Je suis malin, après tout…

L'endroit où il se trouvait n'était quand même pas une prison ! Juste un coin de cave pour entreposer du vin. Pas une cellule prévue pour séquestrer quelqu'un…

Il se leva du matelas, animé d'un espoir nouveau, avec la ferme intention de trouver une faille.

Du côté des murs de pierre, rien à espérer, bien sûr. La cave était totalement enterrée… et même si on l'avait retenu là-haut, dans ce genre de vieille maison ils pouvaient presque atteindre un mètre d'épaisseur.

Il n'y avait que la grille.

Elle était profondément scellée dans les murs et le plafond voûté. Les barreaux avaient dû être fixés à l'aide de mortier ou scellés chimiquement. S'il n'y avait eu que de simples platines de fixation, il aurait peut-être eu une chance, mais là… Sans outil – et il n'avait vraiment rien sous la main –, il n'avait aucune possibilité de la faire bouger.

Il s'agenouilla et examina la serrure. Ce n'était pas son domaine de prédilection mais il allait bien falloir faire avec. Il identifia une « serrure un point » tout ce qu'il y a de plus classique. Avec coffre en acier. Malheureusement impossible à forcer sans matériel. Il ne pourrait jamais sortir d'ici en s'attaquant à la grille. Et même s'il essayait, cela ferait un tel barouf qu'on rappliquerait aussitôt.

Le seul moyen était de s'en prendre physiquement aux Vasseur.

Ils étaient deux, mais ils étaient beaucoup plus vieux que lui. Il devait profiter d'un moment où Mme Ne-dites-pas-de-bêtises s'approcherait assez près de la grille pour l'empoigner et l'obliger à lui filer les clés. Après, foutre le camp de cet endroit serait une simple formalité… à moins bien sûr qu'ils n'aient un flingue et que le vieux ne l'attende là-haut.

Mais non, il était presque certain qu'il n'y avait pas d'arme dans la maison. Le seul objet qui pouvait s'en approcher était une dague de chasse accrochée à un mur du salon qui semblait sortie d'une histoire de chevalerie et qui aurait largement eu sa place dans le petit musée des horreurs du bureau, à côté de la muselière. La lame en était totalement émoussée et il s'imaginait mal Vasseur s'en servir. C'est à peine s'il tenait sur ses deux jambes.

Il fallait juste espérer qu'elle s'approche… C'était pourtant loin d'être gagné, car elle avait pris garde de rester à un bon mètre de la grille.

C'est alors qu'une autre idée terrifiante s'imposa à son esprit.

Personne ne sait que je suis ici…

Et jusque-là, ça l'avait bien arrangé.

Il essaya de revivre mentalement ses derniers jours de liberté. Quand il lui avait annoncé son départ, elle avait eu l'air fâchée et triste. Ça, il l'avait bien vu. Mais qu'est-ce qu'elle s'était donc imaginé ? Qu'il resterait avec eux jusqu'à la fin de ses jours ? De *leurs* jours plutôt ?…

Ils étaient seuls. Sans réelle occupation. Sans amis.

Lui n'enseignait plus. Il avait eu des problèmes de santé, mais il ne savait pas lesquels. Dès qu'il l'interrogeait sur sa jambe, il détournait la conversation.

Qu'est-ce qui avait pu lui arriver ? Peut-être un accident. Si c'était le cas, est-ce que cet accident pouvait avoir le moindre lien avec le fait qu'il se soit retiré en Bretagne ?

Ils avaient une fille, mais elle ne devait pas souvent leur rendre visite. Leur arrivait-il seulement de se téléphoner ? Même s'il n'était pas collé à eux vingt-quatre heures sur vingt-quatre, il en doutait franchement. Et il commençait à comprendre pourquoi.

Avec des parents aussi chtarbés...

Ils ne parlaient jamais d'elle. Que faisait-elle, déjà, dans la vie ? Elle bossait en Angleterre, ça il s'en souvenait. Un truc en rapport avec une ambassade... S'il n'y avait pas eu ces photos dans le salon, il n'aurait jamais soupçonné son existence.

Il les avait un jour regardées attentivement. Cette fille, Camille, était très mignonne. Elle ressemblait beaucoup à sa mère. De beaux yeux clairs. De toutes petites taches de rousseur sur les joues. Des cheveux « blond quelque chose », il ne connaissait pas le nom de la teinte, avec des reflets un peu roux.

Une certitude : il n'y avait rien à espérer d'elle... Aucune chance qu'elle débarque un jour en s'écriant : « Bonjour, maman, bonjour, papa, je vous fais une petite visite surprise ! »

Ils étaient seuls et il était devenu l'unique présence qui donnait un peu de vie à cette maison trois fois trop grande pour eux.

Il repensa aux mots que Mme Vasseur avait employés. « Votre empressement à vouloir nous quitter ! Qu'est-ce qui vous a pris ? Vous m'avez déçue... »

Ça ne tenait pas la route ! D'accord, elle n'avait pas supporté qu'il s'en aille aussi vite et qu'il les prévienne au dernier moment... Mais bon sang, est-ce que c'était une raison pour lui faire subir ça ?

Et si elle avait simplement été prise d'un coup de folie ? Peut-être qu'elle allait se rendre compte de son attitude et revenir dans un moment en pleurnichant...

Peut-être même qu'au lieu de se tirer sans demander son reste quand la porte s'ouvrirait il se mettrait à la consoler…

Après tout, il avait eu ici la belle vie. « Nourri, logé, blanchi », aurait dit sa mère. Elle répétait souvent ça quand ses frères et lui restaient avachis sur le canapé devant la télé et qu'elle se mettait en rogne. « Blanchi. » Il n'avait jamais su ce que voulait dire ce mot au juste. Il imaginait de la craie qu'on lui aurait passée sur le visage pour le rendre plus propre. Sa mère était comme ça. Ils avaient toujours l'impression d'être un fardeau pour elle. Il était sûr qu'elle aurait trouvé logique qu'on lui érige une statue, simplement parce qu'elle s'occupait de ses gosses. Ils avaient parfois l'impression d'être les gamins de la voisine dont elle aurait accepté de s'occuper à contrecœur le temps d'une après-midi.

Alors oui, en comparaison de chez lui, il avait été peinard ici. Mais il s'était juré de ne jamais prendre racine. Il ne pouvait pas courir un si gros risque. Il savait qu'il finirait par attirer l'attention à un moment ou à un autre…

Deux mois… C'était déjà de la folie d'être resté si longtemps…

Ses parents, ses frères… il n'avait plus eu le moindre contact avec eux depuis qu'il s'était fait la malle.

La première chose qu'il avait faite, ç'avait été de balancer son portable dans une benne à ordures et d'acheter un téléphone premier prix dans une grande surface avec un forfait prépayé. Il avait vu plein de séries à la télé et il savait que les flics pouvaient repérer en quelques heures la position d'un portable, même éteint.

Un coup de tête. Il était parti sur un coup de tête.

Par peur de ce qui pourrait lui arriver. Il avait eu un avant-goût qui lui avait suffi. Il voyait encore la cellule de détention, la vraie, celle du poste de police. Une flaque de sang coagulé au sol… les taches de vomi séchées… l'odeur de détergent passé à la va-vite… Entièrement nu, jambes écartées, mains sur le mur, pendant qu'on lui faisait cette fouille horrible… Les questions sans fin, le flic qui tapait à deux doigts sur son clavier, la chaise en plastique qui lui filait des crampes…

Ne pense plus à ça, merde, tu as d'autres problèmes pour le moment !

Il avait réussi à se tirer avec toutes ses économies. 4 000 euros. De quoi voir venir.

Avec tout l'argent que Vasseur lui avait donné, il espérait bien repartir du bon pied. Aller à l'étranger, peut-être. Il avait un très bon copain d'enfance qui s'était installé en Argentine et qui bossait dans un restaurant à Buenos Aires… Antonio… Un ami du temps du collège avec qui il était comme cul et chemise… Sauf qu'il ne voyait pas trop comment sortir du pays sans se faire choper à l'aéroport…

Tu délires, mon pauvre vieux ! Te voilà déjà à la porte d'embarquement alors que tu croupis dans une cave !

Le constat était simple.

Personne ne s'inquiéterait de sa disparition, pour la simple et bonne raison qu'il n'avait pas disparu.

Du moins pas dans le sens où lui l'entendait.

Bryan pensa à nouveau à sa mère et à une autre de ses expressions favorites : « Surtout, ne va pas encore te mettre dans le pétrin ! »

Elle semblait avoir un pouvoir quasi prophétique. Chaque fois qu'elle la sortait, il fallait qu'il se trouve mêlé à des bagarres ou qu'il se prenne un rapport disciplinaire pour avoir fumé dans les chiottes du collège.

Assis sur son matelas, les yeux perdus dans le vague, il se dit que, cette fois, il s'était vraiment mis dans un énorme pétrin…

4

– Cessez de faire l'enfant. Il faut que vous mangiez, vous devez reprendre des forces.

Plutôt crever...

Pourtant, il aurait été capable d'avaler n'importe quoi pour combler cet énorme trou qui dévorait son estomac et avait fini par donner un sale goût de fiel à sa salive.

Il se demanda depuis combien de temps il n'avait rien mangé. Quarante-huit heures peut-être…

Le Tupperware qui était posé à même le sol, à l'extérieur de la grille, était rempli à ras bord de hachis parmentier. Probablement le reste du plat que cette folle avait servi l'autre soir.

Une volute de fumée traversait les barreaux. La viande marinée… les effluves d'alcool… les pommes de terre écrasées… L'odeur le faisait saliver et n'avait d'autre effet que d'accentuer les relents aigres dans sa bouche.

Il n'avait pas bu la bière qu'elle lui avait servie. Ça lui aurait fait trop plaisir… De toute façon, il n'en avait pas envie.

Pas de verre… Juste un gobelet en plastique. Que craignait-elle ? Qu'il essaie de se faire du mal avec des tessons ?

Rassure-toi, je n'ai aucune envie de quitter ce vieux monde...

Ou de lui en faire à elle ?

Ça, j'en serais largement capable...

Bryan demeura assis sur le matelas.

– Je mangerai pas tant que vous ne m'aurez pas ouvert cette putain de porte !

Il ne regardait pas sa geôlière, mais il imaginait facilement son air désapprobateur.

– Je n'aime pas quand vous parlez grossièrement ! Vous ne parliez pas comme cela avant.

Avant, je n'étais pas enfermé dans une cave !

Il avait vite compris que l'insulter ne servait à rien, à part se défouler un peu. Il avait bien essayé quand elle était revenue, mais elle avait fait la sourde oreille. Laissons cet enfant passer sa grosse colère dans sa chambre…

– Mangez, Ludovic. Je sais que vous aimez tout ce que je vous prépare. C'est vous qui l'avez dit : « Ma mère aimait cuisiner, mais ce n'était jamais aussi bon que vous. » Vous vous en souvenez ?

Non, il ne s'en souvenait pas.

Quand avait-il sorti cette connerie ? Une semaine plus tôt ? Un mois ? Deux mois ? De toute façon, sa mère ne cuisinait presque jamais. Chez lui, c'était pâtes et plats congelés bas de gamme. Ou des choses grasses et sucrées qui avaient fait prendre vingt kilos de trop à son père. Dans la famille, il était le seul à être maigre comme un clou.

Comment faisait-elle pour se rappeler des phrases comme celle-là ? Est-ce qu'elle avait noté chacune de ses paroles dans un carnet ?

Il avala sa salive, qui eut du mal à passer son gosier. On aurait dit que des reflux acides remontaient de son estomac, comme de l'eau sale dans une canalisation bouchée.

– Pourquoi vous faites ça ? Je ne vous ai rien fait de mal…

Plus d'agressivité dans sa voix… Il ne pouvait pas renoncer à comprendre comment la situation avait pu déraper à ce point. Comment les choses avaient basculé le temps d'une soirée sans qu'il ne voie rien venir.

– Oh si, vous m'en avez fait, Ludovic ! Sans le vouloir, sans doute…

Il n'avait pas envie de supporter à nouveau ses reproches tordus. Il devait essayer une autre méthode.

– Je vous jure, madame Vasseur, si vous me laissez sortir maintenant, je ne dirai rien à personne. Je partirai et vous n'entendrez plus jamais parler de moi. Je n'irai pas voir la police ni un truc de ce genre. Je n'ai pas envie de vous causer des ennuis. Vous avez fait beaucoup de choses pour moi et rien ne pourra jamais les effacer. Même pas ça...Vous avez fait une erreur, ça peut arriver à tout le monde...

L'espace d'une seconde, il fut particulièrement fier de sa tirade. Il avait l'impression d'avoir cartonné à un oral et n'attendait plus que la bonne note. Mais elle afficha un air outré.

– Qui a dit que je ne voulais plus entendre parler de vous ? Si vous êtes ici, c'est bien que je ne veux pas que vous partiez...

Il était stupide. Sa stratégie était stupide.

Lui faire peur alors... Inverser les rôles. Tenter de lui faire prendre conscience non pas de la folie de son geste, mais des conséquences qu'il aurait pour elle.

– Ma famille... elle va s'inquiéter si elle n'a plus de nouvelles. Elle sait que je suis ici. Vous ne pouvez pas me garder, sinon les flics finiront par débarquer.

Son ton était devenu trop menaçant et il le regretta. Il voulait l'effrayer, sans pour autant donner l'impression qu'il se livrait à un chantage.

– Vous mentez, Ludovic, et vous mentez mal. Vous nous avez dit que vous ne vous entendiez pas avec votre famille.

Est-ce qu'il avait vraiment dit ça aussi ? Ou était-elle simplement en train de bluffer ? Il se rappelait vaguement avoir parlé de ses parents le premier jour.

Tu aurais mieux fait de la fermer ! « En dire le moins possible », c'était bien ta devise, non ?

– J'ai regardé votre portable. Vous n'avez passé presque aucun appel. Les seuls numéros qui apparaissent sont les nôtres et ceux de quelques magasins de bricolage. Et je ne crois pas que vous ayez écrit. Sans vous faire un affront, ce n'est pas trop votre genre.

Il aurait dû se douter qu'elle tomberait sur le portable et qu'elle regarderait les appels passés.

– Je sais tout, Ludovic.

Son cœur se remit à battre la chamade.

– « Tout » quoi ? se contenta-t-il de demander, comme un joueur qui se refuse à dévoiler son jeu.

– M. Vasseur a trouvé votre carte d'identité dans votre chambre. Vous vous appelez Bryan en réalité.

Deuxième uppercut qui le laissa sans voix.

Ils connaissaient son nom… Le vrai…

Ils venaient de fouiller dans ses affaires… À moins qu'ils ne l'aient déjà fait bien avant.

Un détail lui revint aussitôt en mémoire : la carte de visite de M. Vasseur. Il l'avait retrouvée un soir sur la moquette de sa chambre, juste à côté du lit, alors qu'il était sûr de l'avoir rangée dans son carnet. Sur le coup, il n'y avait pas prêté attention, mais à présent… C'était la preuve que quelqu'un était venu et avait farfouillé dans son sac.

– Si vous voulez tout savoir, mon mari pense que vous avez fui la justice. Que vous avez été mêlé à une affaire sordide et que vous avez préféré vous échapper.

Bryan ne put s'empêcher de baisser les yeux. Il eut conscience trop tard que son silence l'avait trahi.

Cette histoire me poursuivra toute ma vie…

– C'est incroyable tout ce qu'on peut faire aujourd'hui avec Internet, ajouta Mme Vasseur en secouant la tête. Mais tout cela n'a pas d'importance, Ludovic. Vous l'avez dit, nous commettons tous des erreurs. Quoi qu'il ait pu se passer, cela ne change rien entre nous. Vous n'avez plus rien à craindre. Votre passé est derrière vous. Ne prenez pas les choses trop au tragique. Quand je jugerai le moment venu, vous pourrez sortir d'ici.

À chacune de ses promesses, son angoisse montait d'un cran. Cette situation lui faisait penser à des gosses à l'arrière d'une voiture qui demandent « On est arrivés ? » et auxquels on répond « Bientôt » alors qu'il reste des heures de voyage.

Des bobards… Juste un truc pour qu'il se tienne tranquille.

Elle lui lança un regard dur, comme si son mutisme soudain était à lui seul une insulte.

– Je ne sais pas pourquoi vous vous imaginez autant de choses négatives à mon sujet… N'ai-je pas été bonne avec vous ?

Espèce de salope, j'aimerais te…

– Si, bien sûr, je ne voulais pas…

– Mangez, maintenant. Tant que vous n'aurez pas retrouvé toutes vos forces, vous ne pourrez pas sortir d'ici. Ce ne serait pas prudent.

Elle avait parlé d'un ton net et tranchant, qui ne supportait aucune contradiction.

Tu ferais mieux de penser à toi… Parce que le jour où j'aurai retrouvé toutes mes forces, comme tu dis…

– Tenez, pour vous montrer ma bonne foi, je vous laisse la lumière allumée.

Le visage collé entre deux barreaux, Bryan la suivit du regard jusqu'à l'escalier puis l'écouta monter les marches.

Quand la porte se fut refermée, il essuya son front moite et tomba à genoux. Il ramena le Tupperware dans sa cellule et se rua sur la nourriture. Il mangea avec ses doigts, sans même utiliser la cuillère en plastique qu'elle lui avait laissée.

Et, durant quelques minutes, tout en poussant de petits grognements, il se laissa aller à l'incroyable soulagement que la nourriture apportait à son corps.

Il ne pensa à rien d'autre.

Pas même à cette nuit qui avait changé sa vie six mois plus tôt et qui l'avait conduit jusque-là…

5

Il n'avait jamais aimé danser.

Il se trouvait ridicule à gesticuler et à agiter ses membres trop grands qui se débrouillaient pour n'être jamais en rythme avec la musiquc. Il faisait partie de ces gens incapables de savoir laquelle entre deux notes est la plus haute et pas plus doués pour commencer à chanter à la bonne mesure.

Du coup, dans les soirées, il passait son temps à boire et à fumer. Son paquet de clopes avait fondu comme neige au soleil. Il en avait déjà taxé trois à des copains, toutes de marques différentes, et il avait un drôle de goût dans la bouche. Question alcool, il n'aurait pas pu dire à combien de verres il en était. Il avait commencé par des premix, s'était rabattu sur de la bière avant d'ingurgiter quelques verres de tequila, puis il était revenu à la bière.

Il y avait bien cette fille, Mélanie, qui avait réussi à le traîner brièvement jusqu'à la piste, ou plutôt la partie du salon où on avait fait de la place pour danser…

Il la trouvait vraiment attirante. Elle devait faire deux têtes de moins que lui. Ce détail le chiffonnait parce qu'il n'était jamais sorti avec une fille aussi petite. Enfin, ça n'était pas vraiment qu'il sortait avec elle, mais il sentait que quelque chose était en train de se passer.

En fait, il la connaissait depuis le collège, mais, jusqu'à cette soirée, il ne l'avait jamais revue. Quand il était en troisième, elle était une classe en dessous. Comme il avait redoublé la sixième, ils devaient bien avoir deux ans d'écart. Elle était majeure, ça, il en était sûr, parce qu'il l'avait entendue dire qu'elle venait de fêter son anniversaire. Et elle n'avait quand même pas sauté unc classe…

La troisième, bon sang, ça faisait un bail !… La pire année de sa vie… Il avait réussi à décrocher son brevet au rattrapage. Au moins, sa mère avait été contente. Le nombre de crises qu'elle avait passées sur lui pour qu'il décroche ce putain de diplôme qui ne servait à rien ! De toute façon, il avait déjà été pris en voie pro, technicien du bâtiment… Ça n'était pas que ça l'enthousiasmait à l'époque, mais il était doué de ses mains. Tout le monde le disait, même ses parents, pourtant plutôt avares de compliments. Et puis il était hors de question pour lui de redoubler encore une fois pour essayer de passer en seconde générale. Les études, il en avait soupé…

Quand il repensait à cette soirée, il entendait toujours le même morceau. *Get Lucky* de Daft Punk. Poussé à fond dans les enceintes. À en faire trembler les verres.

We're up all night'til the sun
We're up all night to get some

Il ne comprenait rien aux paroles. L'anglais, ça n'était pas son truc. À part le sport et la techno, il avait été nul dans toutes les matières. Les autres chantaient et lui faisait semblant en remuant un peu les lèvres.

Mélanie se déchaînait. Elle avait un sacré rythme et semblait capable de ne jamais reproduire deux fois le même pas de danse ou le même mouvement du corps. Il avait essayé de la suivre et les choses ne s'étaient pas si mal passées.

She's up all night for good fun
I'm up all night to get lucky

Finalement, après le morceau de Daft Punk, il y avait eu un slow. Ils avaient dansé, leurs corps collés l'un contre l'autre. L'alcool l'entourait d'une sorte de cocon douillet, il était heureux.

Ils s'étaient embrassés pendant cette danse. C'était elle qui avait pris les devants. Ses lèvres étaient douces, avec un petit goût sucré – elle n'avait bu que des sodas et des jus de fruits, l'alcool lui donnait « mal à la tête ». Il avait été obligé de se pencher pour que leurs lèvres se rejoignent et elle se tenait presque sur la pointe des pieds, comme une ballerine.

Après, une copine l'avait appelée. Elle l'avait quitté en lui redonnant un baiser.

« Tu t'en vas pas, hein ? »

La soirée avait été agitée. Et même si c'était facile de refaire l'histoire après coup, ça aurait dû l'alarmer et l'obliger à se tenir sur ses gardes.

Tu ne vas pas encore te mettre dans le pétrin...

Vers 23 heures, trois types qui n'étaient pas invités à la fête étaient arrivés déjà bien bourrés et avaient voulu entrer de force. Il y avait tellement de monde qu'il se demandait pourquoi on les avait remarqués...

Comment avaient-ils eu l'adresse ? Mystère... Enfin, il suffisait que quelques abrutis aient parlé de la fête sur Twitter...

On avait réussi à les faire sortir et les choses auraient pu en rester là. C'était compter sans Gianni, l'un de ses meilleurs potes, un type au sang chaud qui prenait un malin plaisir à chercher les coups foireux. Il avait eu l'idée lumineuse de choper un couteau dans la cuisine et de les poursuivre dans le jardin en braillant.

Il y avait eu un attroupement, des cris.

« T'es malade, laisse-les partir...

– Vas-y, Gianni, troue-les !... »

Il avait gesticulé un moment en faisant tournoyer son couteau comme un sabre. Les types étaient partis, trop blindés pour comprendre ce qui leur arrivait, mais Gianni avait réussi on ne sait trop comment à se faire une énorme entaille sur la paume.

Ça saignait, bon sang ! Il y en avait partout sur le palier et dans l'entrée. Il se tenait la main en l'air en rigolant, comme si c'était le soir de Halloween et qu'il n'avait eu entre les doigts qu'un simple colorant.

La fille qui organisait la fête en avait eu des sueurs froides. Elle était complètement paniquée. On s'était demandé s'il ne fallait pas l'emmener aux urgences. Puis quelqu'un était allé chercher de quoi le désinfecter et lui faire un pansement. La coupure n'était pas si grave en définitive. Enfin, c'était ce qu'on avait fini par décréter, parce que personne n'avait envie de passer la nuit à l'hosto avec lui…

Moins d'une demi-heure après, tandis qu'il hésitait à se resservir un verre – le dernier, promis juré –, Gianni l'avait interpellé :

« Bryan, tu viens ? »

Sa main était enveloppée dans un énorme pansement qui ne ressemblait à rien. Même lui aurait fait mieux… Gianni n'avait pas l'air frais : côté alcool, il se pouvait bien que ce soit lui qui détienne le record de la soirée.

« Ta main, ça va ?

– Ça ? C'est rien… T'as vu la trouille que je leur ai foutue ? Ils en revenaient pas… Des tafioles, ces mecs… »

Bryan ne l'écoutait pas vraiment.

« Tu disais ?

– On se casse ! On en a marre de rester ici.

– Vous allez où ?

– On va faire une virée. »

Gianni aimait bien ce mot. Quand il l'utilisait, Bryan espérait toujours qu'ils allaient faire des trucs incroyables, alors qu'ils se contentaient le plus souvent d'aller boire des bières le long du canal.

Bryan avait avalé cul sec le verre qu'il venait de se servir. Le goût puissant de la tequila s'était mêlé à la saveur mentholée de sa dernière cigarette.

« D'accord, mais j'emmène quelqu'un.

– OK. Par contre on est déjà cinq… il va falloir sacrément se serrer dans la bagnole. »

Mélanie l'avait regardé bizarrement en s'apercevant qu'il avait mis sa veste :

« Tu pars ? »

Il s'était penché à son oreille pour couvrir le vacarme de la musique et lui avait parlé du plan de Gianni.

« Pourquoi pas ? » avait-elle fait en souriant.

Dehors, la lune, grosse et lumineuse dans le ciel, éclairait le lotissement à la manière d'un lampadaire géant. Quelle heure était-il ? La dernière fois qu'il avait sorti son téléphone, il ne devait pas être loin de 2 heures du matin.

La portière de la voiture de Gianni, une BMW M3 noire de 1986 qu'il avait achetée toute cabossée à un type qui n'y connaissait rien, était ouverte. Il avait entièrement refait la carrosserie. Il avait regardé les prix sur les sites d'occasion : en la revendant, il pourrait en tirer au moins 20 000 euros, et encore, en n'étant pas trop gourmand. Mais depuis qu'il la conduisait il hésitait vraiment à s'en séparer. Elle en jetait tellement, cette caisse !

Bryan s'était demandé comment ils allaient arriver à tous rentrer là-dedans, Gianni, deux autres copains, Mélanie, lui et cette fille dont il ne connaissait même pas le nom… Clara ? Laura ? Emma ? Un nom en « a ».

« Qu'est-ce qu'y a ? »

Mélanie restait sans bouger sur le trottoir. Elle avait la tête tournée vers la maison où se déroulait la fête et faisait une grimace un peu bizarre.

« Finalement, je sais pas si j'ai tellement envie de venir. Il fait un froid de canard. Je crois que je préfère rester dedans. »

Il aurait dû être déçu, mais à cause de l'alcool il n'était plus capable de grand-chose, et il n'avait pas tellement envie de passer pour un gros naze…

« Tu te décides ? avait crié Gianni à l'adresse de Mélanie.

– Désolée mais je reste. »

La main déjà sur la portière, Bryan s'était approché d'elle et s'était penché pour lui donner un dernier baiser.

« Bon, une prochaine fois alors… On s'appelle de toute façon ?

– Ouais, bien sûr… »

Elle avait hoché la tête. Il n'était même pas certain d'avoir son numéro.

« Personne ne gerbe sur les sièges en cuir, je les ai cirés hier… »

Dans la voiture, il faisait aussi frisquet qu'à l'extérieur.

« Y a le chauffage au moins ? s'était excité quelqu'un.

– On se calme ! La clim marche pas, mais le chauffage, oui. »

Ensuite, ils avaient roulé. Les maisons du lotissement défilaient sous ses yeux. Des baraques en brique rouge, toutes identiques, avec le même petit carré de jardin devant.

Ils avaient quitté le quartier résidentiel et pris la route qui menait à la ville. Puis à un moment la voiture avait changé de direction.

« *Lalala night... lalala get lucky...*

– Qui c'est qui chante faux comme ça ? »

Pour être faux, c'était faux. Bryan ne s'était même pas rendu compte que c'était lui qui chantonnait.

Après, il s'était laissé bercer par le mouvement de la voiture. Il aurait préféré être dans son lit, enfoui sous ses couvertures. Il ne travaillait pas le dimanche mais il n'avait aucune envie de se réveiller à 3 heures de l'après-midi sans avoir profité du week-end. Le lundi reviendrait et il devrait encore se taper une semaine déprimante sur les chantiers pour un salaire de misère. Si ça se trouve, il serait trop crevé pour faire les deux ou trois bricoles au black qu'il avait prévues pour arrondir ses fins de mois.

« On est arrivés. »

Personne n'avait demandé où.

Bryan n'aurait su dire combien de temps ils avaient roulé. Guère plus d'un quart d'heure.

Il avait eu du mal à s'extirper du siège arrière, trop bas pour son grand corps, et avait failli s'assommer contre la portière. Il avait vraiment trop bu. Il avait cherché la lune dans le ciel mais ne l'avait pas trouvée. Elle n'avait tout de même pas disparu…

« Venez, et n'oubliez pas la bibine ! » avait crié Gianni.

Le son de bouteilles qui s'entrechoquent. Combien en avaient-ils chouravées à la fête ?

L'endroit était totalement paumé. Bryan avait senti des herbes hautes lui caresser les jambes. À plusieurs reprises il avait manqué de trébucher à cause des trous dans le sol. Puis il avait vu une immense façade.

Plus tard, il apprendrait qu'il s'agissait d'un immeuble des mines désaffecté. Les anciens bureaux des ateliers.

Un bâtiment de trois étages dont les fenêtres béantes l'observaient tels des yeux menaçants dans la nuit.

La porte était ouverte, ou plutôt défoncée.

Il faisait un froid glacial à l'intérieur. Gianni avait utilisé la lampe torche de son portable et le faisceau lumineux avait balayé la pièce. Tous les murs avaient été tagués. L'ancien papier peint pendait par endroits comme des peaux mortes. Une forte odeur d'urine planait dans l'air. Dans la journée, le bâtiment devait être le paradis des squatteurs et des camés.

Il trouvait l'endroit totalement sinistre et regrettait d'avoir quitté la fête. Qui sait ? Peut-être qu'il aurait pu trouver un coin de lit dans une chambre où s'effondrer.

« Vous êtes sûrs qu'il n'y a personne ?

– Quelques clodos peut-être… », avait plaisanté Gianni.

Tout le monde avait rigolé sauf lui.

« C'est super grand ici ! Tu es déjà venu ? avait demandé la fille en “a”.

– Un peu. Le plus flippant, c'est les étages. Il reste encore tout un tas de saloperies : des vieux meubles, plein de papiers tout moisis… On se croirait dans *World War Z* quand le type se retrouve dans cet immeuble poursuivi par les zombies…

– Je l'ai pas vu. C'est bien ?

– Mortel ! On l'a vu au cinéma avec Bryan. Pas vrai, Bryan ? Il est où, ce con ? »

Il avait entendu son nom.

« J'aimerais bien monter ! s'était écriée Clara-Laura-Emma.

– Tout à l'heure. On n'a qu'à un peu se poser d'abord. J'ai soif. »

Il y avait bien un vieux matelas dans un coin, mais Gianni était penché au-dessus en train de l'examiner avec sa lampe.

« Je vous déconseille de poser votre cul là ! À moins que vous vouliez attraper des morpions.

– T'es vraiment dégueu ! »

Ils s'étaient installés contre le mur, près de la seule fenêtre encore munie de vitres intactes.

Une bouteille avait fait le tour jusqu'à lui. Bien qu'ayant envie de vomir, il l'avait portée à sa bouche. De la tequila. Encore. Il n'avait avalé qu'une gorgée avant qu'une main invisible la lui reprenne.

La flamme d'un briquet avait jailli dans le noir, puis une forte odeur de shit s'était immiscée dans ses narines.

« J'ai le hoquet, faut que je fume, avait dit une voix.

– Qu'est-ce que tu racontes ? » avait demandé Gianni en gloussant.

On avait entendu un bruit guttural rauque. Le bout incandescent du joint avait rougeoyé.

« Vous voyez ! Deux ou trois taffes… C'est le seul truc qui me fasse passer le hoquet. Je vous jure !

– Passe, j'en veux moi aussi.

– Hum… ce que c'est bon ! »

Le joint était arrivé et lui avait brûlé le bout des doigts. Il l'avait approché de ses lèvres, mais sans aspirer la moindre bouffée. Il sentait la nourriture qu'il avait ingurgitée à la fête lui remonter jusque dans l'œsophage.

« On monte, alors ?

– Allez ! »

Des pas précipités. Des rires.

Il ne se sentait pas du tout le courage de se taper des escaliers. Il avait vraiment trop envie de dormir.

« Je crois que je vais aller m'allonger dans la bagnole. »

Mais personne ne l'avait entendu ni ne s'était plus préoccupé de lui.

Les quatre silhouettes avaient disparu dans ce qu'il supposait être une cage d'escalier. Un grand trou obscur.

Il était sorti en titubant.

Tiens, la lune était réapparue. Une énorme boule d'ivoire derrière les branches des arbres. C'était beau.

Il n'avait fait que quelques pas avant de vomir tout ce qu'il avait sur l'estomac, sans réussir à épargner ses chaussures. Puis il avait craché à plusieurs reprises pour chasser le sale goût qui avait envahi sa bouche.

Après, il avait regagné la BMW, que Gianni avait heureusement oublié de verrouiller, et s'était effondré sur le siège arrière.

Il y faisait encore bon. Le cuir avait gardé la chaleur de leurs corps.

Par contre, ça puait vraiment le vomi. Gianni allait le tuer. Il aurait pu mieux viser, quand même…

Fermant les yeux, Bryan s'était abandonné au sommeil.

Il avait eu une dernière pensée pour ses chaussures. Merde ! Une belle paire montante de Timberland qu'il avait achetée en solde la semaine précédente…

6

Il était puni. C'est ça. Cette cave était sa punition.

On est toujours puni quand on agit mal. C'est bien ce que racontent ces sculptures au-dessus des portes des églises, où tout un tas de types se retrouvent en train de bouillir dans de grosses marmites entourées de diablotins munis de fourches…

Sauf que lui n'avait rien fait.

Tout était de la faute de Gianni. Il n'avait commis qu'une seule erreur, celle de les suivre cette nuit-là.

Pourquoi est-ce qu'il aurait dû payer pour les autres ? Il n'était même pas là quand cette fille… Merde, il n'avait vraiment rien à se reprocher ! Mais qui pouvait croire une histoire aussi tordue et improbable que la sienne ?… S'endormir à l'arrière d'une bagnole pendant que ses copains… Et eux s'étaient bien gardés de dire la vérité. Tous dans le même bateau. « Dilution de responsabilité », avait dit son avocate. Les flics, de leur côté, ne s'étaient pas attardés à ce genre de considérations.

J'ai une page pleine de témoins qui t'ont vu partir ce soir-là avec tes amis... Tu vas nous dire qu'ils mentent eux aussi ?

Non, il n'avait jamais nié être parti avec eux…

Tu es bien entré dans ce bâtiment ? Tu vas pas nous prendre pour des cons, quand même ?

Il était entré, mais il n'était pas resté plus d'un quart d'heure…

Ah, tu vois, on avance ! Vous étiez bien beurrés cette nuit-là...

OK, il avait bu… mais comme tout le monde à la soirée.

Et la fumette ? Tu sais que c'est interdit, quand même ? On n'est pas à Amsterdam.

Il n'avait même pas pris une taffe. Il avait envie de vomir…

Ah oui ? Et à la fête ?

C'est vrai qu'à la fête il avait un peu fumé… Mais ce n'était même pas lui qui avait sorti le joint…

On est bien d'accord… Cannabis + ingestion d'alcool, tu n'étais pas dans ton état normal. Et puis il y a cette fille, Mélanie, qui t'a trouvé très insistant toute la soirée.

« Insistant » ? C'était dingue. C'était elle qui l'avait embrassé…

Si elle n'est pas montée dans la voiture, c'est bien qu'elle a trouvé que votre comportement était louche, non ?

Elle avait froid, simplement froid. Elle voulait rentrer.

T'avais envie d'elle, on comprend. Les hormones, c'est normal à ton âge. Mais comme elle t'a repoussé, ben, il fallait bien que tu trouves quelqu'un d'autre !

Non, non, non… Rien ne s'était passé comme ça…

Il ouvrit les yeux. Une lumière trop crue s'engouffra dans ses pupilles. Ces foutus néons. Cette lumière artificielle allait le rendre fou. Il regrettait presque de ne plus être dans le noir.

Impossible de savoir quelle heure il était. Si son horloge interne avait encore fonctionné, il aurait parié pour le milieu de la nuit.

Si seulement il avait eu une montre… Ou s'il avait pu entendre la pendule de l'étage. Il aurait pu compter les heures. Tracer des petits bâtons sur le mur pour garder une notion du temps, comme Robinson sur son île.

Il avait envie d'une cigarette. Il n'était jamais resté si longtemps sans cloper. Il aurait donné tous les hachis parmentier du monde pour une ou deux taffes. Le filtre imprégné de tabac sur ses lèvres, l'odeur de la nicotine et du goudron…

Il ferma les yeux et s'alluma une cigarette imaginaire. Il tira dessus mais ne sentit rien. Il continua à avaler de grosses bouffées et il lui sembla alors que, quelque part dans son cerveau, des capteurs reconnaissaient la nicotine et libéraient en lui un mince filet de dopamine. Il tira encore mais la clope s'était éteinte. Pas moyen de la rallumer.

Quelque chose de mal… Il n'en démordait pas. Il avait bien dû faire quelque chose de mal pour être ici.

Le livre… Ça, c'était vraiment stupide.

Il y en avait tellement dans cette bibliothèque qu'il était sûr qu'on ne remarquerait rien. Quelques secondes d'inattention de la part de Vasseur et il l'avait rapidement planqué à l'intérieur de son jean.

Son choix s'était fait presque au hasard. Il avait juste pris un auteur qu'il connaissait. Flaubert, ça lui disait quelque chose. Enfin, comme Mozart ou Picasso pouvaient lui dire quelque chose.

1857. Ce bouquin avait plus de cent cinquante ans ! Le plus vieux livre qu'il ait vu de sa vie devait être un de ces exemplaires du CDI de son collège aux pages toutes rabougries et jaunies qui sentaient le cagibi.

Il n'aurait jamais dû faire ça. Ce n'était pas correct par rapport à M. Vasseur, qui le payait très bien, mieux qu'il ne l'avait jamais été. Et lui n'avait rien trouvé de plus intelligent que de le voler.

En entrant dans la librairie ancienne, il s'était senti écrasé par ces centaines de vieux livres autour de lui. Qu'est-ce qu'il faisait là ? Il était encore temps de rebrousser chemin et de remettre le bouquin à sa place.

Il avait été soulagé que le libraire n'en veuille pas. Après tout, ça voulait peut-être dire qu'il n'avait pas tant de valeur que ça.

Quoi d'autre ?

Il avait fouillé un peu dans la maison quand ils n'étaient pas là. Ouvert quelques tiroirs, farfouillé dans leurs affaires… Une fois, une seule fois, il avait décacheté un courrier adressé à Vasseur. Des résultats médicaux, à ce qu'il lui avait semblé. Il ne savait pas ce qui lui était passé par la tête. Il y avait à peine jeté un coup d'œil et n'avait rien compris à tout ce jargon. C'était juste de la curiosité, rien de très méchant…

À bien y réfléchir, les Vasseur n'avaient pas fait mieux de leur côté. Il était sûr à présent qu'ils étaient allés dans sa chambre bien avant de l'enfermer là. Depuis combien de temps connaissaient-ils sa véritable identité ? Quelques jours ? Des semaines ? Ça, il pouvait le savoir. Il avait retrouvé le carton vers la fin février. Ils auraient dû être morts de peur de savoir qu'ils hébergeaient un type qui leur mentait sur son nom.

En revanche, pour son passé, pour l'affaire, pour sa fuite, il ne voyait vraiment pas comment ils étaient au courant. Une idée lancée au hasard ? C'était trop gros… Les journaux ? Ils n'avaient pas mentionné son nom. Encore que, il ne pouvait pas en être totalement sûr… Il n'avait pas fait la moindre recherche sur Internet. Il ignorait même si un procès avait eu lieu et si ses anciens copains croupissaient aujourd'hui en taule. Est-ce qu'on le recherchait activement ou bien les flics avaient-ils laissé tomber ? Avec le nombre d'affaires qui s'étalaient chaque jour dans les médias… En somme, il n'avait rien fait d'autre que se mettre des œillères pour oublier le passé…

Non, même avec ce qu'ils savaient sur lui, les Vasseur n'avaient pas eu peur.

Parce qu'ils ne s'étaient jamais sentis en danger. Parce qu'ils savaient très bien qui était le méchant de l'histoire.

Et, bon Dieu, la seule chose dont Bryan était certain, c'était que le méchant, ça n'était pas lui…

7

Le seau était vide.

En se réveillant, il s'en rendit immédiatement compte. Simplement à l'absence d'odeur. Il ne sentait plus l'urine stagnante.

Il se leva et se pencha au-dessus.

Vide et propre.

En réalité, ce n'était plus le même. Il était bleu aussi, mais le rebord n'était pas fendillé comme sur l'autre.

Ce qui voulait dire qu'on était entré dans sa cellule pendant qu'il dormait. Comment avait-on pu ouvrir cette grille sans qu'il se réveille ?

Il n'avait pas l'impression d'avoir dormi. Seulement somnolé, coupé de l'état de veille par un simple voile.

Et pourtant, elle était entrée.

Il pensait « elle » parce qu'il était désormais sûr que Vasseur n'était jamais descendu dans la cave, qu'il refusait de participer à sa séquestration.

Il lui était même venu l'idée qu'il pouvait être mort. Et si elle s'était débarrassée de lui pour être tranquille ?

Il imaginait une violente dispute dans le salon… En réalité, il ne l'imaginait pas tout à fait, car il avait bien entendu des cris quand il était dans les vapes. Il voyait Mme Ne-dites-pas-de-bêtises saisir le premier objet qui lui passait sous la main (une bouteille, un plat, un tisonnier, une bûche près de la cheminée, les détails du scénario changeaient mais l'issue était toujours la même) et le frapper encore et encore, jusqu'à lui régler son compte.

Qu'avait-elle fait du corps ? Ce n'est pas rien de se débarrasser d'un corps. Peut-être était-il enterré dans le jardin sous les rosiers… Ou bien en train de se putréfier dans une chambre ou dans son atelier…

Arrête de dérailler...

Mais s'il n'était pas mort, comment pouvait-il cautionner les agissements de sa femme ? « Ne vous préoccupez pas de lui pour le moment. » C'était bien ce qu'elle avait dit. Vasseur n'avait pas voulu tout ça. Il ne devait même pas être au courant qu'elle l'avait drogué tout au long du repas avec les bières.

L'eau… Il prit la bouteille et la leva en l'air pour l'examiner.

Avait-elle dilué un somnifère dedans afin qu'il se tienne tranquille ? Pas la même droguc qu'elle avait utilisée le dimanche soir, il l'aurait senti, mais un calmant qui vous transformait peu à peu en être docile et soumis…

Il ne devait plus boire cette eau. Il n'avait qu'à la vider au fur et à mesure dans le seau en la mélangeant à sa pisse. Et faire semblant de dormir sur le matelas. Attendre toute une nuit s'il le fallait. Rester éveillé, attentif au moindre bruit. Et dès qu'elle entrerait dans sa cage il l'attraperait et…

Calme-toi, la colère ne te mènera nulle part... Tu dois garder le contrôle...

Son plan n'était pas si mauvais…

Il défit sa braguette et essaya d'uriner dans le seau. Au bout de quelques secondes, des jets saccadés éclaboussèrent le plastique, mais la source se tarit aussitôt. Pas grave, il ferait mieux la prochaine fois. Il vida ensuite un peu d'eau par-dessus.

Il s'appuya contre le mur, la tête collée aux pierres froides et humides, ferma les yeux et commença à se répéter inlassablement la même phrase.

Je vais sortir d'ici. Je vais sortir d'ici. Je vais sortir d'ici...

*

– Quel jour on est ?

Mme Vasseur grimaça. Elle paraissait déçue qu'il s'attarde à des détails aussi accessoires.

– Est-ce important ?

– J'aimerais juste savoir quel jour on est, c'est tout.

– Mercredi, j'imagine.

« J'imagine » ? Est-ce qu'elle se foutait de lui ou était-il possible que, dans son délire, elle ait même perdu la notion du temps ?

Il était donc dans cette cave depuis trois jours alors qu'il avait l'impression d'y moisir depuis au moins une semaine. Et il était resté inconscient la moitié du temps.

– Tenez, je vous ai apporté de l'eau.

Elle fit un pas en avant et déposa la bouteille devant la grille. Elle avait agi sans précipitation mais, même s'il avait été capable de prévoir son geste, il n'aurait pas pu l'effleurer du bout des doigts.

Bryan remarqua qu'elle portait la même tenue que la première fois qu'il l'avait vue. Un pantalon bordeaux et un pull gris en laine légère. C'est drôle comme on peut parfois se souvenir de vétilles…

Il ne prit pas la bouteille. Il aurait tout le temps de l'examiner plus tard et de vérifier si elle avait été ouverte.

Mme Vasseur tourna la tête et sembla chercher quelque chose autour d'elle. Elle tira un petit tabouret en bois qui traînait à côté des casiers et s'assit dessus.

Si inconfortable que soit le siège, elle gardait ses manières apprêtées – genoux serrés, dos bien droit, mains sagement croisées.

– Quand j'étais enfant, je vivais dans un château près de la Loire. Oh, n'allez pas imaginer Chambord ! C'était un castelet tout au plus, mais pour les gens du village nous étions « les châtelains », ce qui me fait bien rire aujourd'hui.

Pourquoi est-ce que tu me racontes ça ? Qu'est-ce que j'en ai à foutre de tes histoires de château et de princesse ?

– Mon grand-père avait acheté cette propriété dans les années 20. C'était une bâtisse qui prenait l'eau de toutes parts. La moitié des pièces étaient inhabitables à cause de l'humidité et du froid. Mon père n'a jamais voulu s'en séparer – à l'époque, je crois même qu'elle aurait été invendable –, et il a dépensé des sommes folles pour la faire remettre à peu près en état. Dès que l'on terminait des travaux, il fallait en entreprendre d'autres. Il a dû emprunter beaucoup d'argent. Un puits sans fond... Peut-être agissait-il par orgueil, ou simplement par attachement aux biens familiaux, à l'héritage...

Ne pas l'interrompre, surtout ne pas l'interrompre...

– Mai 68 était déjà passé par là, mais mes parents vivaient encore comme dans les années 50. Ils se méfiaient des évolutions de la société et restaient farouchement attachés à des valeurs conservatrices. Quand ma sœur ou moi n'étions pas sages, ils avaient l'habitude de nous enfermer dans une petite pièce en rez-de-chaussée d'une des deux tourelles. C'était un endroit froid et à peine éclairé par une minuscule lucarne couverte de poussière.

Elle s'arrêta un instant et Bryan vit un sourire naître sur ses lèvres.

– Nous n'étions pas maltraitées, nos parents n'ont même jamais levé la main sur nous. Nous vivions à la campagne et les enfants à l'époque se faisaient parfois corriger violemment. Alors nous enfermer dans une pièce, même froide et sombre, ce n'était pas le pire des châtiments, croyez-moi... Aujourd'hui, évidemment, si des parents agissaient de la sorte, ils se retrouveraient immédiatement au poste. On voudrait même interdire la fessée. C'est d'un ridicule !

Pour ça, elle n'avait pas tort. Il s'en était pris, des torgnoles, gamin, et ça ne l'avait pas traumatisé...

– J'avais une peur bleue de cette pièce. Bien sûr, il ne pouvait rien nous arriver, mais je n'avais même pas 10 ans... Une fois que j'avais réussi à dompter ma peur – il me fallait parfois pour cela un très long moment –, je me mettais à imaginer le paysage au-dehors. Je voyais les champs à perte de vue, l'orée de la forêt, les berges du petit lac pas loin du château... Je me persuadais que j'avais du papier et des crayons à ma disposition et je me mettais à dessiner dans ma tête. C'est de là, je crois, qu'est née ma passion pour la peinture. Il y avait plein de tableaux dans le château. De vieilles toiles qui ne valaient pas un clou… pourtant, à cet âge, n'importe quel tableau vous semble incroyable. J'ai gardé des dessins de cette époque. Les vrais, ceux que je réalisais une fois sortie de la tourelle. Ils sont assez quelconques, mais vous ne pouvez pas savoir le nombre de souvenirs quasi intacts qu'ils réveillent en moi. On sous-estime trop souvent le pouvoir de l'imagination.

Bordel ! Quand donc va-t-elle se taire ?

– Tout enfant mérite de recevoir une vraie éducation. J'ai fait de mon mieux. Je crois néanmoins que je n'ai pas été assez stricte avec Camille. François, lui, était capable de colères folles, vraiment terribles, mais au final il passait tout à sa fille. Quand vous punissez un enfant, cela ne vous fait pas plaisir. Pour autant, il ne faut jamais regretter de l'avoir fait. Mes parents étaient comme cela. Ils étaient bons, mais ils savaient agir et prendre les décisions désagréables qui s'imposaient…

Elle ne bougeait pas, se tenant parfaitement immobile sur son siège de fortune.

Est-ce que toutes ces foutaises lui étaient destinées ? Bien sûr, à qui d'autre sinon ? Il était l'enfant puni, elle la mère qui avait pris la décision de l'enfermer. Et elle comptait bien s'en tenir à sa punition…

Bryan hésita à parler. Combien de temps allait-elle rester le cul posé sur ce tabouret sans bouger un seul orteil ?

Jouer un rôle. Il devait endosser le rôle qu'elle avait choisi pour lui.

– J'ai bien réfléchi…

… madame Ne-dites-pas-de-bêtises.

– … madame Vasseur. Vous aviez raison, tout est de ma faute. Après tout ce que vous avez fait pour moi, ce n'était pas bien de partir comme ça.

Elle le fixa et parut sortir de son absence.

– C'est une bonne chose que vous le reconnaissiez.

– J'habitais chez vous depuis deux mois et j'avais peur de finir par vous embêter. Je crois que j'ai compris la leçon, je vais me tenir tranquille. Vous avez dit que je ne devrais pas rester longtemps dans cet endroit…

– C'est vrai.

– Je vous jure que je n'essaierai pas de m'échapper si vous me laissez sortir un peu.

– Qu'est-ce qui vous ferait plaisir, Ludovic ?

Elle sait bien que ce n'est pas mon nom. Pourquoi est-ce qu'elle continue à m'appeler comme ça ?

Oh, ce n'était pas dur à comprendre. Il était Ludovic et le resterait à jamais pour elle. L'appeler « Bryan » aurait été admettre que leur relation ne reposait que sur du vent, des apparences… Le château de cartes qu'elle avait patiemment construit se serait alors effondré.

– Qu'est-ce que vous voulez dire ?

– Puisque vous vous sentez prêt à sortir, j'aimerais que ce soir nous dînions ensemble, là-haut.

« Nous » ? « Ensemble » ? Est-ce qu'elle voulait dire avec Vasseur ou simplement elle et lui ? Mieux valait ne pas trop chercher à savoir.

Y avait-il un piège dans cette proposition ? Mais quel piège, cela dit ? Il était à sa merci. Comment un dîner pourrait-il être pire que ce qu'il vivait là ?

– Alors, le relança-t-elle, qu'aimeriez-vous manger ce soir ?

Bryan se sentit pris de court. Il était retenu dans une cage et elle lui demandait ni plus ni moins de faire le menu de son prochain repas.

Dis quelque chose, n'importe quoi, avant qu'elle ne change d'avis.

– Je ne sais pas… Pourquoi pas la viande avec le foie gras dessus ?

Le visage de Mme Vasseur irradia. Son choix lui plaisait.

– Un tournedos Rossini ?

– C'est ça, oui…

Elle se leva du tabouret et, s'y reprenant à plusieurs fois, avec une précision maniaque, elle le remit exactement à l'endroit où elle l'avait pris.

– Très bien. Ce soir, je vous laisserai sortir. Mais il faudra vous tenir tranquille, Ludovic. Cela me peinerait beaucoup de devoir vous enfermer dans la tourelle…

Bryan chercha désespérément sur son visage et dans ses yeux une trace d'ironie, un indice qui puisse laisser penser qu'elle était en train de plaisanter.

Mais il n'en trouva pas. Elle était parfaitement sérieuse. « Dans la tourelle… »

Cette femme était complètement tarée, au-delà de tout ce qu'il avait pu imaginer.

8

– Vous ne voulez pas que je mette ça ?

Bryan n'arrivait pas à détacher ses yeux des deux anneaux métalliques dont le métal argenté brillait au sol sous la lumière des néons.

– Bien sûr que si.

Une paire de menottes. Où avait-elle bien pu la dénicher ? Ce n'était pas le genre de truc qu'on achète dans la première quincaillerie venue.

– Vous dites que vous êtes prêt à sortir d'ici, mais ce sera sous certaines conditions. Je n'ai pas envie que vous gâchiez cette soirée.

Qu'est-ce qu'il croyait ? Qu'on allait lui envoyer un carton d'invitation et le laisser libre de ses mouvements ?

Il s'était trompé. Cette femme n'était pas folle. Disons du moins que, dans sa forme de folie, elle avait conservé une logique et un raisonnement intacts. Inutile de s'attendre à une négligence ou à un faux pas de sa part. Ce serait à lui de les provoquer.

– Très bien.

Bryan se pencha pour prendre les menottes en passant la main entre les barreaux. Évidemment qu'il allait les mettre, et sans faire d'histoires… Il n'allait pas rater l'occasion de sortir de ce trou et de se tirer une fois là-haut.

Il referma le premier anneau sur son poignet gauche. Le bruit du cliquet fit resurgir en lui des souvenirs désagréables et humiliants. Son arrestation… Se faire passer une paire de menottes, c'était comme être jugé coupable sans aucun procès. On ne l'oubliait jamais.

Il allait passer à la seconde main lorsque Mme Vasseur l'arrêta :

– Non, Ludovic. Dans le dos, s'il vous plaît.

Il ne chercha pas à discuter. Inutile de déployer des efforts de persuasion voués à l'échec.

– D'accord.

Clic. Bryan sentait le métal froid et lourd peser sur ses poignets. Il tira sur ses mains. La chaînette était si courte qu'elle lui interdisait presque tout mouvement des bras. Il agita à nouveau ses mains pour montrer que la paire était solidement attachée.

– Ça va, comme ça ?

– C'est parfait.

Elle sortit de la poche de son pantalon la clé de la grille.

– Je vais vous ouvrir, maintenant. Je peux vous faire confiance.

Ce n'était pas une question.

Lorsqu'elle tourna la clé dans la serrure, il sentit dans son corps une poussée d'adrénaline. Plus rien ne le séparait d'elle désormais. Les barreaux ne semblaient plus déjà qu'un mauvais souvenir. Il savait pourtant qu'il ne tenterait rien.

Il n'avait pêché qu'une seule fois dans sa vie. Le père de Gianni les avait emmenés un week-end à l'étang de Roeux, à quelques kilomètres de Douai. Quand il avait senti son premier poisson tirer au bout de la ligne – une carpe ? un gardon ? bon sang ! il n'en savait rien mais ça avait l'air vraiment énorme –, il avait commis l'erreur de mouliner comme un fou. Tellement vite que le poisson s'était aussitôt décroché. « Tu dois être patient, lui avait dit le père de son copain. Ne t'excite pas sur ta canne. Un tour de manivelle doit durer au moins une seconde et demie. »

Ne pas se presser. Attendre le bon moment. Même si, pour le coup, c'était plutôt lui le poisson pris dans la nasse… Oh, il aurait sans doute pu se débarrasser d'elle s'il l'avait voulu – la projeter au sol, lui donner un coup de tête, s'enfuir… –, mais qui sait quel accueil Vasseur lui réserverait là-haut ?

Elle mit le pied sur la première marche.

– Je passe devant vous, même si ce n'est pas très convenable. Vous savez, les hommes doivent toujours précéder les femmes dans un escalier. On raconte que c'est pour éviter qu'ils ne se retrouvent la tête dans leurs jupons…

Elle ricana. Toujours ses insupportables bonnes manières, même dans un moment pareil…

Monter la quinzaine de marches qui les séparaient du rez-de-chaussée lui demanda un effort inattendu. Voilà trois jours que ses seuls mouvements se limitaient à faire le tour de sa cellule. Ses muscles étaient tout engourdis, comme atrophiés après un long alitement.

Quand il émergea de la cave, la lumière l'éblouit et il dut fermer légèrement les yeux.

La première chose qui attira son regard fut la table richement décorée : la vaisselle en porcelaine, les chandeliers surmontés de bougies blanches, le vase de fleurs fraîchement coupées… Une table de fête – mais qu'étaient-ils censés fêter, au juste ? –, quasiment la même que celle qu'elle avait dressée le dimanche soir. « Mon dernier soir dans cette maison », croyait-il alors.

Bryan avait pensé que quitter cette foutue cave lui procurerait du soulagement. Mais ce fut tout le contraire. Cet environnement familier lui filait une trouille bleue. Tout était trop normal, trop tranquille dans cette pièce. Et s'il fallait trouver un seul élément qui clochait, une seule anomalie dans ce décor, c'était bien lui.

Il regarda la pendule. 20 h 45. Mme Vasseur n'avait rien changé à ses habitudes. « Nous dînerons à 9 heures » et tout le cirque qu'il connaissait par cœur…

Le trousseau de clés pendait à la porte d'entrée. Avec ses mains retenues dans le dos, tenter de la déverrouiller était beaucoup trop risqué. Pourtant, les choses paraissaient si faciles…

Comme il semblait libre d'aller où il voulait dans la pièce, Bryan se planta devant le grand miroir au-dessus du secrétaire.

Ce qui le frappa le plus, ce ne furent ni ses cheveux en bataille, ni son teint cireux, non plus que ses yeux sevrés de lumière qui semblaient avoir rapetissé et s'être retirés dans ses orbites comme un escargot dans sa coquille. Non, ce qui l'effraya le plus, c'est qu'il ne se reconnut pas.

– Bryan.

Il murmura son prénom, comme pour se persuader que c'était bien son reflet qu'il voyait. Cette glace lui rappelait les miroirs truqués de fêtes foraines qui vous font paraître difforme. Sauf qu'à cet instant il n'avait vraiment aucune envie de rigoler.

Il entendit du bruit en provenance de la cuisine et se retourna.

Dans l'encadrement de la porte se tenait Vasseur. Lui aussi avait changé. Ses traits étaient plus tirés que d'habitude, ses cheveux moins bien peignés, son visage plus émacié. Surtout, il était installé dans un fauteuil roulant, comme un petit vieux dans une maison de retraite.

Mais qu'est-ce qu'elle lui a fait ?

Son corps fut parcouru de frissons. Mais, étrangement, il se sentit en même temps soulagé.

Vivant, il est vivant...

Comment avait-il pu envisager qu'elle se soit débarrassée de son mari à cause de lui ? Elle avait pété les plombs, mais de là à imaginer qu'elle ait liquidé l'homme avec lequel elle avait passé la moitié de sa vie…

– Monsieur Vasseur, est-ce que ça va ?

Il ne prit même pas conscience du ridicule de sa question : il était séquestré dans une cave et il ne trouvait rien de mieux que de s'inquiéter du sort de ce type…

Vasseur actionna les roues de son fauteuil et s'avança dans la pièce. Sa femme se dépêcha de le rejoindre pour l'aider.

– Ne vous inquiétez pas, Ludovic. François va très bien.

Bryan renonça à parler. Il ne trouvait pas très malin de poser des questions dérangeantes.

Tiens-toi à carreau, essaie d'endormir leur méfiance...

– Bonjour, Ludovic. Vous tenez le coup ?

Sa voix était atone, son ton moins pincé. Quand il parlait d'habitude, on aurait dit qu'il prenait soin d'articuler chaque syllabe pour être entendu d'élèves imaginaires au fond d'une classe.

– Ça ne va pas recommencer ! s'emporta Mme Vasseur. On dirait qu'on maltraite ce garçon. Je ne vous maltraite pas, tout de même ?

Il baissa les yeux.

– Non.

– Bien. Alors passons à table et évitons de dire des sottises.

Bryan remarqua que la chaise où Vasseur s'asseyait d'ordinaire avait été reléguée dans un coin de la pièce, à côté du buffet. Depuis quand se déplaçait-il dans ce fauteuil roulant ? Sans doute depuis aussi longtemps que lui-même était séquestré. Que s'était-il passé dimanche soir quand il s'était effondré au milieu du salon ? Cette fameuse dispute dont ne lui étaient parvenues que des bribes. Si seulement il avait pu se souvenir…

– Qu'y a-t-il ?

Sorti de ses pensées, il se rendit compte qu'il restait figé devant sa place.

– Vous n'allez pas me laisser les menottes… pour manger ?

– Asseyez-vous… Nous allons nous débrouiller.

Bryan poussa la chaise du bout du pied pour pouvoir caser ses jambes sous la table. Les anneaux commençaient à lui filer des démangeaisons.

Mme Vasseur s'absenta quelques secondes dans la cuisine et revint avec un verre de bière dans lequel elle avait plongé une paille multicolore.

– Regardez, j'ai tout prévu. Comme ça, vous pourrez boire à votre guise.

Sous l'effet des bulles, la paille était remontée à la surface et se tenait en équilibre au bord du verre. Siroter une bière à la paille. Une première pour lui.

– Je vais finir de préparer les tournedos. Je n'en ai pas pour longtemps.

À l'opposé de la table, Vasseur restait les yeux rivés sur ses couverts. Bryan perçut dans la cuisine le bruit d'assiettes qu'on empilait, puis celui d'une poêle qui se mit à grésiller. Il savait qu'il ne disposait que de quelques minutes en tête à tête avec Vasseur.

– Qu'est-ce qui vous est arrivé ? chuchota-t-il.

L'homme, rabougri dans son fauteuil, leva la tête et le regarda à travers la flamme de la bougie posée au centre de la table.

– Ma jambe… elle me fait mal. Je n'arrive plus à marcher.

Bryan désigna la cuisine d'un mouvement du menton :

– C'est elle qui vous a fait ça ?

Vasseur ne répondit pas.

– Vous ne pouvez pas rester sans réagir ! Je ne sais vraiment pas ce qui arrive à votre femme, mais… Vous avez quand même conscience que ce qu'elle fait est complètement dingue ? Je n'irai pas voir la police. Vous savez ce qui m'est arrivé… vous connaissez ma vraie identité. Quel intérêt est-ce que j'aurais à me jeter dans la gueule du loup ?

Sans s'en rendre compte, Bryan avait légèrement haussé la voix.

Il ne s'était pas imaginé que sa proposition agirait comme un sésame, mais il espérait au moins faire réagir Vasseur pour pouvoir le sonder. Jusqu'à quel point était-il complice de sa femme ? S'était-il opposé à elle, comme il le pensait ? Était-il lui aussi prisonnier de cette baraque ?

Vasseur ne réagit pas immédiatement et Bryan eut l'impression que ses propres mots s'étaient désagrégés dans l'espace qui les séparait.

– Tout est de ma faute, dit-il enfin.

– Comment ça, de votre faute ?

Le regard de Vasseur s'était décroché du sien.

– Je n'aurais jamais dû lui proposer de venir. C'est moi qui ai insisté. Au départ, nous devions simplement déjeuner ensemble. J'attendais ça depuis si longtemps. Si vous saviez… Je ne sais pas pourquoi je lui ai fait cette proposition stupide…

Qu'est-ce qu'il raconte ?

Bryan zyeuta vers la porte de la cuisine pour s'assurer qu'on ne les espionnait pas.

– De qui est-ce que vous parlez ? À qui avez-vous proposé de venir ?

Vasseur lui adressa un petit sourire triste.

– Mathilde ne vous veut aucun mal. Elle vous laissera partir, j'en suis sûr. Il faut juste lui laisser un peu de temps. Elle a beaucoup souffert, vous savez.

Merde, je ne comprends rien à tes devinettes.

– Je déteste les messes basses !

Bryan tourna brusquement la tête. Mme Ne-dites-pas-de-bêtises prenait appui contre le chambranle de la porte et les observait, immobile, avec une supériorité dédaigneuse. À moins que ce ne soit de la colère.

– Il n'y a rien de plus malpoli. Si vous avez envie de discuter, j'aimerais autant vous entendre !

Un silence tomba sur la pièce.

Bryan n'osait plus bouger. Tournant les talons, Mme Vasseur repartit dans la cuisine.

Alors il se tut.

Et il se contenta d'attendre que sa geôlière revienne avec les assiettes pour oser à nouveau émettre le moindre mot.

9

– Ouvrez plus grand la bouche, Ludovic. Vous allez en mettre partout !

Bryan fit un effort pour écarter la mâchoire et sentit la fourchette heurter ses incisives. Il avait l'impression d'être une oie qu'on gave avant les fêtes de Noël. Il avait du mal à mastiquer les trop grosses bouchées qu'on lui fourrait entre les dents. La nourriture n'avait aucun goût sur sa langue. Le foie gras lui semblait spongieux et la viande sans saveur. Un pur effet psychologique, sans doute.

Il dut boire une gorgée de bière à la paille pour faire passer le tout. En être réduit à se faire nourrir comme un gosse…

Mme Vasseur lui tamponna les lèvres avec la serviette attachée à son cou.

– J'ai pensé à une chose… Je n'aime plus le papier de la chambre. Toutes ces fleurs ! Je me demande comment j'ai pu choisir ce motif à l'époque. On dit parfois que l'exposition du lit dans une chambre vous empêche de dormir, mais moi, c'est ce papier peint qui finit par me donner des insomnies.

Nouveau coup de fourchette dans sa bouche.

Une pour bébé, une pour maman…

Bryan l'écoutait à peine. Depuis le début du repas, elle n'avait abordé que des sujets parfaitement insignifiants. Il avait eu droit au bulletin météo, à la recette du tournedos, aux derniers faits divers dont parlait la radio.

Vasseur, lui, s'était muré dans le silence. Il était éteint, apathique, et ne répondait plus aux tirades de sa femme que par monosyllabes. Bryan se demanda s'il n'était pas sous l'effet de calmants. À cause de sa jambe, il devait y avoir une vraie pharmacie dans sa salle de bains. Qu'avait-elle pu lui filer pour le mettre dans un état pareil ?

Son regard, que Bryan croisait parfois, était difficile à interpréter : on croyait y lire tantôt de la peur, tantôt du renoncement. Par moments, Vasseur paraissait même à peine conscient de la présence d'un type menotté à sa table.

– J'aimerais tout repeindre en blanc. Oui, le blanc est indémodable. On veut toujours faire dans l'original, mais rien de mieux qu'une couleur sobre et intemporelle, vous ne croyez pas ?

Pour l'instant, rien de ce que je pourrai tenter ne marchera. Trente ans de moins et vingt kilos de plus, mais avec ces menottes dans le dos je n'irai pas bien loin.

– Est-ce que vous pourriez vous en charger ? Combien de temps faut-il pour repeindre une chambre ?

Bryan essaya de reprendre le fil de la conversation.

Repeindre sa chambre ? Est-ce qu'elle était sérieuse ? Il s'imaginait déjà le pied attaché par une chaîne au montant du lit, tel un forçat à son boulet, en train de passer le rouleau sur ses murs.

Il fit un effort pour rester naturel :

– Euh… il faudra environ deux jours pour enlever le papier peint, et deux autres pour passer les différentes couches. Ensuite, il faudra attendre que l'odeur s'en aille.

– Très bien. Alors je suis décidée. Nous nous installerons dans une autre chambre en attendant. Tu ne trouves pas que c'est une bonne idée, François ?

Son mari marmonna une réponse incompréhensible.

Bryan jeta un coup d'œil à la pendule. 21 h 30. À quoi aurait-il droit ensuite ? Un baba au rhum ? Une île flottante ? Combien de temps était-il prévu qu'il reste dans le salon avant de retourner dans cette horrible cave ?

Les minutes me sont comptées. Il va falloir profiter de la moindre occasion pour tenter quelque chose.

Il n'aurait pu imaginer qu'elle se présenterait aussi vite.

Soudain, l'éclairage à détection de mouvement s'alluma au-dehors. Les vitres aveugles face à Bryan découvrirent un bout de jardin. Mme Vasseur se crispa sur sa chaise et se tourna vers la porte d'entrée. Elle demeura stupéfaite, l'oreille aux aguets.

– Qu'est-ce que… ?

Bryan retint son souffle. Il était arrivé une ou deux fois que l'éclairage extérieur se déclenche à cause d'un chat errant. Les Vasseur n'y prêtaient jamais attention mais, ce soir-là, les choses étaient différentes.

Il préféra garder le silence. Ne pas lui forcer la main…

Sans même lui jeter un regard méfiant, Mme Vasseur posa sa serviette sur le coin de la table et se leva avec précipitation.

– Tenez-vous tranquille, se contenta-t-elle de dire machinalement.

Elle traversa la pièce. La scène ne dura pas plus de trois secondes. Pour Bryan, pourtant, elle sembla se dérouler au ralenti.

Si elle ouvre cette putain de porte…

Le poisson était ferré. Il fallait le remonter. Sans précipitation. Sans risquer de casser la ligne.

Il n'aurait peut-être pas l'occasion de ressortir de sitôt de la cave. Pas de doute, ce genre de dînettes risquait d'être exceptionnel.

Lentement. Pas moins d'une seconde par tour de moulinet. « Tu dois être patient. Ne t'excite pas sur ta canne. »

Le tour de clé dans la serrure.

Elle parut hésiter et se retourna dans sa direction pour vérifier qu'il n'avait pas bougé. Mais il n'avait pas commis cette erreur.

La porte s'ouvrit enfin. Une légère brise nocturne s'engouffra dans la maison et fit vaciller la flamme des bougies. Mme Vasseur se tenait dans la lumière des spots. Sa silhouette se détachait dans l'encadrement de la porte. Elle fit un pas en avant et franchit le seuil.

– Allez ouste ! cria-t-elle en agitant la main.

Bryan entendit un miaulement au-dehors.

La carpe sortait la tête de l'eau. Elle frétillait plus que jamais… Il allait l'avoir, cette fois.

Maintenant. Maintenant ou jamais…

Il ne déplaça pas sa chaise d'un millimètre et se contenta de faire pivoter son corps pour dégager ses jambes.

Ça y est…

Elle ne faisait plus attention à lui, sans doute soulagée de ne pas avoir trouvé d'intrus à l'extérieur. Bryan se leva et loucha vers Vasseur, que la scène laissait indifférent dans son fauteuil.

Ne dis rien, je t'en prie, ne dis rien…

Ses prières furent entendues – Vasseur ne donna pas l'alerte – et il prit son silence pour un accord tacite, une sorte d'encouragement. Peut-être ne rêvait-il que de ça lui aussi. Que quelqu'un ait le courage d'agir et de mettre fin à cette situation totalement folle.

Bryan sentit ses poils se hérisser sur sa nuque. Il fit quelques pas aussi silencieusement que possible puis, arrivé à trois mètres de la porte, il se mit à courir en poussant un puissant cri de libération.

Au moment où Mme Vasseur se retournait, il était déjà trop tard pour elle. Il avait pris suffisamment d'élan pour sauter en l'air, le pied droit levé presque à l'horizontale.

Le choc fut terrible.

La semelle de sa chaussure la heurta de plein fouet, quelque part au-dessus de la poitrine. Elle tomba à la renverse en hurlant.

Il entendit clairement un craquement d'os, sans savoir précisément de quel corps il émanait.

Les mains encore immobilisées dans le dos, il ne put conserver un semblant d'équilibre ni amortir sa chute. Il alla s'écraser au sol, retombant de tout son poids sur son épaule droite tandis que sa tête heurtait la barre métallique du seuil.

Des points noirs constellèrent ses pupilles. Une douleur fulgurante traversa son épaule et il lâcha un long mugissement.

Relève-toi !

Il souleva la tête et vit Mme Vasseur qui gisait à terre, à moins d'un mètre de lui. Elle se tenait la poitrine des deux mains en poussant des ahans rauques.

Au moins, je ne l'ai pas loupée...

Rompu, Bryan donna une impulsion à son corps pour redresser le buste. Puis il se tortilla pour faire passer ses mains sous ses fesses et les ramener sous ses jambes. Revoir ses deux mains lui fit l'effet d'un miracle inattendu. Les menottes ne lui paraissaient plus qu'une entrave ridicule.

Mme Vasseur était toujours à terre, le souffle coupé, mais déjà elle cherchait à se relever en grattant les graviers de ses doigts crispés. De ses petits grognements paniqués n'émergea qu'un mot compréhensible :

– Lu...dovic !

Leurs regards se croisèrent brièvement. Dans la lumière des spots qui éclairaient la façade de la maison, il vit le masque d'effroi qui avait recouvert son visage. Une expression qu'il ne lui avait jamais vue mais qui traduisait un refrain qu'il connaissait par cœur : « Comment avez-vous pu ? Après tout ce que j'ai fait pour vous ! »

Bryan se mit debout et ce mouvement lui arracha un nouveau cri. Son pied gauche le faisait atrocement souffrir. Sans doute le craquement qu'il avait entendu juste après le choc. Une entorse ? Une déchirure ? Peu importe, il avait mal.

Poussé par l'adrénaline, il réussit néanmoins à dépasser la douleur.

Il vit sa camionnette blanche, qui n'avait pas été déplacée depuis qu'il était séquestré.

Il vit la masse ténébreuse des arbres qui se découpaient dans le ciel tout juste éclairé par un mince croissant de lune.

Mme Vasseur était à quatre pattes et cherchait à retrouver sa respiration dans de longues inhalations laborieuses.

Il n'hésita pas plus d'une seconde.

Aucune chance que les clés soient sur le tableau de bord de ma caisse.

Alors il se mit à courir, sans plus réfléchir à rien ni jeter un regard derrière lui.

Forcé de prendre appui sur son pied droit, il boitait fortement, mais rien ne pourrait l'arrêter… Il n'entendait plus que son souffle court et le bruit des graviers soulevés par les semelles de ses chaussures. Le tout rythmé par la chaîne des menottes qui tintait contre les anneaux autour de ses poignets.

Le froid piquait ses yeux, le sang battait à ses tempes. Son épaule lui faisait un mal de chien – est-ce qu'il avait pu se la déboîter en tombant ? –, mais c'était surtout son pied qui l'inquiétait. Il ne courait pas assez vite, se contentant de petits sauts désordonnés pour avancer.

Est-ce que l'autre folle s'était lancée à sa poursuite ? Peu probable vu l'état dans lequel il l'avait laissée… De toute façon, sans arme, elle ne pourrait plus rien contre lui.

L'éclairage des spots dans son dos s'estompait et il distinguait désormais à peine l'allée devant lui.

Il longea la haie de troènes, cette putain de haie qu'il avait taillée au cordeau pour ces deux vieux fous… À chaque foulée, son cœur battait plus fort, prêt à faire exploser sa poitrine.

L'allée ne faisait pas plus de deux cents mètres. Heureusement qu'il n'y avait pas de portail. Il lui suffirait d'enjamber la chaîne qui barrait l'entrée pour rejoindre la route. Quand il l'aurait atteinte… il ne savait pas encore… Se planquer sur le bas-côté, foncer à travers champs… Peu importait du moment qu'il arrivait à s'échapper de cette maison.

La douleur faisait une partie de yo-yo dans son corps, passant de son épaule à son pied et de son pied à son épaule. L'air était si froid qu'il semblait figé dans ses poumons.

L'entrée de la propriété apparut. La vue de la grosse chaîne pendant entre les deux piliers lui donna un coup de fouet et il redoubla d'efforts.

Tu y es presque…

C'est alors qu'il perçut le bruit du moteur derrière lui.

Il tourna la tête sans ralentir, en continuant de claudiquer. Deux phares brisèrent la noirceur de la nuit. C'était elle…

Comment avait-elle pu si rapidement monter dans sa bagnole ? Comment surtout avait-il pu être assez con pour lui laisser une chance de le poursuivre ?

Il évalua rapidement la situation. L'entrée était encore trop loin. Il n'aurait pas accompli la moitié de la distance qu'elle l'aurait rejoint… Et même s'il l'atteignait, il ne pouvait pas rester à découvert.

Bryan bifurqua et gagna la pelouse. Les graviers laissèrent la place à une herbe spongieuse.

Il espéra que la haie l'avait suffisamment dissimulé pour qu'elle ne le voie pas changer de direction. Il devait chercher à passer la clôture un peu plus loin. Ensuite, il se cacherait dans la forêt pour attendre l'aube ou continuerait jusqu'à tomber sur la première maison venue…

Il imaginait les voitures de la gendarmerie et les gyrophares allumés… Il serait sauvé. Oui, il voyait déjà l'ambulance et la civière sur laquelle on le transporterait… « Vous avez eu chaud. Qui sait ce qui aurait pu vous arriver si vous étiez resté plus longtemps dans cette maison ? » La radio dans la voiture… « On les a eus. Mes collègues viennent de les arrêter… Quelle histoire de fous ! » Il était prêt à tout maintenant, même à se rendre aux flics et à être renvoyé en taule pour l'affaire de viol. Il serait poursuivi pour avoir mis les voiles, mais peut-être qu'il arriverait à prouver son innocence…

Le bruit du moteur grandissait derrière lui… La voiture n'avait mis que quelques secondes pour remonter l'allée.

Ne te retourne pas, cours !

Sa poitrine haletait. Ses pieds s'enfonçaient dans l'herbe molle. Il était en train de ralentir et de perdre du terrain.

Tu vas t'en sortir. Le plus dur est derrière toi.

Fauché dans sa course…

Il bascula violemment en avant et s'étala dans l'herbe, ayant tout juste le réflexe de se protéger le visage de ses deux mains menottées.

L'espace d'une seconde, il crut que la voiture l'avait heurté. Mais non, il avait simplement trébuché sur une racine ou un morceau de bois.

Les lèvres couvertes de terre, les habits trempés, il se releva en prenant appui sur son pied blessé.

Les phares l'aveuglèrent. Elle l'avait repéré. La voiture avait quitté l'allée et roulait maintenant sur la pelouse.

Continuer… Il pouvait encore atteindre la clôture…

Il repartit en claudiquant, hurlant à la pointe de feu qu'une mystérieuse créature souterraine lui fichait dans la plante du pied à chaque foulée.

Il pataugeait comme dans une tourbière. Plus il avançait et plus le sol était gorgé d'eau. À l'ombre des chênes, cette partie de la propriété ne voyait presque jamais la lumière du jour, et avec toutes les pluies des dernières semaines…

Le faisceau des phares grandissait et grignotait l'espace devant lui. Sa respiration précipitée comprimait son thorax.

Sa vue était brouillée par l'effort intense qu'il avait fourni, mais enfin il distingua la clôture.

Plus qu'une vingtaine de mètres…

Il pouvait la passer sans même s'arrêter. Il avait eu l'occasion de l'examiner quand il avait tondu le jardin. Ce n'étaient que de vieilles lattes pourries retenues par un fil de fer torsadé qui s'affaisseraient s'il se jetait dessus…

Bon sang, je vais y arriver.

Le moteur gronda à ses oreilles.

Elle lui fonçait droit dessus. Elle n'était plus qu'à un coup d'accélérateur…

Elle va me faire la peau !

Les yeux exorbités par la panique, il se retourna une dernière fois.

D'instinct, il se couvrit le visage des deux mains. La lumière des phares l'absorba comme un grand soleil jusqu'à l'aveugler complètement.

Il avait joué.

Il avait perdu.

10

Douze heures plus tard

Marc éteignit le chauffage de la voiture. La molette était cassée et ne permettait plus d'en régler l'intensité. Dès qu'il l'enclenchait, la soufflerie faisait un boucan de tous les diables et l'habitacle devenait en quelques minutes une véritable étuve.

Foutue bagnole…

Il descendit la vitre et sentit un souffle d'air glacé envahir le véhicule et chasser immédiatement le surplus de chaleur. Les températures s'étaient effondrées en début de semaine et on se serait encore facilement cru en hiver. Il avait même dû gratter son pare-brise quand il était parti de chez lui à l'aube.

Sans quitter la route du regard, le gendarme tira une cigarette de son paquet presque vide, la coinça derrière son oreille et mit en marche l'allume-cigare.

Depuis qu'il ne pouvait plus fumer à l'appartement, il avait doublé sa consommation quotidienne et avait pris la mauvaise habitude d'allumer une cigarette avec le mégot incandescent de la précédente. Pour plaisanter, Laurence avait collé sur une vitre du salon un de ces panneaux d'interdiction qu'on trouve dans les lieux publics : « Fumer ici vous expose à des poursuites judiciaires. » Comique, sachant à qui il était destiné.

Marc bâilla de fatigue sans aucune retenue. La nuit avait été agitée. Laurence s'était réveillée vers 2 heures du matin à cause de douloureuses contractions. Le plus inquiétant, c'était qu'il ne s'agissait pas d'une première : la semaine précédente, ils avaient filé aux urgences au beau milieu de la nuit, complètement paniqués. En obstétrique, les médecins avaient fait des examens mais n'avaient noté aucune modification du col de l'utérus. À les en croire, de telles contractions à moins de quatre mois de grossesse étaient plutôt rares, mais pas du tout exceptionnelles. Finalement, ils étaient simplement repartis avec du Spasfon et la désagréable impression qu'on ne les avait pas pris au sérieux.

Cette fois, ils avaient essayé de conserver leur calme. Comme on le lui avait conseillé, Laurence avait tenté des exercices de respiration et la douleur avait fini par se calmer. Mais ni elle ni lui n'avaient réussi à se rendormir.

Avant de partir au travail, Marc avait persuadé sa femme d'obtenir au plus vite un rendez-vous chez sa gynéco. Malgré tous les beaux discours des médecins, il avait un sale pressentiment. Durant ses heures d'insomnie, il avait eu l'idée stupide de partir à la recherche de témoignages sur Internet. Naviguant de site en site, il avait fait le tour de toutes les complications qui pouvaient survenir au cours d'une grossesse. Il avait quitté son ordinateur encore plus angoissé et déprimé, comme ces gens qui à cause de trois boutons sur le corps finissent par s'imaginer qu'ils sont atteints de toutes les maladies du monde.

Le métier de Laurence était éreintant et demandait des efforts prolongés. Marc voyait bien que depuis quelques semaines elle rentrait lessivée et qu'elle s'endormait en moins de deux dès qu'elle s'asseyait sur le canapé. Quand il avait eu l'audace de lui parler de « congé pathologique », elle était aussitôt montée sur ses grands chevaux. Il n'imaginait tout de même pas qu'elle allait passer les cinq prochains mois à se tourner les pouces à la maison ! Alors il avait louvoyé et cherché à la convaincre de lever un peu le pied ou de changer de rythme de travail. Mais la partie était loin d'être gagnée…

Marc regarda l'heure sur le tableau de bord. Midi moins le quart. Quand des tonnes de paperasses l'attendaient à la gendarmerie, il avait perdu la matinée à cause d'un cambriolage dans une ferme près de Tréméven.

Vol de matériel agricole et de carburant. Pour la deuxième fois en six mois dans la même propriété. Le genre de choses qu'il n'aurait jamais imaginées possibles quand il était entré dans le métier, quinze ans plus tôt. Oh, il y avait bien toujours eu des chapardages dans les fermes… La différence, c'était que les gendarmes étaient désormais confrontés à de vraies filières organisées qui pillaient littéralement les exploitations. Il ne se passait plus une semaine sans qu'ils ne soient appelés par des agriculteurs pour des vols ou des dégradations volontaires.

On volait tout. De l'essence, des métaux. Même le fourrage et les récoltes. Certains allaient jusqu'à embarquer des animaux en pleine nuit ou à les abattre directement sur place pour emporter la viande.

Marc avait tenu à se rendre lui-même sur place. L'agriculteur en question était à bout : « La prochaine fois, j'vous jure que j'les reçois à coups de fusil ! » Il avait essayé de le calmer, même s'il comprenait parfaitement sa détresse. Plus que pour des effractions, il craignait à présent d'être appelé un de ces quatre matins parce qu'un agriculteur avait pété les plombs et s'était fait justice lui-même.

Le lieutenant alluma sa cigarette. En prenant son paquet dans la boîte à gants avant de quitter la ferme, il était tombé sur un Post-it jaune que Laurence lui avait confié quelques jours plus tôt et qu'il pensait avoir perdu.

Un nom et une adresse.

Puisqu'il était dans le coin et que sa matinée était foutue, autant se débarrasser de cette corvée maintenant…

Laurence l'avait tellement taraudé avec ce patient ! François Vasseur… Il n'était pas venu à leur dernier rendez-vous. « Si tu veux que je rende visite à tous les patients qui zappent une de tes séances, on n'est pas sortis de l'auberge ! » l'avait-il charriée. Le problème avec sa femme, c'était qu'elle sympathisait à outrance avec ses patients et ramenait à la maison tous leurs problèmes personnels. Marc devait avouer qu'il ne l'écoutait souvent que d'une oreille distraite : il avait généralement eu son lot de drames dans la journée et n'avait pas tellement envie de subir pendant des heures le récit des malheurs de parfaits inconnus.

Mais ce patient était différent des autres et Marc aurait eu du mal à l'oublier. Il avait été l'une des victimes de la « tuerie de l'université », comme avaient titré les journaux à l'époque. Douze morts. Une vingtaine de blessés. Un vrai carnage qui avait traumatisé tout le pays. Marc avait encore en tête les images des éditions spéciales qui défilaient en boucle sur le petit écran de la salle de repos de la gendarmerie. Même lui n'arrivait pas à y croire. Du jamais-vu.

Les premières heures, on avait cru à un attentat terroriste. Le plan Vigipirate avait été enclenché. Mais il était rapidement apparu que le tueur n'était qu'un paumé, avec des antécédents psychiatriques assez lourds, dont le suivi avait été bâclé et qui n'aurait jamais dû se retrouver dans la nature.

Vasseur, la seule victime à ne pas être un étudiant, en avait réchappé de justesse. Il s'était pris deux balles dans le corps, dont une qui avait failli lui traverser l'artère fémorale. S'étaient ensuivies des semaines d'hôpital et de rééducation…

D'après ce que Marc avait compris, les Vasseur avaient engagé un jeune type pour des travaux dans leur maison et il avait fini par s'incruster chez eux. Il y avait bien le traumatisme psychologique et leur relatif isolement, mais, pour le reste, on ne pouvait pas dire qu'ils formaient la proie idéale d'un abus de faiblesse. Le souci, c'était que Laurence était parfaitement incapable de fournir le moindre élément concret qui puisse justifier sa visite. Pas de vol, pas de menaces… Rien. Le couple n'avait jamais eu l'intention de déposer plainte.

Selon elle, Vasseur tentait de minimiser les faits mais elle sentait que quelque chose ne tournait pas rond. « J'ai l'impression qu'il m'a envoyé un appel à l'aide. » Rien que ça ! « Passe les voir, je t'en prie ! Juste pour vérifier que tout va bien et que je me fais des idées. »

Finalement, il avait accepté de s'en occuper, simplement parce qu'il craignait qu'elle ne s'en charge elle-même s'il traînait la patte.

Marc n'avait absolument aucune idée de ce qu'il pourrait bien inventer une fois sur place. Qu'est-ce qui pouvait justifier qu'il débarque chez ces gens sans prévenir ? Toute cette histoire était ridicule et il était trop épuisé pour élaborer un scénario crédible.

« Je n'aurai qu'à improviser… »

Il savait que la maison des Vasseur se trouvait dans le coin, mais l'adresse précise inscrite sur le Post-it ne lui disait rien. Il entra les informations dans le GPS tout en tirant sur sa clope.

« Quatre kilomètres. Six minutes. »

Il suivit les indications de la voix monocorde qui finit par le conduire à l'entrée d'un sentier totalement impraticable en voiture.

Il pesta contre l'appareil et fit demi-tour pour regagner la départementale. Il aurait probablement renoncé s'il n'était pas tombé sur le bon chemin à peine une centaine de mètres plus loin sur sa gauche : un panneau indiquait une impasse.

La route, cabossée et boueuse, se rétrécissait entre deux rangées de hêtres dont les feuilles tamisaient la lumière. Marc dut ralentir pour éviter les ornières. Des branches frappèrent de plein fouet le pare-brise.

Il s'arrêta devant la propriété, au fond du cul-de-sac. Il n'y avait pas de portail. Simplement une chaîne massive qui pendait entre deux poteaux écaillés.

Il descendit de voiture et boutonna sa veste à cause du froid piquant. De la buée s'échappa de ses lèvres. Il s'approcha de la boîte aux lettres pour être sûr de ne pas s'être trompé d'adresse. « Vasseur », indiquait sobrement une étiquette à moitié décollée.

Il enjamba paresseusement la chaîne et fit quelques pas dans l'allée. Ses chaussures s'embourbèrent dans la terre ramollie, si bien qu'il s'empressa de gagner l'herbe sur le bas-côté et s'appuya contre un tronc d'arbre. De là où il se tenait, il n'apercevait qu'un minuscule bout de façade aux volets bleus qui émergeait au loin entre les arbres. Quelques nuages effilochés semblaient retenus au toit en ardoise.

Marc rebroussa chemin. De retour près de son véhicule, il hésita. Bizarrement, il n'y avait pas de sonnette et il n'avait ni le temps ni l'envie de remonter à pied cette allée pleine de boue.

« Bon, décide-toi, merde ! »

Finalement, il décrocha la chaîne qui s'écrasa sur le sol fangeux, remonta dans sa voiture et alluma le moteur.

11

– J'aurais pu vous tuer hier soir, si je n'avais pas freiné au dernier moment…

Il faudrait en plus que je te remercie.

Derrière la grille, Mme Ne-dites-pas-de-bêtises lui faisait l'effet d'être une créature invincible. Il ouvrit sa bouteille d'eau déjà bien entamée et la vida d'un trait. Il avait beau boire encore et encore, il n'arrivait pas à calmer sa soif dévorante. Son gosier était une terre aride que quelques gouttes de pluie n'avaient pas réussi à percer.

Son front était toujours aussi brûlant et l'effet des antidouleurs s'était estompé. Son épaule droite recommençait à le lancer. En tirant sur son T-shirt, il avait vu le large hématome qui la traversait mais il était sûr de n'avoir rien de cassé. Un de ses copains s'était un jour fracturé l'omoplate dans un match de rugby et la douleur était atroce, insoutenable, malgré tous les médocs qu'on pouvait vous filer aux urgences.

En revanche, le sac de glaçons posé sur sa cheville avait anesthésié la partie inférieure de sa jambe. S'il avait eu mal toute la nuit, à ne pas pouvoir fermer l'œil, il ne sentait plus rien à présent.

Toutefois, si sa matonne prétendait qu'il s'agissait d'une simple entorse, il était persuadé que c'était beaucoup plus grave. Elle n'était pas infirmière, après tout… En plus de s'être salement amoché en tombant, se faire renverser par la bagnole n'avait pas dû arranger les choses.

Quand il avait repris connaissance, il avait découvert que le matelas avait été déplacé et poussé contre le mur. Sa main gauche était attachée par la paire de menottes à une équerre métallique scellée dans le mur qui avait dû autrefois soutenir une étagère. Visiblement, la cage n'était plus suffisante.

Bryan n'avait même pas supplié Mme Vasseur de lui retirer les menottes. Pas plus qu'il n'avait redemandé d'antalgiques. Non, il ne s'abaisserait plus à solliciter la moindre faveur. Il était bien décidé à ne plus rien lui lâcher, quelles qu'en soient les conséquences.

À l'évidence, elle s'était remise plus rapidement que lui de leur affrontement. Seule sa voix avait changé. Plus basse, plus rauque. Peut-être l'avait-il atteinte à la gorge en se ruant sur elle.

Il se souvenait à peine des minutes qui avaient suivi le choc avec la voiture. Il était resté sonné, le visage enfoui dans l'herbe, de la terre humide plein la bouche. Où avait-elle trouvé la force de le hisser dans le véhicule et de le transporter jusqu'à la cave ? Il se rappelait confusément la sensation de piqûre dans son bras. Quelle merde lui avait-elle injectée dans le corps ?

Quelques images lui revenaient, semblables à de vieux Polaroid fanés. La lumière trop puissante du salon… les marches de l'escalier plongé dans le noir… On ne l'avait pas porté, ça, il en était presque certain. Il était descendu dans un état second, en prenant appui sur une épaule.

– Espèce de salope, vous ne vous en sortirez pas ! Quelqu'un finira bien par venir ici. Vous ne pourrez pas me garder éternellement.

Lui parler sur ce ton et lui mettre cette idée en tête n'avait rien de bien futé. Tout compte fait, mieux valait peut-être pour lui que personne ne vienne jamais. Qui sait de quoi elle serait capable si elle se sentait menacée ou qu'elle paniquait ? Pourtant, au point où il en était, il n'en avait plus rien à faire. Il se sentait épuisé, découragé. Sa vie même ne lui paraissait plus aussi importante qu'avant.

À son réveil, il s'était mis à chialer comme un gosse. C'était une colère rentrée, entièrement dirigée contre lui-même. Il avait manqué l'occasion parfaite. Une occasion qui ne se présenterait certainement plus jamais. Comment la déveine pouvait-elle lui coller à ce point à la peau ?

Était-ce une phase normale qui touche à un moment ou à un autre tous les séquestrés ? Il se souvenait de cette fille, en Autriche, qu'on avait retrouvée au bout de huit ans. Il avait vu un reportage sur elle à la télé. Enfermée par un malade mental dans un sous-sol. Pas dans une cabane au fond des bois… En pleine ville, dans une baraque entourée de voisins.

Huit ans. Combien ça faisait de jours ? Trois mille ? Quelque chose comme ça… Comment pouvait-on vivre après une expérience pareille ? Qu'est-ce qui pouvait vous donner le courage de tenir aussi longtemps ? De ne pas vouloir en finir avec la vie ? Lui était enfermé depuis moins de cinq jours.

Plus que 2 995, Bryan…

Mme Vasseur parut outrée de son insolence :

– Il n'était pas question que vous restiez ici « éternellement », comme vous dites. Mais vous aviez promis de vous tenir tranquille et vous avez rompu cette promesse. C'est mal de tromper l'autre, très mal.

– Une promesse ne vaut rien quand on est forcé de la faire.

Il se surprit lui-même de sa réplique. Où avait-il entendu cette phrase ? Dans une série télé qu'il regardait avec ses frères ? Il l'avait sortie si facilement qu'il était sûr qu'elle n'était pas de son cru.

– Vous vous mettez aux aphorismes maintenant ?

Il détestait quand elle faisait exprès d'employer des mots qu'il ne connaissait pas. Une manière de le rabaisser, de lui rabattre son caquet. Ils n'appartenaient pas au même monde, mais il préférait encore sa famille ignare à ces petits-bourgeois tout fiers de leur culture, de leurs livres et de leurs bonnes manières.

Comme la veille, Mme Vasseur tira à elle le petit tabouret et s'installa dessus. Mais cette fois, dans la mesure où il ne pouvait plus se déplacer dans sa cellule, son visage demeura en partie caché par les casiers à vin au pied de l'escalier.

– François m'a trompée autrefois. Une seule et unique fois.

Ravi de l'apprendre.

– Je ne peux même pas dire que nous traversions une crise à l'époque. Camille avait 3 ans. Bien sûr, François était souvent absent de la maison : il avait beaucoup de travail à l'université et partait quelquefois pour des colloques ou des conférences... Mais notre couple fonctionnait. C'est du moins ce que je croyais. Je ne me souviens plus vraiment comment je me suis mise à le soupçonner.

C'était reparti pour la minute de confessions. Que cherchait-elle en lui racontant sa vie ? À créer une complicité ? Peu probable, vu ce qui s'était passé entre eux. À lui envoyer un message ? Peut-être, même si le coup de la tourelle n'avait pas marché sur lui.

– J'ai lu dans un magazine une de ces enquêtes totalement stupides sur « les dix signes qui permettent de reconnaître un homme infidèle ». C'était d'un comique ! « Il vous a appelée par un autre prénom que le vôtre » ou « il sent un parfum que vous ne portez pas ». Je crois qu'il n'y a pas vraiment besoin d'indices matériels précis pour se faire des idées. Quand j'ai commencé à avoir des doutes, j'ai entrepris de fouiller méthodiquement ses affaires, mais je n'ai rien trouvé de probant. À l'époque, il n'y avait pas tous ces SMS et ces factures détaillées qui vous permettent de suivre votre conjoint à la trace...

Bryan grimaça. La douleur pulsait dans son épaule avec la régularité d'un métronome. Son front commençait à se couvrir de sueur. Finalement, il l'aurait bien suppliée pour avoir quelques petites pilules.

– Un jour, une de mes amies a vu François avec une femme dans un restaurant. Et cette idiote m'en a parlé, tout ça parce qu'ils lui avaient semblé « très proches » et que François avait eu l'« air gêné » en la reconnaissant. Même aujourd'hui, je continue à trouver cette situation ridicule. La bonne amie qui découvre l'adultère ! Peut-on imaginer un cliché pire que celui-là ? Cette amie était célibataire et aucune de ses histoires ne durait. Je crois qu'elle a voulu me faire du mal. Elle n'était pas heureuse dans sa vie personnelle, et elle n'avait pas envie que les autres le soient. Bien sûr, j'aurais pu tout ignorer ou mettre son interprétation sur le compte de sa jalousie. Mais j'avais déjà des doutes trop forts au sujet de François... Je ne pouvais pas faire semblant.

Bryan essaya de changer de position pour faire taire la douleur dans son épaule. Il avait du mal à concentrer son attention sur le récit de cette folle, mais il savait qu'il devait faire un effort. Tout ce qu'elle pouvait lui raconter sur son couple était susceptible de révéler une faille dans laquelle s'engouffrer le moment venu.

– Après cela, j'ai interrogé François jusqu'à ce qu'il avoue sa liaison. Les choses ont été beaucoup plus faciles que je ne l'aurais cru. Les hommes sont prévisibles : ils commencent par tout nier en bloc avant de s'effondrer et de vous donner plus de détails que vous n'en demandiez. Sa maîtresse – Dieu que je déteste ce mot ! – était une thésarde qui travaillait dans son département d'histoire médiévale. On ne peut pas imaginer combien de professeurs d'université ont des relations avec de jolies chercheuses. Je n'exagère pas, vous savez. Presque tous les amis de François ont fini par divorcer après de piteux adultères.

Bryan replaça correctement la poche autour de sa cheville. Les glaçons n'agissaient plus comme avant et ses orteils commençaient à le démanger.

– Je suis partie de l'appartement avec quelques affaires et j'ai emmené Camille avec moi. Je crois que c'est notre départ qui a fait peur à François. Il aurait pu se remettre de notre séparation, mais perdre sa fille, c'était une autre histoire… Nous avons eu des discussions interminables qui finissaient toutes en disputes terribles. Entre-temps, il avait mis fin à sa relation. Je ne pense pas qu'il ait jamais été amoureux de cette fille. Pourquoi m'avait-il trompée, alors ? Je n'en sais rien et il n'a pas été capable de me le dire. Un démon de midi précoce ? Une manière de se prouver quelque chose ? C'était juste une escapade dont il était persuadé que je ne saurais jamais rien.

Mme Vasseur se pencha en avant, dans la lumière, et se tourna vers Bryan. Attendait-elle qu'il l'incite à poursuivre ? Son visage n'affichait plus désormais qu'une expression de vide.

– En fin de compte, j'ai fini par revenir. Je ne crois pas que j'avais réellement eu l'intention de le quitter. J'étais humiliée, en colère, mais je n'avais agi ainsi que pour lui donner une leçon. Il a juré sur la tête de sa fille qu'il ne me tromperait plus jamais, qu'il passerait sa vie à réparer cette erreur. Ce qu'il a fait.

Elle s'arrêta. Malgré la douleur lancinante dans son épaule, Bryan sentait ses paupières retomber. Il essaya de lutter contre la fatigue généralisée qui s'emparait de lui.

– Comment vous savez qu'il ne vous a plus trompée ?

Il n'en avait rien à cirer de leurs histoires d'adultère, mais il voulait la faire souffrir, instiller le doute en elle, tenter de détruire sa version trop optimiste de l'histoire.

– Les femmes sentent ce genre de choses.

Il perçut qu'un sourire accompagnait sa phrase.

– C'est idiot ce que je dis. Voilà que je me mets à parler comme ces magazines… François a toujours eu l'air très solide et sûr de lui, mais au fond, c'est quelqu'un de très anxieux et de prudent. Il savait que je ne lui pardonnerais pas une seconde fois. Je serais alors partie pour de bon avec ma fille. L'épée de Damoclès au-dessus de la tête…

Elle resta immobile sur son tabouret, les yeux dirigés vers le mur opposé.

– Je n'avais jamais raconté ça à personne.

– Pourquoi vous m'en avez parlé, alors ?

Elle remit de l'ordre dans ses cheveux, comme si une assemblée se tenait devant elle.

– Oh, ces petits secrets n'ont plus aucune importance aujourd'hui. Et surtout, Ludovic, je voulais que vous sachiez que je ne vous pardonnerais pas une seconde fois.

Elle se leva. Son visage réapparut dans la lumière des néons. Elle s'approcha tout près de la grille et serra les barreaux de ses deux mains.

– Je crois bien que les travaux dans ma chambre pourront attendre. Vous n'êtes pas prêt. Pour tout dire, je me demande même si vous le serez un jour.

Bryan sentit son rythme cardiaque s'accélérer. L'épisode de la veille avait irrémédiablement changé quelque chose entre eux. Il n'était plus seulement sa petite créature qu'il fallait protéger du monde extérieur. Il était devenu une menace pour elle. Une bombe à retardement.

Cette femme n'était pas stupide. Passé son geste de folie, elle avait dû rapidement comprendre qu'elle ne pourrait pas le retenir autrement que derrière des barreaux. Que se passerait-il le jour où elle ne supporterait plus cette situation ? Le jour où, par instinct de conservation, elle serait obligée de se débarrasser de lui ?

Il pourrait disparaître de la surface de la terre du jour au lendemain, personne ne s'inquiéterait pour lui. « Et Bryan, on a des nouvelles ? » « Oh, lui, les flics l'ont jamais retrouvé… Il doit se la couler douce quelque part… »

Mme Vasseur farfouilla dans la poche de son pantalon :

– Je vais vous laisser la boîte d'antalgiques. Vous pouvez en prendre deux, mais il faudra attendre ensuite quatre heures entre chaque prise. Respectez la posologie, ils sont très puissants. Ils ont fait des miracles pour la jambe de François.

Bryan leva son seul bras resté libre et agita son poignet.

– J'ai pas de montre, au cas où vous ne l'auriez pas remarqué.

Sa remarque parut l'amuser.

– Votre corps saura quand vous en aurez besoin.

Elle s'écarta de la grille.

– Oh ! Une dernière chose… M. Vasseur ne vous aidera pas. Même s'il a pu avoir… un moment de doute, il est de mon côté à présent, sachez-le. Nous vivons ensemble depuis près de trente ans et nous avons traversé des choses qui nous ont unis au-delà de tout ce que vous pouvez imaginer. Je sais qu'il désapprouve mon attitude, mais il n'est plus capable de rien me refuser. Il a une dette envers moi, une dette qu'il ne pourra d'ailleurs jamais payer.

Une « dette » ? De quoi est-ce qu'elle parlait ? Ça ne pouvait pas être encore cette histoire d'adultère vieille de vingt ans ?

– Pourquoi est-ce que vous faites ça ?

Dans les yeux de Mme Vasseur passa un nuage d'agacement qui semblait dire : « Pourquoi remettez-vous cela sur le tapis ? » Elle ne répondit pas.

– Pourquoi ? insista-t-il. J'ai besoin de savoir !

– Je vous l'ai déjà expliqué, Ludovic…

Lorsqu'il se redressa de façon menaçante, elle eut un léger mouvement de recul.

– Non, arrêtez avec toutes vos conneries ! Vous allez me dire que c'est pour mon bien, pour me protéger… Mais bon sang, ouvrez les yeux ! Je ne suis rien pour vous, rien qu'un type de passage qui s'est occupé de votre jardin et de quelques travaux dans votre maison. J'ai aidé votre mari à changer un pneu ! Vous savez que dalle sur moi…

Il avait touché une corde sensible, car elle recula encore d'un pas en portant la main à sa bouche :

– Ludovic !

Il tira sur la paire de menottes qui carillonna contre l'équerre.

– Et arrêtez de m'appeler comme ça, merde ! À quoi ça sert de jouer toute cette comédie ? Je m'appelle Bryan et vous le savez très bien. Vous entendez : je m'appelle Bryan. Bryan, Bryan !…

Il hurlait à présent. Sa voix tremblait de colère et déraillait dans les aigus. Il agitait la tête avec frénésie, comme si une nuée d'abeilles voltigeait autour de son visage. Il avait l'impression que le sang quittait son cerveau pour refluer dans le bas de son corps.

– Arrêtez, mon Dieu, vous êtes devenu fou !

Ses hurlements se transformèrent en un éclat de rire incontrôlé.

– C'est moi qui suis fou ? Espèce de putain de malade mentale… Regardez-moi : je suis attaché à un mur, enfermé dans une cage pour chien, et c'est moi qui suis fou !

Il se remit à rire à gorge déployée en rejetant la tête en arrière. Il n'arrivait plus à s'arrêter. À mourir de rire…

Qu'est-ce que tu t'imagines, mon pauvre Bryan ? Tu es dans la merde, une sacrée merde ! Tu ne tireras rien de cette dingue… Un vrai dialogue de sourds…

Des larmes de désespoir embuaient ses yeux. Tout était devenu flou autour de lui. En définitive, il n'en avait plus rien à foutre.

Fais de moi ce que tu veux. Liquide-moi sur-le-champ ! Tout plutôt que de continuer à moisir ici.

La tête entre les genoux, il fut pris d'une violente quinte de toux et manqua de s'étouffer.

– Chut ! Taisez-vous.

Bryan remarqua que Mme Vasseur avait brusquement levé les yeux vers l'escalier. Quelque chose semblait vraiment la turlupiner. Il se tut.

Un bruit de moteur lointain mais parfaitement identifiable…

Le crissement des graviers écrasés sous des roues…

Un véhicule approchait de la maison. Il ne rêvait pas !

Un flot d'adrénaline se répandit dans son corps, mille fois plus puissant et plus efficace que tous les calmants qu'on aurait pu lui donner.

Mme Vasseur se retourna vers lui. Son visage n'était plus que panique. En moins de vingt-quatre heures, c'était la deuxième fois qu'il lui voyait cette expression.

Le vent tourne, Bryan...

Il inspira, tel un nageur avant de plonger en apnée, et s'apprêta à hurler.

12

Il fut pourtant incapable de proférer le moindre cri.

Quelque chose le retint.

La panique sur le visage de sa geôlière s'était volatilisée.

Son expression grave reflétait une concentration intense, mais, contrairement à ce qu'il avait cru, elle n'avait pas perdu le contrôle de la situation. Oh non, elle n'allait certainement pas attendre sagement que ses hurlements alertent le ou les mystérieux inconnus qui venaient d'entrer dans la propriété.

Elle disparut une seconde à peine derrière les casiers à vin pour mieux resurgir en pleine lumière, un objet entre les mains. Un objet étrange qu'il n'identifia pas immédiatement.

Puis il écarquilla les yeux.

Bordel, pas ça !

Le cercle de métal, la bride, la courte chaîne pendante… Il reconnut la muselière de la collection de Vasseur. Cet instrument de torture avec lequel il s'était déjà entaillé le doigt…

Il recula avec horreur et tira comme un forcené sur la paire de menottes. Mme Vasseur se dirigea vers la grille avec une précipitation qui le tétanisa, et déverrouilla la porte, qui émit un bruit sinistre.

– Je savais que cela pouvait arriver. Il n'y a pas à s'inquiéter…

Elle se parlait à elle-même, à voix basse. Bryan avait l'impression de n'être plus qu'un désagrément qu'il faut faire disparaître.

Les questions se bousculaient dans sa tête. Quand avait-elle descendu la muselière dans la cave pour l'avoir à portée de main ? Le premier jour ? Ou n'avait-elle pris ses précautions qu'après sa tentative de fuite ?

Il essaya de crier à nouveau mais sa gorge s'était resserrée en un fin goulot. Ne sortit de ses lèvres qu'un vagissement pathétique.

Crie, bon sang, crie !

– Ne faites pas l'idiot, s'énerva-t-elle d'une voix toujours feutrée, comme si l'on avait pu l'entendre du dehors. Je vais être obligée de vous mettre cette chose, je n'ai pas le choix.

Elle se rua sur lui. Bryan n'eut pas le temps d'élaborer le moindre plan. Il essaya de se tourner, de s'éloigner d'elle en ramenant ses jambes vers son buste, pour être moins vulnérable. Le sac de glaçons tomba à terre et son pied blessé, malmené, s'enflamma comme une torche.

Sans aucun ménagement, Mme Vasseur l'avait projeté à terre et lui écrasait la poitrine du genou. Il se débattit autant qu'il le put. La paire de menottes tendue au maximum s'enfonçait dans la chair et les os de son poignet. Son bras droit, quasiment immobilisé à cause de sa blessure à l'épaule, ne lui était d'aucune utilité.

Ne faites pas ça, je resterai tranquille, c'est promis...

La pression s'accentua sur sa poitrine. Elle l'écrasait de tout son poids. Ses côtes n'étaient plus que des os de verre prêts à se briser.

– Tenez-vous tranquille, espèce de ballot !

Bryan eut juste le temps d'apercevoir l'éclat terne du métal oxydé avant de fermer les yeux. La muselière devait être trop petite, car le cercle de métal lui râpait le cuir chevelu et lui broyait le pavillon des oreilles.

Son corps fut agité de soubresauts. Il se tortillait, un vrai poisson dans l'épuisette. Comme il essayait d'atteindre son assaillante avec son pied droit pour la faire chavirer, elle accentua encore la pression sur sa cage thoracique.

– Ouvrez la bouche !

Va te faire foutre !

Il serra les lèvres. En vain. La langue de métal heurta ses incisives et le choc résonna dans toute sa mâchoire. Il sentit un bout d'ivoire se briser net dans sa bouche et le métal coupant inciser sa lèvre supérieure.

Sa langue se replia au fond de sa cavité buccale. Ce goût du sang qui coulait de sa coupure à la lèvre… et l'affreuse amertume du métal rouillé… Il avait envie de gerber, comme si l'on venait de lui fourrer deux doigts au fond de la gorge.

Mme Vasseur était au-dessus de lui et il ne voyait plus que son visage démesuré, ses yeux exorbités par l'effort, les ridules de son front changées en profonds sillons. Il reconnut son parfum, un mélange de rose et de jasmin. Il le savait parce qu'il avait un jour ouvert l'armoire de leur salle de bains et qu'il se souvenait du petit flacon de verre doré – oh, cette odeur, il n'aurait pu l'oublier, mais qu'il était étrange d'avoir un parfum aussi doux dans les narines tandis qu'elle s'acharnait sur lui, le malmenait, lui broyait les côtes avec une hargne qui le laissait pantelant.

Elle le renversa sur le côté et il entendit la bride se rabattre derrière son crâne. Elle dut appuyer, forcer, se débattre avec la lanière qui lui emprisonnait la tête dans un étau.

Son visage glissa du matelas et s'écrasa sur le sol en terre battue. Bryan tenta de la supplier mais il ne put émettre qu'un grognement.

Dès qu'il releva la langue, il sentit le tranchant de la lame en fer.

Du sang à nouveau qui se mêlait à sa salive… Il voulut cracher mais le liquide amer refluait dans sa bouche. Il inspira bruyamment par le nez pour gagner un peu d'oxygène.

Étourdi, il releva la tête et constata que Mme Vasseur avait déjà quitté la cellule et qu'elle refermait la grille à clé.

Elle lui adressa un dernier avertissement :

– Vous avez vraiment intérêt à vous tenir à carreau !

13

Marc referma la portière et se tint immobile, le bras appuyé contre le capot. Son regard s'attarda sur la façade en pierre apparente et sur les jolis volets bleus récemment repeints. « Belle baraque », pensa-t-il. Exactement le genre de maison dont il rêvait…

Voilà des années que Marc caressait un projet plutôt ambitieux. Ses parents, qui vivaient à Querrien, avaient hérité une ferme en très mauvais état qu'il voulait retaper. L'été précédent, avec son père, ils avaient évacué trois camions de gravats avant de nettoyer entièrement la propriété, noyée sous les ronces et les herbes sauvages. Dès que les beaux jours reviendraient, Marc s'attellerait aux travaux. Les idées ne lui manquaient pas et il avait même commencé à élaborer des plans pour l'aménagement intérieur.

Le gendarme remarqua la Laguna garée devant une petite remise en bordure de la pelouse. Au moins, les Vasseur étaient chez eux. Il n'avait pas fait ce détour pour rien…

Alors qu'il regardait en direction du jardin pour voir s'il n'y trouverait pas le couple, la porte d'entrée s'ouvrit derrière lui.

Il se retourna. Une femme apparut dans l'embrasure de la porte. Il devait avouer que Laurence avait un certain talent pour décrire les gens. Il se souvenait de ses mots précis : « Elle a un faux air de Meryl Streep, période *Sur la route de Madison*. » Effectivement, il y avait une vague ressemblance. Le visage allongé, les pommettes haut perchées… Une très belle femme…

– Madame Vasseur ?

– Oui.

Le monosyllabe traduisait de la méfiance, plus que de la timidité. Comme il la voyait froncer les sourcils et jeter un regard inquiet vers le véhicule sérigraphié, Marc s'empressa de la rassurer :

– Bonjour. Désolé d'arriver chez vous à l'improviste. Je m'appelle Marc, je suis le mari de Laurence, la kiné de votre mari.

Le visage de la femme se détendit légèrement. Elle quitta l'entrée de la maison. Marc s'éloigna de son véhicule pour aller à sa rencontre.

– Bien sûr… Laurence nous a parlé de vous.

Elle lui tendit sa main avec un sourire. De près, Marc lui trouva des traits marqués : des cernes sous les yeux, de petites rides soucieuses sur le visage, un air un peu triste malgré son sourire avenant.

– Je suis désolé de vous déranger…

– Vous ne me dérangez absolument pas. Votre femme va bien, j'espère. François l'apprécie beaucoup, vous savez.

– C'est réciproque. Laurence va bien… simplement un peu fatiguée à cause de la grossesse.

Marc désirait abréger les civilités.

– Tant mieux. François m'a annoncé la bonne nouvelle l'autre jour. C'est merveilleux !

« Merveilleux ! » Elle n'avait pas prononcé ce mot d'un ton mièvre ou par simple politesse. Un éclat avait brillé dans son regard, comme si elle n'était pas une simple étrangère mais une femme remplie de joie à l'idée de devenir bientôt grand-mère.

– Vous avez une fille, je crois ?

Elle marqua un court silence.

– Oui. Camille…

Sa phrase resta en suspens.

– Vous n'êtes pas ici à titre professionnel ? enchaîna-t-elle en regardant à nouveau le véhicule.

Marc sourit.

– Non, pas vraiment. J'étais dans le coin pour une affaire et… À vrai dire, Laurence s'est un peu inquiétée au sujet de votre mari.

Cette dernière phrase provoqua chez elle un haussement des sourcils.

– Je l'ai pourtant appelée pour annuler le rendez-vous. François ne se sentait pas très bien, il a pris froid.

– Je sais, oui…

Marc n'avait pas l'intention de tourner autour du pot.

– Je me sens idiot ! Laurence m'a demandé de passer vous voir à l'occasion. Elle m'a dit qu'un jeune homme travaillait ici depuis plusieurs semaines… et qu'il s'était même installé chez vous.

– C'est tout à fait exact mais…

– Ma femme gamberge un peu trop. Avec un mari gendarme, elle a tendance à se focaliser sur le côté négatif des choses. On voit tellement d'horreurs aujourd'hui.

Mme Vasseur hocha la tête.

– Vous avez bien raison. François et moi avons presque renoncé à écouter les informations. Nous devenons peut-être égoïstes, mais tout cela finit par nous déprimer.

Après ce qu'ils avaient traversé, le contraire aurait été étonnant.

Marc rajusta le col de sa chemise.

– Je voulais simplement être sûr que tout allait bien, que ce jeune homme ne vous créait pas de problèmes.

L'étonnement sur le visage de Mme Vasseur se transforma en un agacement perceptible.

– Des problèmes ? Non, Ludovic s'est très bien comporté avec nous. Il a même été d'une très agréable compagnie. Il n'habite plus ici de toute façon.

Marc ne chercha pas à cacher sa surprise :

– Il a déménagé ?

Sans doute inconsciemment, elle tourna la tête vers l'extrémité de la maison noyée sous les massifs d'hortensias et il supposa que c'était dans cette partie de la bâtisse qu'avait vécu le jeune homme.

– Il est parti la semaine dernière, dès que les travaux ont été achevés.

Contre toute attente, elle se mit à rire.

– Je ne sais pas ce que votre femme a compris, mais il n'a jamais été question que Ludovic s'installe ici à demeure. Nous lui avions proposé une chambre pour qu'il soit sur place et qu'il ne perde pas trop de temps en trajets.

Marc se sentait terriblement gêné. Voilà donc où le menait l'intuition sans faille de Laurence.

– Je crois bien que je me suis déplacé pour rien, alors.

– Cela nous a donné l'occasion de nous rencontrer.

– C'est vrai.

Le lieutenant pivota sur lui-même et embrassa du regard la propriété pour se donner un moment de réflexion.

– Et, si ce n'est pas trop indiscret, comment aviez-vous rencontré ce… Ludovic ?

Involontairement, il avait mis une pointe de mépris en prononçant son nom. Mme Vasseur répondit sans marquer la moindre hésitation :

– Il nous a été conseillé par des amis qui avaient fait appel à ses services. Ils étaient très satisfaits de son travail et, comme nous voulions aménager une partie de la maison, nous l'avons engagé.

Marc hocha imperceptiblement la tête.

– Est-ce que vous pourriez me donner son nom de famille ?

Cette fois, le visage en face de lui se referma brutalement.

– Son nom de famille ? Je ne suis pas bien sûre de comprendre, Marc – vous permettez que je vous appelle « Marc » ?

– Bien sûr.

– Est-ce que vous êtes à la recherche de Ludovic ? Vous avez quelque chose à lui reprocher ?

Il se força à sourire pour désamorcer cette situation embarrassante.

– Non, pas du tout… Excusez-moi, je suis ridicule avec toutes ces questions. Tout ça ne me regarde pas, mais… On voit parfois traîner des inconnus dans le coin. Il y a eu pas mal de vols et de dégradations dans des fermes de la région et je finis par m'inquiéter des moindres choses inhabituelles. Simple déformation professionnelle.

Les traits de son interlocutrice s'adoucirent.

– Si ce jeune homme est parti et que tout s'est bien passé, alors il n'y a vraiment aucun problème.

Mme Vasseur demeura immobile devant lui, sans répondre. Attendait-elle qu'il prenne congé ? Marc hésita. Il avait déjà perdu assez de temps et pourtant quelque chose l'intriguait et le retenait. Il n'avait aucune raison de mettre en doute les paroles de cette femme, mais il songeait à Laurence, à son mauvais pressentiment, à l'insistance avec laquelle elle l'avait poussé à venir là.

Marc ne pouvait s'empêcher de penser à ces femmes battues qui, malgré les coups et les humiliations, continuent d'excuser leur conjoint et refusent de porter plainte. Par peur des représailles… Parce qu'elles veulent se persuader qu'il n'y aura pas de prochaine fois… On retrouvait un peu le même schéma dans les abus de faiblesse. Exploiter la vulnérabilité psychologique des gens et les maintenir sous contrôle.

Ce type avait-il vraiment mis les voiles ? Ou était-il possible qu'il vive encore sous ce toit ? S'il exerçait une quelconque emprise sur eux, les Vasseur pourraient chercher à le protéger.

Cette femme lui offrait un visage amène, mais la première impression qu'elle lui avait faite ne l'avait pas quitté durant leur échange : celle de quelqu'un d'inquiet, sur ses gardes, qui avait paniqué à la vue de la voiture.

– Dites… j'ai commencé à retaper avec mon père une vieille maison de famille.

Marc n'avait même pas eu besoin de mentir. Son prétexte n'en était que plus convaincant.

– Ça vous dérangerait si je jetais un coup d'œil à vos travaux ? Ça pourrait me donner des idées.

Elle cligna des yeux et le fixa avec dureté. Marc perçut une légère hésitation, une réticence mal dissimulée. L'espace d'un instant, il eut la certitude qu'elle cherchait une excuse pour ne pas le laisser entrer. Puis son visage se relâcha.

– Non, bien sûr. Je vous fais la visite si vous le voulez.

14

Crier était impossible.

Bryan ne pouvait plus bouger la langue sans risquer de se couper. La muselière l'empêchait de déglutir et sa salive mêlée de sang s'accumulait au fond de sa gorge et ne faisait qu'intensifier son envie de vomir. Cette proéminence métallique dans la bouche lui procurait une sensation insupportable.

Les néons étaient éteints. L'obscurité autour de lui était quasi totale.

S'il avait parfaitement entendu la voiture se garer devant la maison, presque plus aucun bruit n'était parvenu à ses oreilles depuis que Mme Vasseur avait quitté la cave. Un simple claquement de portière… Puis un vague murmure de conversation qui n'avait peut-être existé que dans son esprit…

À qui était cette bagnole ? À leur voisin, sans doute. Si c'était le cas, il avait peu de temps devant lui : Le Bris – son nom lui était revenu – n'avait pas pour habitude de planter la tente quand il leur rendait visite.

Se débarrasser de cette muselière au plus vite…

La douleur dans son épaule droite ne lui permettait pas de mouvoir son bras. Bryan baissa la tête et, de sa main attachée à la menotte, il tâtonna un moment à l'arrière de son crâne, sans parvenir à comprendre le fonctionnement de la bride. Ce n'était pas une simple lanière, comme il l'avait cru. Il semblait y avoir un système de rivet… deux lames de métal qui se rejoignaient et dont les extrémités s'emboîtaient l'une dans l'autre.

Bryan repensa aux explications de Vasseur. La mégère… une femme qui parlait trop et qu'on voulait réduire au rang d'animal… Ce qu'il était d'une certaine manière devenu. Une bête retenue dans sa cage.

Il se mit péniblement debout. Sa cheville blessée l'obligeait à se tenir sur un pied. Il se trouvait trop loin de la grille pour espérer tambouriner contre les barreaux. Tant qu'il serait attaché au mur, il n'aurait aucune chance de signaler sa présence.

Saisissant la chaînette dans sa main droite pour réduire le frottement de l'anneau, il tira sur la paire de menottes. Des coups brefs, puissants et réguliers qui réveillèrent la douleur dans son épaule. Son visage se crispa.

L'anneau émettait un tintement aigu contre l'équerre. À chacune de ses tentatives, la pièce de fer fixée dans le mur vibrait, sans pour autant céder.

Se tenir debout sur un seul pied l'éreintait et l'empêchait de donner toute la puissance qu'il aurait voulu. Si seulement il avait pu prendre appui contre le mur et peser sur cette foutue équerre, la déloger aurait été un jeu d'enfant.

Il tira, encore et encore, et sentit de grosses gouttes ruisseler sur son visage. Une odeur aigre et désagréable se dégageait de son propre corps. Depuis combien de jours n'avait-il pas pris de douche ? Sous l'effet de la transpiration, la crasse collée à sa peau semblait se détacher par plaques et libérait des effluves morbides. Son front bouillonnait et des courbatures saisissaient tout son corps.

Continue… Ne t'arrête pas…

Bryan tenta de lutter contre l'affreuse lassitude qui le gagnait. La vie sur les chantiers l'avait endurci, mais quelque chose à présent résistait en lui.

Il était malade, réduit à l'ombre de lui-même, et les quelques antalgiques qu'il avait pris n'y changeraient rien. Mme Vasseur s'était à peine préoccupée de son pied. Peut-être parce que son état lui ôtait toute possibilité de s'échapper… Aurait-elle laissé la grille ouverte qu'il aurait à peine été capable de grimper l'escalier.

Chassant ces pensées décourageantes, il continua d'agiter la chaîne avec acharnement. Le métal grinçait, geignait, couinait. L'équerre pliait et se déformait.

Bryan s'arrêta un instant pour reprendre son souffle. Il tendit l'oreille, mais les cercles de la bride, qui lui écrasaient les pavillons et faisaient résonner sa respiration haletante, l'isolaient du monde extérieur.

Il se remit à la tâche. Les veines de son front palpitaient. Il s'acharna, tentant de faire abstraction de la douleur dans son épaule, dans son pied, dans ses muscles, de se détacher de son propre corps. Il n'était plus qu'un élan, une volonté tournée vers ses entraves.

Il continua en donnant plus d'ampleur à ses gestes. La chaînette glissait tant entre ses mains moites qu'il renonça à la tenir. Remonté à la base du poignet, l'anneau lui arrachait la peau et s'enfonçait dans l'articulation carpienne.

Au bout de trois minutes d'efforts ininterrompus, il lui sembla que l'équerre commençait à céder.

Tu y es presque…

Il perdit soudain l'équilibre et tomba à la renverse. Une partie des chevilles venait de sauter. L'équerre tordue formait désormais un angle droit avec le mur.

À l'aide de son pied valide, Bryan déplaça péniblement le matelas pour s'allonger dessus et trouver une position moins inconfortable. Le buste légèrement relevé, il pesa de tout son poids sur la paire de menottes. Sous la pression, l'équerre continua de se déformer jusqu'à être brutalement arrachée du mur. Elle fut projetée sur son corps et il sentit l'angle de métal s'enfoncer dans sa poitrine, juste au-dessus de son sein droit. Il avait mal. Il n'était plus qu'une ruine.

Mais la souffrance n'avait aucune importance.

Il était libre.

15

– J'aime bien cette odeur de peinture fraîche.

Adossé à la table de bar de la petite cuisine ouverte, Marc croisa les bras. Faire la conversation à lui tout seul et ne sortir que des remarques sans intérêt commençait à lui peser. Il se sentait stupide d'avoir absolument tenu à visiter l'appartement. Que cherchait-il exactement ? À avoir la conscience tranquille ? À être sûr d'avoir fait son travail jusqu'au bout ? Encore que, comme il l'avait lui-même concédé, sa présence n'avait rien d'officiel.

Un ange passa. Marc leva les yeux au plafond.

– Et vous avez l'intention de le louer, cet appartement ?

– Certainement pas. Nous avons fait ces travaux pour notre fille. Elle viendra peut-être nous voir cet été. Ce n'est pas que la maison ne soit pas assez grande, mais il est préférable qu'elle ait son intimité.

– C'est du très beau travail en tout cas.

– Ludovic s'est occupé de tout. Si vous aviez vu cet endroit il y a quelques semaines… C'était un vrai chantier.

– Et à l'étage ? Il y a deux chambres, vous m'avez dit ?

– Et une salle de bains. Je vous les montre ?

À nouveau, Marc eut l'impression que sa proposition n'était qu'une marque de politesse qui espérait une réponse négative.

– Volontiers.

– Faites attention aux marches.

Elle le laissa passer devant. Ils arrivèrent dans un petit couloir éclairé par un vasistas qui donnait sur le ciel parfaitement dégagé. Sur le mur immaculé, près de la fenêtre, Marc remarqua une auréole à la forme biscornue.

– Vous avez vu ? Il y a une tache d'humidité ici.

Mme Vasseur se retourna, étonnée :

– Comment ça ?

Marc désigna la tache de l'index.

– Vous devez avoir une fuite sur le toit.

– Une tuile s'est fendue cet hiver, mais nous l'avions fait réparer…

– Dommage que votre homme à tout faire ne soit plus là !

Mme Vasseur ignora l'ironie et s'engagea dans le couloir jusqu'à la porte à droite :

– Voici la première chambre.

Marc demeura sur le seuil. La pièce était petite mais bien agencée : une armoire en pin, un vieux bureau qui ressemblait à un pupitre d'écolier, un tapis de laine écrue bouclé et tressé. Seule bizarrerie : l'espace qui aurait dû accueillir le lit était complètement vide.

L'unique fenêtre à meneaux, qui descendait presque jusqu'au sol, donnait sur le devant de la maison. Marc distinguait la barrière de chênes et de hêtres qui s'étendait au loin.

– C'est ici qu'il dormait ?

– Oui.

– Et il n'y a pas de lit ?

Son ton pouvait paraître suspicieux mais elle ne s'en offusqua pas.

– Le lit était bancal et le matelas beaucoup trop vieux. Nous allons tout meubler avec du neuf.

Le gendarme s'avança dans la pièce. Sur l'extrémité du bureau qui était resté hors de sa vue, une pile d'habits soigneusement pliés attira son attention : un jean, un pull et plusieurs T-shirts, dont le plus visible était orné d'un immense logo Quiksilver en lettres futuristes. Il n'avait croisé Vasseur qu'une seule fois dans sa vie, mais, vu son style – excessivement classique, à ce qu'il se souvenait –, il l'imaginait mal porter une marque de surfeur.

Mme Vasseur dut remarquer sa surprise :

– C'est idiot, Ludovic a oublié quelques affaires dans l'armoire. Je m'en suis aperçue seulement hier.

– Ah…

Marc vint se poster devant la fenêtre. En contournant le bureau, il remarqua un petit boîtier noir à moitié caché par les vêtements. Il dut s'approcher pour être sûr qu'il s'agissait d'un téléphone.

– Il a aussi oublié son portable ?

Mme Vasseur avait entrepris de replier le T-shirt au-dessus de la pile, sans raison particulière. À sa question, elle s'empara du portable pour le ranger dans la poche de son pantalon.

– Non, c'est le mien. Je suis tête en l'air. Je l'ai laissé ici quand j'ai fait du rangement après le départ de Ludovic.

– Vous ne devez pas beaucoup l'utiliser.

– Oh, vous savez… Je ne me suis jamais habituée à ces téléphones, je ne me sers pratiquement que du fixe. Je n'aime pas beaucoup l'idée de pouvoir être contactée vingt-quatre heures sur vingt-quatre. Ces nouvelles technologies finissent par nous rendre la vie impossible…

Marc la jugea trop volubile tout à coup. Malgré son air badin, une légère tension s'était installée dans la pièce. Cette femme lui donnait l'impression de chercher à se justifier avec une insistance qu'il trouvait louche. Quelque chose ne tournait pas rond ici, mais quoi exactement ? L'absence de lit, ces vêtements, ce téléphone… C'étaient des détails, bien sûr, et pourtant…

– Bon. Eh bien, merci pour la visite. Je crois que j'ai assez abusé de votre temps.

Ils redescendirent, Marc fermant la marche.

– François ?

Il était encore dans l'escalier lorsqu'il entendit Mme Vasseur prononcer le prénom de son mari, avec une surprise qui lui parut étrange étant donné la banalité de la situation.

Il se souvenait parfaitement de Vasseur, mais, s'il l'avait croisé dans la rue, il ne l'aurait probablement pas reconnu. La première fois, il lui était apparu comme un quasi-sexagénaire plutôt marqué par les ans, peut-être vieilli prématurément, mais qui n'avait rien à voir avec cet homme usé et souffreteux qui se tenait face à lui.

Il avait du mal à se tenir debout et s'appuyait fermement d'une main sur une béquille, de l'autre sur le bord du bar de la cuisine. Son visage avait une froideur sculpturale qui n'exprimait aucune émotion particulière.

– J'ai entendu une voiture, je suis descendu…

Sa voix était monocorde, sans vitalité. Mme Vasseur reprit rapidement la parole :

– Regarde qui nous rend visite… Tu te souviens de Marc, le mari de Laurence ? Vous vous êtes déjà rencontrés, je crois ?

Elle parlait lentement, en articulant exagérément chaque syllabe. On aurait dit qu'elle s'adressait à un gosse ou à un vieillard guetté par la sénilité.

Mal à l'aise, Marc s'avança, bras tendu. Vasseur mit bien deux ou trois secondes avant de réagir. Il ne lâcha pas sa béquille et se contenta de lui offrir le dos de sa main.

– Monsieur Vasseur, ravi de vous revoir.

– Je suis… désolé… d'avoir manqué mon dernier rendez-vous.

Était-ce une simple impression ou avait-il du mal à trouver ses mots ?

– Oh, ce n'est pas grave… Laurence ne vous en veut pas.

À ce prénom, Vasseur sembla lui prêter plus d'attention.

– Comment va-t-elle ?

– Comme je le disais à votre épouse, tout va très bien.

– Heureux de l'apprendre… Vous venez pour Ludovic ?

La question laissa le lieutenant sans voix. Non seulement sa présence n'étonnait pas Vasseur, mais il était évident qu'elle ne pouvait être qu'en rapport avec leur « protégé ».

– C'est-à-dire que…

Mme Vasseur l'interrompit aussi sec :

– Marc nous rendait une petite visite amicale, mais, effectivement, il s'inquiétait pour nous. Je ne sais pas ce que tu es allé raconter à Laurence. Elle a cru que Ludovic nous avait créé des problèmes. J'ai expliqué qu'il avait été parfaitement correct avec nous et qu'il était parti la semaine dernière…

À nouveau, Marc eut le sentiment que cette femme se montrait trop démonstrative et qu'elle cherchait à mettre son mari au diapason.

– Oh, Ludovic est un bon garçon, dit-il d'une voix soudain plus animée. Il n'a pas eu une vie facile, mais…

– Mais ?

Les yeux de Vasseur papillonnèrent.

– Il s'est très bien comporté. Nous n'avons vraiment rien à lui reprocher.

Son visage était redevenu indéchiffrable. Marc ne croyait pas un mot de ce que cet homme venait de lui dire.

*

Dehors, le ciel légèrement nuageux avait perdu de sa luminosité. Marc referma sa veste et fouilla dans ses poches.

– Je vous donne ma carte… au cas où. Si vous avez le moindre souci, n'hésitez pas à m'appeler. Même sur mon portable personnel.

Mme Vasseur lui prit le carton des mains avec un sourire qui manquait de sincérité. Son mari était resté en retrait devant l'entrée de l'appartement.

– Revenez nous voir à l'occasion, ça nous fera plaisir. Je vous raccompagne…

Marc tourna la tête vers la maison tout en marchant. Que cachait cette jolie façade ? Ludovic… Qui était ce type ? Que voulait-il aux Vasseur ? Où se trouvait-il à ce moment précis ?

Ils avaient pratiquement atteint le véhicule lorsqu'il s'immobilisa.

Ce n'était presque rien. Un son étrange, quelque part. Comme un lointain bruit de tôle…

– Vous avez entendu ?

– Non.

– Ce bruit, là !

Marc prêta l'oreille. Le bruit métallique était maintenant tout à fait identifiable. Aussi régulier qu'un message en morse. Semblant provenir de la maison.

– Je crois que ça vient de chez vous. Vous n'êtes pas seuls ?

Mme Vasseur secoua la tête.

– Si, bien sûr. Mais je n'entends rien.

– Écoutez bien…

À nouveau le même son. Boum. Boum. Boum. Réglé comme un métronome.

– Vous avez raison, c'est étrange.

Sans attendre Mme Vasseur ni lui prêter un regard, Marc s'éloigna de la voiture pour se rapprocher de la bâtisse.

Boum. Boum. Toujours le même bruit. Assourdi.

Le gendarme n'était plus qu'à quelques mètres de l'entrée lorsqu'il sentit son portable vibrer dans sa poche.

– Excusez-moi, je dois répondre, c'est peut-être une urgence. Oui ?

C'était le planton de service. Le portable passait mal – de la friture sur la ligne. « Votre femme… l'hôpital… » Le cœur de Marc se mit à battre plus fort. Il se déplaça rapidement jusqu'à ce que la voix de son interlocuteur devienne plus claire.

– Répète, s'il te plaît !

Laurence était aux urgences. Elle avait eu des contractions et s'était sentie mal dans la matinée. Une ambulance était passée la chercher à son cabinet.

– Merde ! Pourquoi est-ce qu'ils ne m'ont pas appelé sur mon portable ?

On n'en savait rien. Sans doute la fille de l'hôpital n'avait-elle pas son numéro…

Ne pas s'affoler. Tout s'était bien passé la nuit précédente. Il n'y avait pas de raison que les choses tournent mal maintenant.

– Bon, merci, je fonce aux urgences…

En raccrochant, il fit tomber son téléphone sur les graviers. Il s'accroupit pour le ramasser, l'esprit confus.

– Un problème ?

Il sursauta. Mme Vasseur l'avait rejoint et se tenait à quelques centimètres derrière lui. Il s'étonna de son sans-gêne.

– Je suis désolé, dit-il en époussetant l'écran de l'appareil, il faut que je me dépêche. Un souci au boulot…

Marc essaya de se calmer et de reprendre le fil de ses pensées. Il fixa la façade de la maison. Le bruit… Il en avait presque oublié le martèlement étrange qui l'avait intrigué.

Il tendit l'oreille. Mme Vasseur restait près de lui, sans piper mot. Rien. Tout était parfaitement silencieux. Tout juste le bruissement des feuilles des arbres agitées par le vent…

Son mari était toujours au même endroit, soutenu par sa béquille, l'air totalement ailleurs.

Laurence… Il avait déjà perdu trop de temps ici…

– Je vous laisse. Merci pour la visite.

Il se dépêcha de monter dans son véhicule.

– Ce fut un plaisir, répondit Mme Vasseur d'un ton doucereux.

Il perçut clairement que s'était opérée en elle une sorte de délivrance.

Il fit un signe distrait de la main. En manœuvrant, il jeta un dernier regard au couple à travers la vitre sale, sans pouvoir se défaire de l'intuition qui n'avait cessé de l'habiter.

Tout sonnait faux ici. Affreusement faux.

Marc ne savait pas vraiment quoi, mais il avait la certitude que ces gens-là cachaient quelque chose.

16

Bong. Bong. Bong…

Continuer de frapper… Ne pas renoncer…

À chaque coup donné, la grille tremblait sur ses gonds et lui renvoyait dans le corps une vibration semblable à une décharge électrique.

Une sensation d'engourdissement avait saisi ses membres. L'extrémité de ses doigts exsangues commençait à se refroidir et la pièce de métal lui meurtrissait la paume des mains.

Bong. Bong. Bong…

Le tintamarre continuait de plus belle, mais quelque chose n'allait pas. Il y avait vraiment un truc bizarre. Ses mains… Il ne voyait plus ses mains. Ni son corps, d'ailleurs.

Il sentait pourtant ses doigts fermement crispés, ses phalanges renflées, ses muscles durcis par l'effort.

Pris de panique, il arrêta de frapper les barreaux. Le bruit continua pourtant de résonner dans sa tête.

Bong. Bong…

Son cerveau se mit en branle, cherchant désespérément à se raccrocher à une explication rationnelle qu'il ne trouva pas.

Qu'est-ce qui lui arrivait ? Est-ce qu'il devenait fou ? Qui était en train de faire ce vacarme si ce n'était pas lui ?

Mais ces questions lui parurent soudain sans importance. Pourquoi s'obstinait-il à cogner comme un dingue contre ces barreaux ?

Et que faisait-il là, au juste ? Il ne se souvenait plus très bien… Ses gestes étaient devenus mécaniques, sans but réel.

Et ce tapage insupportable qui continuait au creux de ses oreilles…

Bong. Bong.

Le bruit cessa.

Un silence lourd tomba autour de lui.

Et, avec le silence, une sensation étrange. Celle d'être épié, surveillé…

Il n'était plus seul. Une présence tout près de lui… Il se retourna.

Il y eut une blancheur immaculée et aveuglante. Un tourbillon de lumière. Ses pupilles se dilatèrent.

Ses pensées étaient floues, désordonnées.

Bryan passa une langue paresseuse sur ses lèvres. Même s'il avait toujours dans sa bouche pâteuse le goût du sang, il ne portait plus la muselière. Il lui fallut plusieurs secondes pour comprendre que le bruit n'avait existé que dans sa tête. Qu'il était toujours enfermé dans la cave.

Les néons du plafond l'éblouissaient comme un soleil au zénith. Il ferma les yeux pour endiguer le flot de lumière.

– Vous êtes fier de vous ?

Il remua la tête dans un mouvement minimal et la lumière se fit moins crue à travers ses paupières. Rouvrir les yeux… lentement…

Dans son champ de vision, la silhouette renversée de Mme Vasseur, écrasée par les néons, fermement campée sur ses jambes à moins de deux mètres de lui. L'image lui était familière et pourtant quelque chose avait changé. Un détail… Non, plus qu'un détail…

Elle se trouvait du mauvais côté de la grille. À l'intérieur de la cage.

Bryan se demanda s'il ne délirait pas encore. Il détourna les yeux vers la porte de la cellule. Elle était ouverte, la clé encore pendue à la serrure.

Combien de fois avait-il imaginé se retrouver dans cette situation ? Mme Vasseur à portée de main, sans défense…

Il ne bougea cependant pas d'un pouce. Il n'en avait ni la force ni le courage. Il n'était plus qu'une coquille vide, un être dénué de volonté. Rester allongé lui convenait pour le moment.

Il regarda le mur à sa gauche et s'aperçut que le matelas avait été à nouveau déplacé pour retrouver sa place initiale. Ce qui voulait dire que… Il leva les bras avec peine : il ne portait plus la paire de menottes. Son poignet gauche était enserré dans une bande de gaze tachée d'une auréole brunâtre.

– Vous vous êtes blessé, votre poignet était en sang. Mais qu'avez-vous donc dans la tête, Ludovic ?

Ce qu'il avait dans la tête… Bonne question. Il ne le savait pas vraiment. Bien qu'allongé, il avait l'impression d'être sur le point de perdre l'équilibre. La cave semblait bizarrement inclinée, comme la passerelle d'un navire en train de prendre l'eau.

Qu'est-ce qui lui était arrivé, au fait ? Chercher à se souvenir lui collait mal au crâne. Il s'était acharné sur cette saloperie de grille… À moins qu'il n'ait rêvé encore une fois… Non, l'équerre métallique avait disparu du mur. Il avait bel et bien réussi à l'arracher. Et son poignet en sang… c'était une preuve, ça. Il avait fait un sacré ramdam. Bong. Bong. Bong. Ç'avait même été amusant de se défouler comme ça après tant de journées d'enfermement. Jusqu'à l'épuisement… Il y avait eu le vertige, la sensation de perdre pied et un grand trou noir.

– Je me suis évanoui ?

Mme Vasseur était calme. Elle n'avait nullement peur de lui. Sa présence avait peut-être pour but de le provoquer, de lui faire comprendre qu'elle avait définitivement gagné la partie.

– Vous avez fait l'idiot, une fois de plus. Regardez dans quel état vous vous êtes mis ! Vous avez eu beaucoup de fièvre, je n'ai pas arrêté de m'occuper de vous !

Il y avait du reproche dans sa voix, mais il était bienveillant, presque maternel.

Bryan se releva légèrement. La tête continuait de lui tourner. Il n'aurait pas la force de se mettre debout. Encore moins de se jeter sur elle pour subir un nouveau fiasco…

En fait, même si cette pensée lui coûtait beaucoup, il n'éprouvait plus de haine envers cette femme. Peut-être parce qu'il était au-delà du découragement. Il se sentait comme un chien qui a fini par s'habituer aux coups de son maître et continue malgré les brimades de rechercher ses caresses. Il n'avait jamais été capable de détester qui que ce soit. Même pas Gianni et ses copains, qui avaient foutu sa vie en l'air. Ils avaient simplement cherché à sauver leur peau. N'était-ce pas ce que tout être normalement constitué recherche en ce bas monde ? Sauver sa peau… même si la sienne à présent ne valait plus grand-chose.

Il fit un effort pour se redresser encore. Son corps lui paraissait plus grand qu'en réalité, comme si quelqu'un s'était amusé à lui étirer les membres pendant son sommeil.

Son regard descendit jusqu'au sol. Il aurait sans doute dû être horrifié, mais il ne considéra d'abord son pied gauche que comme une excroissance étrangère greffée au bout de sa jambe.

Cette chose ne pouvait pas être à lui. C'en était presque comique.

Il avait presque doublé de volume. Il n'y avait plus ni os ni veines qui saillaient à la surface. On aurait dit un pied en caoutchouc – celui d'une poupée –, une masse uniforme, rosée, à la peau lisse et tendue.

Il retint sa respiration pour mieux ordonner ses pensées.

– Vous avez vu mon pied ?

Il s'étonna de l'absence de panique dans sa propre voix. Comment pouvait-il être aussi apathique et résigné ? Pourquoi ne gueulait-il pas ?

– C'est vous qui avez aggravé les choses !

– Il faut que j'aille à l'hôpital. Je ne vais pas bien du tout…

Mme Vasseur ne bougea pas et se contenta de détourner le regard.

– Ne dramatisez pas.

– Je vous en prie, il faut que vous m'aidiez…

La supplier… Peut-être qu'à force elle finirait par céder…

– Je vous ai fait une injection de cortisone tout à l'heure. Vous finirez par vous rétablir, ne vous inquiétez pas. Votre cheville est simplement foulée.

Il n'avait jamais vu de cheville foulée, mais il imaginait mal que ce qu'il avait sous les yeux puisse être une étape normale dans une quelconque guérison. Qu'allait-il lui arriver s'il restait des jours et des jours sans soins ? Est-ce que son pied allait s'infecter ? Est-ce qu'il finirait par pourrir sur place ?

Il aurait sans doute dû avoir mal, mais son pied était dénué de sensations. Par curiosité, il essaya de faire bouger ses orteils. Ils ne réagirent pas aux ordres répétés de son cerveau.

– Qui c'était ?

– De qui parlez-vous ?

Il désigna le plafond de la tête.

– La voiture… là-haut…

– Oh, ça… Un importun.

– Quoi ?

– Une personne qui n'avait aucune raison de venir chez nous. Je m'en suis débarrassée.

« Débarrassée » ? Bryan déglutit. Qu'entendait-elle par là ? Il se souvint de ce qu'il avait pensé quelques heures plus tôt : « Qui sait de quoi elle serait capable si elle se sentait menacée ou qu'elle paniquait ? » Il préféra ne pas insister.

Ses yeux dérivèrent à nouveau vers le plafond. Il se sentait seul, désespérément seul. Une nostalgie idiote le submergea. Il se revit au milieu de ses frères et de ses parents dans l'appartement familial de la cité HLM. Cet appartement sans charme lui apparut soudain comme un rêve inaccessible, un eldorado.

Des souvenirs banals mais réconfortants lui revinrent en pagaille.

Les bières qu'ils sirotaient aux premiers beaux jours dans la petite cour miteuse sur laquelle donnait la cuisine, à l'arrière de l'immeuble…

Leurs engueulades interminables – pour un oui, pour un non, à qui parlerait le plus fort –, qui finissaient par mettre en rogne les voisins du premier étage – « La ferme ! On va encore avoir des problèmes »...

Les Noëls passés en famille près du sapin synthétique... Sa mère préparant chaque année pour le réveillon son fameux jambon en croûte, trop lourd, trop sec, trop nourrissant – il n'avait jamais su d'où venait cette foutue tradition. Pourquoi n'y avait-il pas de dinde ou de chapon farci, des trucs dans ce genre, comme on voyait dans les films à la télé, ça aurait changé un peu, non ?

Bryan s'accrocha à ces pensées, mais l'atmosphère oppressante de la cave ne fut pas longue à le ramener à sa condition de prisonnier éclopé.

Il aurait tout donné pour revenir en arrière, allez... quoi ? quelques jours à peine... Hop ! Un petit voyage dans le temps... juste de quoi se faire la malle, partir sans prévenir, sans tambour ni trompette... Qu'est-ce qui lui avait pris de s'installer ici ?... Mais à quoi bon se faire des reproches ? Sérieusement, comment aurait-il pu se douter de quoi que ce soit ? On ne pouvait pas imaginer plus inoffensifs que ces deux vieux...

La famille... Comment n'y avait-il pas pensé plus tôt ? Une idée... oui, une idée qui pouvait peut-être marcher... Qui ne tente rien n'a rien... C'était con, ce proverbe, mais qu'est-ce que c'était vrai...

– Pensez à votre fille, madame Vasseur.

Son regard changea. Se pouvait-il que les choses soient aussi simples ?

– Ne parlez pas de ma fille !

– Elle a... quoi ? À peu près le même âge que moi ? Imaginez si quelqu'un la retenait quelque part... Qu'est-ce que vous ressentiriez ? Vous seriez désespérée, je parie.

Pas de réponse. Mais un air tout à coup préoccupé, presque blessé.

– Est-ce que vous ne seriez pas prête à tout pour qu'on la libère ? Est-ce que vous ne donneriez pas tout ce que vous possédez pour la retrouver ?

Elle secoua la tête, comme si elle refusait d'entendre ses paroles.

– Une telle chose ne peut pas arriver.

Il observa son corps meurtri, son pied gonflé comme un ballon d'anniversaire.

– Ça m'arrive bien à moi. Pourquoi pas à elle ?

Dans la lumière des néons, le visage de Mme Vasseur avait quelque chose de maladif. Sa pâleur verdâtre l'indisposa.

– Je pensais que vous aviez compris, depuis le temps…

– Compris quoi ?

Elle enfouit brièvement son visage entre ses mains, si bien que Bryan pensa qu'elle s'était mise à pleurer. Mais, lorsqu'il apparut à nouveau, il n'y trouva pas de larmes. Au contraire, ses traits étaient toujours calmes, peut-être un peu plus déterminés. Elle se dirigea lentement vers la porte.

– Camille nous a quittés, Ludovic.

Le grincement strident de la grille avait quelque peu couvert ses paroles et Bryan crut avoir mal entendu :

– Comment ça, « quittés » ?

– Notre fille est morte, Ludovic. Nous n'avons plus que vous à présent…

Bryan ferma les paupières. Un frisson lui traversa le corps.

Une pensée, une seule, s'imposa alors à son esprit : « Je ne sortirai jamais d'ici vivant. »

TROISIÈME PARTIE

Mathilde

Sa vie était froide comme un grenier dont la lucarne est au nord.

Gustave Flaubert, *Madame Bovary*

1

Paris, onze mois plus tôt

PERSONA 2.

Un visage uniforme et translucide comme de la porcelaine. Des traits lissés. De grands yeux diaphanes fendus à la symétrie obsédante. Une bouche d'ivoire figée dans l'espace et le temps.

De loin, le « masque » nacré semblait se confondre avec le blanc immaculé de l'arrière-plan. Il fallait se tenir à quelques centimètres de la toile pour pouvoir en deviner les contours.

– Alors ?

Mathilde s'éloigna d'un pas sans quitter du regard le visage à la jeunesse éternelle.

– Je ne sais pas. Je me demande si ça n'était pas mieux avant.

Gina tourna la tête vers les trois masques géants parfaitement alignés.

– Avant quoi ? soupira-t-elle. On a essayé toutes les combinaisons possibles !

Mathilde posa les mains sur ses hanches dans une pose dubitative.

– *PERSONA 2*… C'est celui qui attire immédiatement le regard. Toute cette blancheur… Ç'en est presque dérangeant. On devrait le mettre en vitrine et laisser le reste de la série sur ce mur.

Gina baissa les épaules en signe de découragement.

– Je renonce. On fait comme tu veux. Mais Pavel ne sera pas content. Tu te souviens de ce qu'il a dit ?

– Oui, je sais : « Ne surrrtout pas séparrrer la premièrrre série. Ce n'est pas un tableau, mesdames, c'est un trrriptyque ! »

Gina rit en levant les yeux au plafond.

– Qu'est-ce que tu imites bien l'accent russe ! On s'y croirait. Il n'empêche qu'il va hurler.

– Mais qu'est-ce qu'il veut, à la fin ? Qu'on vende ses œuvres, non ? C'est une galerie ici, pas un musée. S'il n'est pas content, il n'aura qu'à aller voir ailleurs.

Aller voir ailleurs, vite dit… S'il y avait un artiste qu'elles ne pouvaient pas se permettre de perdre, c'était bien Pavel. Il ne lui avait pas fallu deux ans pour émerger. Une « valeur montante du marché », comme on disait. Ses toiles partaient vite et bien. Trois options déjà sur ces nouvelles séries. Se passer de lui aurait été purement suicidaire.

Le marché… Traînait encore sur le bureau un article du *Monde* de la veille. « Galeries d'art : crise ou mutation ? » C'était un marronnier, bien sûr… En quinze années d'activité, elle n'avait cessé d'entendre des Cassandre prédire l'effondrement du marché. Sauf qu'à présent les galeries fermaient les unes après les autres. Les plus récentes avaient du mal à passer le cap fatidique des trois ans. Quant aux autres, c'était bon an mal an. Alors laisser partir Pavel…

– Qu'est-ce qui t'arrive aujourd'hui ?

– Rien, répliqua Mathilde d'un ton un peu trop sec. Je fais mon travail, c'est tout.

Gina s'avança vers elle en reboutonnant son tailleur gris souris. Vraiment joli, ce tailleur… Élégant mais pas trop guindé. Pas certain qu'il lui irait aussi bien à elle…

– C'est à cause de Camille ?

– Camille ?

– C'est ce déjeuner qui t'angoisse ? Depuis combien de temps vous ne l'avez pas vue ?

Mathilde serra les dents. Elle aurait mieux fait de tenir sa langue. Pourquoi avait-elle mis son associée dans la confidence ? Un peu tard pour regretter, cependant. Il fallait s'attendre à ce qu'elle remette ce déjeuner sur le tapis.

– Quelques mois… Mais il ne faut pas non plus exagérer, je l'ai presque chaque semaine au téléphone.

« Quelques mois »… Pas loin d'une année entière, en réalité. Quant aux coups de fil…

– Tout va bien se passer, tu verras. Tout le monde a fini par mettre de l'eau dans son vin, non ?

Ce qu'il y avait de bien avec Gina, c'étaient son optimisme béat et ses formules toutes faites. Elle voyait tout de façon positive. Mathilde l'admirait parfois pour ça. En parlant d'eau et de vin, de son côté, elle était plutôt du genre à voir le verre à moitié vide.

– Bon, je décroche le numéro 2 alors ?

– Je crois, oui. À moins que tu ne sois pas d'accord, évidemment.

– Je te fais confiance pour ce genre de choses.

Avec cette histoire de « triptyque », Mathilde en avait oublié de prévenir François pour midi. Elle traversa la pièce principale de la galerie et prit appui contre le bord de son bureau. Elle retrouva son téléphone portable sous une montagne de papiers et pianota un message :

> J'ai réservé pour 12 h 30. Ne sois pas en retard pour une fois !

Encore fallait-il espérer que François ait pris son portable avec lui. Combien de fois ses messages étaient restés sans réponse parce qu'il l'avait oublié à l'appartement ! Sa haine des nouvelles technologies l'exaspérait parfois. Elle se souvenait encore de la tête effarée qu'il avait faite à Noël, lorsqu'il avait ouvert son cadeau et découvert le smartphone. Il n'avait même pas cherché à faire semblant : « Qu'est-ce que tu veux que je fasse de ça ? » avait-il maugréé.

Mathilde reposa son portable sur le bureau en verre transparent et contempla les trois visages qui continuaient de la scruter depuis le mur opposé. Non, décidemment, cet agencement n'allait pas du tout. Son idée initiale était la bonne… Toujours se fier à sa première intuition…

L'appareil se mit à bourdonner comme une abeille affolée prise dans une toile d'araignée. Mathilde fut surprise de la rapidité de la réponse.

OK pour 12 h 30. Slt maman !

Elle grimaça et tapa sur le clavier à l'aide d'un seul doigt :

Camille ?

Question stupide… Elle n'avait qu'une fille.

Le nouveau message arriva moins de dix secondes plus tard. Comment arrivait-elle à taper aussi vite sur ces claviers minuscules ? Différence de générations, sans doute…

Surprise ! Suis avec papa ds son bureau. Vais à son cours de 10 h… pr voir s'ils sont aussi bons qu'on le dit

Mathilde sourit en portant une main à sa joue. Elle n'en croyait pas ses yeux.

Sois sage ! Écoute bien ton professeur !

Le téléphone vibra au creux de sa main :

Resterai au dernier rang de l'amphi, pour ne pas lui mettre la pression ! ☺

Comment faisait-elle ces petits bonshommes rigolos à la fin de ses SMS ? Elle n'aurait qu'à le lui demander. Ça leur vaudrait sans doute une diatribe féroce de la part de François qui pourrait détendre l'atmosphère.

Au moment où Mathilde envoyait un dernier message – « À tout à l'heure » –, le carillon de la porte retentit.

Un homme entra. La quarantaine, plutôt petit, barbe de trois jours, cheveux en bataille, portant d'impressionnantes couches de vêtements totalement inadaptés à la saison – chemise, gilet, veste, pardessus… Allez comprendre ce qui passe par la tête des gens parfois !

– Bonjour ! lança Mathilde.

L'homme se tourna vers elle et lui décocha à peine un hochement de tête – le genre de gestes minimalistes et condescendants qui n'auguraient rien de bon. Mathilde les repérait à dix lieues à la ronde : les casse-pieds, les raseurs, les importuns… Ça devait tenir du sixième sens. Ou plus prosaïquement de l'expérience. Des clients qui poussaient la porte de la galerie par hasard, mus par une force irrationnelle dont elle n'avait jamais réussi à percer le secret, des fâcheux qui déambulaient pendant trois heures entre les toiles d'un air méprisant, puis, en avant la musique, qui vous posaient mille questions, abusaient de votre patience, étalaient sans vergogne leur ignorance crasse ou leur culture arrogante, à vous en donner la nausée – les « crétins pontifiants » constituant de loin la catégorie qu'elle exécrait le plus –, mettaient vos nerfs à rude épreuve pour repartir comme ils étaient venus, plus forts d'avoir enquiquiné leur monde.

Mathilde le surveilla du coin de l'œil en feignant de ranger quelques dossiers sur son bureau. L'inconnu passa deux fois devant les visages, sans vraiment s'arrêter, puis il disparut derrière le mur central.

Où était donc Gina ? Elle gérait bien mieux qu'elle ce type de situation. Une patience d'ange, tout son contraire…

Il s'écoula bien deux minutes avant que l'homme resurgisse et continue son manège devant les trois portraits.

Mathilde quitta son bureau. À la guerre comme à la guerre…

– Je peux vous aider ?

Il se retourna à peine et fourra les mains dans les poches de son pardessus d'hiver en adoptant un air perplexe.

– Hum… Ça représente quoi exactement ?

Mathilde soupira intérieurement. « À ton avis ?… Deux yeux, un nez, une bouche… »

– Ce sont des visages, monsieur.

L'homme se courba en avant et plissa les yeux dans une expression théâtrale.

– Et ce titre : *PERSONA* ?

– C'est un mot latin qui signifie « masque ».

– Je croyais que c'étaient des visages.

– Ce sont des masques-visages. Ces portraits semblent vidés de chair, de consistance et d'identité. Ils finissent par ressembler à des masques. Le mot *persona* a donné « personne » et « personnage » en français. Le titre joue sur les différents sens du mot.

Mathilde s'était mise en mode automatique, récitant le texte du dépliant qu'elle avait écrit avec Gina pour le catalogue.

– Drôle d'idée… C'est plutôt tordu, non ?

– L'artiste cherche à mettre le spectateur mal à l'aise, à lui offrir un miroir androgyne dans lequel n'importe qui puisse se projeter.

Mathilde ne pouvait pas s'en empêcher. Dès qu'elle avait un abruti en face d'elle, au lieu d'abréger la conversation, il fallait encore qu'elle cherche à argumenter. À quoi bon ? Ce type ne l'écoutait pas, de toute façon.

– Et sinon, vous n'avez rien de plus classique ?

– « De plus classique » ? Vous êtes dans une galerie d'art contemporain, monsieur. Si vous recherchez des marines ou des natures mortes, je crois que vous vous êtes trompé d'endroit !

Excédée, Mathilde s'apprêtait à tourner les talons quand Gina, sortie d'on ne sait où, s'approcha d'eux :

– Monsieur, je peux peut-être vous apporter quelques informations supplémentaires ?

Soulagée, elle s'éloigna en faisant un clin d'œil à son associée et en lui lançant un « Merci » muet du bout des lèvres.

*

Mathilde regarda sa montre. 11 h 30.

Partir à midi. Non, peut-être un peu plus tôt. De quoi arriver légèrement en avance – elle préférait. Qu'elle ait le temps de choisir sa place, de s'installer, de réfléchir aux premiers mots qu'elle utiliserait. À moins qu'il ne vaille mieux être spontanée et laisser les choses se dérouler d'elles-mêmes. Elle verrait bien. Appeler un taxi… Ou pourquoi ne pas y aller à pied ? Ce serait aussi rapide, et ça lui ferait du bien. Rester enfermée toute la journée finissait par lui porter sur les nerfs…

Au moins, la question de la disposition des toiles était réglée. En revanche, pour ce qui était des comptes… Elle s'était promis de s'y plonger dans la matinée, mais elle n'avait vraiment pas la tête à ça. Laisser passer le déjeuner d'abord. Remettre cette corvée à plus tard. Après tout, Gina pouvait bien s'y coller aussi. Pourquoi fallait-il toujours que ce soit elle qui prenne les décisions difficiles ?

Ah, Gina… Mathilde l'aimait bien – il y avait chez elle une fraîcheur et une spontanéité qu'elle jalousait un peu –, même si dix années de collaboration n'avaient pas vraiment fait d'elles des amies. Elles étaient associées à part égales dans la galerie, mais Mathilde avait toujours l'impression d'être « la chef », comme disent les gosses dans la cour de récréation, et c'était à elle que revenait de trancher les questions épineuses.

Le carillon de l'entrée.

Mathilde leva les yeux.

Gina se tenait immobile, la main gauche posée sur la poignée chromée de la porte qu'elle n'avait visiblement pas l'intention de refermer.

Un drôle d'air sur son visage… Presque désolé…

Pourquoi n'entrait-elle pas ? Et où était le paquet de cigarettes qu'elle était allée acheter ? Cette manie de fumer… Combien de fois avait-elle essayé d'arrêter ? Le mois dernier déjà, elle avait tenu quoi ?… Trois jours ?

– J'étais en face… au café. Tout le monde est en train de regarder la télé… Mathilde, il faut que tu viennes voir !

*

Il y avait du monde dans la brasserie. Trop de monde. Une impression amplifiée par le fait que le plupart des gens s'étaient levés : il y en avait partout, une vraie marée humaine, mais le plus bizarre, c'était que leurs mouvements semblaient synchronisés, dirigés par un chef d'orchestre invisible, les yeux levés vers le grand écran plasma au bout du comptoir – quelques réfractaires cependant semblaient ne plus vouloir tout à fait suivre la partition : va-et-vient incessant de la tête, de l'écran à leur portable, de leur portable à l'écran, ne rien louper, surtout, ne pas perdre une miette des dernières dépêches qui arrivaient dans les rédactions.

Les deux femmes durent fendre l'attroupement et zigzaguer entre les tables, jouer des coudes et des épaules, « Pardon », « Laissez-nous passer », mais personne ne leur prêtait attention. Mathilde avait peur. Peur des images qui apparaissaient sur l'écran – elle ne les regardait pas encore franchement, lui laisser un peu de temps… les paroles de Gina résonnaient encore dans sa tête… et sa panique quand elle avait traversé la rue en courant sous les coups de klaxon rageurs des automobilistes. Peur de tous ces corps penchés sans retenue au-dessus du comptoir, masculins pour la plupart, du brouhaha incessant qui la submergeait comme une lame de fond, de ces remarques qui fusaient de droite et de gauche et couvraient le son du poste – « Encore un coup des islamistes, ça ! ».

– Taisez-vous, bon sang !

Était-ce Gina qui avait parlé ? Oui, elle faisait même de grands gestes de la main pour obtenir le silence autour d'elle. Le son sans doute était poussé au maximum, mais les oreilles de Mathilde n'étaient pas encore sur la bonne fréquence. Des informations défilaient dans un bandeau en bas de l'écran – de l'endroit où elle se trouvait, sans ses lunettes, impossible de les lire. Alors, il restait les images. La façade pompeuse de l'université qu'elle reconnaissait parfaitement mais qui lui semblait soudain un peu irréelle, les pierres de taille, la porte cochère, la grille en fer forgé – depuis quand n'y avait-elle pas mis les pieds ? ça commençait à faire loin, tout ça –, puis des plans plus larges sur le quartier bouclé par les forces de l'ordre, les ambulances, les pompiers, la nuée de caméras et les curieux qu'on endiguait en bordure de la place.

Un journaliste parlait dans un gros micro jaune à l'enseigne de la chaîne de télé qui lui mangeait la moitié du visage. Il hochait la tête en appuyant ses doigts sur une oreillette invisible. Sa bouche était muette. Retour dans le studio. « Je crois que nous avons un problème de liaison… » Et les commentaires autour d'elle continuaient de plus belle. Non, voilà, la liaison était rétablie.

« Comme je vous le disais, on sait pour le moment très peu de choses sur les circonstances exactes du drame. D'après les premiers témoignages, un homme serait entré dans les locaux de l'université aux alentours de 10 h 30 et aurait fait feu, à de nombreuses reprises, sur les étudiants présents dans le hall, avant de se diriger vers les étages du bâtiment. Selon des sources policières, l'auteur de la fusillade serait mort à l'heure qu'il est, sans qu'on sache s'il a été abattu par les hommes de la BRI qui se sont déployés dans les bâtiments ou s'il a fini par retourner son arme contre lui. Il y aurait en tout cas, même si l'information doit être donnée au conditionnel, “un nombre très important de victimes” – ce sont les propres mots d'un policier que j'ai eu l'occasion d'interroger avant de prendre l'antenne… On parle pour le moment d'au moins six morts et de plus d'une dizaine de blessés, dont certains seraient dans un état critique. Alors, vous l'imaginez facilement, l'émotion est immense ici, parmi les étudiants et le personnel, qui ont été évacués. Beaucoup de jeunes gens en pleurs, totalement choqués, ne réalisent pas encore bien ce qui s'est passé… »

Les oreilles de Mathilde se mirent à bourdonner. Un sentiment d'abandon intense la saisit. Elle voulut prendre appui sur le comptoir, mais elle s'aperçut que la masse compacte des corps autour d'elle l'en avait éloignée. Heureusement, Gina était toujours à côté d'elle.

– 10 h 30… c'est ce qu'il a dit ?

Gina avait une expression de chien battu. Elle secoua la tête.

– Pardon ?

– Rien.

Mathilde essaya de reprendre le fil de ses pensées. Le SMS de Camille… Elle porta la main à sa poche. Quelle idiote ! Elle avait laissé son portable sur son bureau. Qu'avait-elle écrit ? « Je suis avec papa. J'assiste à son cours de 10 h… » Elle en était presque sûre… 10 heures… Ils devaient donc être dans l'amphithéâtre quand ce fou était entré. À l'abri ? Au moins, ils ne traînaient pas dans les couloirs…

– Passe-moi ton téléphone !

Gina demeura bêtement plantée devant elle, avant de se mettre à trifouiller frénétiquement son sac à main.

– Bien sûr. Tiens.

Ses doigts tremblaient. Le numéro de François ? Elle hésitait. 06 17…

Et après ? Concentre-toi un peu !

La mémoire de ses doigts prit le relais et elle composa le numéro de façon machinale.

Des sonneries interminables, qu'elle entendait à peine à cause de la cacophonie ambiante.

« Bonjour, vous êtes bien sur la messagerie du… »

Pourquoi ne répondait-il pas ? Pourquoi d'ailleurs ne l'avait-il pas appelée ? Peut-être essayait-il de la joindre en ce moment même… Comment avait-elle pu laisser son téléphone là-bas ? Il fallait qu'elle retourne à la galerie. Ou plutôt essayer de joindre Camille d'abord... Elle était toujours vissée à son portable, comme la plupart des jeunes de son âge.

Cette fois, Mathilde n'eut pas de mal à composer le numéro, car elle l'avait appris par cœur.

Trois sonneries.

Puis la voix de Camille. C'était bien elle.

Merci, mon Dieu !

– Ma chérie, c'est maman, je suis...

« ... pas disponible pour le moment mais si vous voulez laisser un message... »

Son répondeur. Rien que sa voix préenregistrée.

Mathilde hésita à raccrocher, puis elle décida d'attendre le « bip » à la fin du message.

Gina lui lançait des regards interrogateurs auxquels elle ne répondit que par un petit hochement de tête négatif.

– Camille, c'est maman. Je suis devant la télé... Où est-ce que vous êtes ? Rappelle-moi, s'il te plaît, dis-moi que tout va bien. Je t'embrasse...

Mathilde raccrocha. Elle avait du mal à respirer. Son regard vagabonda dans la salle. La masse des gens autour d'elle semblait de plus en plus compacte et oppressante. Elle avait chaud, trop chaud, et l'odeur puissante de café dans l'air lui soulevait le cœur.

– Il faut que j'y aille... Il faut que j'aille là-bas.

Gina lui attrapa le bras, comme pour la soutenir.

– Je viens avec toi !

Inutile de perdre du temps à expliquer qu'elle préférait être seule :

– D'accord.

Elles durent à nouveau jouer des coudes pour s'extraire de la foule et atteindre la porte de la brasserie. Dès qu'elle se referma derrière elle, Mathilde aspira une longue goulée d'air frais qui la rasséréna un peu.

Un couple qui croisait son chemin la bouscula sans le vouloir. Ses talons glissèrent sur le trottoir et elle ne conserva l'équilibre qu'en se rattrapant à la baie vitrée du café.

– Ça va ? Je suis désolée, s'excusa la fille en se penchant vers elle.

Sans prononcer une parole, Mathilde fit un signe rassurant de la main pour que le couple s'éloigne et la laisse tranquille.

En relevant les yeux, elle croisa son reflet fantomatique dans la vitre. Une image à faire peur.

Descendue du trottoir, Gina était en train de héler un taxi.

– Mathilde, dépêche-toi !

Elle décolla sa main de la vitre et fit quelques pas hésitants. Le bref soulagement qu'elle avait éprouvé disparut en un éclair.

Dans son ventre, un grand vide.

Dans son cœur, une affreuse solitude.

La rue, les voitures, les passants… Tout ce qui l'entourait lui était devenu hostile. Comme si un monde étranger s'était brutalement substitué à l'ancien, sans lui laisser le temps de prendre ses marques, ni d'assimiler les nouvelles règles du jeu.

2

Dors, dors, ne t'inquiète pas... Tout va bien se passer, tu es en sécurité ici...

Mathilde parlait à voix basse, ou plutôt chantonnait, comme on fredonne une berceuse à un enfant. Un peu comme autrefois, il y avait bien longtemps, lorsqu'elle s'asseyait sur le bord du lit de Camille pour l'endormir, la calmer les soirs de fièvre ou chasser ses terreurs nocturnes.

Elle n'avait pas souvenir que sa propre mère ait agi de la sorte avec elle. Il y avait bien eu cette jeune Russe, Agata, qui avait travaillé un temps au château – la « nurse », disait son père, même si elle faisait plutôt office de bonne à tout faire. Elle en connaissait, des berceuses, elle. Tout un tas. Une différente chaque soir. Mathilde se rappelait encore quelques mots de russe qu'elle aurait été bien en peine de traduire... *Baju-baju-bain'ki...* Elle sourit. Était-ce ainsi qu'on les prononçait ?

Délicatement, elle tira sur les cheveux blond cendré et fit moutonner une mèche autour de l'écheveau de son doigt. C'était incroyable comme ils avaient poussé en deux mois. Elle préférait Ludovic ainsi. Elle lui trouvait un air trop austère avec ses cheveux coupés ras, qui l'auraient facilement fait passer pour une recrue de l'armée. La première fois qu'elle l'avait vu – elle pouvait bien se l'avouer à présent –, il lui avait même fait peur : ce corps qui ne semblait pas savoir quoi faire de ses grands membres, cet air chafouin, ces manières gauches qu'il tentait de camoufler sous une politesse empruntée.

Son doigt descendit lentement le long de sa joue, s'attarda sur son cou pâle avant de venir se nicher dans le petit triangle au-dessus de l'omoplate. Étranges, ce versant abrupt au creux de l'os, cette déclivité soudaine, cet affaissement de la peau exagérément marqué chez lui. Est-ce que cet endroit avait un nom en anatomie ? Elle ne s'était jamais posé la question, il faudrait qu'elle vérifie, elle aimait pouvoir nommer les choses précisément.

Sa peau était douce et elle savait son corps presque glabre. Quand elle l'avait déshabillé, à deux reprises, elle avait été frappée par cette peau juvénile, lisse, presque dénuée de poils, à part le sexe, bien sûr, et ce ru sombre sur la peau blanche qui courait du nombril jusqu'à son bas-ventre. Son corps n'était pas devenu maigre, ce n'était pas le mot qui lui venait à l'esprit – plutôt sans forces, amoindri, défait comme une armée en déroute.

Elle ne pourrait pas laisser Ludovic longtemps dans cet état. La fièvre ne le quittait plus. Sans doute à cause de son pied qui ne dégonflait pas malgré l'injection de cortisone.

Peu de risques qu'il se réveille… Elle connaissait par cœur les effets des médicaments qu'elle lui administrait, elle avait fait des progrès surprenants dans ce domaine. Mais à présent le doute la tenaillait. Est-ce qu'elle n'avait pas trop forcé la dose ? Elle n'était plus bien sûre… Peut-être lui faudrait-il marquer les choses à l'avenir pour éviter les erreurs.

Le doigt de Mathilde s'immisça sous le T-shirt et continua de caresser la peau. Douce. Comme son odeur, d'ailleurs. Une note boisée et salée qui n'était pas encore tout à fait celle d'un homme. Depuis qu'il ne se lavait plus, cette odeur s'était presque évanouie, mais elle revenait parfois fugacement lorsqu'elle se tenait tout près de lui durant son sommeil, sur le matelas, les narines tendues.

Même sale et transpirante, sa peau n'exhalait pas ces effluves agressifs et virils qu'elle abhorrait, ce concentré d'hormones mâles qui lui donnait la nausée. Les hommes, les vrais… elle en avait si peu connu dans sa vie… mais ce qu'elle savait d'eux lui suffisait.

Elle ne les avait pas toujours craints. Elle les avait même trouvés fascinants à une époque, lorsqu'ils n'étaient encore que des êtres abstraits et désincarnés, des figures romanesques sorties de ses lectures d'adolescente. Mais ensuite… Mon Dieu, la première fois qu'elle avait vu un homme nu… Un garçon de quatre ans plus âgé qu'elle. Un ami de la famille qui plaisait beaucoup à ses parents. Bonnes manières, bon pedigree. Leur relation avait duré près de deux ans et il avait même été question qu'ils se marient. Elle n'allait pas récrire l'histoire… Ce garçon l'avait attirée… son intelligence, son esprit, et ses beaux yeux clairs aussi qui venaient tempérer un visage un peu trop cassant. Il y avait eu des moments agréables en sa compagnie. Amoureuse, elle l'avait été, mais, étrangement, elle n'avait jamais pensé au jour où il lui faudrait « passer à l'acte » – les premiers temps du moins, pour être honnête, avant que des caresses trop insistantes, des gestes explicites qu'elle n'arrivait plus à contenir sans risquer de le vexer, des manœuvres habiles pour qu'ils se retrouvent seuls dans sa chambre ne lui fassent envisager ce moment avec anxiété.

Elle se souvenait avec dégoût des slogans de la révolution sexuelle. « Jouissons sans entraves. » Et si elle n'avait pas envie de jouir, elle ? À l'époque où elle avait commencé à côtoyer des garçons, la libération des mœurs battait son plein, on ne pouvait pas y échapper. Elle sentait chez les filles de son âge cette incompréhensible envie de sexe qui la médusait, cette volonté de revanche sur les interdits de la génération de leurs parents. Mais elle… Longtemps, elle s'était crue anormale. Les discussions entre filles la mettaient mal à l'aise. Elle mentait le plus souvent, s'inventant des aventures pour ne pas paraître trop suspecte ou trop gourde. Tout son être se braquait à l'idée de la nudité des hommes, des corps enchevêtrés, des râlements de plaisir poussifs qu'elle imaginait le soir dans son lit.

Qu'elle l'avait trouvé laid, ce premier corps masculin dans la pénombre de la chambre d'étudiant ! Les membres trop maigres, les poils sur la poitrine, l'organe fièrement dressé qui exhibait un désir trop longtemps réprimé, le tout bizarrement éclairé par la lumière maladive d'un spot fixé à la tête du lit. Le mâle s'approchant d'elle comme une menace et la recouvrant… Et elle, sur le lit, immobilisée, impuissante, presque étouffée par ce corps trop lourd qui semblait utiliser le sien comme un vulgaire matelas. Chercher à surmonter cette épreuve, se forcer à éprouver du plaisir…

Mathilde grimaça et chassa cette image désagréable, mais une autre plus cruelle encore s'imprima dans son esprit. Les hommes, Camille aussi s'était laissée prendre au piège, comme une sombre idiote. 17 ans seulement, encore à peine une enfant, et elle avait trouvé le moyen de… Pourquoi repenser à tout ça maintenant ? Quelle importance cette vieille histoire pouvait-elle avoir ? Mais c'était plus fort qu'elle…

Mathilde n'avait jamais connu l'identité du garçon, Camille n'avait rien voulu lâcher, surtout lorsque sa mère avait menacé de porter plainte pour détournement de mineure. S'il lui était tombé sous la main, elle aurait été capable de l'écharper.

Un vrai cauchemar. Elle aurait dû s'en douter… Les habits trop aguichants qu'elle mettait pour aller au lycée, ce maquillage outrancier, les sorties tous les week-ends… Trop de laisser-aller… Dans le regard de Camille, elle devinait le même désir incoercible que dans celui de ses amies autrefois. Toutes des délurées. Et voilà que sa propre fille se mettait à leur ressembler !

Mathilde ne lui avait pas laissé le choix. Aucune discussion possible. « Garder cet enfant, à ton âge ? Mais tu es complètement folle… » Tout lui revenait avec une précision douloureuse. Les cris dans l'appartement, la dispute, les larmes… Les protestations de Camille devenue incontrôlable. Du moins jusqu'à ce que Mathilde explose.

La gifle était partie. Violente, disproportionnée. Une « gifle », c'était le mot qu'elle avait utilisé pour relater la scène à François, mais Mathilde savait bien qu'il s'agissait d'un coup, donné avec le poing fermé.

Sous la puissance du choc, Camille avait failli tomber à la renverse. Elle était demeurée sonnée pendant de longues secondes, trop ébranlée pour laisser couler la moindre larme. Il avait semblé à Mathilde qu'une force étrangère s'était emparée de son corps, que ce n'était pas elle qui avait levé la main sur sa fille. Les doigts encore engourdis, elle s'était sentie semblable à un accusé dans son box qui explique au juge qu'il ne se souvient de rien, qu'il a eu un moment d'absence en trucidant sa femme de trois coups de couteau. Durant des semaines, Camille en avait gardé un gros bleu qui lui maculait la joue. Tellement visible qu'on aurait cru à une tache de naissance.

Ensuite, tout était allé très vite. La prise de sang, les rendez-vous, la clinique… Camille était devenue un fantôme, acquiesçant à tout ce que disait sa mère dans le cabinet du médecin – un rendez-vous pris à l'autre bout de la ville, dans un quartier où elle ne connaissait personne. C'était elle qui avait dû tout organiser. De bout en bout. S'il avait fallu compter sur François… François et sa faiblesse, François et sa lâcheté d'homme… Trop heureux de jouer le rôle du gentil en toute circonstance et de lui laisser faire le sale boulot.

Camille avait été absente trois semaines du lycée. Trois semaines durant lesquelles elle s'était murée dans un silence absolu – seul François arrivait encore à la raisonner pour qu'elle s'alimente. Puis leur vie avait repris son cours, du moins en apparence. Mais Mathilde savait que quelque chose s'était cassé, que rien ne devait pouvoir réparer.

Ludovic se mit à remuer en émettant un souffle valétudinaire. Elle retira brusquement sa main et remarqua un petit filet de bave à la commissure de ses lèvres qu'elle essuya soigneusement avec son index. Il s'agitait beaucoup pendant son sommeil. Depuis combien d'heures dormait-il ainsi ? Elle n'avait pas fait attention. La notion du temps avait tendance à lui échapper…

À certains moments, il lui arrivait de rester dans un état d'hébétement total, sans savoir si c'était le jour ou la nuit, ignorant ce qu'elle était en train de faire l'instant d'avant. Ses pensées s'entortillaient sur elles-mêmes, se figeaient et la laissaient totalement déboussolée. Mais cet état ne durait jamais très longtemps. Ensuite, comme par miracle, tout lui paraissait à nouveau clair. Limpide.

Il fallait se reprendre au plus vite. Elle était vraiment passée à côté de la catastrophe. Ce gendarme… à venir fouiner chez elle… Son ton méfiant, ses questions retorses, cet air de ne pas y toucher. Sale oiseau de malheur ! Oh, elle avait vu clair dans son jeu… « Allez, ouste… hors de chez moi ! »

Tout était de sa faute en fin de compte, comment avait-elle pu se montrer aussi négligente ? Les habits qui traînaient dans la chambre, le téléphone de Ludovic… elle ne pouvait plus laisser passer ce genre de détails. Sans cet appel inespéré… Que se serait-il passé si le mari de Laurence s'était approché davantage de la maison ?

Elle avait eu de la chance, c'est tout… Pourquoi y repenser ?

Mais non, Mathilde, penses-y au contraire. Qu'aurais-tu fait si Ludovic avait continué son vacarme ?

Eh bien, il aurait fallu employer les grands moyens, elle n'aurait pas eu le choix. Les gens vous poussent parfois à de telles extrémités.

Quelle peur elle avait eue quand elle avait découvert Ludovic pitoyablement étendu sur le sol, la tête contre les barreaux et le visage brûlant… Durant quelques secondes affreuses, elle l'avait cru mort. Qu'est-ce qui lui avait pris ? Vouloir se libérer… à s'en écorcher les poignets… et sa bouche… ce sang, tout ce sang qu'elle avait dû nettoyer. Il s'était même cassé une dent – une incisive –, lui qui les avait si belles…

Heureusement, elle l'avait trouvé plus raisonnable à son réveil. Il commençait à comprendre, ce n'était plus qu'une question de temps pour qu'il accepte sa nouvelle vie. C'était pour lui qu'elle prenait tous ces risques. Plus que jamais, elle était persuadée que ses efforts n'étaient pas vains, que les épreuves qu'elle lui imposait étaient nécessaires.

La seule chose à laquelle elle ne se faisait pas, c'étaient les grossièretés qu'il employait parfois. Ça ne lui ressemblait pas. Elle se souvenait avec regret de sa politesse de petit garçon. Il faudrait vraiment lui faire passer cette mauvaise habitude.

Mathilde chercha sa montre à son poignet. Où était-elle passée ? Dans sa boîte à bijoux peut-être… Elle était pourtant certaine de l'avoir mise le matin. Ces choses qui disparaissaient ou changeaient de place sans raison la contrariaient. Ces oublis et ces pertes de mémoire étaient en train de faire d'elle sa pire ennemie.

Mathilde se leva. Quitter la cave lui était chaque fois un arrachement, mais il fallait laisser Ludovic à présent. Lui permettre de récupérer des forces. Cesser de le perturber pendant son sommeil.

Il était temps de remonter, d'affronter le réel, de se retrouver face à François. À son ombre plutôt…

Au moment de franchir la grille, elle se sentit triste. Un sentiment banal chez la plupart des gens, mais qui avait pour elle le goût de la nouveauté.

Après la mort de Camille, elle n'avait plus connu de sentiments tièdes. Le seul souvenir de cette période l'emplissait d'une angoisse étouffante et désespérée. Sa vie s'était réduite à des crises de larmes qui la laissaient épuisée, au bord de l'évanouissement, aux nuits d'insomnie et de solitude, aux heures passées enfermée dans l'appartement parisien, rideaux tirés, sans répondre aux messages de réconfort insupportables de ses amis. Au fond, elle n'avait dû sa survie qu'aux visites quotidiennes à l'hôpital.

Après la première opération, suite à une infection, les médecins s'étaient montrés très pessimistes. Une chance sur deux… Ils ne l'avaient pas dit ainsi, mais c'était ce qu'elle avait compris dans les méandres de leur jargon. François s'en était sorti pourtant. Il s'était même rétabli à une vitesse impressionnante. Et Mathilde n'avait pu se défaire d'un désir terrible, à peine avoué : elle aurait préféré que François soit mort dans la fusillade. Une âme échangée contre une autre… La vie de son mari contre celle de sa fille… Est-ce que les choses pouvaient marcher ainsi ?

Puis tout s'était arrêté. Brutalement.

Un matin, quelque chose avait changé. Son cœur était devenu sec, aride, insensible à tout.

Sans raison véritable, à peine consciente de ce qu'elle faisait, elle était descendue dans la rue, tout juste habillée, enveloppée dans un vieux manteau pris à la hâte dans son armoire.

Les voitures qui filaient sur le boulevard à toute vitesse…

Le bruit de la circulation qui l'enveloppait de tous côtés…

Cette impression de flux irrésistible qui l'entraînait…

Il aurait suffi d'un pas sur la chaussée pour en finir. Attendre le bon moment, un bus de préférence. Ne pas risquer de se louper.

Mais une force obscure l'avait retenue. Qui n'avait rien à voir avec un instinct de survie. Plutôt le sentiment profond qu'elle n'avait pas le droit de céder à la facilité. Il lui fallait souffrir, expier, continuer de vivre, surtout si cette vie devait s'apparenter à un cauchemar éveillé.

C'était elle qui avait proposé de partir pour la Bretagne. Le prétexte était tout trouvé : la vie parisienne était devenue trop éreintante pour François ; il avait besoin de se reposer à la campagne, de prendre le temps de se rétablir.

D'une certaine manière, cet exil volontaire lui avait procuré ce qu'elle voulait. Elle n'avait plus à supporter le regard apitoyé des autres ni à feindre un deuil qu'elle savait impossible. Simplement donner le change, avec François, lui faire croire qu'une nouvelle vie était encore possible.

Et puis, il y avait eu Ludovic.

Un don inattendu. Une surprise venue d'on ne sait où.

Elle ne le laisserait jamais partir. Elle saurait le protéger, mieux qu'elle n'avait su le faire avec Camille.

Avec le temps, ils finiraient par former une famille. Même si elle n'était plus vraiment certaine que François y ait sa place.

3

« Je suis folle », se répétait-elle parfois. Elle y mettait de l'ardeur, de la conviction, surtout au moment de quitter la cave et de laisser Ludovic seul dans l'obscurité, mais plus elle ressassait cette phrase, plus celle-ci lui semblait dénuée de sens – les mots finissaient par en être réduits à leur plus élémentaire arbitraire, vidés de leur substance.

Elle avait connu la folie, la vraie. Sa tante, la sœur de son père. On ne parlait jamais d'elle dans la famille, jamais directement du moins. Des messes basses, des discussions surprises à la dérobée… « Je suis allé la voir, elle ne va pas mieux. Je ne pense pas qu'elle en sortira. » Dépression, asthénie, tentative de suicide. Sa tante avait été internée à l'âge de 18 ans. Dans un « asile » – c'était comme ça qu'on disait à l'époque. Un endroit affreux où la folie semblait s'alimenter d'elle-même, Mathilde le savait, toujours par son père – écouter ses parents sans qu'ils le sachent derrière la porte du salon, apprendre à s'enfuir sur la pointe des pieds dès que quelqu'un approchait. Même les plus sains d'esprit finissaient par devenir maboules dans cet endroit. Les années 70… personne ne pouvait imaginer ce qu'avaient été ces institutions. Elle avait même entendu un jour son père parler d'« électrochocs », le mot lui avait paru terrible, même si elle ne savait pas bien ce qu'il recouvrait – elle avait quoi alors ?… 11, 12 ans ? Finalement, la tante s'était laissée mourir à petit feu. À moins qu'elle ne se soit suicidée.

Mathilde n'avait jamais su. Elle n'avait d'ailleurs appris sa mort que bien plus tard.

Alors oui, la folie, elle connaissait. Une histoire de famille, en somme… Peut-être la mettrait-on elle aussi dans un de ces instituts si on l'arrêtait. C'était bien connu, les gens comme elle n'avaient pas leur place en prison. Trouble du discernement, ou quelque chose dans ce genre… « Vous comprenez, après ce qui est arrivé à sa fille… »

La lumière du salon était terne et triste. Elle entrait par les portes-fenêtres en une masse paresseuse, comme une coulée de lave à bout de course. Même le bouquet de fleurs sur la grande table lui sembla sans éclat. On aurait dit des fleurs factices recouvertes d'une épaisse couche de poussière – pour la poussière, ce n'était peut-être pas une impression… Il faudrait qu'elle les change, ces jonquilles, l'ensemble commençait à faire négligé. Elle irait dans le jardin tout à l'heure, derrière la maison, en cueillir une brassée. Encore quelques jours, quelques semaines au mieux, et elles se ratatineraient sur leur tige et se faneraient. Tout passait si vite. Les fleurs, la vie. Sa vie.

Mathilde s'arrêta devant le secrétaire à dos-d'âne et ne put résister au besoin d'en relever le volet. Elle ouvrit un tiroir sur la gauche et en sortit une pile de petits cartons couleur crème. Même si elle connaissait par cœur le texte imprimé dessus, elle s'en infligeait régulièrement la lecture comme une punition.

Monsieur et Madame François Vasseur
désirent vous exprimer
leur plus vive reconnaissance
pour la sympathie que vous leur avez témoignée
durant les heures douloureuses
qu'ils ont dû…

Elle s'arrêta, incapable d'aller plus loin, et rangea à la hâte les cartons, dont certains se retrouvèrent coincés dans le tiroir.

– Il dort ?

Mathilde sursauta et se retourna avec nervosité. Elle n'avait pas vu François sur le canapé. Il avait acquis cette capacité dérangeante de se rendre invisible. Ses yeux étaient vitreux et éteints, comme les pétales des fleurs dans leur vase.

Le cocktail qu'elle lui donnait commençait à avoir des effets inquiétants sur lui. Lorsqu'il la regardait, elle avait parfois l'impression qu'il voyait à travers elle, comme si son propre corps ne formait plus une barrière matérielle. Il lui arrivait de pleurer aussi, sans raison. Elle se mettait alors dans des colères noires et il arrêtait aussitôt ses lamentations. Elle avait assez à faire avec Ludovic et tous les tracas qu'il lui causait sans devoir en plus supporter ses larmes.

François semblait par moments avoir oublié l'existence de Ludovic ou, du moins, le jeune homme n'était plus pour lui qu'une entité abstraite, un vague souvenir qui témoignait d'une vie passée. Puis soudain, quand elle s'y attendait le moins, un sursaut de conscience lui faisait reprendre pied avec le réel.

Elle hésita, se demanda même s'il était utile de lui répondre.

– Oui, finit-elle par dire. Les derniers événements l'ont un peu secoué.

Elle n'avait pas envie de recommencer à faire des reproches à François : ils glissaient de toute façon sur lui sans l'atteindre. Bien sûr, son intervention avec ce gendarme avait failli tout fiche en l'air, mais si elle mettait entre parenthèses cet épisode fâcheux elle le trouvait plus docile depuis quelques jours. Il faisait même des progrès étonnants. Peut-être pourrait-elle bientôt revoir ses doses à la baisse.

François dormait beaucoup. Les médicaments le clouaient au lit jusqu'à 10 heures du matin. À son lever, elle lui préparait son petit déjeuner, qu'il touchait à peine, sans oublier les pilules, bien sûr, alignées près de sa tasse de thé – elle ne lui servait plus de café, mieux valait éviter les excitants –, et elle veillait scrupuleusement à ce qu'il les avale devant elle.

Il restait ensuite sagement assis dans le salon, la télé allumée mais le son baissé. En fin de matinée, Mathilde lui faisait faire une promenade dans le jardin. Elle jouait les infirmières et l'obligeait à s'installer dans le fauteuil roulant pour faire le tour de la propriété.

Quand son esprit redevenait assez clair, il lui parlait. De tout, de rien. Parfois de Camille. De la journée qui avait fait basculer leur vie – au début, Mathilde n'avait rien voulu entendre, puis elle s'était rendu compte que parler l'apaisait, alors elle l'avait laissé faire. De la surprise qui avait été la sienne en voyant Camille devant son bureau ce jour-là – d'où lui était venue cette idée saugrenue d'assister à son cours, il ne savait pas. Comment l'homme avait surgi dans l'amphithéâtre, armé jusqu'aux dents. Enfin, ça, il ne l'avait su qu'après, quand il avait entendu les rafales de balles. La panique incroyable qui s'était ensuivie… Tous ces étudiants terrifiés qui couraient dans les traverses pour se mettre à l'abri… Camille n'avait pas eu de chance, elle s'était assise au dernier rang, pour ne pas lui « mettre la pression », comme elle disait. Il n'avait rien pu faire. Tout s'était passé si vite.

Parfois aussi, il s'emmêlait les pinceaux et son récit ne semblait plus avoir de logique véritable. Alors Mathilde cessait de l'écouter et le laissait se perdre dans les dédales de sa pensée jusqu'à ce qu'il se taise.

Le reste de la journée s'écoulait lentement. Elle lui préparait une pile de bouquins et l'installait dans son bureau. Il les feuilletait, sans les lire vraiment. Elle avait remarqué que les livres restaient toujours ouverts à la même page.

Quand elle s'occupait de Ludovic, François savait qu'il devait se tenir tranquille. Elle lui avait fait la leçon à ce sujet. Une fois, après être remontée de la cave, elle avait paniqué en ne le trouvant pas dans la maison. Il était dehors, au bout de l'allée, tout près de l'entrée de la propriété. Comment s'était-il traîné jusque-là et où comptait-il donc aller ? Elle avait dû doubler les doses, à contrecœur, pour éviter à l'avenir ce genre de mésaventure. Par précaution, elle avait débranché le téléphone fixe, qu'elle avait caché dans une armoire, coupé la connexion internet et confisqué à François son portable. Elle ne laissait jamais traîner les clés de la voiture, même si, dans son état, être capable de tenir un volant aurait relevé du miracle. Ne pas tenter le diable…

François ne suscitait plus aucune pitié en elle. Elle le regardait avec indifférence, un détachement presque clinique – c'est ainsi que devaient faire les médecins quand ils s'occupaient de cas incurables ou annonçaient de mauvaises nouvelles à leurs patients.

Tu ne peux t'en prendre qu'à toi-même, François. Si tu avais réagi de façon plus sensée ce soir-là... Si tu n'avais pas fait toute cette comédie...

Quand elle y repensait, cette soirée lui paraissait enveloppée d'un banc de brume. C'était l'expression de François qui lui revenait le plus clairement à l'esprit. Elle avait lu dans ses yeux une panique affreuse au moment où il avait enfin compris.

La bière… les bouteilles vides sur la table… Ce n'était pas possible et pourtant…

Il était resté totalement interdit devant le corps immobile de Ludovic. Le va-et-vient de son regard, du corps étendu à la table, puis de la table à elle, toujours assise à sa place, guettant sa réaction, déjà ailleurs…

« Je ne pouvais pas le laisser partir… »

Les pensées les plus sombres avaient dû affluer dans sa tête. Il avait dit : « Il faut appeler le SAMU ! » ou une phrase dans ce genre, elle ne se souvenait pas précisément. Il s'était relevé avec peine pour venir se planter devant elle :

« Mais qu'est-ce que tu as fait ? »

Il avait répété la question plusieurs fois, encore que ce n'était pas vraiment une question, plutôt une constatation effarée.

Elle s'était levée à son tour pour lui barrer le passage. S'il imaginait qu'elle allait le laisser téléphoner ! Il s'était mis à crier de plus en plus fort, à vociférer contre elle. Puis, comprenant qu'elle ne céderait pas, il lui avait saisi les poignets… il avait serré… si puissamment… comme s'il retrouvait sa force de naguère, une force ressuscitée qui n'arrivait pourtant pas à faire illusion : sa jambe le faisait souffrir atrocement, elle le voyait bien, comme elle sentait le tremblement généralisé de ses membres, qui n'était pas seulement dû à la colère. Elle s'était débattue, tout en lorgnant vers la table à la recherche d'un couteau, au cas où il lui faudrait se défendre.

La lutte de leurs mains emmêlées… Le halètement de François qui commençait à s'essouffler… Ses cris, sa détermination…

Elle l'avait poussé. De toutes ses forces. Sans vraiment y réfléchir.

François aurait pu simplement être déséquilibré et se rattraper à la table… Mais non, elle voyait encore le corps tomber à la renverse et les battements paniqués de ses bras qui moulinaient dans le vide.

L'effroi sur son visage. Le choc sur le sol en terre cuite. Et ensuite, plus rien.

Était-ce à ce moment-là qu'elle avait eu sa première absence, son premier vide ?

Peut-être bien, car l'instant d'après, sans qu'elle ait l'impression que le temps se soit écoulé, François n'était plus étendu sur le sol mais allongé sur le canapé. Qui l'avait installé là sinon elle ?

Son visage était tordu dans un rictus étrange. Une attaque ? Il respirait difficilement, incapable de parler, le corps presque recroquevillé, sa main gauche crispée sur sa cuisse. Il avait finalement réussi à grogner son prénom.

« Ne t'agite pas, reste tranquille. »

Sa respiration s'était faite de plus en plus haletante. Il avait rejeté la tête en arrière, tel un homme cherchant désespérément à se maintenir le visage hors de l'eau.

« Il faut appeler les secours… pour Ludovic… et pour moi… »

Chaque syllabe prononcée lui était une torture. Les traits de son visage étaient décomposés, flétris comme la peau d'un fruit trop mûr.

Elle avait dit :

« Tout cela ne serait jamais arrivé si tu avais pris soin de Camille. »

À nouveau, de l'effroi dans le regard de François. Mais derrière cet effroi semblait poindre un éclair de lucidité : on aurait dit qu'il venait de placer la dernière pièce d'un puzzle mental qui lui donnait une vision globale des choses.

« Elle n'aurait jamais dû venir dans cet amphithéâtre. »

Mathilde était montée jusqu'à la salle de bains, sans réelle panique. C'était étrange, ce calme qui l'habitait soudain, en contraste total avec la situation qu'elle vivait, ce basculement dans un monde où les émotions attendues ne venaient pas.

Dans l'armoire à pharmacie, elle avait pris ce qui lui tombait sous la main. Benzodiazépines, antalgiques opiacés, les seringues aussi.

Elle était redescendue. Ludovic pouvait bien attendre, elle avait pris soin de doser l'hypnotique pour ne pas le mettre en danger – Internet s'était révélé un merveilleux allié – et elle savait qu'il ne reprendrait pas conscience avant plusieurs heures, et que son réveil serait sans doute douloureux. Elle s'était contentée de vérifier qu'il ne s'était pas blessé sérieusement en tombant.

François était toujours aussi fébrile et se tordait sur le canapé en grimaçant. Malgré la douleur, il s'était débattu quand elle avait voulu lui faire l'injection.

Le garrot, le coton imbibé d'alcool, la veine à faire saillir…

« Calme-toi, c'est pour ton bien… »

Qu'y avait-il dans sa tête à ce moment-là ? Son regard… un concentré de panique… Est-ce qu'il pouvait imaginer qu'elle voulait se débarrasser de lui ?

Les morphiniques agissaient vite, elle le savait d'expérience, mais elle ne lui avait jamais administré une dose aussi importante. Il n'avait pas été long à s'enfoncer dans un demi-sommeil, une somnolence agitée qui lui permettrait de gagner un peu de temps.

Elle ignorait où elle avait ensuite trouvé la force physique pour tout accomplir. Descendre Ludovic dans la cave s'était révélé plus difficile que prévu. Son poids, ses longs membres encombrants… elle avait failli chuter dans l'escalier… À reculons, marche après marche, contenir ce corps trop lourd qui pesait contre sa poitrine et l'entraînait en arrière…

Heureusement, il y avait la grille. La clé de voûte de son projet. Sans cette « lubie » de François – c'était ainsi qu'elle l'avait qualifiée le jour où il l'avait fait installer –, rien n'aurait été possible.

Elle avait dû transporter le matelas depuis l'appartement. Plus tard, il faudrait vider la chambre, ranger les affaires, faire disparaître les traces du séjour de Ludovic…

François dormait profondément au rez-de-chaussée. Elle avait cru bon de vérifier sa respiration et son pouls. Avec le recul, la dose de morphine qu'elle lui avait injectée lui paraissait totalement déraisonnable.

Redescendue dans la cave, elle avait ôté à Ludovic ses habits souillés d'urine et l'avait lavé lentement, avec un gant de toilette et une bassine d'eau chaude. Puis elle l'avait rhabillé avec du linge propre – celui qu'elle avait repassé dans la journée et qui attendait dans la buanderie. Celui que Ludovic était censé récupérer le lendemain, au moment de son départ.

Assise dans un coin sombre de la cave, elle l'avait regardé dormir. Son calme apparent avait alors commencé à se fissurer. Lentement.

Un fourmillement diffus au creux de son ventre.

À ses oreilles, le bourdonnement d'une voix.

Une voix qui lui disait qu'elle avait franchi la ligne. Que tout retour en arrière était désormais impossible.

4

Une absence.

Une de plus…

Quand les fils se reconnectent, quand elle reprend pied avec la réalité, Mathilde est debout dans la cuisine, devant la fenêtre. Elle ne sait pas ce qu'elle y fait.

Sur le feu, de l'eau s'agite à gros bouillons dans une casserole et libère une colonne de vapeur. À côté, une tasse de laquelle dépasse un sachet de tisane. Elle s'en prépare souvent, boit une gorgée ou deux, puis la laisse refroidir. Elle en trouve un peu partout dans la maison, dans des endroits incongrus, comme si quelqu'un s'amusait à lui jouer un mauvais tour pour la faire enrager et mettre ses nerfs à rude épreuve.

Elle est dans la cuisine, et elle sent aussitôt que quelque chose ne va pas. Elle lève les yeux et voit dehors la camionnette rouge, pile dans son champ de vision, puis Le Bris en train d'ouvrir le coffre.

Cette image, à travers la vitre bulleuse, elle n'y croit pas tout d'abord. Elle ne comprend pas comment il est possible qu'elle n'ait rien entendu, comment cette vieille camionnette a pu se garer sans éveiller son attention.

C'en est trop. L'énergie lui manque, elle ne sait pas quoi faire…

Machinalement, elle éteint le feu. L'eau a fini par déborder. Dans sa précipitation, elle renverse par mégarde la tasse vide, qui roule sur le plan de travail avant de tomber et d'exploser au sol en une myriade de morceaux.

Mathilde a un mouvement de recul. Les tessons recouvrent le carrelage. Il y en a partout.

Un mal pour un bien… Le fracas de la tasse l'a fait sortir de sa léthargie et elle traverse la cuisine en écrasant les morceaux de grès sous ses semelles.

En se dirigeant vers la porte, elle remet de l'ordre dans ses cheveux, par habitude. Elle a juste le temps de lancer un regard dans le miroir de l'entrée. Ce qu'elle y voit la rassure. Elle a perdu du poids ces derniers jours, mais son visage ne reflète pas son esprit perturbé. Si l'on veut prouver que l'on est sain d'esprit, l'apparence est essentielle. Elle sait que les gens remarquent davantage les femmes négligées que les hommes, et qu'ils sont toujours prompts à en tirer des conclusions hâtives.

Dès qu'elle sort, quelque chose s'opère en elle. La Mathilde de naguère renaît. Elle a l'impression de ne plus rien diriger, comme si une entité étrangère prenait possession de son corps. En présence d'un intrus, elle sait faire semblant. Une question de survie.

Il fait frais au-dehors. Le ciel est limpide – un lavis monochrome. Voilà bien longtemps qu'elle ne regarde plus le ciel.

Il va lui falloir faire preuve d'un maximum de sang-froid. Les choses ne lui ont pas si mal réussi la dernière fois…

Le Bris émerge de l'arrière de la camionnette et la salue d'un signe de tête :

– Madame Vasseur…

Il prononce toujours son nom avec une certaine dureté, comme s'il savait depuis leur première rencontre qu'elle ne le porte pas dans son cœur. Il semble en forme, comme à son habitude. Elle ne se souvient pas de l'avoir déjà vu fatigué ou souffrant. Elle se demande chaque fois où il trouve l'énergie de continuer à travailler à un rythme si soutenu à son âge.

– Comment allez-vous ?

Ça y est, ce n'est plus elle qui parle, elle a passé le relais. Son ton calme et avenant la surprendrait presque.

– Bien.

Il ne retourne jamais la question. C'est à croire que ces politesses l'exaspèrent.

– Et votre famille ?

– Je suis seul pendant trois jours. Le fils est parti à Dinard… « en week-end », comme il dit.

« En week-end » ? Quel jour est-ce donc ? Samedi ? Dimanche ? Elle est incapable de le dire. Elle ne prend plus la peine de regarder le calendrier de la cuisine.

Le Bris disparaît à nouveau derrière la fourgonnette. Elle l'entend tirer un objet lourd qui racle le métal du coffre. Elle s'approche et découvre une énorme cagette de légumes, remplie à ras bord. Les carottes, les radis, les laitues… Elle se retourne avec inquiétude vers la longère. Ne pas le laisser entrer, surtout.

Le Bris empoigne la cagette pour la soulever.

– Oh, laissez-moi faire. Ne vous faites pas mal !

Elle a presque crié. Son voisin lui jette un regard étonné, quasi outré. Sa remarque est idiote. Pour qui le prend-elle ? Pour un vieillard impotent ?

– Non, non, c'est bien trop lourd pour vous. Je vais vous la porter dedans.

Mathilde ne peut rien faire. Il ne supportera pas la contradiction. Si elle insiste, elle pourrait même finir par éveiller ses soupçons.

Le Bris commence à se diriger vers la porte d'entrée, la cagette coincée entre ses avant-bras et sa poitrine. Les légumes multicolores lui cachent le bas du visage. Là, Mathilde commence à paniquer. Elle avait raison de se méfier de lui… Elle a toujours su qu'il finirait par lui attirer des ennuis.

Sale fouineur ! Qu'est-ce que tu cherches ? Pourquoi veux-tu absolument entrer ?

Des scénarios défilent dans sa tête. Elle se rappelle l'empressement de son voisin à vouloir prévenir les gendarmes à cause du fourgon de Ludovic. Ses questions insidieuses… ses sous-entendus… Et s'il avait fini par mettre sa menace à exécution ? Si c'était à cause de lui que le mari de Laurence est venu leur rendre visite ? Un simple coup de fil pour l'alerter de la présence d'un inconnu dans les parages.

Ludovic… Est-ce qu'il dort toujours ? Quand est-elle descendue dans la cave ? Il y a une heure ? Sa montre est réapparue à son poignet. Il est plus de 11 heures. Mais ça ne l'avance pas à grand-chose.

– Vous n'avez qu'à laisser tout ça sur le pas de porte.

Une dernière tentative maladroite en laquelle elle ne croit guère.

– Oh, tant que j'y suis…

Le Bris reste debout devant la porte fermée. Il soulève un peu plus la cagette en signe d'impatience.

– Désolée.

Elle lui passe devant. L'odeur terreuse des légumes parvient à ses narines. Son cerveau travaille à plein régime, mais aucune idée lumineuse ne s'impose à elle.

Elle ouvre la porte. Aussitôt, elle jette un regard affolé à l'autre bout du salon, vers la porte intérieure qui descend à la cave. Aucun bruit. Elle est même incapable de dire si Ludovic est sous l'effet de calmants. Il avait encore beaucoup de fièvre tout à l'heure, il ne se réveillera pas si facilement.

Le Bris la précède dans la cuisine et ses pieds crissent sur les tessons épars. Il penche la tête sur le côté pour regarder au sol.

– Qu'est-ce qui s'est passé ici ?

– C'est idiot, j'ai fait tomber une tasse…

« En vous voyant arriver », ajoute-t-elle mentalement.

– Posez ça sur la table.

Pour lui faire de la place, elle écarte une coupe de fruits et s'aperçoit que certains d'entre eux sont en train de pourrir.

– Et votre mari ? Il n'est pas là ?

Mathilde a complètement oublié François – elle n'en revient pas. Elle ignore même où il se trouve. Sans doute allongé là-haut dans la chambre. Elle cherche à se souvenir des moments qui ont précédé son absence. Tout lui paraît confus. Des images lui reviennent en tête, mais elle n'arrive pas à rétablir une chronologie satisfaisante. S'il est 11 heures, ils devraient être en train de faire un tour dans le jardin.

Pourvu qu'il ne descende pas. Elle n'arriverait plus à se débarrasser de Le Bris. Impossible de lui mentir et de prétendre que François est sorti, il a vu leur voiture garée devant la remise.

– Il se repose. Il a pris froid l'autre jour.

– Oh, désolé de l'apprendre. C'est vrai qu'avec toute cette pluie… et maintenant ce froid qui rapplique comme si on était en plein hiver. Il y a vraiment quelque chose qui ne tourne plus rond sur cette Terre.

Le Bris agence les légumes dans la cagette comme s'il mettait de l'ordre à un étal sur le marché. Il s'essuie les mains sur sa combinaison de travail élimée. Toujours la même. Mathilde ne l'a jamais vu habillé autrement.

Elle ne veut pas s'attarder sur François, elle doit à tout prix détourner la conversation.

– Alors comme ça, votre fils vous abandonne ?

Elle a parlé sur le ton de la plaisanterie mais, presque aussitôt, elle craint que, formulée de cette manière, sa question ne soit pas du tout drôle.

– C'est une autre génération, il faut les comprendre. Ils ont besoin de prendre le large de temps en temps. Quand j'avais son âge… on ne savait pas ce que c'était que les vacances… encore moins les « week-ends ».

Le Bris a prononcé le mot avec un mépris non dissimulé. Il se met à pianoter sur la table du bout des doigts. Elle remarque ses mains noueuses et tannées, puis ses ongles noircis. À son grand désespoir, elle ne lui trouve absolument pas l'air de quelqu'un qui s'apprête à prendre congé.

– Et votre gars ? J'ai pas vu son fourgon tout à l'heure.

Mathilde est paralysée. Elle était sûre qu'il y viendrait – il n'a pas perdu de temps. Heureusement qu'après sa tentative d'évasion elle a garé le véhicule de Ludovic dans la remise.

– Je vous sers un verre ? Je n'ai plus de chouchen mais j'ai une bouteille de rosé ouverte.

– Pourquoi pas…

Sa proposition lui permet de gagner quelques secondes de réflexion. Mais surtout, elle sait qu'une fois qu'il aura bu son verre il s'en ira sans tarder. Le Bris a ses habitudes.

– Votre gars, alors ?

– Oh, il est parti la semaine dernière. Les travaux sont finis désormais.

Mathilde se mord la lèvre. Elle n'aurait pas dû évoquer les travaux. D'ici qu'il lui passe par la tête de vouloir faire un tour dans l'appartement… Elle a bien vu ce qui s'est passé avec Marc.

– Entre nous, je ne suis pas mécontente qu'il soit parti.

C'est sorti comme ça. Sans doute une manœuvre de l'autre Mathilde, celle qui sait gérer les situations de crise. Elle ouvre le frigo et sort la bouteille de vin. Elle remarque que Le Bris hausse les sourcils.

– Ah bon ?

– Il était très correct, attention… mais l'avoir en permanence ici !

– Comment ça, « en permanence » ?

Pauvre idiote !

Comment pourrait-il savoir que Ludovic s'est installé à côté ? Ils se sont bien gardés de le lui dire la dernière fois qu'il est venu.

– Je veux dire… toute la journée. Ces allées et venues incessantes, ces bruits, tout ce chantier !

En lui tendant son verre, elle perçoit une ombre de méfiance dans ses yeux.

– Merci.

– Je vous en prie.

Bois ton verre et déguerpis !

– J'ai reçu un coup de fil de la gendarmerie ce matin.

Mathilde blêmit. Le vernis se craquelle. Elle a l'impression qu'on peut lire sur son visage à livre ouvert, que sa stupeur s'affiche sans retenue.

Elle ne trouve rien d'autre à faire que de se tourner vers le plan de travail pour se remplir un verre. Il sait. Ils savent tous. Il n'est pas ici par hasard. Il est de mèche avec les gendarmes. Il n'est venu que pour fourrer son nez dans ses affaires. Sa visite… juste après celle de Marc… une drôle de coïncidence… Et elle ne croit plus aux coïncidences. Le filet est en train de se resserrer.

Elle tourne son regard vers la vitre, s'attendant presque à voir surgir des véhicules devant la maison.

– La gendarmerie ? répète-t-elle dans un murmure.

Elle cesse de respirer. Le Bris est dans son dos. Elle ne peut pas le voir, mais elle imagine son air fourbe et son regard d'intrigant.

– Oui. Vous savez que j'ai été volé l'an dernier…

« J'ai été volé »… Il a de drôles d'expressions parfois.

– Non, je ne le savais pas.

– Vous ne deviez pas être là à ce moment. Ces saligauds m'ont pris du matériel et ils ont saccagé une partie du hangar, comme ça, par plaisir. Bref, il y a eu une réunion l'autre jour… que du beau monde : le préfet, la chambre d'agriculture, les fédérations… Ils ont monté un partenariat, pour que tous les agriculteurs soient au courant des vols qui ont lieu dans le coin. Dès qu'il y aura un cambriolage, on sera avertis par un message… vous savez, sur votre téléphone.

– Un SMS ?

– C'est ça… un SMS. Si on m'avait dit qu'un jour je serais content d'utiliser ces gadgets…

Mathilde se retourne et trempe les lèvres dans son verre. Elle devrait se sentir rassurée, mais elle ne l'est pas du tout. Le Bris relève la tête en arrière et avale cul sec le reste de son vin. Il joue la comédie, elle en est sûre. Cette histoire de coup de téléphone était un piège. Pour voir sa réaction… Pour lui faire peur… Mais non, si quelqu'un savait pour Ludovic, voilà belle lurette qu'on serait venu l'arrêter… Ce qui, de toute manière, arrivera tôt ou tard.

C'était une folie, Mathilde, une folie de croire qu'il resterait à tes côtés de son plein gré.

Ludovic partira. Comme Camille avant lui. Et elle se retrouvera seule, encore une fois.

Le mari de Laurence, Le Bris… Il y en aura d'autres… Qui viendront dans cette maison. Qui chercheront à l'arracher à elle.

Dès qu'il en aura l'occasion, Ludovic hurlera pour attirer leur attention… « À l'aide ! Aidez-moi ! » Impossible de le réduire au silence… Mathilde voudrait faire taire ces braillements lointains à ses oreilles…

Elle pose ses mains sur ses tympans, mais les cris continuent. Le temps semble se suspendre. Elle en oublie Le Bris en face d'elle. Pendant quelques secondes du moins. Jusqu'à ce qu'elle prenne conscience que ces appels à l'aide ne sont pas le fruit de son imagination. Qu'ils sont bien réels.

– Qu'est-ce que c'est que ces cris ?

Le Bris la regarde avec stupeur. Ses yeux sont démesurément ouverts. Il ne comprend visiblement pas ce qui se passe. Pas encore. Il se tourne vers le salon.

– À l'aide ! Je suis ici !

La cellule de Ludovic se trouve juste en dessous de la cuisine. Les cris sont étouffés mais parfaitement identifiables. Il est impossible de ne pas les entendre à moins d'être sourd. Et, malgré son âge, Le Bris a l'ouïe fine.

Mathilde ne parle pas. Elle ne peut rien faire. Tout est fini, il n'y aura pas de miracle cette fois.

Elle ferme les yeux. Est-ce que le monde autour de soi disparaît quand on ne le voit pas ? Ce serait si simple. Elle se souvient de la pièce sombre dans la tourelle du château. Seule dans l'obscurité. Le monde continuait bien d'exister alors. La forêt, les champs, les berges du lac…

Le Bris n'a pas ajouté un mot. Il a quitté la cuisine. Il sait où aller, il connaît la maison. Il l'a visitée de fond en comble la première fois qu'il est venu ici. Il connaît l'existence de la cave, il a vu la grille et le renfoncement où François entrepose son vin.

Il n'hésite pas, comme si la scène avait été écrite à l'avance et qu'il se contentait de la jouer. Il se dirige droit vers la porte de la cave.

– Mais qu'est-ce qui se passe ici ?

Son ton est devenu plus véhément, déjà accusateur.

La porte est verrouillée mais la clé est restée sur la serrure. Encore une négligence… Ludovic a dû entendre la voiture. Ou leur échange dans la cuisine. Et cette fois-ci, plus de menottes ni de muselière.

Pas de retour en arrière, Mathilde…

Les choses sont comme elles sont. Comme pour Camille. Pendant des mois, après la fusillade, elle n'a cessé de chercher à récrire l'histoire. Et si sa fille n'était pas allée à la faculté ce jour-là ? Et si elle s'était contentée de les retrouver, François et elle, au restaurant ? Camille serait là aujourd'hui, auprès d'eux. Et ils n'auraient jamais rencontré Ludovic.

Le Bris actionne la poignée. Il se tourne rapidement vers elle. Qu'a-t-il dit ? Elle n'a entendu qu'un seul mot : « enfermé ». On dirait qu'il n'ose pas encore tourner la clé dans la serrure.

Mathilde sait qu'il a compris. Qu'il commence à reconstituer le fil de cette histoire. Il ne fait aucun doute qu'elle retient le « gars ». Sous ses airs bourrus, Le Bris est quelqu'un d'intelligent. C'est pour cela qu'il fallait se méfier de lui.

Ça y est, il ouvre la porte, sans lui demander la permission, bien sûr. Les cris de Ludovic sont assourdissants, mais différents de ceux qu'il poussait au début de sa séquestration. Ceux-là sont remplis d'espoir. Comme s'il avait pris conscience qu'on venait le sauver. Que son calvaire allait prendre fin.

Le Bris fait à nouveau un mouvement dans sa direction.

– Mais qu'est-ce que vous avez fait ?

C'est drôle, ce sont presque les mêmes mots qu'a employés François ce fameux soir…

Mathilde sait qu'elle n'aura pas de seconde chance. Elle a conscience de vivre l'un de ces rares moments où vos choix sont moins le fait d'un quelconque libre arbitre qu'imposés par la nécessité.

Alors elle s'avance, sans précipitation.

L'escalier est abrupt. François et elle ont failli y tomber plus d'une fois. Il est si facile de louper une marche si l'on n'y prend garde.

Elle ne peut pas s'empêcher d'être un peu triste pour Ludovic. Elle pense à la déception qui sera la sienne dans quelques secondes.

Le Bris est de dos. Il s'apprête à descendre. Il ne cherche plus à discuter.

Une folle… Sa voisine est vraiment une folle ! Qui aurait pu croire quelque chose d'aussi insensé ?

Mathilde tend les bras, les paumes de ses mains à la verticale. Puis elle pousse son voisin dans le grand trou obscur de la cave.

5

Le Bris ne cria pas.

Il n'en eut pas le temps. Ou peut-être la surprise l'en empêcha-t-elle. Il y eut simplement le bruit effrayant de son corps dégringolant dans l'escalier, un bruit de chairs malmenées contre le bois, un bruit en cascade qui ne ressemblait à rien de vraiment connu et durait trop longtemps, comme si le nombre de marches s'était multiplié mystérieusement au cours de sa chute – le tout conclu par un grand « boum » net et sonore qui fit reculer Mathilde d'un pas jusque dans l'embrasure de la porte.

Aussitôt, les hurlements de Ludovic cessèrent.

Plus d'appels à l'aide. La stupéfaction et l'attente.

Un instant suspendu entre deux réalités, un avant et un après…

Elle guetta une réaction, un mouvement. La lumière du salon n'éclairait que le mur au-dessus de la trémie, laissant la cave dans un noir d'ébène. Tel un animal reniflant sa proie, elle avança la tête jusqu'à sentir cette odeur si particulière – cette odeur de renfermé, légèrement aigre et incommodante, teintée de relents de térébenthine, qu'elle avait pourtant fini par aimer. Elle ne tremblait pas mais ressentait au fond d'elle un grand froid paralysant qui la gagnait pas à pas, depuis son ventre, gelant ses émotions et annihilant ses réactions.

Elle s'éloigna et referma brusquement la porte à clé. Un geste de défense pour repousser au loin cette réalité déplaisante qui l'assaillait de toutes parts.

Il se fit dans la maison un silence épais. Le salon était immobile : les meubles, les objets, les rideaux avaient un aspect factice, comme le décor approximatif d'un film ou d'une pièce à petit budget.

Mathilde ne se sentait plus en sécurité dans cette maison étouffante. Elle se dirigea vers la fenêtre, souleva le rideau et glissa un œil au-dehors, simplement pour se rassurer. Elle remarqua que le coffre de la camionnette n'avait pas été refermé. Le Bris n'avait eu l'intention de rester que quelques minutes.

Sale fouineur ! Si tu t'étais contenté de déposer tes légumes et de fiche immédiatement le camp de chez moi...

Elle entra ensuite dans la cuisine et ouvrit le placard derrière la porte pour prendre le balai et la pelle. Il fallait nettoyer toutes ces saletés par terre, remettre de l'ordre. Elle y verrait plus clair après.

Elle ne négligea aucun recoin de la pièce. Les tessons coincés sous la brosse grincèrent sur le carrelage. Quelques morceaux s'étaient glissés sous le frigo. Elle s'agenouilla et batailla ferme pour les extraire à l'aide des soies noires.

Elle mit la moitié du contenu de la pelle à côté de la poubelle et dut ramasser les débris une seconde fois. C'est alors qu'elle se rendit compte que ses mains étaient agitées de tremblements.

Elle essaya de se calmer, prit le verre dans lequel Le Bris avait bu et le lava sous l'eau chaude en utilisant une quantité invraisemblable de liquide vaisselle. Elle allait devoir effacer les traces. Toutes les traces. Sa dernière expérience avec ce gendarme lui avait servi de leçon. On ne l'y reprendrait plus.

Avec un torchon, elle entreprit de nettoyer les endroits où Le Bris avait pu poser ses doigts et laisser des empreintes : la table, le dossier d'une chaise, la poignée de la porte, même la cagette, dont elle comptait se débarrasser.

De retour au salon, elle se sentit apaisée, à nouveau maîtresse d'elle-même, de ses gestes, de ses décisions. Elle se dirigea directement vers la porte de la cave. À chaque pas, la réalité de la situation gagnait du terrain et s'imposait à elle. Elle avait été forte depuis une semaine… Aucune raison qu'elle flanche maintenant.

Avec la manche de son pull en laine, elle frotta vigoureusement le bouton de porte avant d'oser entrer. D'une main plus assurée, elle alluma les néons, qui tremblotèrent en émettant un ronronnement électrique.

La lumière se fit.

Crue, blanche, retenue au fond de la cave comme de l'eau dans une citerne, faisant surgir de l'obscurité le corps de Le Bris à la renverse, au bas des marches.

L'escalier était si pentu que son voisin lui apparaissait dans sa totalité : on aurait dit une photographie de scène de crime prise en plongée, dans un souci d'objectivité.

Il ne bougeait plus. Pas le moindre signe de vie. Étrangement, elle n'avait jamais envisagé d'autre issue possible à sa chute que la mort, ce qui expliquait qu'elle ait pris tout son temps avant de descendre.

Ses pieds étaient empêtrés dans les balustres écaillés et donnaient l'impression de retenir le corps dans le vide ; le pantalon de travail remonté sur ses jambes dévoilait des mollets grêles et pâles au-dessus des chaussettes de laine grise et des grosses chaussures terreuses ; ses bras écartés, en forme de croix asymétrique, pendaient de chaque côté de son corps. Puis sa tête, tout en bas, ramenée sur la poitrine, formait un angle trop marqué avec elle, dans une position niant toute loi anatomique – ses cheveux gris, qui tombaient en bloc sur son visage et dissimulaient ses yeux, ressemblaient à une perruque qui aurait glissé de son crâne.

Mathilde descendit les marches, qui craquèrent sous ses pas. Au milieu de l'escalier, elle fit une pause en entendant Ludovic. Ce n'étaient pas vraiment des pleurs, plutôt des vagissements qu'on aurait cru sortis d'un petit animal effrayé.

En s'approchant de Le Bris, elle vit que l'arrière de son crâne s'était enfoncé dans le limon, au tournant de l'escalier – sans doute le grand « boum » qu'elle avait entendu –, mais elle ne distinguait pas de traces de sang sur le bois.

Elle n'avait qu'une vague idée de la manière dont il fallait s'y prendre. Elle contourna le corps pour accéder au bas des marches, se pencha et glissa deux doigts sous sa mâchoire, entre la trachée et le grand muscle du cou. Elle resta dans cette position quelques secondes, cherchant la pulsation des artères, avec l'angoisse de découvrir, en dépit des apparences, qu'il pouvait encore être en vie. Comment avait-il pu se montrer aussi naïf et inconscient ? Au point de lui tourner le dos et de s'imaginer qu'elle resterait les bras ballants à attendre qu'il détruise ce qu'elle avait patiemment construit.

Comme elle ne sentait rien, elle retira ses doigts et saisit le poignet de Le Bris pour chercher un pouls, par simple précaution. Des morts, elle en avait déjà vu, mais seulement dans des chambres funéraires, lavés, bien coiffés, avec des vêtements à l'avantage du défunt, les traits apaisés, maquillés par les soins d'habiles thanatopracteurs. Elle avait tué un homme et elle n'en éprouvait pourtant aucun remords – le cadavre qu'elle avait sous les yeux n'avait rien de bien impressionnant, elle le regardait plutôt comme un accident de parcours, un problème qu'il allait falloir régler au plus vite.

Elle s'approcha de son visage jusqu'à ce que son nez soit presque collé au sien. Toujours pas de mouvement de la poitrine ni de signe de respiration.

Il se dégageait de son corps une odeur d'herbe coupée et humide, ainsi que de sueur malsaine. Et, sous l'odeur de la transpiration, il y en avait une autre, plus dérangeante, celle de la vieillesse, du corps qui se laisse lentement gagner par une morbidité rampante. Elle lui rappelait celle de son père, les derniers temps, dans sa maison de retraite – les trois longues années qu'il avait survécu à sa femme. Chaque fois qu'elle allait le voir, Mathilde se demandait s'il était conscient de son déclin. Cette odeur de délabrement planait dans la chambre et le suivait à la trace, dans les couloirs, dans le parc, dans la voiture lorsqu'elle l'emmenait pour une promenade le dimanche. Mathilde s'était juré de ne jamais en être réduite à ça.

Elle remarqua combien le rasage de Le Bris était approximatif : des poils hérissés au-dessus de sa pomme d'Adam qui avaient échappé à la lame, de vilaines petites coupures sur les joues marquées de taches brunes, les pattes inégales au-dessous des tempes.

Une voix intérieure lui disait de ne pas toucher au cadavre pour l'instant. Les traces d'ADN : on pouvait retrouver à peu près n'importe quoi sur un corps de nos jours, même des empreintes digitales sur de la peau. Elle l'avait appris dans un reportage sur la police scientifique au journal télévisé – c'était drôle comme des informations dont vous pensiez ne jamais avoir besoin pouvaient vous rester en mémoire, stockées quelque part.

À partir de cet instant, le moindre de ses gestes devait être rationnel, dicté par la prudence. Elle n'avait pas encore de plan précis. Trop de choses auxquelles penser en même temps. En plus du corps, l'élément de loin le plus problématique, elle songeait à la camionnette et aux traces de sang sur l'escalier – même si elle ne les voyait pas, elle était certaine qu'il en avait laissé.

Mais, bizarrement, elle avait du mal à envisager les choses de façon totalement négative. Elle avait un atout : le fils et la bru de Le Bris étaient absents durant tout le week-end. Ce qui voulait dire que personne ne s'alarmerait de sa disparition dans l'immédiat. On ne l'attendait pas pour déjeuner. Elle avait le temps d'agir autrement que sous le coup de la précipitation et de la panique.

Le scénario ne fut pas long à germer dans son esprit – le seul scénario possible, à bien y réfléchir. Le Bris était tombé. Tout cela n'était qu'un affreux accident. Un accident qui aurait pu avoir lieu dans n'importe quel endroit. Chez lui, dans sa maison. Ou près de son hangar. Ou dans un champ. Une chute mortelle comme il devait s'en produire des centaines chaque année. Allons, continuer à travailler comme il le faisait à son âge ! C'était à prévoir. Manque de chance… justement le week-end où il s'était retrouvé seul…

Mathilde se releva. En une seconde, son esprit se détacha du corps de Le Bris et elle reprit conscience de la présence de Ludovic à quelques mètres d'elle.

Elle aurait pensé le trouver reclus dans un coin de sa cellule, attendant avec terreur la suite des événements. Mais il était debout. Son pied blessé, qui reposait sur le sol, avait considérablement dégonflé et retrouvé une apparence à peu près normale. Il avait l'air de se tenir droit sans trop de difficultés.

Elle n'analysa pas l'expression de son visage comme étant de la peur. C'était autre chose, une sorte d'effarement brutal, d'incrédulité devant ce qui se déroulait sous ses yeux. À quoi pensait-il ? S'imaginait-il être le prochain sur la liste ?

Il ne parla pas immédiatement. Il fallait croire qu'il commençait à la prendre au sérieux. Tous deux se regardèrent un long moment en chiens de faïence – et il fallut à Mathilde ce regard contempteur pour qu'elle prenne la mesure du geste qu'elle avait accompli –, jusqu'à ce qu'il s'aventure à poser une question :

– Il est mort ?

Prononcé à voix haute, le mot « mort » sonnait faux, moins puissant et moins dérangeant que le regard qu'il lui avait jeté : il semblait vidé de sa dimension tragique et ne plus recouvrir qu'une réalité anodine.

– Qu'est-ce que vous imaginiez ?

Ludovic secoua la tête et se tapa le front de la main droite :

– Je rêve !

Il ne hurla pas ni ne l'abreuva d'insultes. Il se contenta de répéter deux ou trois fois « Je rêve » en plongeant son visage dans ses mains. Au bout d'un moment, Mathilde eut l'impression qu'il s'était mis à pleurer pour de bon, ce qui l'exaspéra.

– Arrêtez votre cinéma ! C'est vous qui l'avez tué, Ludovic. Vous saviez qu'il ne fallait pas crier. Les choses étaient claires entre nous. Si vous n'aviez pas appelé, il serait tranquillement chez lui à l'heure qu'il est.

Elle tenta de se maîtriser. Elle avait d'autres chats à fouetter, inutile de se laisser entraîner sur ce terrain.

Elle ne prêta plus attention à Ludovic et retourna auprès du corps sans tarder. Elle dégagea la tête du limon, avec répulsion, comme si elle s'attendait à ce que le vieil homme ouvre les yeux et se mette à agoniser devant elle. Le bois était bien maculé de sang – un sang plus grenat que rouge, déjà en partie coagulé, qu'elle pourrait sans doute nettoyer superficiellement mais dont il resterait des traces invisibles.

Ayant placé ses mains sous les aisselles de Le Bris, elle le tira pour le dégager des marches. À son poids, elle comprit immédiatement que la tâche qui l'attendait serait une véritable épreuve. Les chaussures heurtèrent lourdement les girons avant de tomber sur le sol en terre battue.

Elle traîna ensuite le cadavre en suivant un arc de cercle pour le remettre tête la première dans l'escalier. Sans même prendre le temps de souffler, craignant de flancher et de perdre son élan, elle monta à reculons sur la première marche. Le corps lourd, beaucoup trop lourd pour elle, glissa presque aussitôt de sa poitrine pour peser sur son ventre noué. Elle détourna le regard de la masse de cheveux gris ensanglantés qui s'étalaient sur son pull. Elle n'aurait pas d'autre choix que de se débarrasser de ses habits une fois que tout serait fini, sans qu'elle sache ce que ce « tout » signifiait vraiment.

Elle parvint avec peine à hisser son fardeau jusqu'au palier intermédiaire, au-dessus de la troisième marche. Elle se retourna et observa avec découragement celles qui la séparaient du rez-de-chaussée de la maison : des marches si abruptes qu'elles lui demandaient un effort même lorsqu'elle n'avait rien à porter.

Au moins, Ludovic se tenait tranquille. Elle n'aurait pas supporté de subir ses jérémiades ou ses reproches.

Après une courte pause, elle passa à nouveau ses bras sous les aisselles de Le Bris pour former un collier autour de sa poitrine. Elle aurait aimé s'aider de la main courante, mais il lui était impossible de retenir le corps d'une seule main. Pour continuer à le hisser, elle dut changer de méthode : placer Le Bris entre ses jambes et prendre appui contre les marches, jusqu'à s'asseoir quasiment sur elles.

L'odeur déplaisante du vieil homme réapparut, il lui semblait même qu'elle exsudait de chaque pore de sa peau et s'immisçait en elle à travers ses vêtements. Ses bras se faisaient lourds et son dos commençait à la faire souffrir : la douleur d'un effort inhabituel et brusque lui traversait les vertèbres. Descendre un corps – celui de Ludovic – s'était révélé si facile en comparaison… Combien de marches gravies ? Il en restait tant encore… Elle ne renonça pas et tira Le Bris en s'accrochant à ses habits, enfonçant ses doigts dans les mailles de son pull avachi. Mais, en reculant, son dos heurta un nez de marche et elle lâcha prise.

Le Bris chavira, tête en avant, comme par-dessus le bastingage d'un navire. Impuissante, immobilisée par la douleur, Mathilde ne put le retenir. Un instant, elle crut même que le corps allait s'animer pour retrouver son équilibre et amortir sa chute. Mais il alla piteusement s'écraser sur le palier intermédiaire, dans un bruit étouffé, comme un gros sac que l'on jetterait dans le coin d'une chambre, puis roula sur le côté avant de s'immobiliser.

Le Bris reposait à présent sur le dos, la bouche ouverte dévoilant ses vilaines dents, le visage crayeux tourné vers le plafond. Son pull déformé, coincé sous les aisselles, laissait apparaître une chemise de bûcheron à gros carreaux rouges.

Mathilde se releva péniblement et passa une main dans son dos meurtri. Un immense découragement l'envahit. Elle n'arriverait jamais à monter le corps seule. Surtout dans l'état qui était le sien. À ce moment précis – et ce fut sans doute le dernier où elle douta vraiment de la suite de son entreprise –, il lui en aurait fallu bien peu pour qu'elle se rassoie sur le bord des marches et qu'elle se laisse aller, simplement à attendre son sort, quel qu'il soit. Mais quelque chose de puissant, un ressort invisible au fond de son être, la poussa à continuer.

Rien n'était perdu. Il allait simplement lui falloir revoir ses priorités.

Elle redescendit et fouilla toutes les poches de Le Bris pour récupérer son trousseau de clés. Elle poussa ensuite le cadavre contre la rambarde afin de libérer le passage et rejoignit la cellule.

Ludovic était recroquevillé sur son matelas. Elle aurait aimé le prendre dans ses bras pour le rassurer, lui expliquer une nouvelle fois qu'elle ne lui voulait aucun mal, qu'elle prenait tous ces risques inconsidérés pour lui, pour qu'ils puissent rester ensemble et reformer la famille qu'elle avait perdue.

Elle ne devait pas céder à l'émotion. Après tout, c'était lui le responsable de cette situation. Il méritait plutôt d'être puni.

Quand vous punissez un enfant, cela ne vous fait pas plaisir. Pour autant, il ne faut jamais regretter de l'avoir fait.

– Ludovic ?

Son ton était trop doux, trop faible. Elle donnait l'impression de s'apprêter à s'excuser.

Il releva les yeux. À la fatigue qui tirait ses traits se mêlait une terreur rentrée. Il entrouvrit les lèvres pour parler.

– Mieux vaut que vous ne disiez rien pour le moment.

Mathilde s'immobilisa, le regard dans le vide. Ses pensées mirent quelques secondes à s'articuler et elle se repassa mentalement les étapes de son nouveau plan.

– Je vais devoir m'absenter. Pas pour bien longtemps. Mais je vous jure qu'à mon retour il faudra que nous ayons une sacrée discussion tous les deux.

6

Mathilde referma le placard en dessous de l'évier et enfila la paire de gants ménagers en latex. Elle tira énergiquement dessus en agitant les doigts pour faire disparaître les plis. Parfaits. Le latex rose était assez fin pour ne pas gêner ses mouvements. Au moins n'aurait-elle plus à se préoccuper des empreintes.

Elle décida de vider intégralement la cagette de légumes dans la poubelle. Il était plus sage de s'en débarrasser au plus vite. Entre ses absences et ses moments de confusion, elle craignait d'oublier ce genre de détails.

Dans le salon, elle tendit l'oreille. Ludovic se tenait coi. Au point où il en était, il n'avait plus vraiment le choix. Quant à François… Après un instant de réflexion, elle décida de monter à l'étage, en prenant soin de faire le moins de bruit possible.

Le couloir qui menait à la chambre – avec son papier peint à rayures, ses scènes maritimes bretonnes accrochées aux murs avec une parfaite régularité, son guéridon en acajou décoré de cariatides – lui parut sinistre et suranné, à l'image de cette maison, aussi triste que leur vie de naguère, avant l'arrivée de Ludovic, quand leur monde se réduisait à un enchaînement de gestes sans but et d'habitudes qui les avait transformés en automates. Le couloir lui donna l'impression désagréable d'être aspirée dans un tunnel inconnu qui ne lui laissait pas la possibilité de faire demi-tour.

Mathilde poussa légèrement la porte. Le remugle de la chambre surchauffée la saisit. Depuis combien de temps cette pièce n'avait-elle pas été aérée ? François était immobile, le corps en chien de fusil – une position qu'il adoptait souvent pour faire taire la douleur dans sa jambe. Il était tourné vers le mur, si bien qu'elle ne pouvait pas voir son visage ni être sûre qu'il dormait vraiment. Elle remarqua qu'il portait toujours son pyjama. Pourquoi ne l'avait-elle pas aidé à s'habiller ce matin-là ? Qu'avait-elle fait avant l'arrivée de Le Bris ?

Sur la table de chevet, elle vit la boîte de benzodiazépines à côté de la bouteille d'eau, mais elle n'arrivait pas à se rappeler ce qu'elle lui avait fait avaler. Avait-il pris ses pilules comme d'ordinaire au petit déjeuner ? Y avait-il seulement eu un petit déjeuner ? Elle préféra s'éclipser et ne pas entrer, par peur de le réveiller.

Alors qu'elle s'apprêtait à redescendre, elle s'arrêta brusquement, puis se dirigea presque malgré elle vers la « chambre d'amis » – une façon de parler, car en réalité personne n'y avait jamais dormi. Mathilde la nettoyait pourtant aussi régulièrement que le reste de la maison et changeait les draps tous les mois. Par habitude. Par maniaquerie.

La pièce était glacée, en contraste total avec leur propre chambre. Elle ouvrit la penderie quasi vide et dut se mettre sur la pointe des pieds pour atteindre la boîte à chaussures sur la dernière étagère. Elle la posa sur le lit, l'ouvrit et déroula la vieille serviette qui enveloppait l'objet qu'elle était venue chercher. Elle prit un moment pour l'observer, sans oser le toucher.

L'arme était rutilante, inchangée depuis le temps de sa jeunesse. Un pistolet automatique 1935.A confisqué à un soldat allemand à la fin de la guerre, que son père avait récupéré *via* le réseau de Résistance dans lequel il s'était engagé à tout juste 18 ans.

Mathilde passa son index sur la glissière brillante. On voyait encore sur le côté gauche de la carcasse le poinçon au signe du Waffenamt. Elle prit le pistolet entre ses mains et le soupesa. Même sans chargeur, il était incroyablement lourd. Le vestige d'un autre temps. Aujourd'hui une arme de collectionneur.

Son père l'avait maintes fois démonté devant sa sœur et elle, leur apprenant le nom de chaque élément qui le composait : le canon, la platine, le percuteur, l'extracteur… Il avait voulu que ses filles connaissent le fonctionnement des armes à feu. Par précaution… on ne sait jamais ce que l'histoire ou la vie vous réservent…

L'arme n'avait pas servi depuis des lustres – elle se souvenait que son père avait tiré quelquefois avec, sur des bouteilles, dans le parc de la propriété –, mais Mathilde l'avait toujours soigneusement entretenue. L'astiquage, la lubrification, l'huile… Elle avait même conservé une baguette de nettoyage en laiton. Elle ignorait si le pistolet fonctionnait encore. Qui sait si une telle antiquité ne finirait pas par vous exploser dans la main ?

Du fond de la boîte à chaussures, elle extirpa un chargeur riveté – seize cartouches calibre 7,65 Long – qu'elle rangea dans sa poche. Même si elle n'avait pas l'intention de s'en servir, cette arme la rassurait.

Ensuite, elle leva le pistolet et visa les carreaux de la fenêtre. Elle pressa la détente. Clic. Le bruit du percuteur à vide. L'arme n'était pas grippée. C'était déjà ça…

Mathilde laissa la boîte ouverte sur le lit, sortit de la chambre et redescendit sur la pointe des pieds.

Elle entreprit de fermer tous les volets du rez-de-chaussée pour éloigner les éventuels curieux. Elle enfila son manteau, rangea pistolet et chargeur dans sa poche, et fit un détour par la cuisine pour récupérer la cagette.

Après avoir fermé la porte de la longère à clé, elle fouilla dans les poches de son pantalon avec fébrilité avant de se rendre compte qu'elle tenait déjà le trousseau de Le Bris à la main.

Le ciel s'était un peu voilé et une légère brise s'était levée. Elle déposa la cagette dans le coffre de la camionnette et dut appuyer à plusieurs reprises sur les battants qui résistaient.

L'habitacle sentait le chien mouillé et le tabac froid. Des morceaux de mousse devenue noirâtre s'échappaient de plusieurs trous dans l'assise du siège conducteur. Il restait quelques bouts de chatterton séchés, appliqués comme des rustines sur le tissu. Le dossier était froid et humide. On aurait dit qu'il avait récemment pris l'eau. Peut-être une fenêtre oubliée un jour de pluie…

Sur le siège passager traînaient tout un tas de feuilles en vrac : des factures, du courrier non ouvert, des pages arrachées à des catalogues professionnels. Le courrier attira son attention. Qui sait si Le Bris ne leur apportait pas une ou deux lettres égarées dans sa boîte ? Elle vérifia rapidement les adresses pour s'assurer que rien ne leur était destiné.

Par précaution, elle ouvrit aussi la boîte à gants, mais n'y trouva pas de courrier. En définitive, l'intervention de François à la poste n'avait pas été inutile. En revanche, elle tomba sur le portable de son voisin – un modèle assez sophistiqué, sans doute un cadeau de son fils, car elle imaginait mal Le Bris dépenser des sommes folles dans ce genre de « gadget », comme il l'avait lui-même qualifié. Elle l'alluma.

Nouveau message.

Loïc. 10 h 53.

Une photo. Mathilde reconnut immédiatement les élégantes villas Belle Époque de Dinard qui surplombaient la plage, avec leurs toits pointus qui se découpaient sur un ciel lumineux. François et elle y avaient passé une semaine, au Grand Hôtel : elle revoyait la chambre qui donnait sur la mer, la fine bande de terre floue à l'horizon – Saint-Malo – brisée par le clocher de la cathédrale Saint-Vincent.

C'est beau, non ? Tout va bien ? On t'embrasse.

Elle remit le téléphone à sa place et, après avoir légèrement ajusté le rétroviseur, elle enclencha le contact. Le moteur toussota brièvement mais ne s'alluma pas.

Sans s'alarmer, Mathilde vérifia que les vitesses se trouvaient bien au point mort puis recommença. À nouveau le bruit de rouages grippés.

Pas de tableau de bord électronique, pas de voyants lumineux pour signaler une anomalie.

Mathilde sentit son calme se lézarder. Elle n'avait pas souvenir que Le Bris ait jamais eu de problème pour démarrer, lors de ses visites précédentes.

Cette camionnette est vieille comme Hérode. Juste une question de coup de main...

Elle tourna la clé plus violemment dans le contact, persuadée que le véhicule ne demandait qu'à être brutalisé pour se mettre en marche.

Je t'en prie, démarre, démarre...

Encore le même toussotement cacochyme. Le même tremblement du moteur qui ne parvenait pas à prendre son élan.

Elle fit une pause. Pour le peu qu'elle en savait, il ne fallait pas s'acharner, au risque de vider la batterie. Elle retira la clé, la frotta lentement entre ses doigts recouverts de latex, comme si ce geste superstitieux pouvait avoir la moindre influence sur le moteur, puis la réintroduisit avec précaution dans le contact.

Une profonde inspiration…

La chance ne peut pas t'abandonner maintenant, c'est impossible.

Le moteur se mit enfin en route, en crachotant péniblement mais sans caler comme les fois précédentes. Elle s'empressa de desserrer le frein à main, par peur que la camionnette ne s'arrête à nouveau.

Elle descendit l'allée sans problème. Le véhicule cahotait bien un peu – sans compter ce chuintement étrange qui ponctuait le ronronnement du moteur –, mais il était moins difficile à conduire qu'elle ne l'aurait cru.

Elle avait hésité à quitter la longère en plein jour. La prudence aurait voulu qu'elle attende la nuit pour ne pas risquer d'être vue au volant – tout le monde connaissait Le Bris dans le coin et sa camionnette rouge ne passait pas inaperçue –, mais patienter plusieurs heures lui avait semblé encore plus périlleux. Après tout, on ne pouvait pas être à l'abri d'une visite inopportune. Qui sait s'il ne viendrait pas à ce gendarme l'idée de revenir fureter dans les environs ?

La ferme de Le Bris était relativement proche de leur propriété, mais, pour s'y rendre, pas d'autre moyen que de rejoindre la nationale et de s'exposer aux regards.

En remontant le chemin, la camionnette commença à bringuebaler plus fortement. Mathilde sentait les vibrations remonter jusque dans sa colonne vertébrale. Elle évita autant qu'elle le put les trous boueux qui jalonnaient la route, par crainte de s'embourber ou de finir par déraper dans une ornière.

Elle atteignit finalement la nationale. Au croisement, elle rabattit le pare-soleil pour dissimuler au maximum son visage.

Elle roula ensuite les mains crispées sur le volant. Ses gants en latex, aussi roses que du chewing-gum, tellement incongrus, provoquèrent chez elle un rire nerveux. Ses pensées commencèrent à s'assombrir aux premières voitures qu'elle croisa. Il ne lui semblait pas que cette route était d'ordinaire aussi fréquentée. Elle releva plusieurs fois la tête en feignant de s'observer dans le petit miroir.

Mathilde ne fixait plus que la voie opposée, de l'autre côté des bandes blanches. Le paysage autour d'elle s'était transformé en un décor nébuleux, une vaste tache floue qui n'accroche le regard en aucun point précis.

Une forme dans le rétroviseur…

Des flashs lumineux…

Sans qu'elle en ait eu conscience, un gros 4 × 4 gris anthracite s'était rapproché d'elle et lui faisait des appels de phares insistants.

Un tressaillement glacé parcourut ses bras et ses mains. L'esprit embrumé, il lui fallut quelques secondes pour s'apercevoir que l'un des battants à l'arrière de la camionnette était à moitié ouvert et se balançait en grinçant.

Elle ralentit et mit son clignotant pour se garer sur le bas-côté. Elle craignit que le 4 × 4 ne s'arrête à sa hauteur mais il la dépassa sans ralentir et fila au loin.

Mathilde garda les mains posées sur le volant, sans pouvoir bouger ne serait-ce que le petit doigt. Un vertige s'empara d'elle. Pendant quelques instants, elle aurait été incapable de dire ce qu'elle faisait sur cette route, dans un véhicule qui n'était pas le sien, les mains recouvertes de gants ménagers, son pull souillé de taches de sang.

Puis le sentiment de confusion s'effaça, comme d'habitude, et elle quitta son siège.

Elle prit garde de rester dissimulée derrière la camionnette. Le vent froid qui s'était levé lui fouettait le visage. Deux voitures passèrent à vive allure dans un vrombissement de moteur. Elle porta la main à sa poche et sentit les masses dures du pistolet automatique et du chargeur.

Ne pas traîner ici. Si quelqu'un la croyait en panne et s'arrêtait… Surtout si ce quelqu'un vivait dans les environs et reconnaissait la camionnette de Le Bris.

Elle fit grincer la portière sur ses gonds en la refermant violemment et fit jouer la poignée à plusieurs reprises pour s'éviter les mauvaises surprises.

Au moment de redémarrer, en voulant enlever le clignotant, elle se trompa de commande et enclencha les essuie-glaces, qui couinèrent sur la vitre sale.

Deux minutes plus tard, elle était sur l'étroit chemin qui menait à la ferme. En définitive, elle n'était venue que rarement chez Le Bris : lors d'une visite de sa propriété après qu'ils eurent acheté la longère et pour deux ou trois apéritifs tout au plus.

Mathilde aperçut un tracteur vert qui ronronnait au milieu d'un champ d'orge – beaucoup trop loin pour qu'elle s'inquiète de sa présence –, le même champ qui jouxtait le sous-bois derrière leur propre jardin.

Elle passa devant le portail d'origine de la propriété : c'était une porte imposante en pierre crépie surmontée d'un linteau et d'un toit pentu en ardoise qui menaçait de s'écrouler et avait été condamné depuis belle lurette. Environ deux cents mètres plus loin, elle atteignit la nouvelle entrée, un simple portail métallique coulissant, plus petit et sans charme, qui heureusement était grand ouvert.

Mathilde s'arrêta pour s'assurer qu'il n'y avait personne. Quitte ou double… Plus moyen de reculer à présent…

Elle franchit le portail. Sur sa gauche, derrière une rangée de hêtres, on apercevait l'ancienne maison de gardien, l'un des deux gîtes que Le Bris louait à la semaine. Elle savait que les locations ne démarraient pas avant le mois de juin et qu'il n'y avait pas de risque de croiser des touristes.

Elle longea le hangar où était entreposé le matériel agricole. D'immenses tôles grises recouvraient une ossature rouge vif qui avait dû être repeinte peu auparavant.

Elle fut bientôt à la hauteur du long bâtiment du XVIIIe siècle, à la façade en pierres sèches ornée d'étranges petites niches, que prolongeait un vieil appentis où Le Bris garait sa camionnette, à ce qu'elle croyait se rappeler. Mais elle n'était plus sûre de rien. Tout manquait de clarté.

Après une brève hésitation, elle préféra arrêter le véhicule devant la porte d'entrée. Elle lorgna la façade avec inquiétude. Pas de mouvement derrière les vitres, pas de rideaux que l'on écarte pour regarder au-dehors.

Ne sois pas stupide, son fils n'est pas là ! Qui pourrait bien t'épier ?

Son fils… Elle rouvrit la boîte à gants pour récupérer le portable. Si ce Loïc restait sans réponse de son père, il finirait à coup sûr par s'inquiéter. Peut-être même serait-il capable de contacter la gendarmerie. Or elle avait besoin du maximum de temps. Tant qu'elle n'aurait pas trouvé une solution pour le cadavre, elle serait en danger.

Elle fit défiler les échanges de SMS entre Le Bris et son fils. Même s'ils ne remontaient pas à plus de trois mois, elle disposait d'assez de matière. Des expressions revenaient, identiques au mot près. En particulier un mot que son voisin employait en fin de message : « fiston ».

Mathilde se concentra. Plus le message serait bref, moins elle risquerait de commettre d'impair. Ses gants en latex glissaient sur l'écran, si bien qu'elle dut s'y reprendre à plusieurs fois pour pianoter sa réponse :

Très beau. Profite bien fiston.

Satisfaite, elle rangea le téléphone et remit le rétroviseur en place. Elle s'assura de n'avoir rien oublié puis sortit de la camionnette.

Au bruit de la portière, deux corneilles filèrent du toit comme des flèches et disparurent dans les hêtres. Dans l'air flottait une agréable odeur de paille sèche, mêlée à des senteurs acidulées de pommes.

Mathilde aurait aimé rester immobile dans cette grande cour. Goûter à cette étrange solitude qui n'avait soudain plus rien d'inquiétant ni d'oppressant, se laisser aller à cette odeur pénétrante et douce qui la caressait, portée de très loin par le souffle du vent. Mais il lui restait encore tant de choses à faire…

Elle ne verrouilla pas la portière de la camionnette et décida de garder les clés avec elle tant qu'elle n'aurait pas trouvé de solution pour le corps de Le Bris.

Aux aguets, sans cesser de jeter des coups d'œil furtifs autour d'elle, elle regagna ensuite le portail à pied, incapable de croire que les choses puissent se dérouler aussi facilement, sans obstacles, sans adversité.

Un sentiment paradoxal et déplaisant… une réussite illusoire… comme si quelque chausse-trappe l'attendait au bout du chemin.

Sortie de la propriété, elle disparut à travers champs pour rejoindre la longère.

7

Elle arriva transie, les bottes couvertes d'une épaisse croûte de terre, le pantalon trempé par les herbes humides qu'elle avait fendues durant sa marche à pas forcés.

Dans le sous-bois, enveloppée par le silence cloîtré des arbres sombres à peine brisé par le craquement de quelque branche qui se détendait dans un taillis, le reste du monde lui était devenu lointain et vaporeux – sa conscience elle-même semblait réduite à un infime halo, comme dans une rêverie où la raison se dissipe, où rien n'a plus d'importance.

Après avoir enjambé le grillage rouillé et avachi de la clôture, elle regarda sa montre et fut rassurée. Elle ne s'était pas absentée plus de vingt minutes.

Personne ne l'avait vue au volant, elle en était presque certaine. Au pire, on aurait entr'aperçu la camionnette rouge qui rejoignait la ferme, ce qui après tout l'arrangerait, car ce détail rendrait l'heure exacte de la mort de Le Bris plus difficile à déterminer.

Avec ses volets fermés, la longère avait des allures de maison de vacances qui ne vit que l'été, le temps de quelques semaines, et qu'il faut malgré la fatigue du voyage se dépêcher de dépoussiérer avant que la nuit tombe.

Aucune présence dans les environs. Pas d'intrus.

Rien que le calme d'une banale journée de début de printemps. Qui aurait pu se douter de ce qui se passait derrière la façade de cette demeure endormie ?

Mathilde ouvrit la porte sans faire de bruit et se débarrassa de ses bottes sales, qu'elle abandonna sur le seuil. Au moment de rechausser ses escarpins, elle remarqua depuis l'entrée que l'obscurité du salon était brisée par un mince faisceau lumineux. En provenance de la cave… dont la porte était à moitié ouverte.

Son cœur s'emballa. Elle n'avait pas laissé les néons allumés, pas plus qu'elle n'avait eu la négligence de laisser la porte déverrouillée. Oui, mais François avait un double des clés… Elle n'avait pas jugé utile de le lui confisquer, n'ayant jamais envisagé qu'il puisse descendre à la cave dans son état. Pour y faire quoi, d'ailleurs ? Elle était la seule à posséder une clé de la grille.

Elle cessa de respirer. Dans l'obscurité du salon, sans bouger, sans rien voir d'autre que la silhouette imparfaite des objets et des meubles familiers et pourtant inquiétants, elle percevait un vague bruit, des paroles murmurées qui formaient une petite musique dont elle ne saisissait pas le moindre mot.

Les cachets… Les choses lui revenaient avec plus de netteté maintenant. Un voile s'était levé. Elle ne les avait pas administrés à François le matin. Ce qui voulait dire qu'il n'avait rien pris depuis plus de douze heures… De quoi lui laisser retrouver suffisamment de lucidité pour agir derrière son dos.

Elle avait conclu lorsqu'elle était montée le voir que François dormait, mais rien ne disait qu'il ne s'agissait pas d'une ruse de sa part. Elle l'imaginait immobile sur son lit, à guetter les bruits de la maison. Il avait dû attendre un long moment pour être sûr d'avoir les coudées franches, avant de se lever et de rejoindre Ludovic.

Ils étaient tous ligués contre elle à présent… Ce gendarme et Le Bris n'avaient été qu'un avant-goût de ce qui l'attendait. Elle ne pouvait plus faire confiance à personne.

Avec fébrilité, Mathilde plongea la main dans la poche de son manteau et en sortit le 1935.A, dont le métal brillait faiblement dans la lumière de la porte entrebâillée. Ses mains s'étaient remises à trembler. Cette arme l'effrayait, mais elle savait qu'elle constituait son meilleur moyen de dissuasion. Qui sait de quoi une folle dans son genre pouvait être capable ? Encore fallait-il être crédible et ne pas se contenter d'agiter un pistolet vide.

Elle récupéra le chargeur et l'introduisit lentement dans la crosse de l'arme, jusqu'au discret déclic de blocage. Elle avait en mémoire les paroles de prudence de son père : « Les filles, n'oubliez jamais qu'une arme doit toujours être considérée comme chargée… Il ne faut pas pointer le canon sur quelqu'un… Tirer plusieurs fois la glissière vers l'arrière pour vérifier qu'aucune balle n'est restée dans la chambre… »

L'unique fois où elle avait tiré avec le pistolet, à 13 ans, elle avait été surprise par la force de recul, qui lui avait laissé une douleur dans le bras et l'épaule durant plusieurs heures.

Pour le moment, aucun risque qu'une balle parte accidentellement. Elle n'avait pas tiré la culasse pour chambrer la première cartouche ni déverrouillé les sûretés.

Ayant posé le pistolet au sol, Mathilde se servit de son index comme d'un chausse-pied pour enfiler ses escarpins. Puis elle traversa le salon à pas feutrés.

Quelques mots esseulés, plus accentués que les autres, montèrent de la cave – « meurtre », « dingue » –, puis la mélodie des murmures se fit plus claire au fur et à mesure qu'elle s'approchait.

– … devez faire quelque chose… pété les plombs… rendez compte ?

La voix de Ludovic était moins résignée, presque combative – c'était celle des premiers jours passés dans la cave, lorsqu'il se révoltait encore contre son sort, avant que ses forces ne commencent à décliner.

– Je ne peux pas vous ouvrir… Je n'ai pas la clé.

Ça n'avait été qu'une question de temps. Elle savait que François finirait par la trahir. Elle s'était montrée trop faible avec lui. Le laisser seul sans surveillance était de la folie.

– Arrêtez de répéter ça ! Je sais que vous n'avez pas la clé ! Mon portable… est-ce que vous savez où elle l'a planqué ?

Un bref silence.

– Je ne voulais pas que les choses se passent ainsi. Mathilde a tellement souffert…

Le bruit de la grille résonnant sur ses gonds. Un geste d'énervement.

– Arrêtez de vous lamenter ! Il faut que vous sortiez de cette baraque et que vous alliez chercher de l'aide. Maintenant !

Ludovic n'arrivait plus à se contenir. Elle le sentait prêt à exploser.

– Vous comprenez ce que je raconte ? Rejoignez la route et arrêtez la première bagnole que vous verrez. On a encore le temps…

Mathilde sentit sa main se crisper sur son arme.

Non, Ludovic, vous n'aurez pas le temps... Vous allez simplement m'obliger à changer mes plans plus vite que je ne l'aurais cru...

Elle saisit la poignée de la porte de sa main restée libre. Il aurait été si facile de la refermer à clé. Pour prendre François à son propre piège et avoir le temps de réfléchir sereinement.

Mais elle ne pouvait plus fuir. À quoi bon repousser à plus tard cet affrontement inéluctable ?

– Vous allez réagir ? Votre femme a tué un homme, vous comprenez ? Il y a un putain de macchabée dans cette cave ! Si vous ne faites rien, on sera les prochains, ça, vous pouvez en être sûr !

C'était vrai, elle était une meurtrière à présent. Comme ceux dont on lit les exploits dans les journaux. Mais ce constat ne provoquait pas d'effroi particulier en elle. Ce corps, en bas, qu'elle avait touché, enlacé, senti, lui semblait maintenant une abstraction, la réalité évanescente d'une existence parallèle.

Ne dis plus rien, François. Laisse Ludovic où il est. Ne te laisse pas abuser par ce garçon... Il ne sait pas ce qui est bon pour nous...

Elle attendit avec anxiété sa réponse. Ce fut Ludovic qu'elle entendit revenir à la charge :

– Je ne vous laisserai pas tomber, monsieur Vasseur, je vous le promets. Je témoignerai pour vous. Je dirai que vous n'étiez pas dans votre état normal, que vous aussi vous étiez retenu contre votre gré. C'est la vérité après tout, n'est-ce pas ?

Ludovic avait fait de sacrés progrès. Passé maître dans l'art de la manipulation. Ses jolis discours n'avaient eu aucun effet sur elle, mais sur François, c'était une autre histoire…

Un nouveau silence, interminable cette fois.

– D'accord… je vais essayer… je vais rejoindre la route.

C'en était fini. Les choses allaient se terminer ici et maintenant, Mathilde le sentait au plus profond d'elle. François avait fait son choix. Il faudrait bien qu'il en paie toutes les conséquences.

Elle entendit du mouvement, puis les premières marches s'animèrent dans la quiétude angoissante de la maison. Au son des pas sur le bois, elle sut qu'il avait sa béquille avec lui. Sans bruit, elle recula dans le salon et vint se poster derrière le canapé, près d'un interrupteur.

Quelques secondes plus tard, le faisceau lumineux s'élargit et éclaira le vieux garde-manger face à la porte de la cave.

La silhouette de François apparut. Tassée, fatiguée.

Alors même qu'elle ne s'était pas réellement cachée, il ne la remarqua pas dans la pénombre. Il sembla hésiter, tourna à deux reprises la tête vers la cave, puis s'avança dans le salon en direction de la porte, d'un pas plus décidé.

Mathilde avait espéré que, après avoir quitté Ludovic, il renoncerait à sortir. Sa promesse pouvait n'être qu'un moyen d'éviter de lui donner l'impression qu'il l'abandonnait à son sort.

Elle attendit qu'il soit arrivé au beau milieu de la pièce pour appuyer sur l'interrupteur.

François releva aussitôt la tête vers le lustre, totalement paniqué – autant que Ludovic lorsqu'elle avait foncé sur lui, tous phares allumés –, puis il se tourna dans tous les sens jusqu'à l'apercevoir enfin.

– Mathilde !

Au-delà de la peur, il y avait dans sa voix une sorte de surprise résignée. Dès qu'il se fut habitué à la lumière, son regard descendit jusqu'à sa main qui tenait le pistolet automatique, collé le long de sa cuisse.

Il plissa les yeux, puis eut un mouvement de recul.

– Qu'est-ce que tu fais ?

Mathilde regarda à son tour son arme. Elle avait l'impression de se retrouver mêlée à un incroyable quiproquo. Qu'avait-elle voulu faire avec ce pistolet ? Elle n'avait jamais voulu de mal à personne.

– Pose ça, nom de Dieu !

La peur avait disparu dans sa voix. Elle croyait retrouver les accents du François colérique, celui d'avant la fusillade. Mais l'autorité de son ton était annihilée par la débilité de son corps appuyé sur cette béquille.

– Comment as-tu pu ? Je vous ai entendus en bas...

Il secoua la tête sans la quitter des yeux.

– Il faut tout arrêter maintenant. Le Bris est mort... Tu as conscience de ce que tu as fait ?

Son élocution était redevenue à peu près normale. Mathilde contourna le canapé sans lâcher son arme.

– C'était un accident. Il est entré dans la cave quand il a entendu les cris. Il est tombé. Tu sais bien comme ces marches sont dangereuses... Il n'avait pas à se mêler de nos affaires... C'était un accident, tu entends ?

À force de la répéter, sa version pourrait bien finir par devenir vraie. Après tout, personne ne l'avait vue pousser Le Bris dans l'escalier. Il n'y avait pas eu de témoin. Même Ludovic n'avait pas directement assisté à la scène depuis sa cellule.

Son plan était parfait. Un vieil homme, une vilaine chute... L'histoire s'écrivait d'elle-même.

– J'en suis sûr, un accident... C'est ce qu'il faudra expliquer.

Mathilde leva brusquement l'arme en la faisant virevolter dans les airs.

– « Ce qu'il faudra expliquer » ? Mais à qui ? À qui as-tu l'intention de raconter ça ?

Le visage de François se défit. Il se mordit les lèvres, visiblement conscient que sa stratégie n'était pas la bonne.

Elle n'était pas stupide. Les intentions de son mari étaient claires. Il allait la livrer aux gendarmes. Il n'aurait aucun égard pour la femme qui avait partagé près de trente ans de sa vie, qu'il avait outrageusement trompée, qui avait pris soin de lui pendant des semaines entières, lorsqu'il était incapable de faire le moindre pas tout seul.

Ludovic aussi s'était montré explicite : il prendrait le parti de François. « Je témoignerai pour vous. » Il énumérerait par le menu tout ce qu'elle lui avait fait subir. Il n'oublierait rien, elle pouvait en être sûre. La séquestration, les menottes, la poursuite en voiture, la muselière, les drogues… Il parviendrait à la faire passer pour un véritable monstre. Et François et lui apparaîtraient comme des victimes de sa monstruosité. Les gens n'aimaient pas les nuances. Il fallait forcément qu'il y ait les bons d'un côté et les méchants de l'autre. Un monde manichéen et rassurant. Qui vous permettait de dormir tranquille et de ne pas trop vous poser de questions.

– Il faut libérer Ludovic, alors… Il ne dira rien, il me l'a promis. Je t'aiderai pour le corps de Le Bris. Nous inventerons une version qui tiendra la route. Nous trouverons un moyen.

Mensonge… Ludovic n'avait rien promis de tel. Il ne pourrait pas tenir sa langue. Et ses ennuis judiciaires n'y feraient rien.

Les choses sont allées trop loin. Pas de retour en arrière possible – tu te souviens ?

– Tu sais très bien qu'on ne peut pas le laisser s'en aller. Il en sait trop.

François s'appuya de ses deux mains sur sa béquille.

– Qu'est-ce que nous avons fait pour mériter tout cela ?

Le ton emphatique qu'il avait employé l'agaça.

Ne le laisse pas t'apitoyer... N'oublie pas, il était prêt à te trahir...

– Ce que « nous » avons fait ? Ce que « tu » as fait plutôt. Tu as laissé Camille venir dans cet amphithéâtre ! Ta faculté, tes recherches, tes étudiants… c'est tout ce qui a compté dans ta vie. Sans toi, elle serait encore avec nous aujourd'hui… Elle ne serait pas morte !

Sans s'en apercevoir, Mathilde avait levé son arme plus haut. Elle mit du temps à remarquer que des larmes s'étaient mises à couler sur les joues de son mari. Depuis quand ne l'avait-elle pas vu pleurer ? Elle avait beau chercher dans sa mémoire… Avait-il même pleuré à la mort de sa fille ? Non, il était à l'époque étendu sur un lit d'hôpital, entre la vie et la mort.

– Tu es malade, Mathilde. Tu as besoin d'aide.

Ellc sourit.

– Oui, malade… bonne à enfermer… une vraie « dingue ». C'est bien ce que disait Ludovic tout à l'heure ?

François grimaça et porta une main à sa jambe. En se déplaçant péniblement, il vint s'appuyer contre le secrétaire.

Quand il releva la tête, ses yeux étaient totalement embués, mais Mathilde eut le sentiment qu'il ne s'agissait pas seulement de larmes de tristesse ou de désarroi. Il y avait autre chose. Une chose qu'elle n'arrivait pas encore à décrypter.

– Au début, je pensais que tu voulais simplement te reconstruire et que tout ce qui pouvait te ramener à Camille t'en empêchait. Puis j'ai commencé à comprendre… que tu ne faisais pas semblant. Que tu avais occulté la réalité. Au point de vraiment croire que…

Il se tut et agita lentement la tête.

« Faire semblant », « occulter la réalité » ? Les paroles de François faisaient sourdre en elle un étrange malaise. À quelle vulgaire manigance se livrait-il ? Que cherchait-il ? À créer un trouble en elle pour lui faire baisser la garde et lui prendre son arme ?

François n'est plus dans ton camp. Tu es seule à présent. Plus seule que tu ne l'as jamais été.

Il écarta les bras, sans pour autant lâcher sa béquille, comme pour signifier qu'il était à sa merci.

– Tire, si c'est ce que tu veux vraiment. Tire, Mathilde. Ce serait plus simple pour moi. Un moyen comme un autre d'en finir avec tout ça.

Mathilde se rendit compte que le canon de son arme était maintenant dirigé droit sur François et que son doigt était posé sur la détente.

– Non, tu ne t'en tireras pas aussi facilement. De quoi est-ce que tu parlais ? Finis ta phrase ! Au point de croire quoi ?

François s'avança d'un pas et la regarda dans les yeux. Si directement qu'elle eut du mal à ne pas détourner les siens.

– Camille n'est pas morte. Elle est allongée sur un lit depuis bientôt un an…

8

Mathilde était parfaitement immobile, l'arme serrée dans sa main. Les murs du salon lui parurent soudain rétrécir autour d'elle. À nouveau, elle fut saisie par une horrible sensation d'étouffement.

Les paroles de François étaient si absurdes qu'elles planaient dans son esprit sans parvenir à se fixer.

– Tu ne crois pas que j'ai assez souffert ? Camille était avec toi dans l'amphithéâtre, près de la porte… C'est sur elle que le tueur a tiré en premier… Pourquoi veux-tu me faire du mal ?

Elle avait cru naïvement qu'il avait retrouvé une once de raison, mais il continuait de tenir le même genre de discours insensés que naguère, lorsqu'il était sous l'emprise des médicaments.

– Mon Dieu… Qu'est-ce qui t'est arrivé, Mathilde ? J'aurais dû agir avant, bien avant, ne pas nier ce qui était évident. Notre vie ici… Tu m'échappais chaque jour un peu plus. C'était comme si tu glissais peu à peu dans un autre monde et… Tout est de ma faute… je n'ai rien voulu voir au début… Tu ne voulais plus parler de Camille. Tu changeais de conversation dès que je prononçais son nom…

Les doigts de Mathilde serrèrent plus fort la crosse du pistolet. Le discours de François n'était plus qu'un salmigondis à ses oreilles. L'émotion qui faisait vibrer sa voix ne semblait pas feinte, mais elle devait rester plus que jamais sur ses gardes.

– Tais-toi, murmura-t-elle.

– Camille a été touchée par trois balles.

Trois balles, oui. Morte sur le coup, comme tant d'autres personnes présentes sur les lieux...

– Elle a fait un arrêt cardiaque pendant son transport à l'hôpital, mais les urgentistes ont réussi à la réanimer. Elle a été opérée. Si l'opération s'est bien passée, elle n'a pas repris connaissance. Elle était dans le coma, sous sédation…

Mathilde secoua la tête. C'était à peine si elle arrivait à relier les mots entre eux pour leur donner un sens.

– Ces jours ont dû être terribles pour toi. Je me trouvais encore entre la vie et la mort, branché de partout, et notre fille ne se réveillait pas.

Camille était morte, elle le sentait au plus profond d'elle. Une mère sait ce genre de choses. Mais quel genre de mère avait-elle été ?

Elle se revoyait dans les couloirs gris de l'hôpital. L'attente interminable, angoissée… Le médecin qui s'approchait d'elle… Qui lui parlait de son mari et de sa fille. Elle cherchait à retrouver les paroles exactes. De celles qu'on entend dans les films : « Nous avons fait tout ce que nous avons pu… » Mais ces paroles ne venaient pas.

– Tais-toi, répéta-t-elle avec plus de force, je ne veux pas entendre tes mensonges !

– Non, je ne me tairai plus, Mathilde. Je veux que tu entendes les choses de ma bouche, que tu ouvres enfin les yeux. J'ai voulu te protéger. J'aurais pu tenter de fuir, quitter cette maison et… je n'ai rien fait. Mais un homme est mort à présent, notre voisin, qui ne nous voulait aucun mal. Rien ne pourra venir réparer ça. Et je suis responsable de cette mort, sans doute autant que toi.

François fit un pas de plus dans sa direction en traînant sa béquille. La lumière du lustre au-dessus de sa tête écrasait les traits de son visage et lui donnait une apparence sépulcrale. Il passa une main sur ses yeux pour essuyer ses larmes, avant de reprendre d'une voix plus posée :

– Au bout d'une semaine, le pronostic vital n'était plus engagé, mais Camille a fait une infection pulmonaire. Les médecins n'étaient pas optimistes. Ils ne pouvaient rien nous dire d'autre que ce qu'on dit dans ces cas-là : « Il faut attendre encore… Le coma peut durer plusieurs semaines… Ensuite, toutes les issues sont possibles. » Camille pouvait s'en sortir, mais avec des séquelles que personne n'était capable de mesurer.

Mathilde sentit son estomac se retourner. Malgré les pertes de mémoire, malgré les absences, il y avait toujours eu dans sa tête un fil conducteur, une ligne possédant sa propre logique qu'elle avait suivie avec entêtement. Soudain, pourtant, les choses lui paraissaient moins claires. En dépit de tous ses efforts, ses pensées se délitaient dans un grand marécage opaque, au point qu'elle ne trouvait rien à répondre. Un grand voile s'était posé sur un pan de sa vie.

– Camille est sortie du coma au bout de deux semaines. Les médecins ont été francs avec nous : elle pouvait ouvrir les yeux, sursauter, respirer sans assistance, gémir… mais il s'agissait de simples réflexes, pas de gestes volontaires. Un état végétatif…

Le visage de François se raidit, laissant apparaître de profondes rides sur son front blême. Mathilde sentit un tremblement parcourir son corps. Des images se révélaient lentement dans son esprit, comme dans un bain chimique. La voie veineuse, le cathéter, les machines… Mais c'était François qui était allongé sur le lit d'hôpital, pas sa fille. Elle n'aurait pas pu oublier tout cela.

François fit un nouveau pas en avant – il était désormais à moins de deux mètres d'elle – et ce mouvement la sortit brusquement de sa stupeur. Elle posa les doigts sur la glissière du pistolet et la tira d'un coup sec en arrière pour l'intimider.

– Ne t'approche pas, François.

Il ferma les paupières un bref instant, puis regarda le pistolet automatique, sans frayeur particulière, avec un détachement qui intensifia ses frissons. Elle avait l'impression paradoxale d'être désormais à sa merci, comme si c'était elle qui se trouvait du mauvais côté du canon.

Imperturbable, il poursuivit :

– Certains patients peuvent reprendre conscience dans le mois suivant leur lésion cérébrale. Nous avons espéré… tellement espéré… Mais rien ne s'est produit. Camille est entrée dans un état végétatif persistant. Ce qui voulait dire que ses chances de revenir à la conscience ne feraient que diminuer avec le temps.

Mathilde luttait. Son esprit lui semblait compartimenté par des cloisons qui l'empêchaient d'accéder à la totalité de ses souvenirs.

Elle pouvait pourtant se remémorer l'enterrement. Quelques images du moins. La cérémonie à l'église, le cercueil, la marche dans le cimetière… tout cela avait eu lieu.

– Au bout du sixième mois, les médecins ont commencé à évoquer la possibilité d'arrêter les soins, de mettre fin à l'alimentation et à l'hydratation artificielles. Si un patient ne montre aucun signe de conscience après ce délai, les chances de récupérer sont nulles. Il s'enfonce alors dans un état végétatif permanent.

Une preuve… elle devait se concentrer quelques secondes pour trouver une preuve et faire cesser ces mensonges ridicules. Elle chassa les idées pernicieuses que François essayait d'instiller en elle. Malgré l'anxiété qui l'avait gagnée, ses pensées à la dérive ne furent pas longues à s'amarrer au secrétaire derrière lui. Comment n'y avait-elle pas pensé plus tôt ?

– Je ne te crois pas ! Les cartons… Ils sont encore dans le secrétaire. Je les ai vus…

Elle parlait avec l'assurance de ceux qui sont sûrs d'avoir emporté la partie. François ne lui opposa qu'un visage désolé :

– De quoi est-ce que tu parles ?

Tu le sais très bien…

Il venait de comprendre qu'il n'arriverait pas à l'entraîner dans son piège pitoyable. Mathilde retira en un éclair le cran de sûreté de son arme.

– Écarte-toi, François, je ne plaisante plus.

Elle vit que son calme se fendait net. Ce pistolet avait plus de soixante ans. Il n'ignorait pas que le coup de feu pouvait partir sans même qu'elle le veuille.

Jusqu'où es-tu prête à aller, Mathilde ?

Aussi loin qu'il le faudra pour rétablir la vérité et éliminer ceux qui s'opposeront à moi...

– Calme-toi, ne fais rien que tu pourrais regretter.

– Laisse-moi passer !

François fixa un instant le meuble avec perplexité, puis il eut la sagesse de s'écarter de son chemin. Sans le quitter des yeux, en le tenant en joue, Mathilde s'approcha du secrétaire à dos-d'âne et en ouvrit le volet. Le cœur battant, elle fit glisser le tiroir marqueté et récupéra la petite pile de faire-part.

– Qu'est-ce que tu imagines… ?

– Ne dis plus une parole ! le coupa-t-elle avec une violence qui le cloua sur place.

Elle orienta le premier carton qui lui tombait sous la main vers la lumière jaunâtre du lustre :

Madame Mathilde Vasseur
désire vous exprimer
sa plus vive reconnaissance…

Ses yeux se troublèrent. Elle cligna des paupières. Pourquoi n'y avait-il que son nom sur le faire-part ?

… pour la sympathie que vous lui avez témoignée
durant les heures douloureuses…

Elle détacha brièvement ses yeux du carton pour s'assurer que François n'avait pas bougé et dut se faire violence pour aller jusqu'au bout :

… qu'elle a dû traverser
lors du décès de son père

Mathilde sentit le sol se dérober sous ses pieds.

Elle fit défiler à toute vitesse les autres cartons entre ses doigts, mais la même inscription revenait. Encore et encore.

Lors du décès de son père.

9

Les cartons lui échappèrent des doigts et s'éparpillèrent à ses pieds.

« Qu'espérais-tu trouver, Mathilde ? » demandait François, mais sa voix paraissait lointaine, comme si son mari se trouvait dans une autre pièce.

Il se fit dans sa tête un grand vide angoissant. Toutes ses pensées avaient été aspirées d'un coup pour la laisser nue et désarmée.

Puis les murs commencèrent à s'effondrer et des scènes entières resurgirent.

L'enterrement… La rose jetée dans le trou béant, sur le cercueil. L'assemblée autour d'elle dans le froid piquant d'une matinée d'hiver.

Les gens défilaient pour lui serrer la main et présenter leurs condoléances. François à sa droite dans un grand manteau sombre – droit comme un I, sans béquille, bien avant la fusillade.

Et à sa gauche… Camille. Impossible de se mentir. C'était bien elle. Pas une simple création de son esprit, mais une image restée enfouie. Ces souvenirs étaient ceux de l'enterrement de son père, deux ans plus tôt.

Mathilde leva les yeux vers François, essayant de retrouver l'homme qu'elle avait naguère considéré comme un allié. Mais, en dépit de ce qu'elle venait de lire, elle continuait de ne voir en lui qu'un ennemi.

Sans plus prêter attention aux faire-part répandus sur le sol, il profita de sa stupéfaction pour poursuivre :

– Tu voulais suivre l'avis des médecins. Tu étais à bout. Savoir Camille réduite à cet état sur un lit d'hôpital était pire pour toi que de la savoir morte. Mais moi... Je me sentais tellement coupable, je ne voulais pas la laisser partir. J'attendais un miracle... J'ai lu tout ce qu'on pouvait lire sur les états végétatifs chroniques. Certains patients avaient fini par sortir de leur état après plusieurs années... Mais les médecins ne nous ont pas laissé d'espoir. Plusieurs expertises ont eu lieu : le cerveau de Camille avait brutalement cessé d'être irrigué après la fusillade. Pas de thérapie possible. Rien à voir avec ces cas « miraculeux » qui avaient retrouvé une conscience minimale.

Mathilde aurait voulu protester mais les mots restaient prisonniers dans sa gorge. Soudain, elle sentit quelque chose de froid couler sur ses joues. Ce n'est que lorsqu'elle y porta ses doigts qu'elle comprit qu'il s'agissait de larmes.

– Je dois te montrer quelque chose... dans mon bureau.

– Tu ne bougeras pas d'ici, rétorqua-t-elle en essayant vainement de reprendre contenance.

– C'est le seul moyen pour que tu me croies enfin.

Mathilde sentait la situation lui échapper. Elle aurait voulu mettre un terme à cette conversation. Elle cherchait à lutter, à reprendre le contrôle de ses pensées et de ses souvenirs. Sa réponse s'échappa de ses lèvres sans qu'elle le décide :

– Passe devant, alors, et reste tranquille.

Elle ne lut ni satisfaction ni surprise sur le visage de François. Il baissa brièvement les yeux, fit pivoter sa béquille et se dirigea vers l'autre bout de la pièce d'une démarche saccadée.

Quand ils entrèrent dans le bureau, Mathilde fut frappée par le désordre qui y régnait. Des livres traînaient sur la bergère et sur le sol, une robe de chambre de François et quelques habits recouvraient une chaise, la pièce était poussiéreuse et baignait dans une lumière anémique. Un sentiment de malaise la gagna aussitôt.

Si François s'était avancé dans la pièce, elle préféra rester sur ses gardes près de l'entrée.

– Regarde dans le tiroir.

Elle secoua la tête sans comprendre.

– Celui de mon bureau, ajouta-t-il avec un geste de la main.

Après un instant d'hésitation, elle entra sans protester. Bien rangé, le bureau de François détonnait dans ce capharnaüm. Après s'être assurée que son mari se tenait à bonne distance, elle ouvrit le tiroir et tomba immédiatement sur une épaisse liasse de papiers posée en évidence sur d'autres documents. Elle était certaine de ne les avoir jamais vus. À moins qu'elle n'ait tout fait pour ne pas les voir.

– Lis, Mathilde.

À la seule lumière de la lampe sur pied, il lui fallut un moment pour que sa vue s'accoutume aux caractères minuscules. Elle vit le nom de sa fille en haut de la première page : « Camille Héloïse Vasseur ». Ses yeux survolèrent l'en-tête du document et elle comprit qu'il s'agissait d'un des rapports d'expertise auxquels François avait fait allusion.

Elle lut les paragraphes en diagonale, ne s'accrochant qu'à quelques formules prises au hasard.

La patiente n'a jamais manifesté le moindre signe de communication et n'a pas fait l'objet d'un seul pronostic encourageant...

Réponse Motrice... Réflexes du Tronc Cérébral... Neuro-imagerie fonctionnelle...

La réflexion sur la limitation des thérapeutiques a été engagée...

Éviter la poursuite de traitements déraisonnables... se ranger au diagnostic irréversible...

... transfert décidé dans la suite de la procédure convenue avec l'équipe médicale...

Les caractères finirent par se mélanger comme une colonie de fourmis paniquées.

– Lorsque tu as voulu partir pour la Bretagne, nous nous sommes violemment opposés. Partir à des centaines de kilomètres de l'hôpital où se trouvait Camille, cela revenait pour moi à l'abandonner… Je savais qu'il serait impossible de faire le trajet jusqu'à Paris toutes les semaines. J'ai pourtant fini par céder. Pour toi… Parce que je voyais bien que la vie que nous menions n'était plus supportable. Mais seulement parce que après la dernière expertise, malgré les réticences des médecins, j'ai obtenu que Camille soit transférée près de Rennes, à Montfort-sur-Meu, dans un service spécialisé accueillant une dizaine de patients en état végétatif ou pauci-relationnel.

François s'arrêta et s'assit sur le bord de la bergère en maintenant sa jambe tendue.

– J'avais encore besoin de temps… même si je me rends compte aujourd'hui que c'était une erreur… J'aurais dû la laisser partir. J'aurais dû cesser de faire souffrir ma petite fille…

Désemparée, Mathilde regarda une dernière fois le document avant de le poser sur le bureau.

– Tu ne serais jamais resté autant de mois sans lui rendre visite, opposa-t-elle sans conviction.

François se releva aussitôt et fit un mouvement dans sa direction. Il ne semblait même plus conscient du danger que représentait l'arme pointée sur lui.

– Je lui ai rendu visite. Chaque semaine, ou presque, j'allais à l'hôpital. Tu ne m'as jamais accompagné, Mathilde. Lorsque je te parlais d'elle à mon retour, tu détournais la conversation. Puis, par fatigue et lâcheté, je me suis tu. Tu faisais semblant d'ignorer mes absences… Du moins au début, avant que je comprenne que tu les occultais totalement. Que tu n'avais même plus conscience que ta fille était encore en vie. Comme tu ignorais les mails et les courriers que nous recevions de l'hôpital.

– Chaque semaine… répéta-t-elle pour tenter de donner une réalité à ces mots.

– L'arrivée de Ludovic n'a fait qu'aggraver les choses. Je n'aurais jamais dû accepter qu'il s'installe ici… Quand il est venu habiter chez nous, j'ai commencé à espacer mes visites. J'ai cru naïvement que sa présence te ferait du bien et mettrait fin à notre isolement. Ç'a été tout le contraire. Je n'aurais jamais pu imaginer que les choses se termineraient de cette façon…

François tendit une main dans sa direction :

– Donne-moi la clé, Mathilde. Nous avons fait assez de mal comme ça. Il faut mettre un terme à cette histoire. Nous allons libérer Ludovic… tous les deux. Je veux que cette décision vienne de toi, je ne ferai rien contre toi. Ensuite, nous appellerons le mari de Laurence. Nous lui dirons la vérité, toute la vérité. Des gens t'aideront à te soigner. Puis, dès que tu iras mieux, nous laisserons partir notre petite fille. Nous la libérerons de toutes ses souffrances.

Mathilde n'entendait plus que sa propre respiration saccadée. Les lèvres de François continuaient de bouger mais étaient désormais silencieuses. Un sifflement aigu se mit à percer ses tympans. Devant elle, tout vacilla. François l'accablerait de tous les maux. On l'enfermerait dans un hôpital psychiatrique. Comme sa tante. Pour ne plus jamais la laisser sortir. Elle finirait sa vie loin de chez elle, cloîtrée dans une chambre ou une cellule… Mathilde cligna des yeux et s'aperçut que François s'était encore approché. Elle releva d'instinct l'arme dans sa direction et posa le doigt sur la détente :

– Ne fais pas un pas de plus.

– Tu ne tireras pas, Mathilde. Tu sais au fond de toi que j'ai raison. Tu n'es pas quelqu'un de mauvais. Donne-moi la clé.

Soudain, quelque chose céda en elle. Les vannes qui avaient si longtemps retenu ses émotions et lui avaient permis de tenir bon s'ouvrirent et déversèrent un torrent de pensées contradictoires. Tout se mélangeait. Les minutes qui venaient de s'écouler n'étaient que confusion. Elle regarda autour d'elle avec hébétude, ignorant ce qu'elle faisait dans cette pièce mal éclairée. Les paroles de François se détachèrent de son esprit comme une nuée d'oiseaux venant voiler le ciel. Elle eut l'impression très nette de partir à la dérive. Comme si un mystérieux produit répandu dans ses veines l'anesthésiait peu à peu.

Elle observa François et ne vit plus en lui qu'une menace terrifiante capable de la détruire. Son cœur s'affola. La même panique qui l'avait tétanisée en présence de Le Bris.

Dans la pièce s'abattit un silence glacé. Il sembla à Mathilde que ses jambes n'étaient plus capables de la porter. Elle n'arrivait plus à ressentir qu'un immense néant.

Elle entendit la détonation avant même de comprendre qu'elle en était responsable. Son corps fut traversé par une décharge qui remonta de sa main jusqu'à la base de son cou et la fit vaciller. Sa vue se constella de points noirs. Une douleur cuisante, semblable à une brûlure, se diffusa dans sa main droite et lui fit desserrer les doigts. L'écho du coup de feu continua de résonner un long moment à ses oreilles. Puis l'odeur âcre de la poudre se répandit autour d'elle.

Quand elle retrouva la vue, sonnée, elle vit François chanceler et se tordre étrangement, dans la pose d'un matador face à l'attaque du taureau, comme s'il cherchait à éviter la balle avec deux secondes de retard. Malgré sa confusion mentale, Mathilde comprit qu'il avait été touché. François se plia en deux, la béquille fut projetée contre une chaise et il s'effondra à terre, face la première, juste à côté de la bergère.

Mathilde n'entendit pas de cris ni de gémissements. Elle resta plantée au milieu de la pièce, en proie à une étrange chaleur qui ne provenait plus d'aucun point précis de son corps.

François ne bougeait plus. Elle se demanda un instant si elle n'avait pas rêvé la scène. S'il ne s'était pas simplement effondré à la suite d'une attaque ou d'un malaise. Elle observa l'arme qui pesait de plus en plus lourd dans sa main. Seule la puissante odeur de poudre la persuada qu'elle venait réellement de l'utiliser.

Passant près du fauteuil, elle prit avec elle l'album de famille que François avait ressorti de l'armoire quelques semaines auparavant. Puis elle déposa le pistolet dans la poche béante de son gilet.

Ensuite, elle sut qu'il était temps de descendre dans la cave pour s'occuper de Ludovic.

10

Arrivée en trombe, la voiture freina brutalement dans une gerbe de graviers et de poussière.

Marc fut étonné de voir que tous les volets de la maison étaient fermés : sous le crachin qui s'était mis à tomber, il eut du mal à croire que cette bâtisse terne et triste soit la même que celle qu'il avait visitée deux jours plus tôt. Il avisa la Laguna des Vasseur, toujours garée à la même place, près de la vieille remise, mais ne nota rien d'anormal dans les parages.

Le lieutenant retira rapidement les clés du contact et se tourna vers son coéquipier :

– Tu te souviens de ce que je t'ai dit ?

L'élève gendarme que Marc avait embarqué à la hâte à la sortie de son bureau n'était qu'un gamin d'une vingtaine d'années au visage rougeaud qui avait intégré la brigade au début de l'année. Il commençait sérieusement à regretter de l'avoir emmené avec lui. Non seulement il ignorait totalement ce qui les attendait, mais il allait en plus devoir garder un œil sur lui pour ne pas le mettre en danger.

Le garçon hocha la tête en se penchant au-dessus du tableau de bord pour observer la paisible façade de la maison. À l'évidence, malgré toutes les mises en garde que Marc lui avait formulées pendant le trajet, il n'avait l'air de considérer leur sortie que comme une barbante mission de routine.

– Je ne sais pas encore ce qui se passe ici, mais tu fais gaffe, d'accord ?

Dès que Marc ouvrit la portière, de fines gouttes de pluie glacée lui mouchetèrent le visage. Son premier geste fut de sortir son semi-automatique de son étui. Un terrible regret le tenaillait. Il était venu là quarante-huit heures à peine auparavant. Il avait senti que quelque chose ne tournait pas rond chez ce couple, mais il avait été assez bête pour repartir comme il était venu, sans creuser cette impression négative qui l'avait marqué.

Avec Laurence qui avait été gardée en observation à l'hôpital pour ses contractions et toutes ces nuits sans sommeil, il n'y avait plus repensé. Jusqu'à ce coup de téléphone inquiétant qu'avait reçu la gendarmerie vingt minutes plus tôt. Un mystérieux message de quelques secondes resté anonyme… Dès qu'il avait eu connaissance de l'adresse, Marc s'était rué dans sa voiture.

Il désigna de la main l'extrémité de la longère couverte de lierre :

– Fais le tour de la maison, jette un coup d'œil derrière. Moi j'entre.

L'élève gendarme acquiesça et se mit à trotter avec gaucherie et sans entrain particulier jusqu'à la pelouse.

Marc s'approcha de la porte d'entrée et constata qu'elle était légèrement entrouverte. En toute logique, il aurait dû d'abord sonner, mais, étant donné la situation, il décida d'envoyer au diable la procédure.

Il poussa lentement la porte de l'épaule en tenant son Sig Sauer des deux mains. La pièce baignait dans une lumière sale diffusée par le lustre hollandais à bougies électriques. Il n'arrivait pas à penser à autre chose qu'à l'appel qui l'avait conduit ici. Des hypothèses défilaient dans sa tête mais aucune n'était vraiment satisfaisante ni logique. Qu'avait-il pu se passer ? Il songeait à la méfiance et à l'anxiété visibles de Mme Vasseur, au comportement étrange de son mari, à ce type énigmatique qui avait travaillé chez eux et qui avait soi-disant oublié la moitié de ses affaires dans sa chambre…

Il préféra ne pas se manifester et s'avança dans la pièce en essayant de se familiariser rapidement avec les lieux. Il ne sentit aucune présence, n'entendit pas le moindre bruit.

À sa gauche, une porte ouverte donnait sur la cuisine. Il entra et n'y resta que le temps de s'assurer que personne ne s'y trouvait. Une de ses chaussures écrasa un petit bout de grès qui grinça sur le sol. Il n'y prêta pas une attention particulière.

Revenu au salon, Marc contourna le canapé et se dirigea vers une deuxième porte entrebâillée à l'opposé de la cuisine. Il la poussa. À la très légère odeur de poudre dans l'air, il comprit qu'une arme avait été utilisée un peu plus tôt. Tous ses sens se mirent alors en éveil. Il tâtonna un moment jusqu'à ce que sa main trouve l'interrupteur.

Il lui fallut une seconde pour comprendre qu'il se trouvait dans une bibliothèque. Une deuxième pour apercevoir, au sol, la paire de chaussures qui dépassait d'un fauteuil profond disposé au milieu de la pièce. L'adrénaline afflua dans ses veines. Il se précipita vers le corps.

Dès qu'il vit le visage relâché de Vasseur, Marc pensa à Laurence, à tout ce qu'elle lui avait raconté au sujet de cet homme, à son pressentiment, à son inquiétude qu'il avait à peine prise au sérieux.

Il s'accroupit à ses côtés et tenta de l'examiner en adoptant une attitude purement professionnelle, sans laisser ses sentiments personnels troubler son jugement. Le pull beige de Vasseur était maculé de sang – une large tache au niveau du flanc qui avait imbibé la laine et abondamment maculé le sol en terre cuite.

Marc posa ses doigts à la base du cou. Après quelques secondes qui lui parurent durer une éternité, il finit par sentir un pouls, mais il se demanda si ce n'était pas le sien qui battait dans ses oreilles.

Il replaça ses doigts et ferma les yeux pour mieux se concentrer. Il sentait quelque chose. Il en était sûr… Un pouls très faible et anormalement ralenti.

– Bordel ! Qu'est-ce qui s'est passé ?

Marc releva la tête et découvrit l'élève gendarme dans l'encadrement de la porte, son visage poupard déconfit et ses yeux démesurément ouverts.

– Il est vivant ! cria-t-il. Ne reste pas planté là ! Vérifie que l'ambulance est bien en route. Dis-leur de se magner !

– D'accord… tout de suite… bredouilla le jeune homme en ressortant aussitôt de la pièce.

Vasseur était vivant, mais pour combien de temps ? Marc savait qu'il devait comprimer la plaie au maximum pour éviter une perte de sang trop importante. Il appuya des deux mains sur ce qu'il supposait être l'orifice d'entrée de la balle, sans même prendre le temps de relever le pull.

Quoi d'autre ? Garder le corps au chaud… Le lieutenant regarda autour de lui et attrapa sur la bergère un grand plaid bariolé qu'il jeta sur Vasseur, jusqu'à le recouvrir presque entièrement.

Blessure au ventre et à l'abdomen… Il fit un effort pour se remémorer des techniques de secours qu'il n'avait plus mises en pratique depuis des années. Il bascula Vasseur sur le dos et lui fléchit les jambes pour relâcher les muscles de l'abdomen. Il posa son arme à portée de main au cas où il en aurait besoin.

– Si j'avais su…

Son coéquipier fut étonnamment rapide à revenir. Il avait un peu recouvré ses esprits et se dépêcha de venir s'accroupir auprès de lui.

– L'ambulance arrive… les renforts aussi, expliqua-t-il, tout essoufflé.

– Très bien.

Marc sentait le sang chaud dans le creux de ses mains. Une vague de culpabilité l'envahit. Il ne pouvait s'empêcher de penser qu'il avait une part de responsabilité dans le cauchemar qu'il était en train de vivre. Mais il ne devait pas penser à ça pour le moment. Il fallait d'abord fouiller toutes les pièces de cette baraque et retrouver la femme de ce pauvre type.

– Reste avec lui, il faut que je te laisse.

Le garçon le regardait d'un air abasourdi.

– Quoi ?

– Tiens-lui les genoux en l'air, comme ça. Et garde tes mains sur la blessure. Je ne veux pas qu'on le perde… Tu te sens capable de faire ça ?

Malgré l'inquiétude qui se lisait sur son visage, il parut piqué au vif :

– Bien sûr…

– Parfait. Prends le relais, alors.

Marc retira ses mains rouges de sang, reprit son semi-automatique et se releva.

– Au fait, tu n'as rien vu dehors ?

– Rien, répondit l'autre, penché au-dessus du blessé.

– Putain ! Pourquoi cette ambulance est si longue à arriver ?

Personne, pas même lui, n'entendit la fin de sa question, couverte par une détonation qui fit trembler toute la maison.

11

Mathilde regardait les deux grilles : la vraie, avec ses barreaux qui comme dans une illusion d'optique ne lui semblaient plus tout à fait parallèles à la distance où elle se trouvait, et son ombre plus loin, éclatée, projetée sur le mur de pierres par la lumière artificielle des néons.

Elle était assise dans le coin le plus sombre de la cave, près des casiers, les jambes ramenées vers le buste. Le sol en terre était froid. Elle en sentait l'humidité à travers son pantalon – le seul élément tangible de ce monde qui l'atteigne encore.

Depuis quelques minutes, son esprit divaguait entre le présent et le passé, s'accrochait de manière arbitraire à des images de son existence, sans qu'elle ait aucun véritable pouvoir sur ses errances mentales. Une impression déconcertante de voir avec quelle facilité le temps et l'espace pouvaient être abolis.

Au fur et à mesure qu'elle revoyait ces images, elle s'étonnait qu'une vie puisse finalement se résumer à si peu de choses. Et ne conduire à rien d'autre qu'à des peines et des déceptions.

Se livrant à un jeu dérisoire, elle essaya de remonter dans ses souvenirs pour trouver le moment où tout avait basculé, ce carrefour imaginaire où le cours d'une vie se décide. Mais elle ne le trouva pas. Peut-être parce qu'il aurait fallu repartir trop loin en arrière et qu'elle n'en avait plus le courage.

Elle fixa le corps sans vie derrière les barreaux, la muselière anachronique et effrayante qui emprisonnait le visage tel un masque mortuaire, sans arriver à croire qu'elle était responsable de cette chose. Elle avait replacé à grand-peine l'instrument de torture sur sa victime, comme un ultime pied de nez, un symbole. Pour les faire taire, tous, définitivement.

Le Bris, François, Ludovic… Mettre un terme à leurs mensonges, à leurs traîtrises, à leurs manipulations.

La dernière semaine écoulée lui apparaissait comme un immense gâchis. Ludovic… Elle avait fait ce qu'il fallait… Il n'y avait pas d'autre solution.

Elle lui en voulait du pouvoir qu'il avait eu sur elle. Des illusions dont sa présence l'avait bercée. Ne lui avait-il pourtant pas dit : « Je ne suis rien pour vous, rien qu'un type de passage qui s'est occupé de votre jardin… » ? Non, il n'était rien pour elle, et elle s'étonnait d'avoir mis si longtemps à le comprendre.

Elle essaya de ne plus songer à lui. Elle n'avait plus de temps à perdre en regrets. Elle regarda sa montre, essaya de déchiffrer le langage embrouillé des aiguilles. Voilà plus d'une demi-heure qu'elle était descendue dans la cave. Ils ne tarderaient pas à arriver et à faire irruption dans la maison… C'était peut-être mieux ainsi.

Mathilde ouvrit l'album qui reposait sur ses cuisses. Celui que François avait laissé traîner à son intention dans le bureau.

Camille était si mignonne. Son visage, ce visage d'elle petite, elle n'arrivait plus à le revoir qu'à travers ces photos. Ce n'étaient pas de vrais souvenirs. Ça aurait aussi bien pu être la fille de quelqu'un d'autre. Une enfant qu'elle n'aurait pas réellement connue, qu'elle n'aurait pas portée dans son ventre.

Bientôt, toutes ces scènes qui défilaient sous ses yeux tomberaient dans l'oubli, comme si elles n'avaient jamais existé. Pourquoi toutes les belles choses finissaient-elles par s'effacer ?

Tout en gardant l'album ouvert, elle repensa au château de son enfance, au parc immense et à l'étang, à la vieille balançoire que son père avait fabriquée et accrochée à un chêne centenaire.

Sa sœur et elle s'y balançaient, leurs jambes frêles repliées pour se donner de l'élan, puis piquant très haut vers le ciel et les feuilles qui folâtraient dans le vent. Cette image lui sembla soudain avoir plus de réalité que la cave autour d'elle.

La petite robe à carreaux, elle aurait presque pu en sentir le tissu rêche entre ses doigts. Et sentir des parfums aussi… Celui des cheveux lavés au savon de Marseille, puis rincés à l'eau et au vinaigre, que sa grande sœur tressait en nattes, durant des heures, devant la coiffeuse de la chambre. Et celui des minuscules fraises des bois qu'on cueillait au printemps et qui tachaient les tabliers blancs, au grand désespoir de sa mère.

Elle crut entendre du bruit à l'étage. Ou peut-être au-dehors…

Des pas et des paroles. Là-haut.

On s'approchait.

Mais tout cela n'avait plus la moindre importance.

Quelques secondes encore, juste quelques secondes… Pour goûter une dernière fois à la douceur sucrée de l'enfance… Se réfugier dans la bulle apaisante d'une innocence révolue…

Enfin, lorsque cette petite fille qu'elle avait été, cette lointaine silhouette à l'horizon de sa mémoire, eut fini par ne faire plus qu'un avec Camille, elle plaça le canon du pistolet sur sa tempe, et sans trembler, sans éprouver la moindre peur, elle partit rejoindre les fantômes de son passé.

12

Marc laissa sa main gauche filer le long de la main courante et pointa son Sig Sauer vers le bas de l'escalier. Il fut frappé par l'épouvantable odeur qui montait du fond de la cave et le prenait puissamment à la gorge. Malgré tous les efforts qu'il faisait pour se concentrer, il avait l'impression de n'avoir aucune prise réelle sur la situation, de n'en être qu'un simple spectateur.

Un amoncellement de casiers et de bacs lui obstruait la vue. Il descendit les marches abruptes en pliant les genoux pour tenter de distinguer ce qui se passait en bas. Les néons projetaient des ombres inquiétantes sur les vieux murs enduits de chaux.

Quand il arriva au palier intermédiaire, dans le tournant de l'escalier, il aperçut une forme dans la partie voûtée de la cave restée dans l'ombre et il comprit aussitôt l'origine du coup de feu qui avait retenti dans la maison. Il descendit les trois marches restantes à toute allure, en gardant le doigt sur la détente de son arme.

Même s'il ne pouvait voir le visage sous la masse des cheveux relâchés, il identifia sans le moindre doute la femme à terre. Elle avait les jambes étendues au sol, mais son buste était affaissé sur le côté, retenu par un casier de rangement.

Marc ne vit pas la blessure à la base de son crâne, pas plus qu'il ne remarqua le pistolet emprisonné dans sa main. Ses yeux étaient rivés sur les éclaboussures de sang qui mouchetaient le mur de pierres et formaient une toile abstraite.

Son pouls se mit à battre fortement à ses tempes. Il y eut un moment de flottement durant lequel le lieutenant ne sut ce qu'il devait faire – à supposer d'ailleurs qu'il y eût encore quelque chose à faire. Il repensa à Vasseur, blessé et inconscient au rez-de-chaussée. Les deux scènes se superposèrent, mais il était encore incapable d'établir une connexion logique entre les deux drames.

Une nausée lui serra tout à coup le ventre. Il détourna le regard. Ce fut pour découvrir la grille et la cellule de l'autre côté de l'escalier. Son cerveau n'arriva pas tout de suite à interpréter ce qui s'offrait à ses yeux.

Il n'avait jamais rien vu de semblable. Il en oublia presque le corps étendu derrière lui.

– Nom de Dieu ! égrena-t-il lentement.

Derrière les barreaux, un homme dont le visage était emprisonné dans un effroyable masque en ferraille, sorti tout droit d'une gravure du Moyen Âge. Ce ne serait que plus tard, au cours de la longue enquête qui l'attendait, que Marc apprendrait le nom de cet instrument de torture : une bride à mégère.

Le cadavre – car il eut la certitude que cet individu était mort – reposait sur un simple matelas à côté de plusieurs bouteilles d'eau et d'un seau. Sa tête était appuyée contre le mur, dans une position qui n'avait rien de naturel. Une mise en scène… Telle fut la première pensée rationnelle que suscita en lui ce tableau macabre.

Il songea alors au jeune homme qui avait travaillé et vécu chez les Vasseur, aux habits qu'il avait laissés à l'étage de l'appartement, aux étranges bruits métalliques en provenance de la maison qui avaient attiré son attention le jour de sa visite et qu'il avait ignorés.

À nouveau, un terrible sentiment de culpabilité et d'impuissance l'oppressa. Il avait été en mesure d'empêcher tout cela, et il n'avait rien fait. Pire, il s'était totalement fourvoyé en imaginant que ce jeune tenait le couple sous son emprise.

Quand il ne fit plus de doute que l'odeur qui l'avait assailli en pénétrant dans la cave était celle de la mort, Marc prit appui contre le poteau de l'escalier et régurgita tout ce qu'il avait dans l'estomac.

Les oreilles bourdonnantes, il n'entendit pas l'ambulance arriver, ni l'équipe de secours faire irruption dans la maison. Pas plus que son coéquipier crier aux urgentistes que, en bas aussi, on avait besoin de leur aide.

Un an plus tard,
à 11 000 kilomètres de là…

Début mai.

Quartier de San Telmo, Buenos Aires.

La chambre d'une maison à étage, à deux pas de la plaza Dorrego.

Les premiers rayons du jour pénètrent par le patio et s'immiscent à travers les rideaux mal tirés, reflétés par le plafond bas et blanc.

Dans la chambre, rien d'autre qu'un matelas posé à même le sol, un vieux coffre décati supportant une lampe dénuée d'abat-jour et un empilement de cartons de déménagement, dont le plupart n'ont pas encore été déballés.

Sur le mur lézardé, l'affiche d'un concert mythique de Bob Marley : « Kingston, Jamaïca, August 29th 1975 ».

Quelques bruits de voitures montent de la rue, à l'avant de cette maison construite tout en profondeur, les pièces disposées en enfilade autour d'une succession de patios carrés. Une *casa chorizo*, comme on l'appelle ici.

Des pas précipités dans la salle commune à côté, les borborygmes de la machine à café, un bruit de vaisselle dans l'évier.

Puis le son de la radio. Un vieux tube de rock new wave de Soda Stereo…

La porte de la chambre s'ouvre brutalement. Apparaît sur le seuil un jeune homme de 22 ans, petit, les cheveux bruns mouillés, des gouttes d'eau perlant sur son torse menu, qui ne porte autour de la taille qu'une serviette rouge et bleu aux couleurs d'El Ciclón. À ses lèvres pend une cigarette à moitié consumée dont les volutes dansent dans le faisceau de lumière provenant de la fenêtre.

– Merde ! T'es pas levé ? On va encore être en retard !

Pour toute réponse, un grognement agacé. Des cheveux longs en désordre surmontant une mine patibulaire sortent des draps.

Bryan ouvre les yeux et la lumière de la chambre lui file un affreux mal de tête. Il sent une lointaine odeur de café en partie masquée par celle de la cigarette. Entre ses paupières fatiguées se dessine lentement l'image de son ami Antonio, occupé à écraser sa clope dans un cendrier qu'il tient dans le creux de sa main.

– T'as vraiment envie qu'on se fasse virer ! *¡ Date prisa !* Y a du café de prêt.

Bryan essaie d'émerger de sa nuit trop brève. Des mèches lui tombent dans les yeux. Sa main tâtonne sur le coffre à côté du lit et récupère un élastique. Il ramène ses cheveux en queue-de-cheval et les attache à la va-vite. Voilà près d'un an qu'il ne les a pas fait couper – dans son souvenir, il ne les a jamais eus aussi longs. Cette coupe et la fine barbe qu'il s'est laissé pousser lui donnent une autre tête. Bien qu'il ne soit plus aussi paranoïaque qu'à son arrivée en Argentine, il n'arrive toujours pas à se détacher de cette peur ridicule d'être reconnu…

Son crâne ! Il a l'impression d'avoir été écrasé par un rouleau compresseur. Ce week-end, il sait qu'il va le payer toute la semaine. Ils l'ont passé chez un copain d'Antonio à Tigre, à une heure de train de Buenos Aires, dans une petite maison en bois au toit de tôle à deux pas du delta. Le dock, les canaux, le bateau-bus… Ils sont restés deux jours à boire et à faire la fête. Antonio a tenu à ce qu'ils aillent au parc d'attractions de la ville. Ils sont montés dans les montagnes russes et Bryan a tellement eu peur qu'il n'a cessé de beugler comme un malade, à en faire mourir de rire les autres.

À présent, il a la bouche pâteuse des lendemains de cuite. À voir Antonio fumer, le besoin de nicotine se fait sentir dans son corps mal réveillé.

– Tu me passes une clope ?

Antonio pose son cendrier en équilibre sur une pile de cartons à côté de la porte et rajuste la serviette autour de sa taille en tortillant ses jambes.

– Tu veux aussi le petit déj au lit ?

– Un café, je dis pas non.

Antonio agite la main en l'air avec un dédain surjoué et quitte la chambre.

Bryan s'assoit sur le rebord du lit et enfile un T-shirt qui traînait par terre. Chaque matin, la vision de cette chambre le déprime. Ils ont déménagé il y a plus d'un mois mais il n'a pas encore eu le courage de déballer ses affaires. L'appartement qu'ils louaient dans le centre était devenu trop exigu et le loyer impossible à supporter avec leurs maigres salaires de serveurs.

San Telmo n'est guère prisé par les *Porteños* et Antonio y a déniché cette grande maison – deux fois la surface de leur ancien logement – à un prix défiant toute concurrence. Encore ne faut-il pas être gêné par les dalles brinquebalantes du couloir, l'odeur d'humidité qui a tout imprégné et les murs fissurés dont la peinture se détache par larges plaques.

Mais ces détails, Bryan s'en fout. Il a immédiatement aimé cette maison à l'architecture bizarre. Toutes les chambres sont en file indienne et communiquent avec un étroit couloir intérieur qui débouche sur la grande salle commune.

Ils ont pour colocataire une fille à peine plus jeune qu'eux, au physique longiligne et aux cheveux noir corbeau. Belén… Un prénom répandu ici mais qui a semblé extraordinaire à Bryan la première fois qu'il l'a entendu. Il est tombé sous son charme à la seconde où il l'a vue – « *se enamoró* », répète Antonio pour le charrier. Il a beau s'en défendre, il n'arrive pas à se la sortir de l'esprit. D'autant plus qu'elle dort à seulement quelques mètres de lui et qu'ils passent tout leur temps ensemble. Car les trois amis ne se quittent pour ainsi dire jamais. Ils travaillent dans le même restaurant de Monserrat, restent de longues heures à boire et à discuter, affalés sur le grand canapé élimé du salon, et partent presque tous les week-ends dans les environs de Buenos Aires – parfois plus loin, durant leurs rares jours de vacances, à bord de l'antique Ford Falcon de Belén, la seule à posséder un véhicule.

Son boulot, la maison, sa rencontre avec Belén, Bryan les doit entièrement à Antonio. Quand il est arrivé en Argentine, c'est tout juste s'il baragouinait quelques mots d'espagnol. Son copain de l'époque du collège a l'avantage d'être bilingue depuis sa naissance : il lui a appris la langue, patiemment, l'obligeant durant des mois à ne pas prononcer un mot de français.

Depuis quelques semaines, il arrive à Bryan de rêver en espagnol. Du moins, les souvenirs qu'il garde de ses rêves, il n'est pas capable de se les formuler autrement que dans cette langue. Et par miracle, ces songes d'un genre nouveau ont presque totalement chassé ses cauchemars et ses terreurs nocturnes.

Une semaine en enfer et des mois entiers à la revivre nuit après nuit…

Il n'y a pas si longtemps, il lui arrivait de se réveiller en sueur quand l'obscurité envahissait tout dans la chambre. Il se croyait durant quelques secondes encore enfermé dans la cave, étendu sur son matelas imprégné de crasse et de sueur. La puanteur de cette cave, qu'il avait fini par ne plus remarquer, lui revenait en force dans les narines alors qu'elle n'était plus qu'un souvenir. Il était paralysé, incapable de bouger son corps. Ses yeux erraient dans le noir jusqu'à trouver un mince rayon de lune à travers la vitre ou la silhouette d'un objet familier, et il reprenait alors conscience du lieu où il se trouvait. Mais, même à ce moment-là, l'angoisse continuait de lui battre la poitrine. Il avait l'impression que la masse nocturne qui l'entourait le gagnait peu à peu et s'immisçait en lui pour le gangréner. Sa solitude était totale.

Parfois aussi, dans ces instants indécis et flottants, une douleur terrible lui traversait le pied et il se contorsionnait dans son lit, sans parvenir à savoir si cette douleur provenait réellement de son corps ou si elle n'était une illusion psychologique – comme ces amputés qui continuent de sentir leur membre disparu.

Quand il commençait à s'endormir, que sa conscience se relâchait, il entendait des voix. Celle de Mme Vasseur le plus souvent. Elle était douce et avenante. Il la revoyait alors telle qu'elle lui était apparue le premier jour. Debout dans la cuisine bien rangée, le sourire aux lèvres, près de la cafetière italienne qui répandait une délicieuse odeur jusque dans l'entrée. Une fois réveillé, il interprétait cette image comme un piège de son inconscient destiné à le faire pénétrer plus profondément dans ses cauchemars. Cette femme en rêve lui répétait toujours la même phrase : « Je vais bien m'occuper de vous. » Mais, bientôt, à la cuisine se substituait la cave de la maison. La lumière du jour s'évanouissait. Tel un rideau de théâtre, la grille de sa prison s'interposait entre eux.

Ensuite, les vestiges de son rêve et ses propres souvenirs se mélangeaient, sans qu'il puisse les distinguer.

Il était debout, appuyé contre le mur de pierres, l'oreille aux aguets. Le coup de feu à l'étage l'avait terrifié. Les minutes qui avaient suivi s'étaient révélées les plus angoissantes de toute son existence. Il avait compris que Vasseur n'avait pas quitté la maison, qu'il n'irait jamais chercher de l'aide à l'extérieur. Sa femme venait tout simplement de l'éliminer. Et elle allait en faire de même avec lui.

Il ne lui restait sans doute plus que quelques minutes à vivre, mais Bryan n'arrivait pas à se formuler clairement cette hypothèse absurde. Impuissant, il avait simplement saisi le matelas à terre pour s'en faire une protection. Mais qu'est-ce que quelques centimètres de mousse pourraient contre une arme à feu ?

La porte s'était ouverte. Un rai de lumière projeté sur le plafond et les murs de la cave. Puis les néons.

Il aurait aimé avoir une dernière pensée dans laquelle se réfugier – un moment réconfortant de sa vie –, mais il n'y avait en lui qu'un grand vide angoissé. Son cou était engourdi. Ses membres liquéfiés.

Mme Vasseur avait descendu l'escalier avec une lenteur qui ne lui était pas habituelle. Camouflé derrière son matelas, il n'avait pas osé la regarder.

– Tout est fini, Bryan.

C'était la première fois qu'elle l'appelait par son vrai prénom, mais, accolé au reste de sa phrase, celui-ci n'annonçait rien de bon. Il avait finalement levé les yeux, et ce simple mouvement lui avait demandé autant de courage qu'il lui en avait fallu pour supporter toutes ces journées de séquestration et d'avilissement.

Il avait observé son visage vieilli et ravagé en seulement quelques heures. Puis il avait perçu, dans la région périphérique de son champ de vision, l'arme qu'elle tenait en main.

– Je vais vous laisser partir.

Sa phrase n'avait pas eu plus de sens pour lui que si elle avait déclaré : « Il faudrait que vous repassiez un coup de tondeuse sur la pelouse cette après-midi. »

– Toutes vos affaires et vos clés sont sur la table du salon. Votre camionnette est garée dans la remise.

Il avait lâché le matelas qu'il savait d'un maigre secours, sans croire pour autant une seule de ses paroles. Il était persuadé qu'elle lui tendait un piège pour le faire sortir docilement et l'abattrait une fois là-haut. Il se souvenait du mal qu'elle avait eu à hisser le corps de son voisin dans l'escalier. Cette tentative lui avait servi de leçon. Voilà l'unique raison pour laquelle elle lui avait ouvert la grille.

Sans attendre de réponse de sa part, elle s'était approchée de la grille et avait tourné la clé dans la serrure. Il avait reculé d'un pas. Elle avait fait de même en pointant son arme sur lui, même si elle ne donnait vraiment pas l'impression de vouloir s'en servir.

– Partez maintenant, avant que je ne change d'avis. Quittez cette maison et n'y revenez jamais. Vous avez apporté le mal ici ! Vous avez tout détruit !

Bryan était resté figé de stupeur. Il avait regardé la cellule autour de lui, comme s'il y cherchait des affaires à ne pas oublier. Incapable de se formuler la moindre pensée logique, il avait avancé vers la porte en boitant.

– Partez ! avait-elle crié en le visant de façon plus menaçante avec son arme.

Alors il était sorti de la cage aussi vite qu'il l'avait pu. Sans penser à son pied qui le meurtrissait. Sans se retourner. Sans même jeter un regard au cadavre du voisin resté depuis des heures dans l'escalier, à quelques mètres de lui, mais en priant le ciel de ne pas entendre une nouvelle détonation ni de s'effondrer au beau milieu des marches.

L'ordre des gestes qu'il avait ensuite accomplis restait flou dans son esprit. Il avait cherché en vain M. Vasseur dans le salon, s'attendant à tout instant à tomber sur son cadavre, mais il n'avait pas eu le cran de pénétrer dans les autres pièces.

Après la stupeur, une peur viscérale lui avait noué le ventre. Il avait conscience que chaque seconde supplémentaire passée dans cette baraque le mettait en danger de mort. Il n'avait cessé de lancer des regards effrayés vers la porte de la cave. Les dernières paroles de cette folle résonnaient encore en lui : « Partez, avant que je ne change d'avis… »

Elle n'avait pas menti. Sur la table du salon, il avait récupéré son sac de sport rempli d'habits, son portable, ses clés et tout son argent, rangé dans une pochette en plastique. Quand il recompterait la somme plus tard, il constaterait qu'on avait glissé dans la pochette, au milieu des billets, l'une des photos Polaroid prises le dimanche soir près de la cheminée. Au pied d'une chaise, il avait ramassé ses chaussures, qu'il avait enfilées à grand-peine à cause de son pied blessé.

Arrivé à la porte d'entrée, il s'était immobilisé en voyant le téléphone. Il avait hésité une seconde, luttant contre sa raison qui lui disait de foutre le camp de là sans tarder. Il avait finalement décroché le combiné pour composer le 17.

Il ne lui restait guère de souvenirs des quelques paroles qu'il avait bredouillées. Peut-être avait-il parlé de « meurtre » ou de

« victimes ». Ou bien d'« accident »… Il n'était certain que d'une chose : il avait donné l'adresse exacte des Vasseur.

À aucun moment l'idée d'attendre l'arrivée de la police ne lui avait traversé l'esprit. Il avait fui, tout simplement. Personne n'avait cru à sa version de la soirée avec la fille, et, même avec beaucoup d'imagination, il ne voyait pas bien comment il pourrait se sortir d'une histoire aussi dingue que celle-là.

Sans même fermer la porte d'entrée, il avait rejoint sa camionnette. Et, pour la dernière fois de sa vie, il avait redescendu l'allée de la propriété, sans pouvoir détacher ses yeux du rétroviseur : la maison avait commencé à rapetisser dans la glace, les volets bleus n'avaient plus formé que des taches indistinctes avant de disparaître complètement derrière la haie de troènes qu'il avait taillée lors de son premier jour de travail.

Ce n'est que des heures plus tard, quand il avait été loin, très loin du domicile des Vasseur, qu'il avait réellement pris conscience de son état physique, de sa maigreur, des stigmates qu'avait laissés sur son corps cette semaine de séquestration. Son pied, qui avait déjà largement dégonflé, devait retrouver une apparence normale au bout de quelques jours. Il n'avait même pas eu besoin de consulter un médecin.

Il avait vécu des heures et des jours entiers de terreur. Sa liberté retrouvée lui était un fardeau encombrant dont il ne savait que faire. Il imaginait une chasse à l'homme lancée dans tout le pays, des hordes de flics à sa poursuite, des experts de la police scientifique passant au crible la maison et retrouvant des preuves l'incriminant. Il lui était impossible de croire qu'il puisse s'en tirer aussi facilement, sans qu'on lui fasse endosser la responsabilité de ces morts.

Il avait acheté d'innombrables quotidiens régionaux et nationaux dans l'espoir de tomber sur un article qui évoquerait l'affaire. Le premier qu'il avait trouvé datait du 6 avril, le surlendemain de sa libération.

Deux morts, un blessé grave : dramatique fait divers près de Quimperlé

C'est une scène macabre que les gendarmes ont découverte samedi dans une élégante longère à une quinzaine de kilomètres de Quimperlé. Alertés par un appel téléphonique, ils sont arrivés vers 16 heures dans la résidence secondaire de François et Mathilde V., universitaire et galeriste parisiens. Selon les premiers éléments de l'enquête, la femme, âgée d'une cinquantaine d'années, aurait causé la mort de son voisin, un agriculteur de 75 ans, dans des circonstances qui restent à déterminer. Le corps de la victime, tuée quelques heures seulement avant l'arrivée des gendarmes, a été retrouvé dans la cave de l'habitation, derrière une grille qui aurait permis de le séquestrer durant plusieurs jours.

Mais cette sombre histoire ne s'arrête pas là. Mathilde V. aurait également grièvement blessé son mari à l'aide d'une arme à feu qu'elle aurait ensuite retournée contre elle. En arrêt respiratoire à l'arrivée des ambulanciers, elle n'a pu être réanimée.

D'après les premiers témoignages, la quinquagénaire aurait maintenu son mari, en convalescence depuis plusieurs mois, dans un état de dépendance, lui administrant des quantités excessives de médicaments et le retenant contre son gré dans la maison. L'homme, dont le pronostic vital n'est plus engagé, n'a été que brièvement entendu par les gendarmes, mais il semble d'ores et déjà mis hors de cause dans l'homicide de l'agriculteur et n'est considéré pour l'heure que comme une victime.

« Nous sommes confrontés à un crime incompréhensible, a déclaré le lieutenant Marc L. Ce couple s'était visiblement isolé depuis plusieurs mois à la suite de

drames familiaux. À l'heure qu'il est, nous pensons que madame V. a agi sous le coup de la détresse psychologique et qu'aucun de ses actes n'était prémédité ni motivé par un réel mobile. Son mari a peut-être voulu s'interposer lorsqu'elle s'en est prise à leur voisin. De nombreux échantillons de traces relevées sur la scène de crime sont en cours d'analyse. »
Le procureur de la République a ouvert deux enquêtes, l'une pour homicide volontaire, l'autre pour tentative d'homicide. Le témoignage complet du mari, très attendu par les enquêteurs, devrait permettre d'éclairer les circonstances de ce double drame.

Le temps de reprendre des forces et de retrouver une apparence humaine, il avait passé quelques nuits dans des hôtels miteux, un différent chaque soir, lorsqu'il ne dormait pas simplement dans sa camionnette.

Il pensait à Mme Vasseur sans haine particulière, même lorsqu'il se repassait mentalement tout ce qu'il avait enduré. Il avait fini par développer vis-à-vis de lui-même une aversion inexplicable, une colère qui n'arrivait pas à trouver de cible extérieure.

Dans les semaines suivantes, d'autres articles plus complets avaient paru dans la presse. Nulle part on ne parlait d'un mystérieux inconnu qui aurait séjourné chez le couple. Personne ne le recherchait. On ne semblait même pas au courant de son existence. Il était devenu un fantôme. Vasseur était en définitive le seul à connaître la vérité et il n'avait rien rapporté aux gendarmes. Au terme de sa garde à vue, la justice avait d'ailleurs décidé de ne pas engager de poursuites contre lui. L'enquête tendait à montrer qu'il n'avait été, tout comme son voisin, qu'une victime de la folie de sa femme, drogué et retenu contre sa volonté dans la maison.

Bryan était resté deux mois en France. Son argent avait fondu lentement. Sa fausse carte d'identité et son faux passeport lui avaient tout de même coûté la moitié de ses économies. Sa dernière liasse de billets lui avait tout juste permis d'acheter un aller simple Paris - Buenos-Aires sur une compagnie low cost.

Il n'avait rien emporté d'autre dans l'avion que son grand sac de sport : quelques habits, une méthode Assimil d'espagnol achetée un mois plus tôt après son premier coup de fil à son ami Antonio, sans oublier le petit carnet noir qu'il utilisait en travaillant.

Dans la salle d'embarquement, en attendant son vol, il avait distraitement regardé les nouvelles du jour diffusées par les écrans de télévision. Une information venait de tomber. Près de deux ans après les faits, la fusillade de l'université qui avait endeuillé le pays avait fait une treizième victime. Suite à un arrêt de l'alimentation et de l'hydratation décidé par ses médecins et par son père, Camille Vasseur, 23 ans, en état végétatif persistant depuis sa sortie du coma, venait de s'éteindre à l'hôpital.

*

Antonio est de retour dans la chambre, une tasse de café à la main et une nouvelle cigarette entre les lèvres. Il a troqué sa serviette de bain contre un caleçon rouge qui lui donne une apparence encore plus rachitique.

– Tiens, je te l'ai allumée.

Antonio est comme ça. Toujours le premier à brocarder, mais il aime rendre service. Sans lui, Bryan ne sait pas où il serait aujourd'hui.

Il s'empresse d'aspirer une bouffée qui finit de le réveiller. Antonio lui tend la tasse de café sans délicatesse. Une partie du contenu déborde et coule sur la couverture. Bryan sent le liquide chaud dégouliner entre ses doigts.

– Fais gaffe !

– *Lo siento.*

Bryan s'essuie directement les mains sur son T-shirt sale, sourit et répète la formule en espagnol, mais sa prononciation lui semble risible. Puis il souffle sur la tasse brûlante tandis qu'Antonio se penche vers le coffre qui fait office de table de nuit.

– C'est quoi ce bouquin ? Je l'avais jamais vu. Tu t'es mis à la lecture ?

Agacé, Bryan tend le bras pour récupérer son livre, mais son ami est plus rapide et commence à le feuilleter avec circonspection.

– *Madame Bovary*. Drôle de nom…

Il regrette de l'avoir laissé traîner en évidence.

– Touche pas à ça, c'est une édition originale.

Antonio l'écoute à peine et inspecte la reliure sous toutes les coutures, comme s'il tenait entre les mains un objet inconnu.

– Ça, pour être originale, elle l'est ! J'ai jamais vu un bouquin aussi vieux.

– Si tu savais combien ça coûte, tu arrêterais de faire le con avec…

En réalité, Bryan sait que ce n'est pas une édition originale. Il n'en aurait jamais eu les moyens : par curiosité, il a regardé les prix sur Internet et ce n'est qu'à ce moment qu'il a compris l'effarement du libraire auquel il avait voulu refourguer le livre de Vasseur. Il ne s'agit que d'une réédition de 1874, la dernière tout de même publiée du vivant de Flaubert. Il est passé un jour devant une librairie de livres anciens : comme un signe du destin, l'ouvrage trônait dans la vitrine, ouvert sur une eau-forte où l'on voyait l'héroïne, la poitrine presque dénudée, fermer la porte de la chambre où elle retrouve son amant. Avec son maigre espagnol, Bryan a réussi à en négocier le prix, mais le livre lui a malgré tout valu un tiers de son salaire mensuel.

Madame Bovary… Lui qui n'avait jamais fini un seul bouquin de sa vie l'a lu deux fois. Il a eu un mal de chien au début, trébuchait sur les mots difficiles, devait reprendre trois fois la même phrase. Mais il ne s'est pas découragé. Un désir obscur le poussait à venir à bout de cette histoire, sans qu'il sache vraiment pourquoi.

La scène du bal a été un déclencheur. Il n'a plus lâché le livre après ça. Les danses, les robes, les éventails, les diamants qui scintillaient… Et la tristesse d'Emma, surtout, durant les jours qui l'éloignaient du bal. « Ah ! il y a huit jours… il y a quinze jours… il y a trois semaines, j'y étais ! » Bryan l'a prise en pitié, et il ne pouvait s'empêcher de se trouver ridicule à s'apitoyer ainsi sur le sort d'un être qui n'existait même pas.

Antonio retourne le livre pour chercher en vain un résumé.

– Ça raconte quoi ?

Bryan tire longuement sur sa cigarette et tapote les cendres dans une grosse boîte de conserve qui lui sert de poubelle à côté du lit. Il ne sait pas par où commencer. Il n'a jamais été doué pour résumer les films, alors un bouquin de cette taille…

– C'est l'histoire d'une femme à qui il arrive plein de malheurs… Qui rêvait de grandes choses et qui a été déçue par son mariage, par sa vie… Elle finit par se suicider.

Durant un bref moment, il se demande si c'est bien d'Emma Bovary qu'il parle. Antonio fait une grimace.

– Ça a l'air gai. Rappelle-moi de ne jamais le lire !

Par curiosité, il fait rapidement défiler les pages sous son pouce. Bryan voit le Polaroid s'en échapper et tomber au sol. Il est pris par surprise. Il ne se souvenait même pas de l'avoir mis là. À peine a-t-il le temps de se lever du lit qu'Antonio s'est déjà penché pour le ramasser. Piqué par la curiosité, il examine attentivement le cliché en passant un doigt dessus.

– C'est qui, ces gens ?

Bryan tente de feindre l'indifférence. Antonio est la seule personne à connaître sa véritable identité. Il sait tout des ennuis qu'il a eus quand il habitait encore à Douai. Mais pour le reste… il a préféré le protéger et ne pas lui faire prendre de risques inutiles. Il sait bien qu'il ne parlera jamais à personne des deux mois qu'il a passés dans un petit lieu-dit de Bretagne. Deux mois qui, comme le bal d'Emma, finiront peut-être par s'effacer lentement de sa mémoire. Les détails s'en iront, les visages se confondront, les voix s'effaceront… Mais le regret, lui, restera.

– Des amis de mes parents, ment-il. Des gens chez qui j'ai habité un certain temps.

– Tu as l'air vachement proche d'eux !

– Ils m'ont aidé à une époque…

Antonio semble percevoir une pointe de tristesse dans sa voix. Parfois, Bryan remarque ses regards à la dérobée qui le surprennent dans ses instants de songerie. Il se sent alors vulnérable, percé à jour.

Antonio lui tend la photo. Sans même la regarder, Bryan la jette dans la boîte de conserve au pied du lit.

– Tu la balances ?

– C'est du passé, tout ça, je ne savais même pas qu'elle traînait dans ce bouquin.

Bryan avale une gorgée de son café et pose sa tasse sur le coffre. Il s'aperçoit qu'Antonio le regarde avec insistance.

– Qu'est-ce qu'il y a ? demande-t-il, craignant que son copain ne remette la photo sur le tapis.

– Rien… Dis, tu regrettes pas parfois de t'être installé ici ?

Bryan fait une grimace.

– Qu'est-ce que tu racontes ? Pourquoi je regretterais ?

– Je sais pas, moi… Tes parents, tes frères… Ta famille te manque pas ?

Bryan écrase le mégot de sa cigarette et expulse une dernière volute de fumée avant de secouer la tête.

– Je suis pas près de retourner au pays, c'est moi qui te le dis ! C'est vous, maintenant, ma famille. La seule, la vraie…

Contre toute attente, Antonio se met à rigoler comme un bossu en jetant sans ménagement le livre sur les draps défaits.

– Arrête un peu, tu vas me faire chialer ! C'est tes romans à l'eau de rose qui t'ont rendu sentimental ?

– Bon, t'avais pas dit qu'on était en retard ?

– Merde, c'est vrai… Le patron va encore pousser une de ces gueulantes !

Antonio se dépêche de sortir de la pièce dans une démarche comique. Pieds nus, Bryan lui emboîte le pas mais finit par s'arrêter sur le seuil de la chambre. Il pousse un soupir, hésite une seconde, fait marche arrière. Quand il est sûr que son ami ne peut plus le voir, il récupère le Polaroid dans la boîte de conserve au pied du lit et souffle dessus pour chasser les particules de cendre qui ont recouvert les trois visages.

« *¡ Belén ! ¿ Dónde estás ?* » hurle Antonio à travers la salle commune.

Bryan sourit.

Et, avant de quitter la chambre pour rejoindre ses amis, il replace soigneusement la photo entre les pages de son livre.

Merci

À mes parents, à Hélène, à Charlotte et Julien, mes premiers lecteurs.

À Marie Leroy et Frédéric Mora, pour leur amitié et leur soutien *sans faille*.

À Ingrid Desjours, *promissi potens*.

RÉALISATION : IGS-CP À L'ISLE-D'ESPAGNAC
IMPRESSION : CPI FIRMIN-DIDOT À MESNIL-SUR-L'ESTRÉE
DÉPÔT LÉGAL : OCTOBRE 2015. N° 123772 (129883)
Imprimé en France